Der Autor

Ivan Montibeller, Schweizerisch-Italienischer Doppel-bürger, geboren 1951, emigrierte mit seinen Eltern 1959 von Norditalien in die Schweiz. 1974 schloss er sein Chemiestu-dium ab. Seine Neugier ließ ihn Erfahrungen mit Menschen unterschiedlicher Herkunft, Kultur und Bildung sammeln, Erfahrungen die er teilweise in seine Geschichten einfließen lässt. Er lebt mit seiner Ehefrau in Zürich. "Das Irrgang-Pro-jekt" ist Ivan Montibellers zweiter Roman. Sein erstes Buch, „Die gläserne Echse", erschien 2017 im Verlag tredition.

Danksagung

Mein aufrichtiger Dank gilt allen, die, auf ihre Weise und in unterschiedlichem Maße dazu beigetragen haben, dass dieses Buch entstehen konnte. Es sind nicht wenige und um zu verhindern, dass ich ungerechterweise jemanden zu erwähnen vergesse, verzichte ich darauf, Namen zu nennen.

Zwei werden nicht satt: Wer Wissen und wer Reichtum sucht.

(Arabisches Sprichwort)

www.tredition.de

© 2020 Ivan Montibeller

Verlag und Druck:
tredition GmbH, Halenreie 40-44, 22359 Hamburg

ISBN
Paperback: 978-3-347-16730-8
Hardcover: 978-3-347-16731-5
e-Book: 978-3-347-16732-2

Ivan Montibeller

Das Irrgang-Projekt

Roman mit kriminellen Elementen

1

Es war nicht, was man sich gemeinhin als Erwachen vorstellt. Es war ein kriechendes und schmerzhaft quälendes Auftauchen aus einem dem Tode verwandten, tiefschwarzen Koma. In meinem Schädel wütete der Beelzebub. Es dauerte eine ganze Weile, bis etwas wie Denkvermögen einsetzte. Meine Augen ließen sich lange nicht öffnen. Mir war, als hätte man Sand darauf gestreut und mir die Lider zugeklebt. Als es mir schließlich gelang, fand ich mich in einem Bett. Neben mir machte ich eine nackte, weibliche Kontur aus. Ich wühlte in meiner Erinnerung. Ich hatte am Vorabend mit einer aufgetakelten Frau auf alle einsamen Herzen dieser Welt angestoßen. Danach Leere, Finsternis. Es konnte kein astreiner Moët & Chandon in jenem Glas gewesen sein. Das prickelnde Getränk war zweifelsfrei mit einem Schuss Radiergummi fürs Gehirn gepimpt worden. Über die darauffolgenden Stunden schweigt sich mein Gedächtnis bis heute aus. Es war Freitag, der Dreizehnte September. Ich nahm den Kampf gegen meine Orientierungslosigkeit auf. Versuche, mich zu erinnern, endeten in einer Intensivierung des Hämmerns in meinem Schädel. Also gab ich sie schnell auf.

Da lag ich also, neben einer Frau, die ich für mich Toskana nannte, da ich ihren wahren Namen nicht kannte und sie mich an jene italienische Region erinnerte. Sie war splitterfasernackt und hatte die Decke im Schlaf abgeworfen. Ein Schimmer des Tageslichts vermochte sich zwischen die zugezogenen Vorhänge zu mogeln. Auf meinem Nachttisch erkannte ich den Schemen meiner Brille. Ich griff danach und suchte nach dem Reinigungstuch, das ich abends stets neben die Brille legte. Dass es nicht an seinem Platz lag, erhöhte meine Unruhe. Ich rieb die Brillengläser mit dem Laken so sauber, ich konnte und setzte die Sehhilfe auf. Das spärliche

Licht erlaubte mir, meine Bettgefährtin etwas genauer zu betrachten. Am Vorabend hatte ich mich im diesigen Lokal fast ausschließlich auf ihr Gesicht konzentriert. Jetzt eröffnete sich mir der Blick aufs Ganze, wenngleich spärlich beleuchtet. Ich hätte zu gerne gewusst, was letzte Nacht zwischen uns vorgefallen war. Ein erotisches Abenteuer konnte ich nicht kategorisch ausschließen. Es wäre aber eine Beute meiner Amnesie geworden.

Der Presslufthammer, der in meinem Kopf wummerte, pulsierte und meine Wahrnehmung behinderte, gab mir das Gefühl, gefesselt und geknebelt in Melasse versenkt worden zu sein. Myriaden klebriger Gedankenfetzen drängten gegen meine Stirn wie nasse Wespen gegen eine Glasscheibe. Ich brachte keinen kompletten Gedanken zustande. Der Versuch, die Konfusion in meinem Schädel zu entwirren, gipfelte in einen akuten Schmerz, der mir den letzten Rest Energie aus dem Leib saugte.

Hastig griff ich nach meiner Uhr auf dem Nachttisch, zu hastig, wie sich herausstellte. Ich bekam sie nicht richtig zu fassen, sondern stieß unglücklich dagegen. Der teure Chronometer, den mir Barbara zum Dreißigsten geschenkt hatte, flog knappe zwei Meter weit in einen hochhackigen, kirschroten Pump, der in einer kleinen Lache lag. Ich fürchtete, die Feuchtigkeit würde das feine Leder des Armbands und jenes des Pumps ruinieren. Es mag unfair sein, aber meine Sorge galt eher meiner Uhr als dem Schuh. Ich griff nach dem nächstgelegenen textilen Stück, meiner Unterhose, und rieb Uhr und Band sorgfältig damit ab. Erleichtert stellte ich fest, dass das Leder kaum benetzt worden war und das Werk unbeirrt weitertickte. Barbara hatte mir keinen Tand geschenkt, sondern eine stoßsichere, wasserdichte Automatik von Omega. Der Hersteller warb damit, diese Uhr erfolgreich im Weltraum getestet zu haben.

Mein erster Gedanke, der diesen Namen verdient, war, dass ich einen Termin hatte, den ich unter keinen Umständen verpassen durfte. Ich versuchte, mich zu erinnern, wer mir dringend davon abgeraten hatte, wichtige Termine auf einen Freitag, den Dreizehnten zu legen. Ich wusste bloß noch, dass ich über diese Warnung mitleidig gelächelt hatte. Nun kamen mir Zweifel, ob okkulte Regeln als reiner Aberglaube abgetan werden durften.

Auf dem Boden lagen Kleidungsstücke, eine leere Champagnerflasche, Gläser und einiges mehr unordentlich verstreut. Das deutete auf ein wildes Treiben hin, das jedoch in meinem Bewusstsein nicht existierte. Trotz der leidlich gereinigten Brillengläser konnte ich die Zeiger auf dem Zifferblatt meiner Uhr nicht klar orten. Ich schob einen der Vorhänge beiseite, worauf sich gleißende Sonnenstrahlen in meine Pupillen fraßen. Mit einem unterdrückten Schmerzensschrei ließ ich meine Lider zuschnappen. Der Lichtblitz hatte mir die Stellung der Zeiger in die Netzhaut gebrannt. Es war zwei oder drei Minuten vor halb acht. Die Zeit wurde knapp, aber sie musste reichen, um den Termin wahrzunehmen. Mir fiel nichts ein, was meine desolate körperliche und geistige Verfassung hätte verbessern können. In diesem Zustand würde ich das Gespräch versauen. Ich suchte das Badezimmer erfolglos nach Alka-Seltzer oder einem valablen Ersatz ab. Im Koffer hatte ich außer Heftpflaster nichts aus der Apotheke dabei. Ein Röhrchen Aspirin lag in meiner Aktentasche, die ich jedoch nirgends finden konnte.

Auf der Ablage stand ein Wasserkocher und daneben lagen einige Briefchen mit löslichem Kaffee. Ich riss ein Tütchen auf und schüttete mir den bitteren Inhalt direkt in den Mund. Als das Wasser kochte, goss ich eine Tasse voll und löste den Inhalt zweier weiterer Portionen darin auf. Eine dreifache Dosis Koffein war nur ein dürftiger Ersatz für das Alka-Seltzer, aber in der Not frisst der Teufel bekanntlich Fliegen. Etwas Wirksameres konnte ich mir noch unterwegs besorgen. Das siedend heiße und bittere Getränk verbrannte mir den Rachen wie Teufels Glut. Um das Lodern zu lindern, goss ich ein Glas kaltes Wasser hinterher. Dann duschte ich so kalt, dass mein Herz für einen kurzen Moment aussetzte und rieb anschließend meine klamme Haut so lange und intensiv trocken, bis sie granatapfelfarbig leuchtete.

Zurück im Zimmer, wo die unbekannte Schönheit noch genauso dalag wie zuvor, schlüpfte ich in frische Unterwäsche. Meine Hose lag zerknüllt am Boden. Die Knitterfalten ließen sich ohne Bügeleisen nicht glätten, doch das war meine geringste Sorge. Die Leute würden sich auf das Gespräch konzentrieren und nicht auf meine Hose. Ich zog mein weißes Hemd an, das ich zuhause im Rahmen meiner bescheidenen Fähigkeiten gebügelt hatte und band mir die einzige Krawatte um, die ich je besessen hatte. Meines Wissens hatte sie mein Vater bereits zu meiner Taufe getragen. Meine Erfahrung im Umgang mit Schlipsen war gleich null. Ich fummelte so lange vor dem Spiegel an dem Stofffetzen herum, bis etwas entstand, das man mit viel gutem Willen als Knoten bezeichnen konnte. Erstaunlicherweise konnte ich an meinem Jackett keine Knitterfalten entdecken, obwohl es gleich neben der Hose auf dem Boden gelegen hatte. Mein Anzug hatte vor einem Jahrzehnt eine gute Figur gemacht. Inzwischen war sein Schnitt aus der Mode gekommen und meine Silhouette hatte sich weiterentwickelt, um es positiv auszudrücken. Der oberste Knopf am Hosenbund hatte keine Chance sein Knopfloch zu erreichen. Auch das war nicht weiter schlimm, denn ich hatte einen Gürtel, der diesen Makel verdecken konnte. Ansonsten war meine Kleidung dem Anlass angemessen. Sie war sauber und kaum getragen.

Seit ich aufgewacht war, hatte sich Toskana nicht einen Millimeter gerührt. Ich hätte ihr von Herzen gegönnt, auszuschlafen, aber ich stand unter Zeitdruck und war der Meinung, sie schulde mir auf die Schnelle ein paar Erklärungen. Es blieb mir nichts anderes übrig, als sie zu wecken. Es war ihre heilige Pflicht, meine Gedächtnislücke mit Einzelheiten zu füllen, nachdem sie sie verursacht hatte. Ich brauchte Antworten und zwar noch bevor ich mich auf den Weg machte. Also zog ich die Nachtvorhänge auf und flüsterte ihr ins gepiercte Ohr:

"Na, fühlen Sie sich heute Morgen immer noch einsam? Zeit aufzustehen, meine einsame Seele."

Vergeblich wartete ich auf eine Reaktion. Selbst als ich ihr an die Schulter fasste, die so kalt wie ein toter Fisch war, gab sie kein Lebenszeichen von sich. Erst schüttelte ich sie sanft, dann immer kräftiger und redete immer lauter auf sie ein, bis das Pochen im meinem Schädel unerträglich wurde. In meinen Eingeweiden machte sich ein banger Vorbote jenes Grauens breit, dem wir uns im Angesicht des Todes stellen müssen. Ein würgender Kloß in meinem Hals, zitternde Knie und das Nageln meines Herzens waren die körperlichen Symptome der nackten Panik, die mich erfasste. Hatte die Frau auf meinem Bett ihr Leben ausgehaucht?

Mein bebender Finger fuhr auf ihrem Hals auf und ab, auf der Suche nach einem Pochen ihrer Halsschlagader. Ihr Hals war so kalt und reglos wie ihre Schulter. Mein Adrenalinspiegel schoss hoch wie eine Rakete und für einen Moment quittierte mein Hirn seinen Dienst. Neben dem Bett kniend, rang ich um Fassung und Luft. Darauf, dass diese Frau noch lebte, hätte ich keinen Pfifferling gewettet. Aber ich bin kein Arzt, nur ein optimistischer Wissenschaftler, der etwas erst dann glaubt, wenn es zweifelsfrei bewiesen ist. Ich hetzte ins Bad, wo mir, bei der Suche nach dem Alka-Seltzer, der kleine Handspiegel aufgefallen war, den meine Begleiterin liegengelassen hatte. Zitternd hielt ich ihr den Spiegel unmittelbar vor Nase und Mund. Wenn der Test mit dem Spiegel so funktionierte, wie ihn die Jugendromane beschrieben, dann musste seine Oberfläche anlaufen, sofern die Frau noch lebte. Leider tat mir der Spiegel diesen Gefallen nicht.

Mir blieb keine Wahl, als mich mit dem Gedanken abzufinden, dass die Dame in meinem Bett von uns gegangen war. Ich musste dringend los und konnte mich nicht länger um sie kümmern. Das Treffen war zu wichtig. Ein Gedanke hielt mich jedoch zurück: *„Was, wenn die Frau noch lebt?"* Die Antwort war einfach: *„Dann ist es meine heilige Pflicht, alles zu tun, um ihr Leben zu retten."* Ich beschloss, die Polizei zu alarmieren und mich dann davonzuschleichen. Nach der Sitzung würde ich genügend Zeit haben, um mich auf der Wache zu melden. Ich durfte dieses Treffen einfach nicht verpassen, selbst wenn das Meeting ohne meine Unterlagen und in meinem bemitleidenswerten Zustand schiefzugehen drohte. Ich sagte zu mir: *„Schlechte Chancen sind allemal besser als gar keine."*

Ich griff zum Telefon und wählte die Kurznummer der Polizei, die auf der Karte neben dem Apparat stand. Das Herz schlug mir bis zum Hals. Meine Blutbahnen waren mit Stresshormonen überschwemmt und mir war, als habe das Blut in meinen Adern seine Fließrichtung geändert. Ich musste das Leben der Frau und gleichzeitig meine Karriere retten. Angesichts der momentanen Lage hätte ich nicht gewusst, ob auch nur eines dieser beiden Unterfangen realistische Erfolgschancen hatte. Ich ließ die Beamtin am anderen Ende der Leitung nicht zu Wort kommen und erklärte:

„In meinem Bett liegt eine Frau. Ich weiß nicht, ob sie noch lebt. Falls ja, benötigt sie dringend Hilfe. Bitte kommen Sie schnell mit einer Ambulanz. Hotel Drei Kronen, Zimmer 341."

Ohne eine Reaktion abzuwarten, legte ich auf. Ich kämmte mich hastig und zog in Rekordzeit Schuhe und Jackett an. Keine Streife der Welt konnte schnell genug sein, um mich aufzuhalten. Ich würde es zur Besprechung schaffen. Die Leute von Müller und Schatt GmbH, besser bekannt als M&S, würde eine leichte Verspätung kaum stören. Was meinen Zustand anbelangte... Es blieb zu hoffen, dass sich mein Kopf bis zu meinem Eintreffen einigermaßen aufklarte.

So flink es mein Dämmerzustand zuließ, deckte ich den nackten Körper auf dem Bett zu und steckte mein Handy ein. Bevor ich das Zimmer verließ, verschwendete ich einen letzten Blick an das bunt bemalte Gesicht der Leblosen. Ihren Namen würde ich vielleicht nie erfahren, sodass sie für mich bis in alle Ewigkeit Toskana hieße.

2

„Haben Sie eben die Polizei angerufen?"

Meine Zimmertür war kaum ins Schloss gefallen, da stellten sich mir zwei uniformierte Beamte jäh in den Weg. Wie Palastwachen pflanzten sie sich vor mir auf. Ohne ein Grußwort zu vergeuden, zeigte der kleinere bei seiner Frage in einer Weise auf mich, die meine Mutter als unschicklich bezeichnet hätte. Auf seine einfache Frage fand ich auf die Schnelle keine adäquate Antwort. Die beiden legten mein Schweigen als Bejahung aus. Sie packten mich simultan an den Oberarmen, drehten mich um meine Achse und schleiften mich zur Zimmertür zurück, aus der ich soeben getreten war. Die Art, wie der schwarzhaarige Gesetzeshüter sein Kinn in Richtung meiner Zimmertür vorschießen ließ, hatte ich schon irgendwo gesehen. Mit einer warmen Baritonstimme fragte er:

"Ist das Ihr Zimmer?"

Die kirschroten Furunkel, die sein dichter Bart nicht zu verbergen vermochte, leuchteten wie Polarsterne von seinem Gesicht. Mein Blick blieb an seinen Pusteln kleben und ich nickte. Einige Türen weiter hinten trat ein in Schale geworfener Banker mit seinem ledernen Aktenkoffer auf den Flur. Entschlossenen Schrittes strebte er auf den Fahrstuhl zu. Sein apathischer Blick streifte uns durch eine randlose Brille. Der uniformierte Gnom mit den dunklen, wachen Augen und den Haaren, die ihm an den Schläfen wie Kupferlitzen abstanden, bellte:

„Schließen Sie die Tür auf!"

Seine Feldwebelstimme schnitt mir ins Ohr. Durch den festen Griff der beiden etwas behindert, holte ich meine Karte hervor und führte sie zum Sensor. Das grüne LED-

Licht blitzte kurz auf und das Schloss gab ein leises Surren von sich. Der Zwerg stieß die Tür energisch auf und trat ins Zimmer. Das Pickelgesicht schob mich wie einen Schubkarren hinterher. Als ich über die Schwelle stolperte, war mir, als verschwinde ein Schatten aus dem offenen Fenster. Ich schwenkte mein Kinn in Richtung der wehenden Gardinen und rief:

„*Da!*"

Der kleine Rothaarige musste den Schatten ebenfalls bemerkt haben. Er brachte sich mit einem athletischen Satz im Nullkommanichts ans Fenster. Eine solche Wendigkeit hätte ich ihm nicht zugetraut. Er schaute nach rechts, nach links und in die Tiefe. Dann drehte er sich um und schüttelte den Kopf:

„*War wohl ein Lichtreflex.*"

Ich verstand nicht, wie die beiden Freunde und Helfer keine drei Minuten nach meinem Anruf auf der Matte stehen konnten. Die knappe Anweisung des Rotschopfs, mich auf die Bettkante zu setzen, duldete keine Widerrede. Er schloss das Fenster und ging auf Zehenspitzen um das Bett herum auf die Frau zu. Obwohl seine Augen argwöhnisch an mir kleben blieben, schaffte er es, den Gegenständen auszuweichen, die auf dem Boden herumlagen. Dann konzentrierte er sich auf den leblosen Körper. Meine Herzfrequenz stieg auf Werte, die meinen Arzt in den Wahnsinn getrieben hätten. In einen Mordfall verwickelt zu werden, stand ganz weit unten auf meiner Wunschliste. Der Kleinwüchsige fühlte der Frau den Puls, befummelte ihren Hals und was weiß ich noch alles. Ich dachte: „*Jetzt kann er die Diagnosekniffe, die er hundertfach an Gummipuppen üben musste, am lebenden Objekt anwenden.*" Als er sich sattgetastet hatte, schaute er auf und verkündete:

„*Ich kann kein Lebenszeichen feststellen. Hoffentlich trifft die Ambulanz bald ein.*"

Mein Puls wäre weiter angestiegen, doch meine Herzmuskeln waren bereits am Anschlag. Zwei Sanitäter in orangegefarbener Signalkleidung und mit steinernem Gesicht stießen die angelehnte Tür auf und traten ein. Einer schob eine Bahre auf Rädern vor sich her, der andere trug einen Koffer. Falls sie mit Sirene und Blaulicht angerückt waren, so war es mir entgangen. Schweigend und beinahe geräuschlos machten sie sich an ihre Arbeit. Sie verloren keine Zeit damit, die Uniformierten oder mich eines Blickes zu würdigen. Konzentriert widmeten sie sich dem nackten, reglosen Körper auf dem Bett. Nach einigen routinierten Handgriffen, brummelte einer:

„Sie liegt im Koma. Die Körperfunktionen sind kaum wahrnehmbar. Ich weiß nicht, ob die gute Dame durchkommt. Jedenfalls muss sie Tempo Teufel in die Notaufnahme."

Mein Herz schaltete zwei Gänge zurück, als ich hörte, dass für Toskana noch Hoffnung bestand. Die Lebensretter luden sie auf ihre Bahre, packten sie in eine goldfarbene Folie und eilten mit ihr wortlos davon. Die zwei Polizeibeamten hatten das Geschehen genauso gebannt verfolgt wie ich. Nun galt ihre Aufmerksamkeit mir allein.

Meine Gedanken waren auf das Meeting bei M&S fokussiert, welches, gelinde gesagt, akut gefährdet war. Mein weiteres Leben hing davon ab. Ich hatte jahrelang an meinem Projekt gearbeitet und mich mit einer nicht zu überbietenden Gewissenhaftigkeit auf das heutige Treffen vorbereitet. Minutiös hatte ich diesen Tag durchgeplant. Weckzeit, Morgentoilette, Anfahrt durch den dichten Berufsverkehr, alles hatte ich mit Marge kalkuliert. Den möglichen Verlauf des Gesprächs war ich so oft im Geiste durchgegangen, dass mich nichts und niemand aus dem Konzept gebracht hätte. Doch nun saß ich im Hotelzimmer, unfähig klar zu denken und von zwei Streifenpolizisten festgenagelt. Toskana hatte mir gehörig ins Leben gepfuscht. Ich fragte mich, wie es kam, dass sie aus den Latschen gekippt war. „*Wer andern eine Grube gräbt*", ging mir kurz durch den gemarterten Kopf. Dann suchte ich fiebrig nach einer Strategie, um mich von den Beamten loszueisen und leidlich pünktlich zur Konferenz einzutreffen. Ich war nicht gewillt, mich einem erbarmungslosen Schicksal zu fügen, das dabei war, meine Pläne wie ein Kartenhaus zum Einsturz zu bringen. Mir schossen üble Worte durch den Kopf, Worte, die man besser nicht ausspricht. Aber Flüche und Verwünschungen helfen selten weiter.

Ein halbes Dutzend Kaderleute warteten bei M&S auf mein Erscheinen und ich durfte nicht wegbleiben. Ich musste die beiden Ordnungshüter dazu bringen, dass sie mich umgehend zu M&S fuhren. Danach konnten sie mit mir machen, was immer sie wollten. Durch die ölgetränkte Watte in meinem Kopf warnte mich, was von meinem Verstand übrig war, dass ich dabei war, einen Kampf gegen Windmühlen aufzunehmen. Ihm war klar, dass ich mich aufreiben würde, doch mein unbändiges Kämpferherz schlug alle Warnungen in den Wind. Wer stets seinem rationalen Verstand folgt, wer sich noch nie lächerlich gemacht hat, weil er blind seiner Leidenschaft folgte, der hat nie wirklich gelebt.

Ich setzte dazu an, den beiden Uniformierten meine Situation zu erklären, sie zu überzeugen, mich zu M&S zu fahren. Anstatt mir zuzuhören, leierte der Bärtige seine Miranda-Warnung herunter. Wie seine Kollegen in den amerikanischen Fernsehserien faselte er von wegen Anwalt verlangen, die Aussage verweigern und den ganzen Quatsch. Mir brannte die Zeit unter den Nägeln. Ich unterdrückte meine Erregung, so gut ich konnte, denn ich wollte den Unmut der beiden nicht unnötig provozieren. Ich ließ den Schwarzhaarigen seinen Vers in voller Länge herunterleiern und bestätigte ohne Umschweife, alles verstanden zu haben. Dann suchte ich nach einer Argumentation, die selbst unterbelichteten Idioten meine Lage verständlich machen würde:

„Ich verstehe den Ernst der Situation und Sie tun genau das, was Sie aus Ihrer Sicht tun müssen, aber ich muss dringend zu M&S..."

Meine Rhetorik zerschellte an der geistigen Unzulänglichkeit der beiden. Abrupt beendete der Kleinwüchsige meinen Erklärungsversuch:

„Schnauze! Sie verstehen gar nichts. Halten Sie ihre geschwätzige Fresse, wenn Sie nicht gefragt werden. Sie haben ernstere Probleme als eine verpasste Besprechung, glauben Sie mir. Sie täten gut daran, dies endlich zu begreifen und mit uns zu kooperieren. Also, was haben Sie der Frau verabreicht?"

Sein bohrender Blick und sein rüder Ton irritierten mich. Ein solches Verhalten wollte nicht zur Deeskalationsstrategie passen, mit der die Polizei in letzter Zeit prahlte. Viel eher erinnerte es mich an das Klischee, die deutsche Polizei sei Europas rüdeste. Auf Vorurteile hatte ich noch nie etwas gegeben, aber was ich hier erlebte, ließ mich daran zweifeln, ob es sich in diesem Fall um ein Vorurteil handelte. Der Bärtige blickte den Rothaarigen vorwurfsvoll an und entschuldigte sich prompt bei mir:

„Achten Sie nicht auf ihn. Er ist heute mit dem linken Fuß aufgestanden. Das ist sonst nicht seine Art."

An seinen Partner gerichtet, zischte er genervt:

„Reiß dich zusammen, Berti."

Sein Bariton klang beschwichtigend, als er sich wieder mir zuwandte:

„Bitte sagen Sie uns, womit Sie die Dame betäubt haben. Sie könnten dadurch ihr Leben retten. Wenn sie stirbt, läuft es auf Mord hinaus. Wissen Sie, was Sie dann erwartet?"

Ich war schockiert, dass er annahm, ich hätte Toskana vergiftet und wehrte mich vehement gegen diese Anschuldigung. Der Pickelgesichtige hielt sich nun zurück. Er verlangte meinen Personalausweis. Als ich mit meiner Rechten in die

Innentasche meines Jacketts griff, schnellte er wie eine Heuschrecke hoch und griff zur Waffe. Instinktiv riss ich meine Arme schützend vors Gesicht. Dann ließ ich sie langsam in die Höhe gleiten, wie man es eben macht, wenn man in den Lauf einer Feuerwaffe blickt. In der rechten Hand hielt ich meinen Pass. Der Dunkelhaarige bedachte seinen Kollegen mit dem Heben seines Kinns und einem genervten Blick. Der Zwerg zuckte mit den Schultern und verstaute seine Pistole wieder im Halfter. Sein Partner nahm meinen Ausweis entgegen, schaute ihn sich Seite für Seite an und notierte etwas in ein kleines Buch. Dann steckte er meinen Ausweis ein und fragte in konziliantem Ton:

„Können Sie uns erzählen, wie Sie zur Dame stehen, die in ihrem Bett lag und vor allem, womit Sie sie betäubt haben?"

„Ich kenne die Frau nicht und ich habe ihr nichts gegeben. Ich weiß nicht einmal, wie sie heißt und wie sie in mein Bett gekommen ist. Ich kann mich an nichts erinnern."

Ich stützte meinen tonnenschweren, dröhnenden Kopf auf meine Hände. Der quirlige Gesetzeshüter erinnerte mich mit seinem hämischen Grinsen an Rumpelstilzchen. Genauso hatte ihn der Zeichner in einem meiner bebilderten Kinderbücher dargestellt. Er spottete:

„Amnesie? Ich glaube, euch Ganoven fallen keine gescheiteren Ausreden ein. Es fehlt euch einfach an Fantasie, mein Freund."

Sein Kollege warf ihm den nächsten vorwurfsvollen Blick zu, verstaute sein Notizheft und stand auf:

„Wir fahren am besten ins Präsidium und klären dort alles."

Er fesselte meine Handgelenke mit Handschellen aneinander. Zwei Männer betraten das Zimmer mit einer Selbstverständlichkeit, als wären sie dort zuhause. Ihre weißen Overalls ließen mich kurz an ansteckende Seuchen, wie COVID-19 oder Ebola denken. Die beiden Gestalten ähnelten sich wie zwei Brüder. Mittlere Statur, Augen wie Kornblumen, kastanienbraune Haare, kurzgeschnitten, Geheimratsecken, alles schien von derselben Mutter zu stammen. Sie schauten kurz in unsere Richtung und hoben ihr Kinn zum Gruß. Simultan zauberten sie ein steriles Grinsen auf ihre Lippen und brummten ein gedehntes „Moan". Beide trugen Latexhandschuhe. Sie setzten Kapuze und Mundschutz auf und einer öffnete seinen mit bunten Klebern übersäten Koffer. Er holte ein Röhrchen heraus und trat mit einem langen Wattestäbchen auf mich zu:

„Bitte öffnen Sie den Mund. Wir möchten eine Speichelprobe von Ihnen nehmen, wenn Sie nichts dagegen haben."

Was sollte ich dagegen haben? Beweise konnten nur für und nicht gegen mich sprechen. Ich ließ mir den Speichel vom Gaumen wischen. Das getränkte Wattestäbchen wurde in sein Röhrchen gestopft und die beiden Gestalten in Weiß widmeten sich fortan der Tätigkeit, für die sie bezahlt wurden.

Einzelheiten der Spurensicherung bekam ich nicht mehr mit, denn die beiden Uniformierten klammerten sich an meine Oberarme und schoben mich aus dem Zimmer. Im engen, menschenleeren Treppenhaus wurde es unangenehm eng. Während des Abstiegs fiel mir der schlechte Zustand des Treppenflurs auf. Die Farbe blätterte von der Wand und am Geländer hätte man sich ernsthaft verletzen können. Es roch abgestanden nach altem Staub. Im Sandwich zwischen den beiden Beamten war der Abstieg ungemütlich. Es war mir schleierhaft, warum keiner von meiner Seite wich. Hielten sie mich allen Ernstes für einen gefährlichen Verbrecher, der bei der erstbesten Gelegenheit abhaute? Diese Vorstellung war so absurd, dass ich schallend losgeprustet hätte, wäre meine Lage nicht so tragisch und meine pochenden Kopfschmerzen so dominant gewesen. Ich überlegte, ob ich jemals strafbare Handlungen begangen hatte und mir fiel nur die Sache mit Elisa ein.

Ich war damals gerade fünf Jahre alt. Die blondgelockte Tochter unserer Nachbarn, war ein Jahr älter. Sie kannte kein größeres Vergnügen als mich zu piesacken. Eines Tages trieb sie es mit ihren Gemeinheiten zu weit. Sie warf mir ein Schimpfwort an den Kopf, an das ich mich nicht mehr erinnerte, das sich jedoch kein aufgeweckter Fünfjähriger gefallen lässt. Aus dem Mund einer kleinen Prinzessin in einem weißen Spitzenkleid klang es besonders provokant. Die Handvoll Kies, die das verwöhnte Gör dabei nach mir schmiss, überschritt meine Toleranzgrenze. Wutschäumend packte ich ihre blonden Zöpfe und schleifte sie durch eine braune Schlammlache. Ihr Geschrei war bis zum Dorfplatz zu hören. Es galt wohl mehr ihrem ruinierten Sonntagskleidchen als dem physischen Schmerz. Durch das Geheul alarmiert, stürzten unsere Eltern und die gesamte Nachbarschaft in Panik aus ihren Häusern. Ich weiß heute noch nicht, ob meine Mutter den Teppichklopfer aus dem Putzschrank holte, um mich zu bestrafen oder um Elisas aufgebrachte Eltern zu beruhigen.

Hüftknochen an Hüftknochen zwängten wir uns Etage um Etage zwischen Treppengeländer und Wand bis zur Tiefgarage hinunter. Als Schinken im Sandwich zwischen den beiden Uniformierten blieben mir die harten Stöße gegen Wand und Handlauf erspart. Die Szene war so bizarr, dass sie aus einer Folge von Police Academy hätte stammen können. Der kleinere Beamte bugsierte mich auf die Rückbank des Streifenwagens und schnallte mich an. Er stieg auf den Fahrersitz und kurvte auf die Garagenausfahrt zu. Der Geruch nach Schweiß und Erbrochenem im Innenraum des Wagens beleidigte meine Nase und rief ein leichtes Würgen in meinem Hals hervor. Die Reifen quietschten wie bei Verfolgungsjagden in Gangsterfilmen. Ich wollte mir den Weg zur Polizeiwache gut einprägen, um nach der Befragung zum

Hotel zurückzufinden. Durch Krausziehen der Nase versuchte ich meine Brille in Position zu bringen. Ich hätte sie gerne geputzt, aber mir waren die Hände gebunden und zwar auf dem Rücken. Bei der Ausfahrt aus der Tiefgarage schoss mir die Morgensonne wie tausend Stecknadeln in die Iriden und mein Kopf drohte zu bersten. Ich unterdrückte einen Schrei und senkte meinen Kopf, während meine Lider dichtmachten. Das Gleißen in den Augen ging langsam in rote Punkte über, ähnlich Rücklichtern auf einer Autobahn. Die Fahrt zum Revier dauerte wenige Minuten und verlief ohne Zwischenfall. Unterwegs erfuhr ich, weshalb die beiden Polizisten so schnell vor Ort gewesen waren. Sie frühstückten während meines Anrufs gerade im Drei Kronen und wurden von der Zentrale per Funk auf mein Zimmer beordert.

Wir parkten vor einem Gebäude mit rhodonitfarbener Klinkerfront. Auf dem Parkplatz stand ein knappes Dutzend Dienstfahrzeuge im Schatten junger Linden. Die dreistöckige Fassade hatte schon bessere Zeiten erlebt. Ein schmutziggrüner Belag von Moos oder Algen hatte sich auf dem Mörtel zwischen den Klinkersteinen festgesetzt. Besonders an den Hausecken schien er prächtig zu gedeihen. Ich hätte nicht einmal meinen nutzlosen Hosenknopf darauf gewettet, dass die schiefen, halboffenen Storen an den Fenstern noch funktionierten. Die kleine Grünfläche, die den Parkplatz in zwei Hälften teilte, war so perfekt gemäht und frei von Unkraut, als würde sie von einem englischen Gärtner gepflegt. Der Haupteingang war breit genug, um uns drei stoßfrei Schulter an Schulter durchzulassen.

Ich überlegte, was man mir vorwerfen würde. „*Im schlimmsten Fall Mord*", formten meine Lippen stumm. Man würde Mühe haben, eine solche Anklage zu beweisen, vor allem, weil ich es nicht getan hatte. Allerdings schien es mir ebenso schwierig, das Gegenteil zu beweisen. Das Licht im Inneren des Gebäudes war stumpf und milchig. Der Anstrich

22

der Wände und der Decke sowie das Mobiliar stammten aus dem vorigen Jahrhundert, aus einer Zeit, in der am Arbeitsplatz noch geraucht wurde. Der schwere Geruch jener guten alten Zeit lag noch immer in der Luft. Das Mobiliar konnte als Vintage durchgehen. Meine beiden Begleiter eskortierten mich schnurstracks zum Schreibtisch eines abgekämpft wirkenden Spätfünfzigers. Die beiden obersten Knöpfe seines Uniformhemds standen offen und seine Krawatte war gelockert. Unter seinen Achseln fielen mir üble Flecken auf und auf seiner Stirn standen Schweißperlen. Sein Mundgeruch ließ mich ans Löwengehege des Zürcher Zoo denken.

Sein Schreibtisch hatte schätzungsweise seinen Jahrgang und der Lack war bei beiden ab. Auf seiner abgewetzten Schreibmatte waren Brosamen verstreut, ein Indiz, dass er nicht zuhause gefrühstückt hatte. Abgesehen von einem Laptop, einem kleinen Drucker und einem Einwegkugelschreiber war sein Pult leer. Der kleine Rothaarige nahm mir die Handschellen ab und setzte mich auf einen Stuhl, der bedenklich knarzte. Ich massierte meine Handgelenke und zog mein Mikrofasertuch hervor, um meine Brille zu reinigen.

Als ich aufgefordert wurde, meinen Reisepass auszuhändigen, fummelte ihn der bärtige Beamte mit der schmalen Nase und dem pickligen Gesicht aus seiner Innentasche und legte ihn auf den Tisch. Mit dem rechten Zeigefinger hämmerte der Mann hinter dem Schreibtisch meine persönlichen Daten in seine Tastatur. Der Drucker summte und spuckte ein Formular aus. Der Beamte griff danach und legte es auf den Tisch. Sein Blick verriet, dass er den schwersten Teil seiner Dienstzeit hinter sich hatte. Seine Welt bestand jetzt aus geregelten Arbeitszeiten an einem Schreibtisch mit Stuhl, Aktenschrank, Laptop und Drucker. Er hatte ein regelmäßiges Einkommen und die Gewissheit, dass ihn in absehbarer Zukunft eine Rente erwartete, von der er leben konnte. An sich wären das beste Voraussetzungen gewesen, um die letzten

Dienstjahre entspannt anzugehen, aber dieser Sesselkleber schien sich das Leben selber schwer zu machen. Wäre ich nicht in einer noch misslicheren Situation gewesen, so hätte ich den armen Kerl bemitleidet. Der Frust saß dem guten Mann rittlings auf dem Buckel. Ich konnte aus seinen Augen lesen, dass er nur noch einen Wunsch auf seiner Bucket-List hatte, den Ruhestand im Schaukelstuhl.

Er strich sich mit einem Taschentuch über die Stirn und den üppigen, grauen Schnurrbart. Trotz roter Wangen sah er krank aus. Bedrückt starrten mich seine matten, wässrigen Augen an, als er von mir alle persönlichen Gegenstände verlangte. Ich legte Schlüssel, Brieftasche, Handy und den Badge des Hotels vor ihn auf die Tischplatte. Er war so großzügig, mir mein Taschentuch und meine Brille zu lassen, verlangte aber meinen Gürtel, der den obersten offenen Knopf an der zu engen Hose verdeckte. Er listete meine Habseligkeiten handschriftlich auf dem ausgedruckten Formular auf und verstaute sie in einem Beutel, den er vorgängig beschriftet hatte. Er wirkte unsicher. Seine Zunge benetzte die Oberlippe, die sich unter seinem Schnurrbart verbarg. Seine Finger trommelten auf der Tischplatte, während er einen letzten Kontrollblick über seine Liste warf. Dann ließ er mich das Blatt unterschreiben und in einen nach Ozon riechenden Raum führen. Dort vertraute ich meine Fingerabdrücke einem Scanner und meine Gesichtszüge einer Kamera an.

Ein junger, pausbäckiger Beamter mit einem festgefrorenen Lächeln auf den Lippen führte mich in einen Raum von etwa zwanzig Quadratmetern. Das gesamte Mobiliar bestand aus einem rechteckigen Holztisch und vier schwarzen Le Corbusier-Stühlen. Die grelle Neonlampe war direkt über dem Tisch montiert und tauchte den kahlen Raum in ein kaltes Licht. Die Wände waren in kitschigem Flamingo gestrichenen worden. Das musste ein Psychologe veranlasst haben

und er musste sich etwas dabei gedacht haben. Eine Innen-
architektin hätte dieses Sakrileg niemals begangen und wenn
doch, so hätte sie danach ihrem Leben mit Harakiri ein Ende
bereitet. Immerhin kompensierte der liebliche Farbton der
Wände teilweise die Kälte des Neonlichts. Drei Stühle standen um den länglichen Tisch aus lackiertem Buchenholz, der
vierte lehnte an einer Wand. Auf dem Tisch standen eine
Kanne Kaffee und ein Stapel Kartonbecher. Ein Muffin lag
auf einer weißen Papierserviette. Der Beamte, der mich hin-
eingeführt hatte, forderte mich auf, mich zu bedienen und
verschwand durch die Tür, die er hinter sich abschloss.

3

Eben hatte ich mir den letzten Bissen des Gebäcks in den Mund geschoben, als die Tür fast lautlos aufging. Eine Dame um die fünfzig trat ein und dicht hinter ihr ein weiß-haariger Mann in Zivil mit einem Zahnstocher im Mund. Die vollschlanke Frau reichte dem etwa zehn Jahre älteren Mann knapp bis ans Kinn. Ihr azurblaues Deux-Pièces, mit großen, marineblauen Knöpfen und Bordüren, saß wie angegossen. Die admiralsblauen Seidenstrümpfe bildeten den harmoni-schen Übergang vom Rock zu den graublau schimmernden Slippers. Ihre graumelierte Löwenmähne hatte einen Stich ins Eisblaue und fügte sich harmonisch ins Gesamtbild. Ihr Haar war so perfekt in Form, als käme sie direkt von einem dieser Friseure, die sich Hair-Stylist oder Fashion Designer nennen. Die Frau schaute ernst, aber nicht unfreundlich drein und steuerte auf mich zu.

Der Mann, den man für den Zwillingsbruder Inspektor Columbos aus der gleichnamigen Fernsehserie hätte halten können, blieb in der Tür stehen. Seine ungekämmten Haare, der schielende Blick und die locker gebundene, schmale Kra-watte des Zivilbeamten betonten die Ähnlichkeit mit dem Fernsehhelden. Ein beiger, zerknitterter Regenmantel wäre das Tüpfelchen auf dem I gewesen. Vielleicht war es unfair, den Mann mit Peter Falk zu vergleichen, aber kein Mensch vermag seine Assoziationen zu steuern.

Das rundliche Gesicht der Frau hatte ich schon ir-gendwo gesehen. Die schokoladenbraunen Augen unter den schmalen, dunklen Augenbrauen und die dezent gewölbte Nase verliehen ihr eine Autorität, der man sich kaum entzie-hen konnte. Es dauerte, bis mir endlich dämmerte, woher ich sie kannte. Ich hatte während meines dritten Semesters an der Universität Zürich einige ihrer Gastvorlesungen besucht und ihre Toxikologievorträge hatten mich nachhaltig beeindruckt. Vergeblich suchte ich in meiner havarierten Erinnerung nach ihrem Namen. Sie musste den meinen von der Polizei erfahren haben, aber das Lächeln auf ihrem Gesicht verriet mir, dass sie sich auch an mein Gesicht erinnerte:

„Wie fühlen Sie sich, Dr. Irrgang?"

„Als wäre ich in einem Fass die Niagarafälle runtergekullert. Eigentlich eher so, als wäre ich noch nicht unten angekommen."

Ihr Gesicht nahm mitfühlende Züge an:

"Ich verstehe. Das tut mir leid. Gestatten Sie mir, Ihnen Blut abzunehmen, um nach den Gründen für Ihren Zustand zu suchen?"

Ich war unsicher, ob das Lächeln, das ich zustande brachte, als solches zu erkennen war. Nickend knöpfte ich einen Hemdsärmel auf, schob ihn zurück und hielt ihr den Arm hin:

„Ich bin selbst gespannt, was mir dermaßen zu schaffen macht."

Ohne meine Bemerkung zu kommentieren, schnürte sie meinen Oberarm mit einem Gummiband ab, desinfizierte meine Armbeuge und schob die Nadel in meine Vene. Während sich das Röhrchen mit roter Flüssigkeit füllte, meinte sie:

„Schön, Sie nach so langer Zeit zu treffen, Dr. Irrgang. Es wäre mir lieber gewesen, wir wären uns unter anderen Umständen begegnet, aber das Schicksal allein bestimmt, ob, wann und wo man sich ein zweites Mal trifft. Ist das nicht so? Ich würde Sie gerne nach Einstichen absuchen."

„Hab ich schon. Ich habe nichts gefunden, aber machen Sie ruhig. Sie können Stellen einsehen, die meinen Blicken verborgen bleiben."

Sie wandte sich dem Mann zu, der immer noch in der Tür stand und streckte ihm die Blutprobe entgegen:

„Bitte lass die Probe unverzüglich ins Labor bringen. Jürgen weiß,

was zu tun ist. Er soll sich gleich an die Arbeit machen. Danke, Stefan. "

Irritiert nahm der Mann seinen Zahnstocher aus dem Mund und setzte zur Widerrede an, doch die Frau hatte ihm ihre Aufmerksamkeit bereits entzogen und sich erneut mir zugewandt. Als ich mich auszuziehen begann, weigerte sich der betupfte Mann, uns allein zu lassen. Er wandte sich missmutig ab und blieb in der Tür stehen. Ich weiß nicht warum, aber es war mir nicht peinlich, mich vor dieser Frau zu entblößen. Vielleicht sahen wir beide in ihr eine Art Ärztin, denn auch sie zeigte keinerlei Berührungsängste.

„Frau Professor, wie kommt es, dass Sie sich an mich erinnern? Sie müssen tausende Studenten in ihren Vorlesungen gehabt haben. "

Das fragte ich sie, während sie jeden Zentimeter meiner Haut unter die Lupe nahm, die sie aus ihrem Täschchen geholt hatte.

„Vergessen Sie den Professor. Die Professur habe ich an den Nagel gehängt. In meiner Zeit als Dozentin sind mir zwei Studenten begegnet, die ich nie vergessen werde, echte Wunderknaben mit dem Potenzial zum Jahrhundertgenie. Nur wenigen Lehrpersonen ist es vergönnt, Schüler zu unterrichten, von denen sie wissen, dass sie sie schon bald überflügeln werden. Ich hatte dieses Privileg zwei Mal. Der andere Wunderknabe hieß Sandvik. Interessant, wie besondere Leute häufig besondere Namen haben, finden Sie nicht? Sandvik und Irrgang – nicht etwa Schulze und Müller. Sandvik studierte in Freiburg. Er war älter als die meisten seiner Kommilitonen und hatte bereits in Skandinavien einen Abschluss gemacht, Volkswirtschaft oder etwas in der Art. Er ist der ehrgeizigste und neugierigste Mensch, dem ich je begegnet bin. "

Ich sträubte mich innerlich dagegen, als Wunderknabe bezeichnet zu werden, war aber nicht in der Verfassung, mit ihr darüber zu streiten. Nachdem sie keine verdächtigen Einstiche gefunden und ihre Lupe wieder verstaut hatte, fragte ich:

„Und wie kommt es, dass Sie jetzt für die Polizei arbeiten?"

„Ich war früher nicht der sesshafte Typ. Zwei Semester als Privatdozentin an der Harvard haben mir gereicht. Ich musste weiterziehen. Zu viel Administration, zu viele Direktiven, zu viele arrogante Kollegen. Also wurde ich zu einer Art Wanderpredigerin, wenn ich das so salopp formulieren darf. Ich erhielt genügend Einladungen für Gastvorlesungen, um davon zu leben. Ich zog von Hochschule zu Hochschule. Ich war so gut auf meinem Gebiet, dass mir niemand etwas vormachen konnte und das brachte mir Respekt und Bewunderung ein, wo immer ich auftrat. Ich gebe ungeniert zu, dass mir das schmeichelte. Ich bin nicht besonders stolz auf meine Eitelkeit, aber ich stehe dazu, wie Sie sehen. Ja, das liebe Ego, aber was soll ich dagegen tun? Niemand schlüpft aus seiner Haut."

Ihre letzten Worte unterstrich sie mit einem hellen Lachen. Der falsche Columbo stand schmollend vor der geschlossenen Tür. Sie warf ihm einen Blick zu, der sowohl als herablassend wie auch als mitleidig durchgehen konnte. Dann wandte sie sich wieder mir zu:

„Irgendwann war ich zu alt für ein Nomadendasein. Ich hatte genug vom Leben aus dem Koffer. Und so wurde die Polizei zu meinem neuen Zuhause. Hier bin ich der unumstrittene Guru, wenn es um Fragen der Life-Science geht, wie es neudeutsch heißt und die lieben Kollegen hegen und pflegen mein Ego, dass es die reinste Freude ist, nicht wahr, Stefan?"

Ihr ironisches Lachen wirkte auf stoßende Weise überheblich. Ich brauchte keine Kristallkugel, um zu erkennen, dass die beiden ein Tom-und-Jerry-Verhältnis hatten. Der Mann, der sich bisher fast demütig zurückgehalten hatte, zog seinen Zahnstocher aus dem Mund und unterbrach unsere Unterhaltung:

„Bitte, Frau Kielstein. Ich muss mich dringend mit Dr. Irrgang unterhalten."

Sie konterte mit einem sarkastisch-wohlwollenden Feixen:

„Ist ja gut, Stefan. Bin ja schon weg.“

Sie verabschiedete sich von mir und bedachte ihren Kollegen mit einem langen Blick. Er trat vor, reichte mir die Hand und stellte sich als Kommissar Stefan von Wenzenhausen vor. Er behielt selbst auf kurze Distanz das wohlwollende, arglose Gesicht von Columbo. Er setzte sich auf einen der beiden Stühle mir gegenüber und fragte, ob ich ein Glas Wasser wünsche, was ich verneinte. Es war noch Kaffee in der Kanne und ich wollte alles rasch hinter mich bringen. Wie aus dem Nichts verhärtete sich von Wenzenhausens milde Columbo-Miene. Verwirrt und beunruhigt versuchte ich zu ergründen, wodurch ich seinen Unmut hervorgerufen hatte. Er erhob sich, riss die Tür auf und blaffte erzürnt hinaus:

„Wo zur Hölle bleibt Basler?“

Ich konnte die Antwort nicht verstehen, aber sie war nicht schwer zu erraten. In einer von Flüchen durchwirkten Tirade, verlangte der Kommissar lauthals nach Unterstützung, um mich zu vernehmen. Er setzte sich wieder hin und erklärte, so unaufgeregt, als wäre er auf Valium, er dürfe die Befragung nicht alleine durchführen. Ein junger, hagerer Mann in Jeans und einem zu engen blaurot karierten Hemd trat durch die Tür, stellte sich mir als Inspektor Koch vor, nahm neben dem Kommissar Platz und raunte ihm zu:

„Basler ist noch nicht zurück. Der Herrmann-Fall…“

Von Wenzenhausen nahm seinen zerbissenen Zahnstocher aus dem Mund, knickte ihn in der Mitte entzwei und warf ihn gekonnt in hohem Bogen in den Papierkorb. Ich bestätigte ihm, dass ich nichts dagegen hatte, wenn er unser Gespräch aufzeichnete. Er schaltete das Aufnahmegerät ein, sprach Datum, Zeit und Ort ins Mikrofon und erwähnte die Namen der Anwesenden. Er betete seinen Miranda-Spruch so brav herunter, wie es sein uniformierter Kollege in meinem Hotelzimmer getan hatte. Ich dürfe schweigen, einen Anwalt verlangen und den ganzen Rattenschwanz. Dann fragte er mich:

„Möchten Sie von Ihrem Recht Gebrauch machen, einen Anwalt beizuziehen?"

Ich unterstrich meinen Verzicht mit einem schmerzenden Kopfschütteln und von Wenzenhausen fuhr fort:

„Bitte geben Sie für das Protokoll Name, Geburtsdatum, Wohnadresse und Beruf an."

Ich folgte seiner Aufforderung und er nickte. Seine Stimme wurde staubtrocken:

„Also gut, Doktor. Wie mir berichtet wurde, liegt die Dame, die Sie in Ihr Hotelzimmer mitgenommen haben, in kritischem Zustand auf der Intensivstation. Beten Sie, dass sie durchkommt, denn auf Mord steht lebenslänglich. Sie können helfen, sie zu retten, indem Sie uns verraten, womit Sie sie betäubt haben."

Das Pochen in meinem Kopf wurde schlimmer. Ich konnte es nicht fassen, dass auch der Kommissar annahm, ich sei für Toskanas Zustand verantwortlich. Einen Moment lang machte es mich sprachlos. Der Kommissar holte einen frischen Zahnstocher hervor, befreite ihn von der Cellophanumhüllung und steckte ihn in den Mund. Das Heben seines Kinns deutete ich als Aufforderung zu antworten:

„Ich habe ihr nichts gegeben. Ich wurde ja selbst betäubt."

„Zu ihrer Information, Doktor, wenn ich etwas auf den Tod nicht ausstehen kann, dann zum Narren gehalten zu werden. Faule, durchschaubare Ausreden verderben mir die Laune. Also bleiben Sie bitte bei der Wahrheit, dann kommen wir beide ganz gut miteinander zurecht. Sie haben die Frau betäubt und sich dann selbst eine geringe Dosis verabreicht, um den Verdacht von sich abzulenken. War das nicht so?"

„Hören Sie, Herr Kommissar, ich will Sie bestimmt nicht an der

Nase herumführen. Ich bin selbst daran interessiert, zu erfahren, was geschehen ist. Verstehen Sie? Ich bin Opfer, nicht Täter. Die Frau hat mich außer Gefecht gesetzt. Ich weiß nicht, warum sie das getan hat und wie es dazu kam, dass sie selbst die Besinnung verlor. Ich verstehe überhaupt nichts. "

Das Hämmern in meinem Kopf wurde heftiger, weil ich mich so ereifert hatte. Ich nahm mir vor, ruhiger zu bleiben. Die Augen des Kommissars verengten sich. Er ließ den Zahnstocher in seinem Mund einen Looping drehen:

„Dann erklären Sie mir, weshalb die Frau im Sterben liegt, während wir uns hier gemütlich unterhalten. So kommen wir nicht weiter, Doktor. Ihre Fingerabdrücke sind auf der Champagnerflasche und auf beiden Gläsern und unsere Spezialisten werden weitere Beweise gegen Sie finden. "

Wenn der Kommissar dies als gemütliche Unterhaltung bezeichnete, wollte ich nicht wissen, was er unter einem Verhör verstand. Er seufzte und fuhr weiter:

„Da Sie nicht von hier sind, sagen Sie uns doch, was Sie in unsere schöne Stadt geführt hat. "

Das Kinn des Kommissars flog mir wieder entgegen. Ich hielt es für eine gute Wendung, dass ich erzählen durfte, anstatt mir weiterhin ungerechtfertigte Beschuldigungen anhören zu müssen:

„Ich habe eine Einladung der Firma M&S. Ich hätte dort vor einer Stunde eine bahnbrechende Idee vorstellen sollen. Dieses Treffen ist von eminenter Bedeutung – für mich, für M&S und für die gesamte Menschheit. Ich bitte Sie, fahren Sie mich umgehend zu M&S und geben Sie mir eine bis zwei Stunden Zeit. Anschließend stehe ich Ihnen unumschränkt zur Verfügung. "

Von Wenzenhausen lehnte sich zurück, schüttelte den Kopf und ließ ein Lachen hören, das mit Belustigung nichts zu tun hatte. Der Inspektor an seiner Seite schmunzelte zurückhaltend, während sich der Kommissar wieder nach vorne lehnte und in gemessenem Ton meinte:

„Ihr Humor ist bewundernswert, Doktor, aber wir haben jetzt keine Zeit für Jux und Tollerei. Sie geben Ihre Versuche wohl nie auf, mich zu verarschen. Ich rate Ihnen jetzt zum letzten Mal, lassen Sie das bleiben."

Zwischen unseren Nasen hätte keine Männerfaust gepasst und seine Augen stachen in die meinen wie Hornissen. Seine Stimme sank um eine Terz:

„Sie tun sich nichts Gutes, wenn Sie mich provozieren, glauben Sie mir, Doktor. Bleiben wir doch bei den Fakten. Dass Sie eine Einladung von M&S haben, kaufe ich Ihnen ab. Nun erzählen Sie einfach chronologisch von da an, als Sie hier ankamen."

„Herr Kommissar, Sie scheinen nicht zu verstehen. Es geht um ein Projekt, das Millionen von Menschen das Leben retten könnte. Mit der Unterstützung von M&S könnte ich …"

„Jetzt reicht's aber endgültig, Doktor. Jetzt verliere ich wirklich die Geduld!"

Sein Zahnstocher flog mir entgegen und landete neben meinem Kaffeebecher. Seine Faust knallte auf die Holzplatte, dass der durchgekaute Zahnstocher hochsprang und der halbvolle Becher des Inspektors umkippte. Dieser zuckte zusammen, zog einige Papiertücher aus der Box, die auf dem Tisch stand und beeilte sich, den verschütteten Kaffee von der Tischplatte zu wischen, während von Wenzenhausen polterte:

„Mir gehen Ihre Pläne mit M&S total am Arsch vorbei, Doktor. Sie stehen im Verdacht der schweren Körperverletzung, möglicherweise mit Todesfolge und da faseln Sie etwas von einem Projekt, das die Menschheit retten soll? Zum letzten Mal, Doktor, zum allerletzten Mal, packen Sie aus! Wann sind Sie angekommen und was geschah dann?"

Seine Stimme war zu einem Grollen angeschwollen und

seine Augen hatten Funken gesprüht, doch von einem Augenblick zum nächsten war er wieder der gelassene Columbo. Ich gab einen tiefen Seufzer von mir. Während bei M&S bedeutende Leute ungeduldig um einen großen Tisch saßen und Däumchen drehend auf mich warteten, nagelte mich dieses zweitklassige Columbo-Double hier fest. Wahrscheinlich waren die Konferenzteilnehmer bereits enttäuscht und verärgert wieder an ihre Arbeit gegangen. Die derzeit einzige realistische Chance, mein Projekt zu realisieren, löste sich gerade in der stickigen Luft des Vernehmungszimmers auf. Gegen die Verbocktheit dieser Ordnungshüter schien kein Kraut gewachsen. Mein Kopf war wie das uralte Fernsehgerät meiner Großeltern, das mich vor Jahrzehnten mit Woody Woodpecker bekanntgemacht hatte. Undeutliche Bilder in Schwarz und Weiß wechselten sich mit schwarzen Ameisen ab, die ziellos auf einer weißen Fläche umherirrten. Meiner Ohnmacht bewusst, ließ ich meinem Frust freien Lauf:

„Sie werden es noch bereuen, dass Sie mir das Treffen verwehren."

„Wagen Sie ja nicht, mir zu drohen, Doktor, nicht in Ihrer Lage. Das bekommt Ihnen gar nicht gut."

Ich beteuerte, dass ich es nicht als Drohung gemeint hatte und gab meinen Widerstand auf:

„Ich kam gestern mit der Nachmittagsmaschine aus Zürich an. Am Flughafen nahm ich ein Taxi zum Hotel Drei Kronen, wo ich gegen halb sieben Uhr eintraf. Ich stellte mein Gepäck im Zimmer ab, verließ das Hotel zu Fuß und bummelte in Richtung Innenstadt."

Inspektor Koch kaute auf seiner Unterlippe herum und kritzelte konzentriert wie ein Drittklässler in ein kleines Notizbuch. Sein Hemd spannte an Schultern und Oberarmen und Schweißflecken zierten seine Achseln. Der Kommissar fixierte mich mit einem abschätzenden Blick, bereit, mich wieder als Lügner zu betiteln. Ich sah keinen Grund, zu flunkern. Ich hatte ja nichts Unerlaubtes getan. Von Wenzenhausens vorpreschendes Kinn hinderte mich nicht daran, den letzten Schluck Kaffee zu trinken, um der Blase in meinem Hirn Gelegenheit zu geben, in sich zusammenzufallen, bevor ich fortfuhr:

„Bei einem Imbissstand machte ich halt, um eine Kleinigkeit zu essen."

Der Kommissar wollte wissen, wie die Bude hieß oder wo sie sich befand, aber ich konnte keine Auskunft geben:

„Den Namen habe ich mir nicht gemerkt und ich kenne die Straßennamen nicht. Aber warten Sie, ich habe hier…"

Ich griff in die leere Innentasche meines Jacketts und zog meine Hand zurück:

„Der Beleg steckt in meiner Brieftasche, die mir abgenommen wurde."

Der Inspektor verließ den Raum und kam kurz darauf mit einer Fotokopie des Belegs zurück. Er hielt sie dem Kommissar hin, um dann einiges in sein Notizheft zu kritzeln. Der Kaffeeduft schien an Intensität zu gewinnen. Ich schenkte mir einen halben Becher nach und erzählte weiter, ohne dass mich jemand dazu auffordern musste:

„Ich aß eine Currywurst und ging weiter in Richtung Altstadt. Ich habe intensive Wochen hinter mir, war überarbeitet und wegen des heutigen Treffens nervlich angespannt. Also wollte ich mich bei einem Drink entspannen. Ich betrat die erste Bar, aus der Musik klang. Es war die reinste Räuberhöhle. Lärmig, rauchgeschwängert, ungepflegt, dreckig, mit miesen Getränken und zwielichtigen Gästen."

Der Kommissar krauste seine Stirn:

„Erzählen Sie etwas detaillierter."

Ich tauchte mental in die düstere Schenke des Vorabends ein:

„Die Bar hieß Barracuda. Ich stellte mich an die Theke. Auf der

kleinen Bühne starrten zwei Augen wie Stecknadelköpfe ins Leere. Sie gehörten dem Mann, der ekstatisch einen Blues aus seiner Gitarre quetschte, als wäre sie eine Konserventube voller Blut, Schweiß und Tränen. Im Halbdunkel standen dubiose Typen herum, denen ich nachts nicht alleine begegnen möchte. Perfekte Komparsen für einen Piratenfilm, Sie verstehen schon. An den Tischen hingen Gestalten in ihren Stühlen, die ihre Tagesration seit Stunden intus hatten und sporadisch aus ihrem Rausch erwachten, um unbeirrt weiterzubechern. Im rauchverhangenen, schlecht beleuchteten Raum erschien alles schemenhaft wie in einem verblassten Film aus den Dreißigern. Ich nahm meine Brille ab und reinigte sie mit dem Tuch, das ich stets bei mir trage, aber es half nicht. Ich kann deshalb kaum einen der Gäste beschreiben. Die Blue Notes klangen nach Buddy Guy, kamen aber von einem käsigen, spindeldürren Typen mit einem wuscheligen Häufchen Stroh auf dem Kopf und nicht von einem farbigen Blues-Man aus dem Delta.“

Von Wenzenhausen stieß einen tiefen Seufzer aus:

„Schmücken Sie die Szenerie nicht unnötig aus, Doktor. Ich brauche keine Nachhilfe in Musik, sondern nüchterne Fakten. Beschränken Sie sich bitte darauf.“

Es war mir nicht aufgefallen, dass ich etwas ausschmückte. Ich hatte mich einfach in die Bar zurückversetzt und den Vorabend kommentiert. War das nicht die beste Methode, um keine Details zu übersehen? Also ging ich mental erneut ins Barracuda zurück:

„Ich ließ meinen Blick hinter die schmuddelige Theke zum Barkeeper schweifen, der sich träge auf mich zubewegte. Sein ausdrucksloses, schuppiges Gesicht erschien im Kunstlicht grünlich und auch seine Bewegungen hatten etwas Echsenhaftes.“

Jetzt getraute sich der Inspektor grienend eine Bemerkung einzuflechten:

„Treffender kann man Henning, den Stummen kaum beschreiben.“

Der Kommissar nickte und forderte mich mit dem Kinn auf, weiterzufahren.

„Von außen betrachtet, hatte das Lokal einladend gewirkt. Es hatte ein Stündchen Erholung bei einem Drink und einigen Takten Musik versprochen. Es war naiv von mir, aber ich glaubte tatsächlich, dass ich mich inmitten jener versifften Existenzen entspannen könnte. Ich hätte gleich verduften und ein geeigneteres Lokal aufsuchen sollen, aber der Zufall hatte mich dorthin geführt und mir fehlte der Elan, um für einen Schlummertrunk weiterzuziehen. Der Barkeeper baute sich vor mir auf und hob wortlos sein stoppeliges Kinn, wodurch er eine hässliche Narbe freilegte. Ich deutete seine Geste als Aufforderung, zu bestellen. Das Kinn scheint ja hierzulande zur Kommunikation zu gehören wie in Italien die Hände."

Der Kommissar spannte seine Wangenmuskulatur und monierte:

„Lassen Sie den Kram, Doktor. Bitte konzentrieren Sie sich auf das Wesentliche."

Woher sollte ich wissen, was er als wesentlich erachtete, besonders in meinem dusligen Zustand?

„Die kalten Topase in den Augenhöhlen des Bartenders und seine Stummheit irritierten mich. Mir war nach Rotwein zumute, nach einem Glas Bordeaux. Doch bevor ich einen Pieps von mir geben konnte, hüllte mich ein fleischiger Typ mit schiefer Nase, schmalen Lippen und glattrasiertem Schädel zu meiner Rechten in eine Rauchschwade seiner Möchtegern-Havanna. Der Qualm war so dicht, dass man ihn hätte schneiden können. Meine Augen brannten und ich verfiel in ein heftiges, langanhaltendes Husten. Als mein Anfall vorbei war, hatte sich die stumme Echse hinter der Theke verzogen und ihre Aufmerksamkeit anderen Gästen zugewandt."

Von Wenzenhausen zog seinen Zahnstocher aus dem Mund, hielt ihn hoch und unterbrach mich:

„Können Sie diesen Kahlkopf mit der Zigarre etwas genauer beschreiben, Doktor und hatten Sie das Gefühl, dass er Sie beobachtete?"

„Ich weiß nicht. Die Sicht war nicht besonders und ich habe auch nicht weiter auf ihn geachtet. Die Bandkollegen des Käsegesichts setzten sich nach einer Weile an die Bar und taten sich an einem Bier gütlich. Das verschwitzte Hawaiihemd klebte am Hängebauch des Schlagzeugers. Auf seinem Schädel funkelten Schweißperlen wie kleine Diamanten zwischen einzelnen, an der Kopfhaut haftenden Haaren. Er schäkerte aufgeregt mit einer aufgetakelten Blondine, die ihre Lebensmitte deutlich überschritten hatte."

Erneut gab sich der Kommissar mit meinen Beschreibungen nicht zufrieden:

„Können Sie über diese Blondine nähere Angaben machen, Doktor? Größe, Augenfarbe, Haarlänge, Kleidung. Vielleicht haben Sie sogar ihren Namen aufgeschnappt?"

„Sie saß, also kann ich nicht sagen, wie groß sie war. Sie hatte schulterlanges, gewelltes Haar. Mehr weiß ich leider nicht. Der Lärmpegel war beträchtlich. Der Gitarrist war wie in Trance. Er machte groteske Verrenkungen und man hätte meinen können, er versuche sein Instrument in einem Kampf auf Leben und Tod zu bezwingen. Sein Spiel wurde dissonant und mündete in heillosem Lärm. In jedem anderen Lokal wären die Gäste davongelaufen. Ich wollte die Aufmerksamkeit des Barkeepers zurückgewinnen und hob mein Kinn, wie ich es zuvor bei ihm gesehen hatte. Es funktionierte auf Anhieb. Er schleppte sich zu mir hin, hob seinerseits das Kinn und ich quäkte mit vom Husten belegter Stimme: «Whiskey.» Meine Stimmbänder schmerzten bei jeder Silbe, weshalb mir die Lust auf lange Diskussionen über Rotweine vergangen war. Der Whiskey sollte gestern Abend nicht das Einzige bleiben, was ich so nicht geplant hatte."

Ich hatte mich während des Erzählens zunehmend unwohl gefühlt, und nun erlitt ich einen veritablen Schwächeanfall, rutschte vom Stuhl und tauchte ab.

4

Das Sanitätszimmer war ein kleiner, schummriger Verschlag, in dem es nach Iod und Sportsalbe roch. Als ich die Augen öffnete, saß Inspektor Koch mit besorgter Miene neben der Liege:

„Geht's wieder?"

Ich fühlte mich wie durch den Wolf gedreht und mein Kopf wummerte hundserbärmlich:

„Wenn ich noch eine Weile…"

Koch gab mir eine Tablette und ein Glas Wasser. Er verpasste mir Handschellen und entschuldigte sich dafür. Dann stützte er mich auf dem Weg zu einer Zelle für Untersuchungsgefangene. Der Weg dahin kam mir elend lange vor, was nichts zu bedeuten hat, denn mein Gefühl für Zeit und Distanz war auf der Strecke geblieben. Er nahm mir die Fessel wieder ab und gestand mir eine Erholungspause zu. Ich sackte kraftlos auf die Pritsche. Mir drehte sich alles im Kopf. Es roch muffig-modrig. Die Wände waren mit teils obszönen Sprüchen besudelt und der Putz zeigte feine Risse. Als die massive Tür von außen zugeknallt wurde, war mir, als explodierte eine Handgranate in meinem Schädel. Ich legte meine Brille auf den kleinen Tisch und zog die raue Decke über mich, denn ich schlotterte. Im Dämmerzustand durchlebte ich den Vorabend erneut.

***

Nachdem ich *„Whiskey"* gekrächzt hatte, nahm der stumme Barmixer ein dickwandiges Glas zur Hand. Während ich ein heiseres „*Kein Eis, bitte!*" ausstieß, ließ er zwei Eiswürfel hineinplumpsen und warf mir einen Blick zu, der mich zum Deppen stempelte. Dann griff er nach einer Flasche ohne Etikett und goss zwei Finger hoch von der pissgelben Flüssigkeit übers Eis. Die Flasche war von Fingerabdrücken übersät und bezüglich Talgrückständen stand ihr das Glas in nichts nach. Trotz der kargen Beleuchtung war deren Anblick nicht gerade einladend. Nur weil ich wusste, dass der Alkohol sämtliche Keime abtötet, griff ich nach dem Glas. Es hatte sich auf der klebrigen Oberfläche des Tresens wie ein Saugnapf angedockt. Ich zog daran, bis es sich mit einem satten Schmatzen von der Unterlage löste. Wie eine Killerbiene stach mir ein Geruch nach Graffitientferner in die Schleimhäute, als ich das Glas an die Nase führte. Mir graute vor all den toxischen Substanzen, die für den scharfen Geruch verantwortlich waren und nicht in einen gepflegten Schnaps gehörten. Jener Fusel konnte unmöglich legal gebrannt worden sein. Ich benetzte Meine Zunge damit und seine Wirkung war wie erwartet – ätzend. Mit tränenden Augen setzte ich das Glas auf die speckige Unterlage zurück, tupfte meine Wangen trocken und schnäuzte mich.

Als der Gitarrist den Verstärker an seine Leistungsgrenze trieb, lief mein Gehörgang heiß und ich begann mir Sorgen um mein Trommelfell zu machen. Im Barracuda foutierte man sich ganz offensichtlich um Lärmschutzgesetze. Mit steinerner Miene war der Barkeeper vor mir stehengeblieben. Er schien auf eine Beanstandung zu warten, um sie flapsig zu kontern. Die Hände in die Hüften gestützt, glotzte er mich so lange an, bis ich einen ordentlichen Schluck des Rachenputzers getrunken hatte. Die Trägheit - oder sollte ich eher Bequemlichkeit sagen? – die mich gehindert hatte, die Bar zu verlassen, begann Züge von Masochismus anzunehmen, als nach meinen Ohren auch meine Kehle Feuer fing.

Ich überlegte gerade, ob ich gleich zahlen und gehen

wollte, da zog ein handfestes Gerangel vor der Bühne meine Aufmerksamkeit auf sich. Einer der Beteiligten wurde in meine Richtung geschleudert. Er stieß mich samt Hocker zu Boden. Kaum hatte ich mich aufgerafft, da packte er mich am Kragen, holte aus und lallte etwas Unverständliches und mutmaßlich Unhöfliches, während er zum Schlag ausholte. Ich sah seine Faust schon mir entgegendonnern und meine Gesichtszüge verändern, da wickelte sich ein kräftiger Oberarm um seinen Hals und riss den Kampfhahn zurück. Obwohl die Schlägerei nur ein kurzes Intermezzo war, endete sie für alle Beteiligten blutig. Ich hätte darauf gewettet, dass während ich auf dieser Pritsche lag, die farbenprächtigen Veilchen nicht nur in ihren Gärten blühten. Der korpulente Rausschmeißer, der mich gerettet hatte, sorgte rasch und routiniert für etwas wie Ruhe nach dem Sturm. Die um drei Gäste reduzierte Kundschaft zechte so unbeeindruckt weiter, als wäre nichts geschehen.

Dann stieg das Milchgesicht von der Bühne. Seine Stratocaster, die aussah, als hätte ein Rhinozeros auf ihr herumgekaut, stand an den Verstärker gelehnt, dessen bunte Lämpchen rhythmisch vor sich hin blinkten. Der Lärmpegel war auf das Niveau keifender Kartenspieler gesunken, aber ein Tinnitus zirpte wie Millionen Zikaden in meinen Ohren. Als wäre nur noch seine schlappe Hülle von ihm übrig, ließ sich der Gitarrist wie ein nasser Lappen in einen Stuhl fallen. Es war, als hätte seine Gitarre das Duell gewonnen, dem Besiegten das Leben aus dem Körper gesogen und als Trophäe über die Lautsprecher in alle Winde verstreut. Seine leeren Augen starrten weiterhin ins Nirgendwo. Kraftlos griff er zum Bier, das der stumme Barmixer ungefragt vor ihn hinstellte. Im Blick des Musikers lag mehr Blues, als er jemals aus seinem Instrument würde herausholen können. Er leerte das Bierglas in einem Zug zur Hälfte und ließ den Schaum wie ein

Schnurrbart an seiner Oberlippe kleben. Eine zähe Rauch-schwade der Hinterhof-Robusto auf meiner Rechten reizte mir erneut Augen und Nase. Mitten in meiner Hustenattacke fragte ich mich endlich, was zum Teufel mich noch in jener schmuddeligen Spelunke hielt. Ich war so fehl am Platz, wie ein Lichtschwert in einem Sandalenepos.

Ich nahm meine Brille ab, tupfte meine brennenden Augen mit dem Taschentuch trocken und setzte die Sehhilfe wieder auf. Das Licht war jetzt noch schwächer, denn der kleine Scheinwerfer, der die Bühne beleuchtet hatte war ausgeschaltet worden. Hätte ich jetzt nicht begriffen, dass ich mir einen großen Gefallen tat, wenn ich ging, dann hätte ich wohl die Diagnose Alexithymie verdient. Entschlossen legte ich einen Zehner auf die Theke, schielte zum Barkeeper hinüber, der gerade ein Bier zapfte und deutete mit dem Kinn auf den Geldschein. Er warf mir einen Echsenblick zu und deutete mit einem Nicken an, dass er die Note bemerkt hatte.

**

Es klopfte und die Zellentür ging auf. Inspektor Koch trat ein:

„Wie fühlen Sie sich? Können wir mit der Befragung fortfahren?"

Ich nickte und stand auf. Mein Gehirn drückte schmerzhaft gegen die Schädeldecke. Ich setzte meine Brille auf, biss die Zähne zusammen, ließ mir die Handschellen verpassen und folgte dem Inspektor. Von Wenzenhausen wartete bereits auf uns. Ich erzählte ihm, was ich soeben im Geist nochmals durchlebt hatte, während der Inspektor wieder beflissen in sein Notizheft kritzelte. Ich war unsicher, ob mein Bericht so sachlich ausfiel, wie es sich der Kommissar wünschte. Dass er mich nicht unterbrach und meine vielleicht etwas blumige Sprache in Kauf nahm, führte ich darauf

zurück, dass er sich von einem ununterbrochenen Erzähl-
fluss ein Plus an Informationen versprach. Mir war das recht,
denn so verlor ich den Faden nicht:

*„Als ich vom Barhocker glitt, streifte mich etwas wie ein kleiner
Vogel mit Samtpfoten an meiner linken Schulter. Die Keilerei hatte
meine Wachsamkeit geschärft und so flog mein Kopf reflexartig herum.
Durch den beißenden Zigarrendunst blickte ich in ein verschwenderisch
bemaltes Gesicht, karminrot die vollen Lippen, nachtblau mit einem
Schimmer von Malachitgrün die Peripherie der Augen. Im schummrigen
Licht wirkten die Pupillen so schwarz wie kosmische Löcher. Das bunte
Farbenspiel und das verführerische Lächeln kamen einer gedruckten
Einladungskarte gleich. Ein gutes Stück weiter unten begann ihr Kleid,
das ihren stromlinienförmigen Körper betonte.“*

Von Wenzenhausen zog seine Stirn kraus und seine Augen verengten sich. Ich ließ mich dadurch nicht irritieren,
denn ich war im Erzählflow:

*„Es fiel mir schwer, meine Augen da zu behalten, wo sie hinge-
hörten. Diese Pracht von Formen und Farben ließ mich an die glücklichen Morgenstunden eines kühlen Herbsttages denken, die ich vor einigen Jahren in der Maremma erlebt hatte. Es waren Stunden gewesen,
die viel Sonnenschein und den unverwechselbaren Duft eines toskani-
schen Herbstnachmittags ankündigten.“*

Das war dann doch zu viel für den Kommissar:

*„Wir sind hier nicht in einer Poesiestunde, Doktor. Bitte bleiben
Sie sachlich. Berichten Sie nur, was geschah. Ich kann gerne auf Ihre
Ausschmückungen verzichten. Wenn mir nach so etwas ist, lese ich in
einem Buch meiner Frau.“*

*„Ihre Augen bohrten sich in die meinen. Ihr weißes Haar, das
von feuerroten und königsblauen Strähnen flankiert wurde, erinnerte
mich an die Trikolore und den Sturm auf die Bastille. Ich dachte, die
Frau müsse Französin sein.“*

Verärgert biss der Kommissar sein Hölzchen entzwei,
nahm es aus dem Mund und warf es in den Papierkorb:

„Herrgott nochmal, Doktor. Jetzt verschonen Sie mich endlich mit Ihrem poetischen Gequatsche und reden Sie wie ein normaler Mensch. Das kann doch nicht so schwer sein! Wir haben Fotos von der Dame und wissen, wie sie ausgesehen hat. Also bleiben Sie bei den Fakten."

„Wäre ich nicht verheiratet, dann hätte ich mich vermutlich anders verhalten. Obwohl mich meine Frau Barbara verlassen hat, fühle ich noch immer eine starke Bindung zu ihr. Das war es, was mich zurückhaltend reagieren ließ. Ich widerstand dem Pepsodent-Lächeln der Unbekannten, das direkt in meinen Solarplexus schoss. Ich drehte mich um, um zu sehen, auf wen sie gezielt hatte. Ich kannte diesen Paradiesvogel nicht, folglich konnte ihre Einladung unmöglich mir gelten. Außer dichtem Rauch konnte ich hinter mir nichts entdecken. In diesem Moment der Verblüffung hauchte ihre Engelsstimme in einem lupenreinen Deutsch, das einer Synchronsprecherin würdig gewesen wäre, in mein linkes Ohr: «Na, sind Sie heute Abend auch so einsam?» Diese Frau kam also nicht aus Frankreich und sie hatte niemand anderen als mich im Visier. Ich drehte mich zu ihr um und unsere Blicke verkrallten sich ineinander. Ihr Augenaufschlag hätte einen Mammutbaum zum Einknicken gebracht. Ihr Blick hätte einen hungrigen Löwen in ein Schmusekätzchen verwandelt."

Von Wenzenhausens Gesicht hatte die Farbe einer Erdbeere angenommen und seine flache Hand krachte auf den Tisch:

„Verdammt, Doktor, was muss ich noch tun, damit Sie mich mit Ihrem überflüssigen Geschwafel verschonen? Mir geht ihr Geplauder allmählich auf die Ei… Sie wissen schon. Also bitte, bitte, Doktor."

„Schon gut, Herr Kommissar. Ich bemühe mich, aber um wirklichkeitsnah zu erzählen, muss ich die Szene nacherleben."

Der Kommissar schnaubte und steckte sich den nächsten Zahnstocher in den Mund.

„Eine gefühlte Ewigkeit starrte ich die Frau an, steif und stumm wie eine griechische Marmorstatue. Ich konnte meine Augen nicht von

ihr abwenden. Meine Ohren brannten und in meinem Hirn herrschte Chaos. Ich hatte noch nie etwas Vergleichbares erlebt und war nicht darauf vorbereitet. Als mir die Dame mit ihren zarten Fingern über die Wange fuhr, spürte ich mich nicht mehr. Mein Kopf war so leer, als hätte ich einen Kampf mit einem der Klitschkos hinter mir. Einem so massiven erotischen Angriff war ich nicht gewachsen. Mein Metabolismus drohte zu kollabieren. Mein Gehirn hatte das Regiepult den Hormonen überlassen und mein Gewissen begann zu erröten."

Der Kommissar schüttelte den Kopf und ließ sein Hölzchen tanzen:

„Bitte, Doktor, bitte verschonen Sie mich, seien Sie gnädig."

Es war unübersehbar, dass von Wenzenhausen litt. Ich bemühte mich um mehr Nüchternheit:

„Die betörende Fremde streckte mir unverhofft ein Champagnerglas entgegen und flüsterte samtweich «Grenzt es nicht an ein Wunder, wenn sich zwei einsame Seelen bei einem gemeinsamen Drink trösten dürfen?» Ich nickte, schluckte leer, rückte meine Brille zurecht und nahm das Glas wortlos entgegen. Wir stießen auf alle einsamen Herzen dieser Welt an und ich nippte am prickelnden Nass. Ich wähnte mich in einem Film der Coen-Brüder.

Diesmal wurde das Stirnrunzeln des Kommissars von geweiteten Augen begleitet:

„Sie kam mir nichts, dir nichts auf Sie zu? Haben Sie öfter solche Begegnungen?"

„Noch nie. Aber ich nahm ihre Einladung an und trank den Sekt. Das Nächste, an das ich mich erinnere, ist, wie ich heute verwirrt und mit höllischen Kopfschmerzen im Hotelzimmer erwachte. Ich war mehr als überrascht, dass die Frau in meinem Bett lag. Da sie kein Lebenszeichen von sich gab, rief ich die Polizei. Als ich das Zimmer verließ, um zu M&S zu eilen, wurde ich verhaftet. So, jetzt kennen Sie die ganze Geschichte. Kann ich jetzt mit M&S telefonieren?"

Der Inspektor kritzelte die letzten Worte in sein Notizbuch und schob es seinem Vorgesetzten hin. Während sich
Inspektor Koch fast apathisch zurücklehnte, leckte von
Wenzenhausen die Kuppe seines linken Zeigefingers und
blätterte im Notizbuch vor und zurück:

*„Sie kommen schon noch zu Ihrem Telefonat, Doktor. Sie haben
also eine Einladung der Firma M&S für heute Vormittag. Wen wollten Sie da treffen?"*

*„Am liebsten würde ich Ihnen die schriftliche Einladung zeigen.
Dort sind sämtliche Namen und Funktionen der Sitzungsteilnehmer
aufgeführt. Bedauerlicherweise liegt diese in der Aktentasche, die aus
meinem Hotelzimmer verschwunden ist."*

„Wann haben Sie denn Ihre Tasche zuletzt gesehen?"

*„Ich hatte sie bei meiner Ankunft im Hotelzimmer abgelegt und
als ich sie heute Morgen zur Besprechung mitnehmen wollte, war sie weg.
Das Treffen wurde von Dr. Kunkel, dem Forschungsleiter von M&S,
organisiert. Wenn Sie mich mit ihm sprechen lassen, kann ich Ihnen
sämtliche sechs Namen der Teilnehmer liefern."*

Ich schob meine Brille zurecht und merkte, dass ich sie
gelegentlich beim Optiker richten lassen sollte. Von Wenzenhausen schrieb etwas ins schwarze Notizbuch und legte den
Stift dann weg. Der Inspektor lehnte sich zu ihm hin, im Versuch zu erkennen, was sein Vorgesetzter seinen Aufzeichnungen hinzugefügt hatte. Jener kramte in seiner Jackentasche, zog einen Zahnstocher hervor, befreite ihn von seiner
Cellophanhülle, die er auf den Tisch legte, und steckte sich
das Hölzchen in den Mund. Sein Blick pendelte zwischen den
Notizen und mir, als vergleiche er ein Portrait mit dem Mo-
dell und nuschelte:

*„Wir werden ihre Aussage überprüfen, die Teilnehmer des Mee-
tings ermitteln und diesen Kunkel über die Sachlage informieren, Doktor. Nun zu ihrem Hotel. Warum sind Sie im Drei Kronen abgestie-
gen?"*

„Reiner Zufall, Herr Kommissar. Ich bin auf booking.com darüber gestolpert. Es war preisgünstig und schien kein Rattenloch zu sein. Ich kenne mich hier in der Stadt nicht aus."

„Sie haben Ihr Gepäck aufs Zimmer gebracht und sind dann gleich in Richtung Altstadt losgezogen. Unterwegs haben Sie an Dirks Bude etwas gegessen. Warum haben Sie nicht in einem gemütlichen Restaurant zu Abend gegessen und ein gepflegtes Bier genossen, um sich zu entspannen?"

„Ich hatte bereits im Flieger etwas gegessen und meine Finanzen sind nur noch Haut und Knochen. Ich habe einige Arbeitswochen mit Achtzehn-Stunden-Tagen hinter mir und wollte den Kopf etwas auslüften. Ich konnte mir nichts Teures leisten und brauchte dennoch dringend eine Stunde Ablenkung. Können Sie das nachvollziehen?"

„Worauf Sie einen lassen können, Doktor. Und ob ich das Gefühl der Überarbeitung kenne. Aber das tut nichts zur Sache. Wie sind sie ausgerechnet auf das Barracuda gestoßen? Soviel ich weiß, ist es eine der übelsten Kaschemmen in der Stadt. Es gibt bei uns weiß Gott gepflegtere Unterhaltungslokale und Bars, wo man die Seele baumeln lassen kann. Man könnte meinen, Sie hätten richtiggehend Ärger gesucht, Doktor."

„Tja, im Nachhinein ist man immer klüger. Wie gesagt, ich kenne mich hier nicht aus. Ich hätte ein Kapuzinerkloster betreten, wenn es die Aussicht auf gute Musik und einen Drink geboten hätte. Es war die Musik, die mich anlockte, wie der Gesang der Sirenen einst die Argonauten."

Der Kommissar stieß die Luft aus, zog seinen Zahnstocher aus dem Mund, schnippte ihn in den Papierkorb, holte ein frisches Hölzchen hervor und legte es samt Hülle vor sich auf den Tisch:

„Hören Sie bloß auf, einen auf Pausenclown zu machen, Doktor. Das hier ist ein ernstes Verhör und Sie befinden sich in einer Lage, die Sie nicht zu Späßen veranlassen sollte. Also bleiben Sie bei der Sache und lassen Sie die griechische Mythologie aus dem Spiel."

Er zog den Zahnstocher aus der Cellophanhülle, biss zweimal kräftig ins Holz und schob das Stäbchen in die leere Hülle zurück, die auf dem Tisch lag:

„Ja, ihr gestriger Abend ist dann wohl so richtig in die Hose gegangen. Ist Ihnen am Flughafen, im Hotel, auf der Straße oder in der Bar jemand aufgefallen, der Sie beobachtet haben könnte?"

Inspektor Koch griff mit einem Ausdruck des Abscheus nach dem Cellophan und beförderte das Hölzchen samt Verpackung in den Papierkorb. Von Wenzenhausen packte den nächsten Zahnstocher aus und ich schob meine verrutschte Brille zurecht:

„Ich habe nicht darauf geachtet. Aber nein, mir ist niemand aufgefallen."

Von Wenzenhausen zermalmte den frischen Stocher zwischen seinen Stockzähnen, stand auf, neigte sich zum Papierkorb und spuckte die Holzreste hinein:

„Könnte es sein, dass die Prügelei in der Bar inszeniert war, um Sie abzulenken, während man Ihnen unbemerkt etwas ins Glas schüttete?"

Der Kommissar hatte das Notizbuch und den Stift seinem Assistenten hingeschoben, der sich beeilte, das Gesprochene nachzutragen. Ich massierte meine pochenden Schläfen:

„Nein, denn die Frau erschien erst, als die Raufbolde draußen waren und ich kann mir nicht vorstellen, dass die Typen einander die Nasen zu Brei schlugen, bloß um mich abzulenken. Es ging ganz flott und ziemlich blutig zur Sache, Herr Kommissar."

Von Wenzenhausens Augen warfen einen flüchtigen Blick an die Decke und kehrten gleich wieder zu mir zurück:

„In gewissen Kreisen, die Ihnen kaum vertraut sein dürften, gleichen Ablenkungsmanöver selten Theateraufführungen, glauben Sie mir, Doktor. Da wird nicht nur so getan als ob. Ein paar Zähne mehr oder

weniger sind dort nicht von Belang. Kommen wir zur geheimnisvollen Lady. Kannten Sie die Dame?"

Der Kommissar hatte einen Moment unkonzentriert gewirkt. Mit dieser letzten Frage kehrte aber seine ursprüngliche Aufmerksamkeit zurück, was ich der Wölbung seiner Augenbrauen ansah. Ich goss mir etwas vom längst erkalteten Kaffee nach und nahm einen Schluck:

„Nein, Herr Kommissar, wie ich schon sagte, ich habe sie nie zuvor gesehen und ich muss betonen, dass sie es war, die mich ansprach. Soweit ich mich erinnere, war sie die einzige Frau in der Bar, abgesehen von der Blondine, die mit dem Schlagzeuger herummachte. Plötzlich stand sie hinter mir und streckte mir ein Champagnerglas entgegen."

„Wie konnte sie Ihnen etwas entgegenstrecken, wenn sie hinter Ihnen stand?"

„Aber Herr Kommissar, drehen Sie sich etwa nicht um, wenn Ihnen jemand auf die Schulter tippt und ins Ohr flüstert? In der Bar war sie ein Blickfang, das absolute Highlight. Wer nicht pennte, hatte seine Augen auf ihr. Ich freute mich, dass ich zu einem genießbaren Drink kam und dazu, ein halbes Stündchen zu schäkern, bevor ich schlafenging. Dass mich diese Frau im wörtlichsten aller Sinne umhauen würde, konnte ich nicht ahnen."

Ein Auge des Kommissars schien sich in mich hineinbohren zu wollen, während das andere gleichgültig knapp an mir vorbeisah:

„Warum haben Sie die Dame mit aufs Zimmer genommen, Doktor? Was hatten Sie mit ihr vor?"

Ich fand die Frage hinterhältig. Die Augenbrauen der beiden Beamten hoben sich erwartungsvoll. Ich hatte Mühe, gelassen zu bleiben:

„Ich weiß nicht einmal, wie ich in mein Bett gekommen bin. Zwischen dem Trinken des Schaumweins an der Bar und dem Erwachen heute Morgen existiert für mich nichts, verstehen Sie, rien, niente, nada.

Ich hoffe, Sie begreifen das endlich."

„Bitte beherrschen Sie sich, Doktor. Hatten Sie in der Bar die Absicht, die Dame abzuschleppen?"

Meine Nerven kamen ins Flattern, aber ich wusste, dass ich nichts daran ändern konnte, dass dieser Columbo-Verschnitt ständig dieselben Fragen stellte und so tat, als würde er nicht verstehen:

„Warum fragen Sie, wenn Sie die Antwort bereits kennen?"

Gebieterisch streckte von Wenzenhausen seinen Zeigefinger in die Höhe und wies mich zurecht:

„Überlassen Sie es uns, Fragen zu stellen, Doktor. Beantworten sie sie einfach. Haben Sie Drogen oder Medikamente dabei oder hatten Sie gestern welche bei sich?"

Da ich am Morgen mein Gesicht im Spiegel gesehen hatte, konnte ich ihm diese Frage nicht verübeln.

„Nein, keine Drogen, abgesehen vom Aspirin, wenn Sie das als Droge werten. Es liegt in der verschwundenen Aktentasche und wäre momentan sehr willkommen."

Um zu verdeutlichen, was ich damit meinte, griff ich mir an die Stirn. Weder meine Bemerkung noch meine Geste beeindruckten ihn:

„Sie haben also der Dame, die Sie auf Ihr Zimmer genommen haben, nichts gegeben?"

„Sie meinen Drogen? Nein."

Der Kommissar warf dem Inspektor einen schiefen Blick zu, ließ den Zahnstocher über seine Lippen tanzen und schielte ins Notizbuch. Es klopfte an der Tür und das käsige Gesicht eines hageren Polizisten in Uniform erschien im Türspalt. Sein messingblondes, langes, krauses Haar war zu einem Pferdeschwanz gebunden. Mit unsicherer Stimme meldete er:

„Bitte entschuldigen Sie die Störung, Herr Kommissar. Mathis ist am Telefon und möchte Sie dringend sprechen."

Von Wenzenhausen spuckte seinen Stocher auf den Boden und sprang mit hochrotem Kopf so abrupt auf, dass sein Stuhl gegen die Wand knallte. Als der Kommissar wie ein Vulkan ausbrach, schreckte ich genauso zusammen wie der Inspektor mir gegenüber und der Uniformierte in der Tür zog den Kopf ein.

„Verdammt nochmal, Wulf! Habe ich mich nicht klar ausgedrückt? Hatte ich nicht gesagt, dass ich auf gar keinen Fall gestört werden will? Wenn ich etwas sage, dann meine ich es so! Also schicken Sie Mathis zum Teufel. Wenn ich soweit bin, dann hört er von mir. Und jetzt raus hier, aber pronto!"

Als hätte der Zwischenfall nie stattgefunden, stellte von Wenzenhausen den Stuhl wieder hin und setzte sich. Er holte ein frisches Hölzchen aus seiner Jackentasche, schälte es aus seiner Hülle und schob es sich in den Mund. Inspektor Koch nahm eine Serviette vom Tisch und hob damit den zerkauten Zahnstocher vom Boden auf. Er entsorgte ihn im Papierkorb mit einer Miene, als handelte es sich um ein Hundehäufchen. Der Kommissar überflog abermals die Aufzeichnungen des Inspektors und wandte sich dann entspannt an mich:

„Wo waren wir stehen geblieben? Ach ja, die Dame. Sie tranken also mit ihr im Barracuda ein Glas Champagner. Das haben Sie zu Protokoll gegeben. Was geschah dann, Doktor?"

„Herrgottsakrament nochmal, Herr Kommissar. Wie oft muss ich wiederholen, dass da meine Erinnerung aussetzt? Sind Sie so begriffsstutzig wie eine Amöbe oder tun Sie nur so?"

Jetzt schleuderte mir Kommissar von Wenzenhausen abwechslungsweise mit seinem linken und seinem rechten Auge Blicke wie Blitze entgegen:

„Werden Sie bloß nicht ausfällig, Doktor. Beantworten Sie einfach meine Fragen. Es gibt keinen Grund, sich aufzuregen. Für mich

steht fest, dass Sie der Dame Drogen verabreicht haben und glauben Sie mir, Doktor, ich bin hartnäckig und gebe nicht auf, bis ich die Wahrheit weiß. Und ich irre mich selten. Es wäre zu Ihrem Vorteil, zu koope- rieren. Erzählen Sie uns doch einfach, was sich zugetragen hat, nachdem Sie den Champagner getrunken haben. Sie machen uns dadurch allen das Leben einfacher."

Trotz seiner mahnenden Worte blieb der Kommissar so gelassen wie ein toter Frosch. Ich bemühte mich, es ihm gleichzutun, auch um das heftige Pochen in den Schläfen nicht unnötig zu verstärken. Mit einem Seufzer, als wäre ich soeben aus den Tiefen des Ozeans aufgetaucht, versuchte ich, meinen Ärger mit der Luft auszustoßen:

„Auch ich wüsste gerne, wie ich gestern in mein Bett gekommen bin, Herr Kommissar. Ich kann nur wie ein Endlosband wiederholen, dass ich einen totalen Filmriss habe. Wenn ich Ihren ehemaligen Bun- despräsidenten Theodor Heuss zitieren darf: «Wer immer die Wahrheit sagt, kann sich ein schlechtes Gedächtnis leisten»."

Die Züge des Kommissars verrieten, dass sich sein Vor- rat an Goodwill dem Ende zuneigte:

„Falls Sie es noch nicht bemerkt haben sollten, Doktor, Sie ste- cken in ernsten Schwierigkeiten und das hier ist keine Stammtischrunde, sondern eine polizeiliche Vernehmung. Ich weiß nicht, wie sowas bei Ihnen auf dem Dorfe abläuft, aber hier ist das eine todernste Sache. Finden Sie es glaubwürdig, dass jemand nach einem einzigen Glas Champagner ins Koma fällt und sich an gar nichts mehr erinnert? Ist es nicht viel eher so, dass Sie sich nicht mehr daran erinnern wollen? Könnte es sein, dass Sie die Dame auf ihr Zimmer gelockt und ihr dort etwas verabreicht haben, das sie gefügig machte? Wollten Sie nicht Dinge mit ihr anstellen, auf die ich nicht näher eingehen möchte und gegen die sich die Frau gesträubt hätte, wenn sie bei Bewusstsein geblieben wäre?"

Das Crescendo in der Stimme des Kommissars hörte sich an wie ein anrückender Tsunami. Dieser plötzliche, hin- terhältige und rüde Angriff aus seiner völligen Entspanntheit heraus musste eine Taktik sein, auf die er häufig zurückgriff. Der Kerl spielte die Doppelrolle guter Bulle, böser Bulle. Da blieb für Inspektor Koch nur der Part des Statisten. Ich weiß nicht, ob ich es der Spätwirkung der Droge oder meinem reinen Gewissen zu verdanken hatte, dass ich mich nicht ins Bockshorn jagen ließ und verblüffend ruhig konterte:

„Glauben Sie doch, was Sie wollen, Herr Kommissar. Ich weiß nur, dass ich mich nicht an letzte Nacht erinnere. Eine Erklärung, woher diese Amnesie kommt, kann ich ihnen so wenig liefern, wie ich der bedauernswerten Frau im Spital helfen kann. Und ich würde beides liebend gerne tun. "

Der Kommissar fiel in seinen niederenergetischen Modus zurück:

„Wir werden es herausfinden, Doktor. Die Blutanalysen werden uns einiges verraten, die Forensiker werden uns Hinweise liefern und wir werden Zeugen befragen. Hoffen Sie nicht darauf, sich mit Lügen und Ausflüchten aus der Affäre zu ziehen, nicht bei mir, Doktor. Sollten wir in Ihren persönlichen Sachen Spuren von Drogen finden, so müssten wir unsere Unterhaltung auf einer unangenehmeren Ebene fortsetzen. Aber gut, ich höre Ihnen vorerst einfach mal zu und unterstelle nichts. Worum ging es überhaupt bei Ihrem geplanten Treffen mit M&S?"

Der Verlauf des Gesprächs ging mir auf den Nerv. Ich nahm meine Brille ab. Sie war zwar sauber, aber ich spürte das Verlangen, über die Gläser zu wischen. Ich blähte meine Backen, stieß die Luft aus und gab über den Grund meines Besuchs Auskunft. Ich betonte abermals die Wichtigkeit des Treffens, was auch diesmal gleichmütig zur Kenntnis genommen wurde. Dann beschrieb ich minutiös, was nach meinem Erwachen im Hotelzimmer geschehen war. Das Hölzchen zwischen den Lippen des Kommissars drehte sich langsamer und seine Augen verengten sich, als er mich unterbrach:

„Haben Sie schon davon gehört, dass unterlassene Hilfeleistung

strafbar ist, Doktor?"

„Es war keine unterlassene Hilfeleistung. Ich habe Hilfe geholt. Ich hätte ohnehin nicht gewusst, was ich sonst für die Frau hätte tun können. Und ich hätte mich nach dem Meeting bei der Polizei gemeldet und mit der Bekanntgabe meiner Zimmernummer hatte ich meine Identität offengelegt. Es war also strenggenommen kein anonymer Anruf."

Am Ende ließ von Wenzenhausen seinen Zahnstocher erst den Lippen entlangstreifen und dann kreisen. Er nickte bedächtig und meinte in einem Anflug gespielter Resignation:

„Also gut, Doktor. Ihre Aussagen haben wir im Kasten. Vielleicht fällt Ihnen noch etwas ein. Sie dürfen ihre Aussage jederzeit ergänzen oder richtigstellen. Bis einiges geklärt ist, werden Sie uns Gesellschaft leisten. Sie dürfen jetzt einen Anruf tätigen. Vielleicht möchten Sie doch einen Rechtsbeistand?"

Der Kommissar war ganz offensichtlich noch nicht von meiner Unschuld überzeugt. Beim Inspektor sah das anders aus, wenn ich seinen Blick richtig interpretierte. Ich fühlte mich ausgelutscht und massierte meine Schläfen. Paradoxerweise fühlte sich mein Kopf leer und zugleich tonnenschwer an. Da mir von Wenzenhausen zusicherte, Dr. Kunkel bei M&S über den Grund meines Fernbleibens zu informieren, verzichtete ich auf ein Telefonat. Ich hätte beileibe nicht gewusst, wen ich anrufen sollte.

5

Ein junger Beamter, ernst, kräftig und adrett uniformiert, kam mich im Vernehmungszimmer abholen. In meinem Kopf nahm das Surren und Poltern wieder zu. Meine Sicht war getrübt und das Reinigen der Brille konnte dem nicht abhelfen. Der Mann ließ mir die nötige Zeit, um mich aufzurichten und meine Brille wieder aufzusetzen. Dann zog er Handschellen hervor und brummte:

„Tut mir leid, Vorschrift."

Ich nickte bedächtig und nuschelte:

„Schon in Ordnung. Tun Sie ruhig Ihre Pflicht."

Ein perfides Schwindelgefühl machte den Gang zur Zelle zu einem Seiltanz über die Niagarafälle.

Als meine Handgelenke wieder frei waren, legte ich meine Brille auf den kleinen Tisch und streckte mich auf der Pritsche aus. Sogleich fiel ich in einen sonderbaren Halbschlaf. Gedanken kamen aus dem Nichts, verselbstständigten sich und rissen ab, bevor sie einen Sinn ergeben konnten. Vergangenheit, Gegenwart und Zukunft vermengten sich zu einem bitteren Cocktail. Für eine kalte Dusche und ein Alka-Seltzer mit einem heißen Getränk hätte ich sogar den Frustbrocken am Empfang auf seinen schwabbeligen Bauch geküsst. Ich fühlte mich abgestandener als der Mief in meiner Zelle, in der Dutzende Säufer und Penner ihre Duftmarke an die Pritsche geheftet hatten. Der Raum sah aus und roch genauso, wie ich mir eine Ausnüchterungszelle vorgestellt hatte. Der Kaffee, den mir der junge Beamte später brachte, war heiß, bitter und dringend willkommen, auch wenn er weder das Alka-Seltzer noch die ersehnte Dusche ersetzen konnte. Als ich nach dem zweiten Schluck den leeren Becher auf den

Tisch stellte, begann mein körperliches Unwohlsein ein wenig nachzulassen. Der ohnmächtige Schmerz über das verpasste Treffen mit M&S tat es leider nicht.

Ich musste an all die Tage, Nächte und Wochenenden denken an denen ich für meinen Traum durchgearbeitet hatte, einen Traum, der gerade platzte. Mein gesamtes Geld und meine ganze Energie hatte ich in das Vorhaben gesteckt. Mir blieb nur der schwache Trost, dass mir niemand mein Wissen nehmen konnte. Ich hatte meine Laboraufzeichnungen von Anfang an codiert. Den Schlüssel zum entscheidenden Know-how verwahrte ich ausschließlich in meinem Kopf, wo es sicherer als in Fort Knox war. Aber ohne finanzielle Mittel war mein Wissen genauso nutzlos wie die finanziellen Mittel ohne mein Wissen. Solange ich in dieser Zelle festsaß, würden Wissen und Finanzen nicht zusammenfinden.

Ich kannte die Pappenheimer, die entschieden, ob ein Projekt realisiert wurde oder nicht. Ich wusste um ihre kolossale Gier nach Profit. Sollten sie die Tragweite meines Projekts begreifen, so würden sie sich um die Patentrechte prügeln, in Maßanzug und Seidenkrawatte. Darauf hätte ich meinen letzten Slip gewettet. Aber sie waren zu sehr damit beschäftigt, die Kranken dieser Welt abzuzocken, um sich mit grundlegend neuen Konzepten zu befassen.

Vergeblich suchte ich in meinen verharzten Hirnwindungen nach Antworten auf die Frage, wer mich außer Gefecht gesetzt haben und mit meiner Aktentasche verduftet sein könnte. Wie naiv musste jemand sein, um anzunehmen, dass ich mit meinem gesamten Wissen in der Tasche in der Weltgeschichte herumspazierte? Je intensiver ich nach Erklärungen suchte, umso höllischer tobte der Schlagbohrer in meinem Kopf. Die Nachwirkungen der Droge, die mich außer Gefecht gesetzt hatte, schienen kaum nachzulassen. Ihre Angriffe auf Körper und Geist kamen in Wellen. Ich stand auf und versuchte, den anhaltenden Geschmack nach Klärschlamm im Mund zu ignorieren.

Langsam, aber sicher musste ich im Kopf klarwerden. Nein, ich musste nicht langsam, sondern schnell und sicher wieder funktionieren und einen Weg finden, mein Projekt zu retten. Ein Satz von Professor Elias, meinem Doktorvater, hatte ich mir zum persönlichen Motto gemacht:

„Ein Wissenschaftler gibt ein Ziel, das er sich gesteckt hat, niemals auf, bevor unwiderlegbare Beweise vorliegen, dass es unerreichbar ist. Wer einen Krieg gewinnen will, muss bereit sein, Schlachten zu verlieren."

Ich leckte gerade meine Wunden nach verlorener Schlacht, vertraute jedoch darauf, diesen Krieg zu gewinnen. Mein Wunsch nach Papier und Schreibstift wurde mir bereitwillig erfüllt. Ich setzte meine Brille auf und versuchte, meine Präsentation aus dem Gedächtnis zu rekonstruieren. Ich begann Tabellen, Diagramme und Reaktionsabläufe zu skizzieren. Wer schon versucht hat, komplexe Tabellen und Diagramme freihändig aus dem Gedächtnis zu zeichnen, dem muss ich nicht erklären, wie sie auf den Betrachter wirken.

Als man mir das Essen brachte, unterbrach ich meine Arbeit. Während ich auf dem Hamburger herumkaute, wurde mir klar, wie sinnlos es war, meine Dokumentation mit Papier und Bleistift erstellen zu wollen. Ausgelaugt und ohne reelle Aussicht auf eine zündende Idee, wie ich aus diesem Schlamassel herauskommen könnte, gab ich das Grübeln bald auf. Ich legte meine Brille auf die bekritzelten Blätter und breitete mich wie ein Bettüberwurf auf der Pritsche aus. Mein Blick verlor sich an der grobverputzten Decke, bis sich meine Augen schlossen.

Ein Klopfen und Klicken schreckten mich aus meinem Dämmerzustand. Blinzelnd nahm ich die Kontur von Frau Kielstein im Türrahmen wahr. Sie nickte mir zu und nahm wortlos auf dem Stuhl Platz, während ein Uniformierter die Tür von außen schloss. Ich richtete mich auf, rieb mir den Halbschlaf aus den Augen, setzte ein Stummfilmlächeln auf und griff nach meiner Brille. Ihr Blick fiel auf das vollgekritzelte Blatt. Nach einer Weile sah sie auf:

„Interessant. Höchst interessant. Ich blicke zwar nicht ganz durch, aber ich ahne einige geniale Gedankengänge dahinter… Ich habe schon immer gewusst, welches Potenzial in Ihnen steckt und dass…"

Sie ließ den Satz unvollendet und vertrieb die Denkfalten aus ihrem Gesicht. Ich unterbrach die Stille, die sich zwischen uns gelegt hatte:

„Haben Sie bereits die Resultate der Blutanalyse?"

Sie nickte und zeigte jene verschmitzte Mimik, die ich bereits aus ihren Vorlesungen kannte und die nicht mehr zu ihrem Alter passen wollte:

„Zum größten Teil. Eine verflucht raffinierte Mixtur haben Sie abbekommen, Dr. Irrgang. Einen außergewöhnlichen Cocktail. In Ihrem Blut ist kein Wirkstoff zu finden. Sämtliche Komponenten haben sich bereits vollständig abgebaut."

Ihr Ton wurde ernster, ihre Lippen blasser und ihre Augen leuchteten stolz:

„Glücklicherweise benötigt ein gestörter Stoffwechsel eine gewisse Zeit, um wieder ins Gleichgewicht zu kommen. Solange er sich nicht normalisiert hat, lassen sich Fingerabdrücke der verwendeten Drogen nachweisen. Man muss nur wissen, wo und wie man sie findet."

Ich fühlte mich, als würden die Finger, welche ihre Abdrücke in meinem Stoffwechsel hinterlassen hatten, immer noch in meinem Körper herumwühlen:

„Sind es diese Fingerabdrücke, wie Sie das nennen, die mir dermaßen zusetzen?"

„So könnte man es formulieren. Die Wirkstoffe sind nicht mehr in ihrem Blut, aber Ihr Metabolismus kämpft noch um Normalität.

Dank meiner langjährigen Erfahrung und der hochmodernen Appara-
turen, die mir die Universität zur Verfügung stellt, werde ich jeden Be-
standteil nachweisen, den man Ihnen verabreicht hat. Allerdings wird es
eine Weile dauern, bis ich die Analysenresultate vollständig ausgewertet
habe. Eins steht jetzt schon fest, da waren Profis am Werk, echte Vir-
tuosen. Die haben Ihnen nicht banale K.o.-Tropfen in den Champa-
gner geträufelt."

Wenn ich jemals überheblichen Stolz aus einem Gesicht
las, dann aus demjenigen, das mir gerade in die Augen blickte.
Ihre Augen schrien *„Schau her, ich kann zaubern!"* Ich hätte sie
beglückwünscht, wenn ich mich besser gefühlt hätte. Stattdessen hörte ich ihr bloß so aufmerksam zu, wie es mein Zustand erlaubte:

„Nach ersten Erkenntnissen scheint Ihr Blut eine größere Viel-
falt, aber eine geringere Menge an Wirkstoffen abbekommen zu haben
als jenes der Frau. Daraus lässt sich zweierlei folgern. Erstens hat man
Ihnen in der Bar etwas anderes verabreicht als im Hotelzimmer und
zweitens hat Ihre Begleiterin nur im Hotel Drogen abbekommen, aber
davon reichlich. Das erklärt, weshalb Sie vor ihr aufgewacht sind und
die Dame drauf und dran war, das Zeitliche zu segnen. Dieser Umstand
dürfte Sie vom Verdacht entlasten, die Frau betäubt zu haben. Morgen
werde ich den lückenlosen Untersuchungsbericht herausgeben und wie
üblich wird man mich mit Fragen löchern. Polizisten, besonders Kom-
missare, sind wie kleine Kinder. Sie können es nicht lassen, ständig
Fragen zu stellen."

Ihre letzte Bemerkung war von einem Lachen begleitet,
in dem Belustigung und Geringschätzung mitschwangen.
Diese Frau war auf ihrem Gebiet unschlagbar. Das wusste sie
und sie ließ es jedermann spüren. Was sie in dieser kurzen
Zeit aus den Blutproben und dem kleinen Rest in der Champagnerflasche herausgelesen hatte, war verblüffend. Ich
hoffte, dass mich der Kommissar auf Grund ihrer Erkenntnisse auf freien Fuß setzten würde, damit ich M&S kontaktieren konnte. Ich fragte Frau Kielstein, wann ich nach ihrer

Meinung mit einem klaren Kopf rechnen dürfe. Sie zog ihre Augenbrauen hoch, wiegte ihren Kopf hin und her und meinte:

„Die Wirkung müsste weitgehend abgeklungen sein. Gewisse Symptome können aber hartnäckig sein und selbst nach Tagen wieder aufflackern."

Tatsächlich fühlte ich mich schon fitter als am Vormittag:

„Und die Gedächtnislücke?"

„Leider kann ich Ihnen diesbezüglich keine Hoffnungen machen. Sie werden wohl damit leben müssen."

Nachdem sie gegangen war, blieb ich auf meiner Pritsche sitzen, legte meine Brille auf den Tisch zurück und starrte zur Tür, als könnte ich beobachten, was dahinter geschah. Ich wollte mich gerade wieder hinlegen, da hörte ich erneut das Türschloss. Ich traute meinen Augen nicht. Ungläubig setzte ich meine Brille wieder auf.

6

Wenn das Auftauchen der ehemaligen Professorin sonderbar war, dann war das, was ich nun erlebte, surreal. Vor mir stand in voller Lebensgröße niemand anderes als der texanische Prototyp namens Larry Pensky.

Ich warf einen flüchtigen Blick auf meine Armbanduhr. Es war knapp nach drei Uhr. Der Redneck stand bewegungslos da, in Jeans und einem rotgrün gemusterten Hemd. Seine schwarze Nappalederjacke baumelte an seiner Hand. Aus seinem Gesicht leuchtete die texanische Sonne. Larry, der wie der Teufel Rodeo reiten konnte und überzeugt war, jenseits der Staatsgrenze von Texas existiere nichts als das unendliche Vakuum des Universums, stand vor mir. Dieser Howdy, der sich vor nichts so sehr fürchtete, wie vor dem Fliegen, grinste mich an, als hätte er mich beim Fremdknutschen erwischt. Auf einem ungezähmten Mustang oder seinem vorsintflutlichen Pick-up, dieser Rostlaube, die jeden Moment auseinanderzubrechen drohte, war ihm nichts zu riskant. Aber dass Larry seine lähmende Flugangst überwunden haben sollte, war undenkbar. Dennoch schlug mir jetzt sein Lausbubengrinsen von früher entgegen. Verdutzt fragte ich:

"Larry? I can't believe it. It's too weird! What…"

Mit erkennbar texanischem Akzent, aber in einwandfreiem Deutsch, unterbrach er mich:

"Du kannst ruhig Deutsch mit mir sprechen, ok? Die Herren von der Polizei wollen sicher verstehen, was wir sagen."

Der Kerl sprach Deutsch! Ich wäre nicht verblüffter gewesen, wenn er frei in der Luft geschwebt wäre. In seinen ersten dreißig Lebensjahren hatte er sich nie weiter als hundert Meilen von seinem Wohnort entfernt. Seine ganzen Fremdsprachenkenntnisse hatten sich auf ein Dutzend nicht jugendfreier spanischer Ausdrücke beschränkt. Sein Hände-druck war so fest, wie ich ihn in Erinnerung hatte. Jedes Mal wenn ich ihm die Hand gab, musste ich meine Finger zählen. Dass ihn die Polizei in meine Zelle gelassen hatte, verwirrte mich:

"Was tust du hier, Larry? Wie hast du es geschafft, Texas zu verlassen und warum sprichst du plötzlich Deutsch? Ich dachte immer, du bist zuhause angewurzelt wie ein Mammutbaum. Bist du jetzt Anwalt, Polizist oder was?"

Er lachte, als hätte er nie einen besseren Witz gehört, schüttelte den Kopf und schloss seine Arme um mich. Verunsichert erwiderte ich seine Umarmung. Von Wenzenhausen beäugte uns argwöhnisch und fuhr entschieden dazwischen:

"Meine Herren, bitte unterlassen sie weitere Berührungen. Ich kann Ihre Wiedersehensfreude verstehen, aber wir sollten die elementarsten Vorschriften im Umgang mit Untersuchungshäftlingen befolgen. Also halten Sie sich bitte mit Intimitäten zurück."

Theatralisch riss Larry seine Augen auf, löste seine Arme von mir und schnellte wie eine Stahlfeder zurück. Der Blick, den ihm der Kommissar entgegenschleuderte, war mit Verwünschungen gespickt. Es war wie in einem wilden Traum. Erst wurde ich von einer Schönheit angemacht und betäubt, dann verhaftet, des versuchten Mordes verdächtigt und nun tauchten nacheinander die Kielstein und Larry auf.

Im Vernehmungsraum stellte sich Inspektor Basler vor, ein hochgeschossener, spindeldünner Mittdreißiger mit dauervergnügtem Gesichtsausdruck. Er setzte sich neben seinen Vorgesetzten, der gegenüber von Larry und mir Platz genommen hatte. Seine roggenfarbigen Strähnen verrieten, dass entweder sie oder der hauchdünne, mitternachtsschwarze Schnurrbart gefärbt war. Ich überlegte, wieviel Zeit er in das

Trimmen und Färben investieren mochte. Er trug eine perfekte Kopie von Zorros Oberlippenbart, wie ihn Tyrone Power dargestellt hatte.

Der Kommissar forderte mich auf, meine Erzählung, was nach meiner Ankunft geschehen war, Punkt für Punkt zu wiederholen. Er verglich meine Aussage mit den Aufzeichnungen, die Inspektor Koch am Vormittag gemacht hatte. Sollte er darauf spekuliert haben, mich in Widersprüche zu verwickeln, dann musste ich ihn enttäuschen. Larry, der die Geschichte zum ersten Mal hörte, schüttelte bei einzelnen Passagen ungläubig seinen Kopf. Seine blonden Haare, die Ohren und Hemdkragen bedeckten, schwangen dabei nicht immer mit und wirkten gelegentlich wie ein zu großer Helm. Bei jeder Kopfbewegung fiel ihm eine Strähne in die Stirn, die er umgehend zurückstrich. Als ich am Ende meiner Erzählung angelangt war, holte von Wenzenhausen Kaffee für alle. Mit ernster Miene meinte Larry:

„Klingt fast wie das Drehbuch eines Films von David Lynch."

Mit der Bitterkeit von Galle in der Stimme bestätigte ich:

„Ja, toller Plot, wenn es nur Fiktion wäre."

Als der Kommissar mit einem Tablett voller Kaffeebecher zurückkam, brachte er auch Neuigkeiten mit:

„Ihre Bettgenossin von letzter Nacht heißt Eva Balan. Sie arbeitet als Hostess bei einem Escort-Service. Bedauerlicherweise liegt sie immer noch in kritischem Zustand im Krankenhaus. Auf ihre Aussage müssen wir also noch ein Weilchen warten."

Mit einem Feixen im Gesicht fuhr der Kommissar fort:

„Sie soll ein wahres Luxusmodell sein, munkelt man. Wenn Sie die Wahrheit sagen, Doktor, dann haben Sie eine einmalige Chance verpasst, eine ganze Nacht lang Spaß zu haben und das zum Nulltarif. Sie scheinen diese Gelegenheit im wahrsten Sinne des Wortes verpennt

zu haben."

Von Wenzenhausen mochte seine flapsige Bemerkung für witzig halten, ich fand sie so lustig wie ein linker Haken von Mike Tyson. Larry schien dieser Zynismus ebenfalls sauer aufzustoßen. Er schnaubte entrüstet und feuerte einen 380-Volt-Blick auf den Kommissar. Vor zwanzig Jahren hätte sich Larry vermutlich noch göttlich über einen so derben Scherz amüsiert, aber auch er schien inzwischen gereift zu sein. Der Kommissar erkannte seinen Tritt ins Fettnäpfchen und wechselte abrupt das Thema:

„Wir haben die Inhaberin des Escort-Services ins Präsidium gebeten. Sie wird bereits auf dem Weg sein."

Als die Beamten keine Fragen mehr an mich hatten, erzählte Larry, er habe sein Studium abgebrochen, um für eine US-amerikanische Sicherheitsorganisation zu arbeiten:

„Ich absolvierte eine Ausbildung und musste unter anderem intensiv Deutsch büffeln. Nach Abschluss des Bildungsgangs unterstützte ich den Verantwortlichen für den deutschsprachigen Raum. Nach einem guten Jahr ging er in Rente und ich übernahm seinen Job. Später habe ich den Arbeitgeber gewechselt, blieb aber in der Region. Leider ist es mir nicht gestattet, meine Arbeitgeber zu nennen."

Dass Larry hier hineinplatzen und mit mir plaudern konnte, war außergewöhnlich, denn Untersuchungshäftlinge durften nur mit Polizeibeamten oder ihrem Anwalt Kontakt haben. Larrys Präsenz bewies, dass er für jemanden arbeitete, der entweder eng mit der hiesigen Polizei verknüpft oder so mächtig war, dass die lokalen Gesetzeshüter nach seinem Dudelsack tanzten.

Larry hatte sich wenig verändert und doch war er nicht mehr der von früher. Er sprach fließend Deutsch und interessierte sich für meinen Besuch bei M&S. Er wusste erstaunlich viel über Pharmaunternehmen und kannte Dr. Kunkel, den Forschungsleiter von M&S, den ich am Vormittag hätte treffen sollen. Etwas sagte mir, dass Larry eine ganze Menge vor mir geheim hielt. Solange ich nicht wusste, für wen er arbeitete und welche Ziele er verfolgte, wollte ich auf der Hut sein. Aber ein Ertrinkender klammert sich an jeden Strohhalm und Larry war jetzt möglicherweise dieser Halm.

Ob der Kommissar und sein Assistent über Larrys Funktion Bescheid wussten, erschloss sich mir nicht. Da er unsere belanglose Plauderei nicht unterbrach, tippte ich darauf, dass er Anweisung von höherer Stelle hatte, Larry gewähren zu lassen. Ich hätte viel gegeben, um zu erfahren, warum sich der Texaner so bedeckt hielt. Durfte oder wollte er nichts preisgeben? Selbst nonverbal blieb er eine Sphinx. Der Kommissar erklärte, ich müsse vorerst in der Zelle bleiben und ergänzte, das werde mir erlauben, die definitiven Resultate der Bluttests aus erster Hand zu erfahren. Aus seinem Mund klang mein Arrest wie ein Privileg. Tatsächlich kam er mir nicht ungelegen, denn ich hatte im Hotel bereits am Vorabend ausgecheckt und mir stand der Sinn nicht danach, einem neuen Nachtquartier nachzujagen. Die Zelle war zwar kein Luxusresort, aber ich hatte mich an sie gewöhnt und niemand würde mir am nächsten Morgen eine Rechnung präsentieren.

Von Wenzenhausen verabschiedete sich und ließ mich von Inspektor Basler in die Zelle begleiten. Larry schloss sich uns an. Basler brachte Automatenkaffee und eine Zeitung in mein stickiges Kabuff. Die Zeitung ließ ich auf dem Tisch liegen. Ich zog es vor, mit Larry Erinnerungen auszutauschen. Das Tratschen über alte Zeiten lockerte ihn merklich auf. Etwas von seinem früheren Schalk brach sich Bahn, wogegen sich mein Humor in Grenzen hielt. Kurz vor sieben Uhr bekamen wir etwas zu essen. Zwischen zwei Bissen formulierte ich die Frage, die mir auf der Zunge brannte:

„Hör zu, Larry, es ist schön, mit dir über die Zeit in Texas zu plaudern, aber du bist bestimmt aus einem anderen Grund hier."

Larrys Augen weiteten sich und er unterbrach sein Kauen:

„Ich bin gekommen, um dir aus der Patsche zu helfen, mein Freund. Vielleicht hast du bemerkt, dass du der schweren Körperverletzung verdächtigt wirst. Das ist keine Kleinigkeit."

Dieses Gerede um den heißen Brei nervte und ich wurde lauter:

„Verdammt, Larry, jetzt lass endlich die Katze aus dem Sack! Für wen arbeitest du? Wir sind nicht mehr die Studienkumpel von damals. Wie soll ich dir vertrauen, wenn ich nicht weiß, wer du heute bist?"

Larrys Lächeln war so klebrig, wie ein Fliegenfängerband:

„Ich bin, was ich immer war, dein Freund. Und glaube mir, auch wenn ich dir nicht sagen darf, für wen ich arbeite, ich stehe auf deiner Seite. Also bitte, hab Vertrauen."

Ich biss bei ihm auf Leder, nicht hart, aber zäh und unnachgiebig. Frustriert sprang ich auf:

„Zum Teufel mit dir, Larry. Da verlangst du zu viel von mir, wenn ich dir blind vertrauen soll!"

Bevor mich Larry weiter einseifen konnte, traf die Inhaberin des Escort-Services auf dem Revier ein. Zusammen mit dem Beamten, der die Meldung überbrachte, verließ Larry meine Zelle mit dem Versprechen, anderntags zurückzukommen.

Ausgelaugt blätterte ich die Zeitung durch, auf der Suche nach dem Sportteil. Außer Sport mutete ich meinen weichgekochten grauen Zellen nichts zu. Beim Durchblättern stach mir das Kürzel *M&S* ins Auge. Wie ein hungriger Geier über einer sterbenden Gazelle kreiste mein Blick über der Seite, bis ich den kurzen Artikel mit der Überschrift *Das Rennen um das beste Herzmedikament* gefunden hatte. M&S habe an einem Kongress in Atlanta ein revolutionäres Medikament gegen Herz- und Kreislaufschwäche vorgestellt. Es stehe in den USA unmittelbar vor der Freigabe durch die Gesundheitsbehörde FDA. Danach habe die Zulassungsstelle der EU keine andere Wahl als nachzuziehen. Gemäß diesem Artikel beanspruchten die beiden Konkurrenten M&S und Ars Medica International seit Jahren die Marktführerschaft auf diesem Gebiet für sich. Ars Medica habe bereits einige Wochen zuvor ein vergleichbares Produkt vorgestellt. Beide Unternehmen behaupteten, ihr neuer Wirkstoff sei hochwirksam und frei von Nebenwirkungen.

Dieses hohle Gefasel ahnungsloser Marketingfuzzis nervte mich. Niemand, der das Wort *Medikament* buchstabieren kann, wird jemals behaupten, ein Präparat zeige keine Nebenwirkungen, schon gar nicht vor dessen Markteinführung. Der Zeitungsartikel musste von einem hirnlosen Schreiberling stammen, der die Aussage von M&S missverstanden hatte. Das stand für mich fest. M&S war keine Klitsche, die fahrlässig Patienten und Ärzte mit unqualifizierten Behauptungen anflunkerte. Ich kredenzte allen ahnungslosen Lesern ein mitfühlendes Lächeln, die auf Grund dieses Artikels an eine baldige Lösung ihrer kardialen Probleme glaubten. Pseudofachjournalisten, Marketingheinis und institutionelle Lügner wünschte ich in das ewige Feuer der Hölle.

Der Sportredaktor scherte sich keinen Deut um die Fußballresultate aus meiner Heimat. Er widmete lieber unbedeutenden Quartiermannschaften ausgiebige Analysen, was meine Laune vergällte. Ich warf die Zeitung auf den Tisch und machte mich mit einem Seufzer auf der Pritsche lang.

7

Der Kaffeeduft lotste mich am nächsten Morgen vom Traum in die Wirklichkeit. Ein Dunkelbärtiger in Uniform stellte einen dampfenden Kartonbecher und einige Franzbrötchen auf den Tisch. Ich vergalt es dem großgewachsenen Mittvierziger mit einem schlaftrunkenen, verklebten Augenzwinkern. Durch die seidenglänzende Nickelbrille betrachteten mich seine aschgrauen Augen, als wollte er sich überzeugen, dass ich wohlauf war. Nachdem er wortlos gegangen war, blieb ich entspannt auf meiner Pritsche liegen und starrte Löcher in die Decke. Irgendwann setzte ich mich auf, biss in eines der Brötchen und nahm einen Schluck des flauen Getränks. Ich bildete mir ein, der Kaffee habe am Vortag besser geschmeckt, aber mein Geschmackssinn war total im Eimer. Das Gebräu schmeckte mehr nach salzigem Lakritz als nach Mokka und es roch nach Grillgemüse und Bourbon-Vanille, was mich an das wässrige Gebräu erinnerte, das die Mensa in Austin als Kaffee angeboten hatte. Gerüche sind starke Erinnerungsbooster und dieser Duft entführte meine Gedanken einige Jahre zurück und über den Ozean.

***

Die finanziellen Mittel meiner Familie hatten gegen ein Studium im Ausland gesprochen und einige unserer heimischen Hochschulen gehörten schon damals zu den weltweit renommiertesten. Das sind Fakten, die vermutlich die meisten Studenten dazu bewogen hätten, ihren Abschluss im eigenen Land zu machen. Mich konnte dennoch niemand davon abbringen, meine Ausbildung in Austin abzuschließen. Ich hatte mir eingeredet, niemand, außer Professor Elias, könne mir das Rüstzeug vermitteln, das ich anstrebte. Wenn ich mir etwas einrede, dann kann ich ganz schön stur sein. Ich wusste, wie kostspielig ein Studium in den USA ist und beschaffte mir das nötige Geld mit Tätigkeiten, die so lukrativ wie möglich und so legal wie nötig waren.

An die Lebensweise meines texanischen Umfelds musste ich mich erst gewöhnen, denn bei uns zuhause galt Bescheidenheit als Tugend. „*Andere Länder, andere Unsitten*", sagte ich mir und schickte mich in das Unveränderliche. Ich war schließlich nicht nach Austin gekommen, um Sitten und Gebräuche zu studieren, zu werten oder zu lernen. Ich war da, um die bestmögliche akademische Ausbildung zu genießen. Seit ich mich mit Naturwissenschaften beschäftigte, war Professor Elias so etwas wie mein Idol. Ich war von seinen Publikationen fasziniert und wollte mir von seinem Wissen und seiner kreativen Denkweise ein großes Stück abschneiden. Wenn ich ehrlich sein soll, wollte ich so gut werden wie er. Wenn ich noch ehrlicher sein soll, ich wollte ihn überflügeln. Um das zu erreichen, war ich zu allem bereit. Mit kaum zu überbietender Motivation tauchte ich in mein Studium ein. Selbst während des Essens steckte meine Nase in einem Buch oder irgendwelchen Vorlesungsnotizen. Sogar meine nächtlichen Träume kreisten um Proteine und Enzyme. Das ging solange gut, bis mich die Einsamkeit zu erdrücken drohte. Lange Zeit sträubte ich mich, etwas gegen die Vereinsamung zu unternehmen, aber es kam der Tag, an dem ich es nicht mehr aushielt. Bevor meine Psyche einen bleibenden Schaden nehmen konnte, begann ich meine Isolation zu lockern. Ich lernte einige Einheimische näher kennen, worauf meine Vorbehalte gegen sie zu bröckeln begannen, wie vom Permafrost befreiter Fels. Meine anfänglichen Vorurteile, riechen aus heutiger Warte nach zwinglianischem Moralin.

Als erstes stieß ich auf Candice. Korrekterweise müsste

ich sagen, dass sie auf mich stieß. Candice war eine Vollblut-partylöwin. Sie war Tochter von Beruf und aus Berufung und nicht zuletzt war sie Zeremonienmeisterin. Mit mäßiger Intelligenz ausgestattet, pflegte sie, allem virtuos auszuweichen, was nach Pflicht und Arbeit roch. Wenn ich einen Menschen benennen müsste, dem ich die Fähigkeit abspreche, seinen Lebensunterhalt selbst zu verdienen, dann wäre es Candice. Ihre auffälligste Leidenschaft war das Sammeln sexueller Erfahrungen. Im Gegensatz zu mir war es für sie und jene, die sie kannten, nichts Außergewöhnliches, dass ich bereits wenige Stunden nachdem sie mich angepeilt hatte, in ihrem Bett landete. Diese Erfahrung teilte ich mit Dutzenden anderer Studenten und einigen Dozenten. Dass sie mich in ihre exklusive Entourage aufnahm, mit der sie regelmäßig abhing, überraschte hingegen nicht nur mich. Ich weiß nicht, was mich dafür qualifizierte und ich frage mich, ob ich stolz darauf sein soll.

Gleich am nächsten Tag lernte ich Larry kennen. Er schritt grimmig auf uns zu, als ich mich mit Candice gerade im Schatten einiger Bäume unterhielt. Dieser gutaussehende Bursche in Designerjeans und Poloshirt tauchte mit zusammengepressten Lippen und himbeerrotem Kopf aus dem Nichts auf. Seine handgefertigten, bestickten Stiefel klapperten auf dem Hartbelag wie die High Heels einer zielstrebigen Abteilungsleiterin. Er kam direkt von einer Auseinandersetzung mit einigen Kommilitonen. Ich entnahm seinem schwerverständlichen, von Flüchen durchzogenen Toben lediglich, dass er auf irgendwelche Leute mächtig sauer war. Er schnaubte wie ein spanischer Stier und wetterte und fluchte wie ein Kesselflicker. Candice strich geduldig lächelnd ihre mittellangen, kastanienbraunen Locken nach hinten und ließ ihn seelenruhig seinen Kropf leeren. Als er die heiße Luft abgelassen hatte, schaffte sie es mit wenigen Worten, ihn soweit

70

zu temperieren, dass ich das Meiste, was er sagte, zu verstehen begann. Erst jetzt nahm er mich wahr. Er warf Candice einen fragenden Blick zu:

„Und wen haben wir hier? Deine neueste Eroberung?"

Candice lachte und schlang ihren Arm um mich:

„Und was, wenn?"

In Larrys Lächeln lag etwas wie Anerkennung. Er schüttelte seine roggenblonde Mähne und streckte mir seine kräftige Rechte entgegen:

„Larry. Candices' Freunde sind auch meine Freunde."

Ich ergriff seine Hand und stellte mich vor. Freunde zu finden entpuppte sich als leichter, als ich mir vorgestellt hatte. Dass Larry trotz seiner lückenhaften Allgemeinbildung blitzgescheit war, wurde mir rasch klar. Sein Ehrgeiz galt anderen Dingen als dem, was wir allgemein als Bildung bezeichnen. Für Candice war er etwas wie ein persönlicher Berater, ein Seelsorger, könnte man sagen. Das beruhte auf Gegenseitigkeit. Larry war wohl der einzige in Candices Umfeld, der sich noch nie von ihr hatte vernaschen lassen. Mag sein, dass dieser Umstand zu ihrem besonders intimen Verhältnis und ihrem großen gegenseitigen Respekt beitrug. Wer jetzt denkt, dass Larry wenig von Frauen hielt, der liegt völlig falsch. Er wechselte seine Freundinnen im Monatsrhythmus und er war ihnen selten treu.

Larry stammte aus einer Familie, die sich den Kopf nicht darüber zu zerbrechen brauchte, wie sie am Monatsende die Stromrechnung bezahlen sollte und sein Vater schlug ihm keinen Wunsch ab. Wie es kam, dass er trotz seiner beachtlichen Aufnahmefähigkeit über ein Allgemeinwissen verfügte, das diese Bezeichnung kaum verdient, erklärte ich mir mit mangelnder Neugier. Über den alten Kontinent wusste er nicht mehr als ich über das Liebesleben des Hochadels im untergehenden Atlantis. Umso erstaunlicher war es, dass meine beiläufigen Bemerkungen über meine Heimat bei ihm lückenlos hängenblieben und mit der Zeit sein Interesse weckten. Er begann Fragen über das Leben in der Schweiz und in Europa zu stellen.

Unter dem Einfluss meiner neuen Bekanntschaften begann mein Studium zu leiden. Um sicherzustellen, dass ich Masterabschluss und Doktorat in der geplanten Zeit abschließen konnte, musste ich wieder mehr Zeit in die Arbeit investieren. Das ging wiederum auf Kosten der Nachtruhe. Die Vorlesungen, die Arbeit im Labor und die nächtlichen Ausschweifungen mit Candice, Larry und dem übrigen Pack wäre zu bewältigen gewesen. Aber da war noch die abendliche Reinigungstour mit der hispanischen Equipe, um mich finanziell über Wasser zu halten und diese Lebensweise nagte bedenklich an meinen Energiereserven. Ich hätte Candice und ihre Jünger lieber etwas seltener getroffen, aber wer nicht an all ihren Eskapaden teilnahm, wurde gnadenlos aus der Gruppe geschmissen. Ich war in einem Teufelskreis gefangen. Der Schlafmangel beeinträchtigte meine Aufnahmefähigkeit, dadurch beanspruchte das Lernen mehr Zeit, die mir wiederum beim Schlafen fehlte. Ich weiß nicht, wie ich es schaffte, denn auch in Texas hat ein Tag nicht mehr als vierundzwanzig Stunden. Ich war das einzige Mitglied der Candice-Gang, das sein Studium ernst nahm und einen Teil davon selbst finanzierte. Ich war in einem Umfeld aufgewachsen, in dem man meinen damaligen Lebenswandel bestenfalls als liederlich bezeichnet und missbilligt hätte. Für Candice war ich hingegen „*so bieder, dass es schon wehtut.*"

Heute bezweifle ich, dass mir Professor Elias mehr beibrachte, als ich an einer heimischen Hochschule gelernt hätte. Selbst wenn dem so wäre, würde dieses Plus an Wissen die Opfer nicht rechtfertigen, die ich dafür bringen musste. Was diese Opfer rechtfertigt, hat mit Fachwissen nichts zu tun. Texas hat mich effizienter gemacht. Ich habe dort gelernt, in kürzerer Zeit mehr zu leisten und mich effektiver zu erholen. Außerordentliche Fähigkeiten werden meist aus der Not geboren. Anders gesagt: die Dreifaltigkeit des Fortschritts besteht aus Blut, Schweiß und Tränen.

Meine Eltern hatten mir beigebracht, dass man sich erst dann vergnügt, *„wenn man jemand geworden ist."* Das waren ihre Worte. In meinem von Zwinglis Geist beseelten Elternhaus war die Maxime *Zuerst die Arbeit und dann, wenn es denn sein muss, das Vergnügen* so heilig wie die Jungfrau Maria in streng katholischen Familien. Meine Mutter wiederholte bei jeder Gelegenheit den Satz: *„Dies gilt für alle, die nicht mit einem Silberlöffel im Mund auf die Welt kommen"*, und das war ich bestimmt nicht.

Texas war ein Paralleluniversum. Regeln und Gesetze, die zuhause in Granit gemeißelt waren, wurden dort belächelt. Ich begann, eine alternative Sicht der Dinge zu entwickeln, eine texanische Perspektive. Grundsätze, die ich für so unverrückbar wie Naturgesetze gehalten hatte, begannen sich wie Nebel in der Augustsonne aufzulösen. Dennoch war ich Lichtjahre davon entfernt, zu einem zweiten Larry oder sogar einer männlichen Candice zu werden. Dafür hatte mir das Schicksal das falsche Elternhaus zugewiesen, eines das Mittellosigkeit mit Tugend bekämpfte, was tatsächlich funktioniert, solange man daran glaubt. Ich brauchte diesen fast neuntausend Kilometer entfernten Kulturschock, um zu erkennen, wie nachhaltig die ersten beiden Jahrzehnte meines Lebens von Zwinglis Maximen geprägt waren.

In Texas habe ich gelernt, negative Gefühle wirksam abzubauen und Körper und Geist schnell zu regenerieren. Das Prinzip ist simpel, man lässt die Sau raus und ignoriert verknöcherte Regeln. Einige dieser Strategien habe ich mir bis heute bewahrt, obwohl sie in meinem Alter schwieriger umzusetzen sind.

***

Während meiner virtuellen Reise nach Übersee hatte sich mein Blick nicht von der Zellendecke gelöst. Ohne meine Erfahrungen aus Texas wäre ich vermutlich am Donnerstagabend nach meiner Ankunft wie ein gestresster Zuchtzobel im Hotelzimmer auf- und abgegangen und hätte meine Präsentation ein weiteres Mal durchgelesen. Vielleicht hätte ich ein gepflegtes Restaurant aufgesucht und mich bei einer schlichten Mahlzeit und einem Glas Wein zu entspannen versucht. Möglicherweise wären meine Pläne dann nicht wie getroffene Tontauben geborsten und ich wäre nicht im Gefängnis gelandet.

8

Der breite texanische Akzent schreckte mich aus der Tiefe meiner retrospektiven Gedanken:

"Du kannst gehen, aber du darfst die Stadt nicht verlassen. Ich habe mich für dich verbürgt, also mach mir keine Probleme, ok? Dein Zimmer im Drei Kronen habe ich bereits reserviert."

Das Adrenalin schoss in mir hoch:

"Wer zum Teufel bist du, dass man mich auf dein Wort gehenlässt? Du machst mir Angst, Larry. Was willst du von mir?"

Larrys Gesicht blieb ausdrucksloser als das einer Sphinx.

"Stell dich nicht so an, mein Freund. Ich will dir nur helfen. Ich habe keine Hintergedanken. Also hol deine Sachen und auf geht's!"

Von Wenzenhausen stand neben ihm, den obligaten Zahnstocher im Mund:

"Die Leiterin des Escort-Services hat nichts gegen Sie vorgebracht. Sie kennt Sie nicht und Ihr Name steht nicht in der Kundenkartei der Agentur. Somit war Ihr Treffen mit Frau Balan rein privater Natur, sagt sie. Ich lasse Sie nur schweren Herzens ziehen, glauben Sie mir, Doktor. Für mich sind Sie nach wie vor verdächtig, auch wenn wir in Ihrem Koffer nichts Belastendes entdeckt haben. Ich rate Ihnen dringend, sich vorerst zu unserer Verfügung zu halten. Bitte bleiben Sie vorerst in der Stadt und melden Sie sich ab morgen täglich kurz hier auf der Wache. Ihren Reisepass behalten wir einstweilen bei uns."

Der Kommissar sah ausgepowert aus. Er ließ das Hölzchen in seinem Mund rotieren, als könnte es ihm wie eine Aufziehfeder Energie spenden. Dann räusperte er sich und bat mich um die Rufnummer meines Mobiltelefons. Wir schritten gemeinsam zum frustrierten Spätfünfziger, der am

Empfang träge in derselben Haltung wie bei meinem Eintreffen in den Seilen hing. Wortlos ächzend entnahm er einer Schublade den Plastikbeutel mit meinen Habseligkeiten. Er kontrollierte das Etikett und breitete den Inhalt wie Teile eines Memoryspiels auf der Tischplatte aus. Außer meinem Pass durfte ich alles einstecken. Ich quittierte den Empfang auf dem Wisch, den er neben meinen Effekten glattstrich. Mein Handy war tot, der Akku ausgelutscht. Ich hätte das Gerät ausschalten sollen, bevor ich es ihm aushändigte. Leider war ich bei meiner Ankunft völlig durch den Wind gewesen. Ich würde ein Ladegerät auftreiben müssen, denn meins lag in der gestohlenen Aktentasche. Ich hielt dem Kommissar die Rückseite des Geräts unter die Nase und er diktierte dem Griesgram hinter dem Schreibtisch meine Rufnummer, die ich auf einem Etikett notiert hatte.

Verwirrt und ratlos wie ein Neandertaler vor einer Spielkonsole stand ich auf dem Vorplatz mit dem gepflegten Rasenstreifen, in den jemand eine zerknüllte Bierdose geworfen hatte. Eine frische, nach Blüten duftende Brise streifte durch mein ungekämmtes Haar. Meine Augen gewöhnten sich nur zögernd ans Licht der untergehenden Sonne. Larry schien gedanklich woanders zu sein:

„Tut mir sehr leid, Iggy, ich hätte dich gerne zum Abendessen eingeladen, aber wir müssen es verschieben. Ich habe einen Termin, den ich nicht verschieben kann. Ich fahre dich zum Hotel und wir holen das Essen ein andermal nach."

Seine Stimme klang so leidenschaftslos als kommentierte er einen Dokumentarfilm. Vor dem Hotel tauschten wir unsere Handynummern aus. Bevor mich Larry mit einem dumpfen Unbehagen zurückließ, rief er mir noch zu:

„Ruf mich an, wenn etwas ist!"

So leise, dass er mich nicht hören konnte, murmelte ich:
„Ich weiß nicht, ob ich es täte".

Der Anblick des übergewichtigen Angestellten mit dem hochroten Kopf an der Hotelrezeption erinnerte mich an die konkurrierenden Kreislaufmedikamente, die der Zeitungsartikel erwähnt hatte. Es war offensichtlich, dass der Mann kardiovaskuläre Probleme hatte. Er schien auf mich gewartet zu haben. Sein professionelles Lächeln eröffnete mir den Blick auf seine gebleichten Zähne:

„Guten Abend, Doktor Irrgang. Ihr Zimmer ist bezugsbereit. Die Polizei hat es freigegeben.“

Ich bedankte mich und bat im selben Atemzug um ein passendes Ladegerät für mein Handy. Im Zimmer angekommen, schloss ich als Erstes das Handy ans Ladekabel an. Dann schälte ich mich aus den verschwitzten Klamotten und gönnte mir eine lange, brühendheiße Dusche. Die Lust auf kaltes Wasser war verflogen. Mein Körper brauchte jetzt Wärme. Während ich mich vor dem beschlagenen Spiegel rasierte und kämmte, nahm ich mir vor, M&S so rasch als möglich zu kontaktieren. Ich hätte für einen neuen Termin dem Teufel meine Seele verkauft. Ich war nicht unglücklich, dass sich Larry um das Abendessen gedrückt hatte, denn ich war nicht in der Stimmung, ihn und seine Geheimnistuerei zu ertragen. Zudem erlaubte es mir, früh schlafen zu gehen. Die vergangenen Monate hatten meine Energie aufgebraucht, Frau Balans Champagner hatte mich aus den Latschen gekippt und die Zeit in der Arrestzelle hatte wenig zu meiner Erholung beigetragen. Obwohl die Wirkung der Drogen abgeklungen war, zollten ihnen Körper und Geist noch immer ihren Tribut.

Meine Armbanduhr zeigte halb neun. Der Tag war zwischen Wachzustand und Traum schnell vergangen. Mein Magen machte mich knurrend darauf aufmerksam, dass ich dringend etwas zwischen die Zähne bekommen musste. Noch lauter schrie mein Körper nach einem Getränk mit mindestens fünf Prozent Alkohol. Im hoteleigenen Restaurant bestellte ich gegrillten Thunfisch an einer Honig-Senf-Sauce mit wildem Reis und Tagesgemüse und dazu ein großes Bockbier. Der Fisch schmeckte so ekelerregend, dass der Verdacht nahelag, er sei an Altersschwäche gestorben. Um die Hotelküche nicht zu schmähen, schob ich die Schuld auf meinen ruinierten Geschmackssinn. Mein Appetit rang den Widerwillen nieder. Ich verputzte alles bis auf den letzten Rest und spülte den widerlichen Geschmack mit Bier hinunter.

Das letzte Mal, das ich Thunfisch in einem Restaurant gegessen hatte, saß mir Barbara gegenüber. Der Gedanke an jenen romantischen Abend schnürte mir die Kehle zu. Ich vermisste sie so sehr, dass die Sehnsucht alle übrigen Gedanken und Gefühle verdrängte. Auch das zweite Bier änderte nichts an meiner seelischen Verfassung. Ich visierte die Rechnung und verließ das Restaurant. Mit jedem Schritt durch die Lobby nahm mein Gefühl zu, beobachtet zu werden. Ich konnte die fremden Blicke förmlich auf meiner Haut spüren. Erinnerungen an Agentenfilme aus den Siebzigern kamen auf, aber mir fiel niemand auf, der mich, auf einem Fauteuil sitzend, durch ein Loch in seiner Zeitung beobachtete.

Im Aufzug roch es nach Patschuli. Wie die meisten schweren Düfte, erzeugte dieser Geruch einen unangenehmen Druck in meinem Kopf. Ich hielt den Atem an und drückte auf den Knopf für das dritte Stockwerk. Angeekelt zog ich meinen Finger von der verkleisterten Taste zurück und streckte ihn von mir. Bevor sich die Lifttür schloss, spähte ich nochmals in die Lobby, ohne etwas Beunruhigendes zu entdecken. Hatten mich diese verfluchten Drogen etwa paranoid gemacht? Abgesehen von einem Paar der Sektion Graue Panther, das sich angeregt unterhielt, um nicht zu sagen, vehement stritt, hielt sich niemand in der Lobby auf. Stöhnend glitt die Aufzugstür zu und ich ruckelte in die dritte

Etage hoch. Ich schaffte es, den Atem so lange anzuhalten, bis sich die Lifttür oben wieder öffnete und mich aus der Patschuliatmosphäre entließ.

Als ich ins Zimmer trat und den Lichtschalter betätigen wollte, packten mich unverhofft zwei Hände wie Baggerschaufeln an den Oberarmen und schleuderten mich durch die Dunkelheit. Ich prallte mit dem Rücken gegen einen Bettpfosten, was mir für einen Augenblick den Atem nahm und das gesamte Sternenfirmament zeigte. Der stechende Schmerz bohrte sich durch meinen gesamten Oberkörper. Da der Aufprall kein Knacken produziert hatte, nahm ich an, dass ich mir nichts gebrochen hatte. Meine Brille entschied sich für eine eigene Flugbahn. Sie prallte gegen die Wand und blieb auf dem Bett liegen. Bevor ich feststellen konnte, wem die schraubstockartigen Hände gehörten, drang eine sonore Stimme an mein Ohr:

„Mach, was dasteht! Verstanden?"

Ohne mir die Gelegenheit für eine Antwort zu geben, knallte der Eindringling die Zimmertür ins Schloss. So schnell es mein Rücken zuließ, eilte ich zur Tür, riss sie auf und schaute in alle Richtungen. Mr. Baggerhand hatte sich in Luft aufgelöst. Ich schloss die Tür und drückte mit dem linken, unbefleckten Zeigefinger auf den Lichtschalter. Instinktiv wollte ich meine Brille vom Bett nehmen, allein der Ekel trieb mich ins Bad. Dort schäumte ich meine Hände intensiv ein und spülte das klebrige Zeug von meinem Finger. Beim Trocknen der Hände stach mir der intensive Essiggeruch des Frottiertuchs in die Nase. Ich schleppte mich ins Zimmer zurück, betastete die geprellte Stelle an meinem Rücken und inspizierte meine Brille. Sie schien intakt zu sein. Mein Optiker war verdammt teuer gewesen, aber er war den Preis wert. Ich reinigte die Gläser und setzte sie auf. Auf dem Tisch lag ein weißer Briefumschlag, den der Einbrecher hinterlegt haben musste. Ich zog den doppelt gefalteten DIN A4-Bogen heraus. In sauberen, überdimensionalen Großbuchstaben stand da:

„HALTE DICH VON M&S FERN. KEHRE SO SCHNELL DU KANNST NACH HAUSE ZURÜCK UND SAGE NIEMANDEM, WARUM DU DA BIST UND ALLES WIRD GUT. DAS IST EIN GUT GEMEINTER RAT VON EINEM FREUND."

Eine eigenartige Botschaft. Keine Unterschrift. Kein Absender. Bloß ein Freund mit guten Ratschlägen, der mich durch die Luft fliegen ließ. Ich fragte mich, ob ein anonymer Freund nicht ein Widerspruch in sich sei. Die Botschaft war auf stinknormalem, hochweißem Kopierpapier geschrieben, wie man es in jedem Supermarkt bekommt. Dass die Tischschublade einige Zentimeter vorstand, bewies, dass ihr der Eindringling den Umschlag mit dem Hotellogo entnommen hatte. Da ich offene Schubladen nicht ausstehen kann, schob ich sie zurück.

Ich rief den Typ mit den künstlich aufgehellten Zähnen an der Rezeption an und fragte, ob er jemandem meinen Zimmerschlüssel ausgehändigt habe. Er klang empört:

„Nein. Wir geben den Schlüssel ausschließlich dem Gast, der das Zimmer bewohnt. Als ich um vier Uhr meinen Dienst antrat, hatte das Zimmermädchen Ihr Zimmer gerade gemacht und war auf dem Nachhauseweg. Die Polizei hatte es kurz davor freigegeben. Ihr Schlüssel hing seitdem am Brett, bis Sie kamen. Ist etwas mit Ihrem Zimmer nicht in Ordnung?"

Ich musste an seinen überforderten Kreislauf denken:

„Nein. Alles ok, vergessen Sie's. Aber ich habe eine andere Frage. Wäre es möglich, die Rechnung per Banküberweisung zu begleichen?"

„Sie haben Ihre Hotelrechnung doch bereits saldiert, Dr. Irrgang. Als ich den Direktor fragte, ob ich Ihnen die zweite Nacht berechnen *soll, meinte er, Sie hätten die Rechnung bereits bar bezahlt und wollten morgen abreisen. "*

Mit einer Dankesfloskel auf den Lippen legte ich auf, nahm meine Brille ab und legte mich aufs Bett. Ich drehte mich in eine Position, in der sich die lädierte Rippe nicht anfühlte, als läge sie auf einem Nagel. Ein Gefühl von Einsamkeit übermannte mich. Wenn Barbara bei mir gewesen wäre, hätte ich alles viel leichter ertragen. Ich schloss die Augen, ließ die unglaublichen Vorfälle der letzten achtundvierzig Stunden Revue passieren und suchte erfolglos nach einer Erklärung. Die ewiggleichen Fragen fuhren in meinem Kopf Karussell: *Wer? Wie?* und vor allem *Warum?* Ich verheddertete mich in den Fragen, die sich wie Küchenschaben vermehrten und immer komplexer wurden. Ich nahm das Blatt mit Baggerhands Botschaft nochmals hervor.

„…UND SAGE NIEMANDEM, WARUM DU DA BIST…"

Ich versuchte, den Sinn zu verstehen. Der Polizei hatte ich bereits alles erzählt und die Presse würde auch ohne mein Zutun an die Informationen kommen und sie publizieren, wenn sie es wollte. Ein ganzes Ensemble von Fragezeichen tanzte in meinem Kopf Cancan. Ich hatte das Hotel für eine Nacht reserviert, da ich noch am Freitag zurückfliegen wollte. Nun bestand jemand darauf, dass ich eine und nur eine weitere Nacht blieb. Vermutlich war es jener Jemand, der mich daran gehindert hatte, am Freitag Dr. Kunkel zu treffen. Dafür, dass ich seine Anweisungen befolgte, war er bereit gewesen, meine Hotelrechnung zu übernehmen. Er hatte sich möglicherweise als Ignaz Irrgang ausgegeben und sich so meinen Zimmerschlüssel erschlichen. Ich fragte mich, ob Mr. Baggerhand unsere Begegnung in meinem Zimmer geplant hatte oder ob er von mir beim Hinterlegen der Botschaft überrascht worden war.

War das eine der Situationen, in denen Larry wünschte, ich sollte ihn anrufen? Ich bezweifelte, dass es klug wäre, ihn oder die Polizei zu informieren. Es konnte dazu führen, dass der Kommissar meinen Pass länger als nötig einbehielt. Mein Aufenthalt in dieser Stadt ging mir eh langsam auf die Sogenannten. Vielleicht hätte ich auf meinen Freund mit den guten Ratschlägen hören und das Feld räumen sollen, aber sang- und klanglos abzureisen konnte nicht der Weisheit letzter Schluss sein. Erstens hatte ich keine Papiere. Zweitens wollte ich die Chance nicht verpassen, mit M&S zusammenzukommen. Drittens hätte ich nach einer feigen Flucht nicht mehr in den Spiegel schauen können. Und obwohl ich Larry dafür hasste, dass er mir nicht reinen Wein einschenkte, mochte ich ihn nicht in Schwierigkeiten bringen, was man als viertens bezeichnen könnte. Also beschloss ich, zu bleiben und herauszufinden, welches Spiel gespielt wurde. Meine ausgeprägte Neugier hätte ohnehin nicht zugelassen, dass ich ohne Antworten davonschlich. Ich wollte wissen, was vor sich ging, allerdings ohne stärker in polizeiliche Verfahren verstrickt zu werden. Das klang nach einer Wasch-mir-den-Pelz-aber-mach-mich-nicht-nass-Situation.

Das Denken hatte mich ermattet. Ich schob die Entscheidung auf, ob ich Larry oder dem Kommissar von Baggerhand erzählen sollte. Obwohl ich nicht damit rechnete, an einem späten Samstagabend bei M&S jemanden zu erreichen, setzte ich meine Brille auf und wählte Dr. Kunkels Nummer. Sein Anrufbeantworter erklärte, er sei ab Montagnachmittag wieder im Büro. Der AB der Zentrale leierte die Bürozeiten herunter und ich hatte keine weiteren Nummern die ich hätte anrufen können.

Ich legte meine Brille auf die Ablage, ließ meine Kleider achtlos auf den Boden gleiten und nachtwandelte erneut unter die Dusche. Ich gab mich der Hoffnung hin, das Wasser spüle meine schlechten Gefühle und meine Unsicherheit von mir. Das körperwarme Nass streichelte mich fast so zärtlich, wie es Barbara mit ihren Zauberhändchen zu tun pflegte. Zwanzig Minuten lang ließ ich mich vom Wasser verwöhnen. Anschließend schrubbte ich mich intensiv trocken. Mit dem Essiggeruch des Frotteegewebes in der Nase stieg ich ins Bett. Die Dusche hatte mich entspannt und ich spürte, ich würde gut schlafen. Am folgenden Morgen wollte ich entscheiden, ob ich der Polizei von Baggerhand erzählte. Ich deckte mich bis zu den Ohren zu und im Null-Komma-Nichts befreiten mich die Engelein von der Last meiner Sorgen.

9

Ich hatte wie ein Stein geschlafen und staunte, wie spät es geworden war. Die Sonne knallte gegen die kaffeebraunen Vorhänge, drang durch die feinen Poren des Gewebes und schien, den Stoff in Brand stecken zu wollen. Nicht nur draußen war es hell, auch in meinem Kopf hatte es aufgeklart. Mein Magen wühlte wie eine alte Waschmaschine. Der Blick in die Minibar war frustrierend. Das einzig Essbare war eine mickrige Tüte Salznüsschen von der Art, wie sie zu Werbezwecken vor Warenhäusern verteilt werden. Ich schüttete mir den Inhalt in den Rachen. Mit kaltem Wasser wusch ich mir den Schlaf aus dem Gesicht und spülte den Staub von der Brille. Da ich so kurz nach dem Erwachen den stechenden Geruch des Handtuchs nicht ertrug, ließ ich Gesicht und Hände an der Luft trocknen und tupfte die Brillengläser mit Klopapier ab. Ein lästiger Erdnusssplitter hatte sich zwischen dem linken Eckzahn und dem ersten Prämolaren verkeilt und trieb mich in den Wahnsinn. Schade war Kommissar von Wenzenhausen nicht da. Von ihm hätte ich einen Zahnstocher schnorren können. Ich löste das Problem, indem ich einen Faden aus dem Waschlappen riss und ihn als Zahnseide missbrauchte. Das war vielleicht hygienisch bedenklich, verschaffte mir aber die erhoffte Erleichterung.

Ich vermisste saubere Unterwäsche und frische Socken. Ich hatte mich darauf eingestellt, eine einzige Nacht zu bleiben und war deshalb mit leichtem Gepäck angereist, mit zu leichtem, wie sich jetzt herausstellte. Wer rechnet schon mit solchen Zwischenfällen, wenn er kurz geschäftlich verreist? Braven Bürgern spuckt das Schicksal doch nur in schlechten Romanen und billigen Filmen in so bizarrer Weise in die Suppe.

Ich beschloss, weder Larry noch der Polizei von Baggerhand zu erzählen. Der Kommissar würde kaum Zeit aufwenden, um diffusen anonymen Drohungen nachzugehen und was Larry mit dieser Information tun würde, konnte ich nicht abschätzen. Etwas in mir sagte, dass ich Verbündete brauchte, aber mir fiel es schwer, Freund von Feind zu unterscheiden. Ich fragte mich, wovor Baggerhand und seine Spießgesellen Schiss hatten, dass sie mich nach Hause wünschten. Wobei störte ich sie? Warum machten sie so viel Druck, damit ich schwieg und mich verdrückte? Dass Baggerhands Warnung mit meiner Betäubung und dem Verschwinden meiner Unterlagen zusammenhing, stand für mich außer Frage. Nur, wie hing das zusammen? Ich hasse es, Teil von Plänen zu sein, die ich nicht kenne und die ich nicht mitbestimmen kann. Ich hatte die Nase voll, in einem Schlamassel zu stecken, für den ich nichts konnte, den ich nicht begriff und somit außerstande war, ihn zu beeinflussen. Ich fühlte mich in dieser Stadt wie in einer riesigen, kalten Arrestzelle.

Beim Aufsetzen meiner Brille fiel mir auf, dass mich Optimismus und Tatendrang im Stich gelassen hatten. Ich hämmerte mir an die Brust und beschloss, mich nicht unterkriegen zu lassen. Ich war entschlossen, die Kontrolle über mein Leben zurückzugewinnen und warf Baggerhand mitsamt seinem Drohbrief auf den virtuellen Komposthaufen der Bedeutungslosigkeiten. Sollte ich es mit weiteren Drohungen oder sonstigen Kalamitäten zu tun bekommen, so würde ich einen Weg aus der Bredouille finden. Mein Improvisationstalent hatte mich noch nie im Stich gelassen. Jetzt nach Hause zu fliegen, war keine Option, auch weil ich Larry nicht in die Zwickmühle bringen wollte, egal, ob er auf meiner Seite stand oder nicht.

Als ersten Schritt musste ich ein neues Treffen mit M&S vereinbaren. Glücklicherweise hatte mich Larry aus der muffigen Zelle geholt, wo ich handlungsunfähig gewesen wäre. Aber da ich vor Montag nichts unternehmen konnte, machte ich mich auf die Suche nach einer Nahrungsquelle, um das lästige Gluckern im Gedärme zu stoppen.

Das Restaurant war für meine Verhältnisse zu edel, sprich zu teuer. Von außen sah das Gasthaus aus, als nähmen dort an Werktagen Handwerker ihre Mittagsmahlzeiten ein. Ein Blick auf die Preise auf der Karte, die mir die flinke Bedienung überreichte, genügte, um den ersten Eindruck zu korrigieren. Da war es jedoch für einen Rückzug zu spät, denn ich hatte das Brotkörbchen und das Butterschälchen bereits leergegessen. Im Gegensatz zur Butter und den Preisen auf der Karte, war das Brot ungesalzen. Meine Wahl war schnell getroffen. Wenn ich auf einer Speisekarte ein Tournedos Rossini entdecke, brauche ich nicht weiterzulesen. Mein Gaumen vergießt dann Tränen der Vorfreude, die man landläufig als Mundwasser bezeichnet.

Ich schaute mich um und mein Blick verfing sich an einem Gast. Er saß einige Tische weiter am Fenster. Obwohl sich der Mann rasch von mir abwandte, war mir, als kenne ich dieses sonderbare Gesicht, das aus Gummi zu bestehen schien, irgendwoher. Es starrte gebannt auf das Tischtuch, als sähe es darin seine Zukunft. Es fiel mir partout nicht ein, woher ich den Mann kannte. Als der Ober das Tournedos vor mich hinstellte, verschwand der Gast am Fenster aus meinem Blick und meinen Gedanken. Meine gesamten Sinne widmeten sich der köstlichen Mahlzeit.

Nach dem letzten Bissen legte ich mein Besteck in Fünf-vor-halb-fünf-Stellung auf den leeren Teller und tupfte mir den Mund wie die feinen Leute mit der weichen Stoffserviette ab. Dann gab ich dem letzten Schluck Rotwein die Chance, meine Zunge zu umspülen und seine Aromen zu entfalten. Gemäß der Beschreibung auf der Karte sollte ich

Noten von reifen Waldbeeren, Vanille und Tabak wahrnehmen. Entweder wies mein Geschmackssinn nach wie vor ein Defizit auf oder die Weinkarte war von einem Zigarrenraucher beim Essen von Vanilleeis mit Beerensauce geschrieben worden. Für mich schmeckte der Wein weder nach Beeren noch nach Vanille oder Tabak, sondern einfach nach billigem Wein.

Der Mann mit dem Gummigesicht war inzwischen gegangen und sein Tisch war abgeräumt worden. Er hatte mich entweder nicht bemerkt, nicht erkannt oder den Kontakt bewusst vermieden. Wie auch immer, mir konnte dieser Typ völlig am Arsch vorbeigehen, wenn ich das so salopp formulieren darf. Ich hatte andere Sorgen. Irgendwann, wenn ich nicht mehr an ihn dachte, würde mir spontan wieder einfallen, woher ich ihn kannte. Das war immer so. Ich widmete meine ungeteilte Aufmerksamkeit der Dessertkarte, während am Nachbartisch ein junges Paar Platz nahm, das sich flüsternd stritt. Anhand der Illustration auf der Karte entschied ich mich für den Schokokuchen mit lauwarmem Herz. Manchmal lasse ich mich eher vom Fotografen als vom Koch kulinarisch verführen, was leider nicht immer gutgeht. Diesmal war die Süßspeise deliziös. Sowohl der Konditor als auch der Fotograf hatten saubere Arbeit geleistet. Der Kuchen schmeckte ultraschokoladig. Das brachte mir die erfreuliche Erkenntnis, dass es nicht an meinem Geschmackssinn lag, wenn ich beim Wein die Beeren und das restliche Zeug nicht wahrgenommen hatte.

Die leckere Mahlzeit hatte mich für kurze Zeit von meinen Sorgen abgelenkt, die sich jetzt erneut in meinem Kopf einzunisten begannen. Mein Körper fühlte sich schwer an und ich spürte das Bedürfnis nach frischer Luft und Barbaras Nähe. Mit Hilfe des Stadtplans fand ich den Weg zu Fuß zur Polizeiwache, wo ich mich pflichtgemäß meldete. Ich genoss den Verdauungsbummel, obwohl ein wahrnehmbares Dieseln in der Luft lag. Die Stickoxide ließen den modrigen Geschmack, den das Betäubungsmittel in meinem Mund hinterlassen hatte, wieder aufflackern und meine grauen Zellen kamen mir grauer vor als noch vor einer Stunde. Um den Abgasen auszuweichen, zog ich mich auf die Fußgängerzone zurück. Bald ging es meinem Kopf besser, aber mein Herz wurde schwerer. Ich konnte meine Gedanken nicht von Barbara lösen. Sie kreisten um die Frage, wie ich uns wieder zusammenbringen könnte. Während Stunden schlenderte ich durch die Gässchen der Altstadt. Um das Barracuda, der Bar, in der am Donnerstagabend die Scherereien ihren Anfang genommen hatten, machte ich jedoch instinktiv einen weiten Bogen. Plötzlich meinte ich meinen ehemaligen Studenten Klaus Dietrich in eine Quergasse einbiegen zu sehen. Ich beschleunigte meinen Gang und schaute um die Ecke, doch die Gasse war so belebt, dass ihn die Menschenmenge verschluckt hätte.

Gegen Abend verzog sich die Sonne hinter eine Wolkenfront, die sich von Nordwesten näherte. Der Wind trieb die Wolken vor sich her und kühlte die Luft merklich ab. Ich begann zu frösteln und schlug den Weg durch den dichten Abendverkehr zurück zum Hotel ein. An der Rezeption stand diesmal ein hagerer, blasser und wortkarger Mann mit bleierner Miene. Ich war erstaunt, dass die Hotelleitung ihrem Rezeptionisten gestattete, ungekämmt zur Arbeit zu erscheinen. Mit einem stummen, angedeuteten Nicken, so kalt wie eine Hundeschnauze, übergab er mir den Zimmerschlüssel und einen Zettel mit der Nachricht „*Sie werden an der Bar erwartet.*" Meine Frage, wer mich dort erwarte, beantwortete er mit einem Schulterzucken. Mit mulmig pulsierendem Magen schlich ich in Richtung Bar. Mit einem Glas in der Hand und seinem unnachahmlichen Waidmannslächeln im Gesicht winkte mich Larry zu sich. Ich hätte meine letzte Unterhose gewettet, dass die bernsteinfarbene Flüssigkeit, in der ein Eiswürfel schwamm, Jack Daniels hieß. Wie ich Larry kannte, kam ihm nichts anderes ins Glas. Als ich näherkam, funkelte er mir kumpelhaft zu. Hier war kein Kommissar, der ihn zurückhielt. Er fiel mir in die Arme, als wäre Texas gestern gewesen und freundschaftliche Gefühle verdrängten für einen Moment mein Misstrauen. Die Förmlichkeit, die ihm auf dem Polizeirevier noch angehaftet hatte, war einer zügellosen Herzlichkeit gewichen, die mich verunsicherte. Ich löste mich aus seiner Umklammerung:

„Schön dich zu sehen, Larry, aber du machst mir Angst."

Seine Augen weiteten sich und ich begründete meine Aussage:

„Zeig mir dein wahres Gesicht, deine Polizeimarke, deinen Dienstausweis, irgendetwas, das mich erkennen lässt, wer du bist. Sonst bleibst du für mich ein glitschiger Aal."

Er reagierte mit schallendem Gelächter. Seine blonden Strähnen tanzen wie ein Weizenfeld im Wind. Zu Larry, wie ich ihn von früher in Erinnerung hatte, hätte eine Polizeiuniform gepasst wie ein Lederkombi zum Bischof von Rom. Aber Menschen ändern sich, sogar Larry. Wir waren grundverschieden und dennoch verband uns früher eine tiefe Freundschaft. Er klopfte mir lachend auf die Schulter und brummte pathetisch:

„Larry Pensky, der texanische Supercop räumt in Deutschland auf. Klingt gut, nicht?"

Ich musste in sein Gelächter einstimmen und spürte die alte Verbundenheit, obwohl ich mich dagegen wehrte. Larry setzte sich auf einen Barhocker und klopfte auf den daneben. Während ich mich setzte, blickte er mir direkt in die Augen und hob dabei eine Braue. Ich kannte diese Art, zu fragen, was er offerieren durfte, stierte zurück und murmelte: *„Ein Pils".* Larry schrie die Bestellung hinter die Theke, wo der

Barmann gebückt in einer der unteren Schubladen herumwühlte. Das allgemeine Gemurmel, Geraune und Gegacker rings um uns verstummte für einen Moment und sämtliche Blicke wandten sich uns zu. Larry beantwortete sie mit einem statischen Lächeln auf den Stockzähnen. Ich bohrte meinen Blick in seine Augen:

„Ich weiß nicht, ob du meine Zwickmühle verstehst. Scheiße nochmal, Larry, ich muss wissen, mit wem ich es zu tun habe. Wer bist du? Was willst du? Du bist nicht hinter mir her, weil wir befreundet sind. Du hast einen Auftrag und ich weiß verdammt nochmal nicht, was ich darin für eine Rolle spiele. Ich kenne dich nicht, Larry, nicht so, wie du heute bist und das macht mich fertig. Jetzt rück schon raus damit, für wen arbeitest du?"

„Oh Boy, ich darf nicht. Versteh doch, Iggy, ich kann nicht! Aber ich schwöre, dass ich dir helfen will. Ich bin immer noch dein Freund."

„Steck dir das Wort «Freund» sonst wohin. Freunde vertrauen einander. Verstehst du das Wort «einander»? Das heißt gegenseitig, Larry. Du vertraust mir und ich vertraue dir. Freundschaft funktioniert nicht einseitig, nicht bei mir."

„Es gibt Vorschriften, die man einhalten muss und es gibt einen Eid, den ich geschworen habe."

„Mach, was du willst. Ich bin auf der Hut."

„Ja, das solltest du, aber nicht vor mir. Wo ist mein Freund Iggy bloß hineingeraten?"

Mit einem säuerlichen Grinsen auf den Lippen konterte ich:

„Bitte Larry, nenn mich nicht immer Iggy. Du weißt, wie ich das hasse."

Seine Lippen spitzten sich schelmisch zu:

„Für mich warst du immer Iggy und wirst immer Iggy sein. Ich werde dich nie anders nennen. Ich liebe diesen Namen und er passt zu dir."

„Versuch nicht, dich einzuschleimen, Larry. Solange ich nicht weiß, wo du stehst, musst du mit meiner Zurückhaltung klarkommen."

Ich kannte Larry und wusste, dass es nichts gebracht hätte, dagegen zu opponieren, dass er mich Iggy nannte. Ich war eh nicht in der Stimmung, zu streiten und kam auf seine Frage zurück:

„Tja, wo bin ich hineingeraten? Ich gäbe viel dafür, diese Frage beantworten zu können. Wer, was, wann, wo, warum. Viele Fragen und keine Antworten. Das zieht mich runter wie Treibsand. Ich bin niemandem bewusst auf den Schlips getreten. Sag du mir, was da vor sich geht. Ich verstehe das nicht."

Mein Bier kam. Ich prostete Larry zu und kämpfte mich durch die enorme Schaumkrone. Lange Zeit schien jeder von uns in eigenen Gedanken versunken darauf zu warten, dass der andere etwas sagte. Der widerliche, süße Geruch von Red Bull stach mir in die Nase und jagte mir einen Schauer über den Nacken. Schließlich brach Larry unser Schweigen:

„Ich kann dir helfen, nach Antworten zu suchen. Wenn wir deine Biografie analysieren und die Vorfälle der letzten Tage zusammentragen, werden wir mögliche Zusammenhänge finden, Spuren, die wir verfolgen können. Was meinst du, bist du dabei, Iggy?"

Stumm wiegte ich meinen Kopf hin und her. Larry nippte an seinem Whiskey und strich sein Haar zurück:

„Mit der Polizei können wir kaum rechnen. Sie ist überfordert. Ihr Personalbestand wurde letztes Jahr erneut reduziert. Sparmaßnahmen. Und in den vergangenen Monaten gab es hier so viele Verbrechen, dass die Ermittler nicht mehr wissen, wo ihnen der Kopf steht. Sie werden sich kein Bein ausreißen, um zu klären, warum ein Ausländer neben einer Nutte aufwacht und sich nicht an die vergangene Nacht erinnert. Sowas geschieht nach jeder größeren Party, ok? Keine Toten, keine Verletzten, kein Diebstahl von Wertsachen. So sieht es die Polizei. Mit anderen Worten, sie hat derzeit Wichtigeres zu tun.

Wer immer Frau Balan und dich betäubt hat, war weder an deiner Omega, noch an ihrer Blancpain oder eurem Bargeld interessiert. Deine Aktentasche war samt Inhalt keine dreihundert Piepen wert, wenn ich dich richtig verstanden habe. Also kannst du froh sein, wenn sie einen Rapport für die Versicherung schreiben. Aus Sicht der Polizei ist das ein Bagatellfall. Mein lieber Iggy, ich fürchte, wir müssen uns selbst um die Aufklärung bemühen."

Was Larry sagte, klang ernüchternd, aber bedauerlicherweise einleuchtend. Ich betrachtete meine Brille im Gegenlicht und war nicht überrascht, dass sie eine Reinigung vertrug:

„Du meinst, die Akte wird geschlossen und wandert geradewegs ins Archiv, wo sie von vorsorglichen Spinnen liebevoll in ihre Netze gewickelt wird?"

Larry griente und nickte. Die Polizei mochte den Vorfall als eine Bagatelle betrachten, für mich war er eine Katastrophe. Obwohl ich sie im Verdacht hatte, mir übel mitgespielt zu haben, ließ es mich nicht kalt, dass die junge Frau auf der Intensivstation lag. Wer konnte schon wissen, ob dieses Engelsgesicht einer Täterin oder einem Opfer gehörte. Welche Rolle sie in dieser Tragödie spielte, würde sie noch zu erklären haben. Um zu erfahren, in welchen Schlamassel ich geraten war und vor allem, um da wieder herauszukommen, musste ich wohl oder übel mit Larry zusammenspannen, wenn auch mit der gegebenen Vorsicht:

„Also gut, Larry, wo fangen wir an?"

„Am besten gehst du weit zurück in der Zeit und erzählst chronologisch."

Er drehte sich zur Theke und bestellte ein Pils und einen J. D., während ich meinen Hintern auf dem Barhocker zurechtrückte und einen Blick in die gut einsehbare Lobby warf. Da blitzte es wieder auf. Für einen Sekundenbruchteil hatte ich das Gummigesicht im Blick, das ich am Mittag im

Restaurant gesehen hatte. Ich durchkämmte die gesamte Lobby, Quadratmeter für Quadratmeter, Sitzgelegenheit für Sitzgelegenheit, Gesicht für Gesicht, doch der Mann war weg. Wenn er kein Produkt meiner Fantasie war, dann verfügte er über die besondere Gabe, aus dem Nichts zu erscheinen, um im nächsten Augenblick wieder dahin zu entschwinden.

Als sich Larry wieder mir zuwandte, begann ich zu erzählen, was ich seit unserem Abschied in Austin erlebt hatte. Er ermunterte mich, keine Episode auslassen, egal wie unbedeutend sie mir erschien. Ich startete eine emotionale Reise in die Vergangenheit, die es mir ermöglichte, all die aufregenden Augenblicke erneut zu durchleben. Das Kribbeln der ersten Begegnung mit Barbara war zurück und mein Puls galoppierte mit mir durch meine Erzählung wie einst John Wayne durch die Prärie. Es war eine aufwühlende Safari in den Dschungel der Erinnerungen. Larry hörte mir aufmerksam und mit ernster Miene zu, ohne mich zu unterbrechen. Ich nahm ihn mit auf meinen Ausflug durch die vergangenen Jahre und er schien es zu genießen.

10

Larrys Ohren hingen an meinen Lippen, was es mir einfacher machte, meine Erlebnisse, Gedanken und Gefühle mit ihm zu teilen:

„Es mag sonderbar klingen, aber der Abschied schmerzte. Ich hatte euch Motherfuckers, wie ihr euch selbst nanntet, liebgewonnen. Das verdammte Flughafengebäude von Austin ist wie dafür geschaffen, einem den Abschiedskoller zu verpassen. Du verstehst doch den Ausdruck «Koller»?"

Da Larrys Miene weder bejahte noch verneinte, präzisierte ich:

„Diese kantigen Bauelemente und vor allem diese verdammten Pastelltöne zogen mich mächtig runter. Mich erfasste ein melancholischer Blues, ein Abschiedsschmerz tief in den Eingeweiden, wie er in dieser Intensität neu für mich war. Ich versuchte, mich zu entspannen, aber auf jenen Sitzen, die jedem ergonomischen Gedanken spotten, war das unmöglich. In New York angekommen, ging es mir nicht besser."

Ein kräftiger Stoß in den Rücken brachte meinen Barhocker zum Wackeln und mich fast aus dem Gleichgewicht. Der schmerzhafte Stoß in die Rippen ließ Erinnerung an Baggerhand aufflackern. Als ich aufschaute, drehte sich der kahlgeschorene, massig gebaute Mann flüchtig nach mir um. Er trug zerrissene Jeans und ein vergilbtes T-Shirt mit dem Aufdruck *„I LOVE YOU TENDERLY"*. Entweder hatte er ein Koordinationsdefizit oder er ging Hindernissen prinzipiell nicht aus dem Weg. Mit einem aufgesetzten Grinsen strebte er einem kleinen, gedrungenen Dunkelhäutigen entgegen, der ihn an der Theke erwartete und am Strohhalm seines neongelben Cocktails nuckelte. Er trug einen silbergrauen Anzug, ein himbeerfarbenes Hemd und metallic glänzende, graue Schuhe. Larry schoss kerzengerade auf, machte einen Schritt auf den Rüpel zu, hielt dann aber inne und setzte sich kopfschüttelnd wieder hin. Ich rückte meine verschobene Brille zurecht und fuhr fort, ohne auf den Vorfall einzugehen:

„In New York zog sich die Warterei ins Endlose. Ich pirschte die Halle rauf und runter wie ein Tiger im Zirkuskäfig. Ich trank da einen Kaffee und aß dort eines dieser schwammigen Brötchen, die nach rezykliertem Karton schmecken. Ich las einige Seiten im Buch, das ich für die Reise eingepackt hatte und legte es wieder weg, da ich nicht aufnahmefähig war. Ich schaute den Leuten zu, die durch die Halle hetzten und jenen, die sich träge und gelangweilt herumdrückten. Es war ein Gefühl von Heimatlosigkeit, das mir zu schaffen machte. Ich wollte das Kapitel Texas abschließen, aber Gedanken an Austin klebten an mir wie Melasse. Die Zeit schien stehenzubleiben. Der Übergang in eine neue Lebensphase ist immer emotional, aber diesmal ging er mir echt an die Nieren. Zu allem Übel war der Flug nach Zürich stark verspätet.“

Es war aussichtslos, aus Larrys Miene lesen zu wollen, wie meine Erzählung bei ihm ankam. Er sah mich aufmerksam, aber ausdruckslos an. Ich nahm einen Schluck Pils und fuhr fort:

„Wie vom Blitz getroffen, erwachten meine Sinne, sobald ich sie erblickte. Sie saß keine fünf Meter entfernt. Wie ein Zauberstab brachte ihr selbstbewusstes Lächeln meine nagende Melancholie zum Verschwinden. Vermutlich hatten ihre Augen schon länger an mir gehaftet. Jetzt nahm ich auch ihren Duft und ihren Atem wahr. Jedenfalls bildete ich es mir ein. Ihr Anblick fegte mich aus der Spur wie ein Hurrikan.“

Larrys Augen leuchteten nun wie Opale und Freude umspielte seine Lippen:

„Mann, Iggy. Das ist ja reine Poesie.“

Ich fühlte mich peinlich ertappt und wäre am liebsten im Erdboden versunken:

„Scheiße, Larry, tut mir leid. Aber lass bitte den Sarkasmus. Er ist weder hilfreich noch besonders angebracht. Ich tu mich schwer genug,

dir alles zu erzählen. Ich werde nüchterner weiterfahren, mich auf die Fakten beschränken. Sorry, dass ich abgeschweift bin. Kommt nicht wieder vor."

Larrys Hand fasste mich an der Schulter und in seinem Blick schwang etwas wie Besorgnis mit:

„Nein Iggy, du hast mich missverstanden. Ich meine es nicht sarkastisch oder ironisch. Nicht nur Fakten, auch Gefühle können Indizien liefern. Also bitte, erzähl genauso weiter."

Ich warf ihm einen unsicheren Blick zu, aber er schien es ernst zu meinen.

„Na gut, Larry. Pfeif mich zurück, wenn ich dich langweile oder in Bedeutungsloses abschweife, ja? Also, sobald ich sie bemerkt hatte, galt ihr meine unumschränkte Aufmerksamkeit. Themen wie Abschied oder Heimkommen, Vergangenheit oder Zukunft hatten ihre Bedeutung verloren. Für mich gab es nur noch den Moment. Mein ganzes Ich hing gebannt an ihr.

Beim Anblick ihrer Lippen, die wie reife Erdbeeren leuchteten und des Saphirglanzes in ihren Augen musste ich sie einfach ansprechen. Du weißt, dass das sonst nicht meine Art ist, aber ich hätte es mir ein Leben lang vorgeworfen, wenn ich es nicht getan hätte. Als ich sie in meiner Sprache sagen hörte, wir hätten dasselbe Reiseziel, wurde mir klar, das musste ein Omen sein. Das Schicksal wollte, dass wir zusammenkamen. Dass wir im Flieger nebeneinandersaßen, hielt ich für den ultimativen Beweis, dass wir füreinander bestimmt waren. All die Uhren, die eben noch stillzustehen schienen, schwangen nun ihre Zeiger wie Derwische im Kreis herum. Wenn man Uhren menschliche Züge zusprechen könnte, hätte ich sie der Boshaftigkeit bezichtigt. Bis wir uns am Flughafen Zürich trennen mussten, sah, hörte und roch ich nichts als dieses betörende Wesen namens Barbara. Was während unseres Flugs über den Atlantik um uns herum geschah... frag mich nicht. Wir befanden uns in unserem eigenen Kosmos. Wir wollten alles voneinander wissen. Selbst bei einem Flug zum Mars wäre uns die Zeit zu kurz vorgekommen. Wir waren vermutlich die einzigen Passagiere, die während des gesamten Fluges hellwach blieben. Ich befand mich im Zustand, den die Götter ausschließlich den wenigen vorbehalten, die ihrer vollkommenen Liebe begegnen.“

Ich warf Larry einen fragenden Blick zu:

„Zu schmalzig?“

Er schüttelte den Kopf und formte mit Zeigefinger und Daumen ein anerkennendes O.

„Barbara sprach von glücklicher Fügung, ich von Vorsehung. Sobald sie erfuhr, dass ich in Austin einen Doktortitel in Life-Sciences erworben hatte, erwähnte sie mit einem breiten Strahlen im Gesicht, ihr Vater leite eine Abteilung bei E.L.G. Biomed. Die Firma suche fieberhaft junge Grundlagenforscher. Sie fragte, ob ich nicht dort arbeiten wolle.“

Larry tippte etwas in sein Handy und fragte:

„Wie heißt ihr Vater?“

Während ich antwortete, tippte er weiter, nickte und murmelte etwas wie *„kenne ich“*. Dann nahm er einen Schluck J. D. und signalisierte, ich solle weiterfahren. Ich spülte meine Kehle und weiter ging's:

„Ich konnte mein Glück nicht fassen. Ich saß neben meiner Traumfrau, die mir auch noch zu einer Anstellung verhelfen konnte. Ich wusste, dass Perfektion nur einem ersten Blick standhält und dass jede Medaille auch eine Rückseite hat. Ich fürchtete Komplikationen, wenn ich für den Vater meiner Freundin arbeiten würde. Also beschloss ich, Arbeit und Privatleben strikt zu trennen. Damit verzichtete ich auf eine Arbeitsstelle in der Nähe von Barbaras Wohnort, die ich wahrscheinlich ohne aufwändiges Bewerbungsprozedere hätte antreten können.“

Ich war in ein Geschwafel verfallen, das Larry kaum weiterhelfen würde:

„Bitte entschuldige, Larry. Ich glaube, jetzt schweife ich wirklich

in Gedankengänge ab, die irrelevant sind. Ich werde mich kürzer fassen."

Mein Freund stürzte den letzten Rest seines Jack Daniels hinunter und streckte dem Barkeeper das leere Glas entgegen. Seine andere Hand strich eine Haarsträhne zurück und er ermutigte mich:

„Bitte mach so weiter, Iggy. Wir haben Zeit."

Ich stopfte mir einige Salznüsschen in den Mund und spülte mit dem Rest des Biers nach. Dann rückte ich meine Brille zurecht, und tat, wie mir geheißen:

„Kaum war ich zuhause, da taxierte mich meine Mutter mit süffisanter Miene, zog mich an sich, fuhr mir durchs Haar und seufzte zufrieden: «Wie schön, dass du wieder da bist, mein schwer verliebter Junge.» Es war nicht ihre erste derartige Anspielung, aber die erste, die sie nicht als Frage formulierte. Ich liebte solche Andeutungen wie Wespenstiche in die Zunge. In aller Regel reagierte ich entsprechend schnippisch, doch diesmal widersprach ich nicht. Ich verbrachte jede verfügbare Minute mit Barbara. Ich muss mich wie ein Pubertierender auf Speed benommen haben. Trotz meiner Bedenken, bewarb ich mich schon bald um eine Stelle bei E.L.G. Biomed, wo ihr Vater arbeitete und wurde eingestellt. Niemand bleibt all seinen Vorsätzen ewig treu."

Ich gab ein bleiernes Lachen von mir, während der Barkeeper unsere Gläser austauschte. Nachdem ich etwas überstehenden Schaum von meinem Bier geschlürft hatte, schob ich meine Brille gegen die Nasenwurzel:

„Ich hätte die Zeit des Turtelns und Herumlümmelns vor dem Stellenantritt gern verlängert, aber ich konnte es mir nicht leisten. Mein Bankkonto lag flach und da mich mein Vater nicht länger subventionieren wollte, musste ich mich bald nach einer Einkommensquelle umschauen."

Larrys Augen funkelten:

„Hör zu, Iggy, lass gefälligst solche Anspielungen bleiben. Ich bin

98

da, um dir zuzuhören und dir zu helfen, aber ich dulde solche fiesen Seitenhiebe nicht. Ich kann nichts dafür, dass ich wohlhabende Eltern habe und ich schäme mich nicht dafür. Im Gegenteil, ich bin stolz auf sie und ich lasse mich durch deine sarkastischen..."

Die unangenehme Wärme in meinem Magen signalisierte, dass ich unbeabsichtigt ins Fettnäpfchen getreten war:

„Stopp, Larry, hör bitte auf. Ich bedaure es, wenn ich mich unglücklich ausgedrückt habe. Das war keine Anspielung. Ich habe dir deine familiäre Situation nie missgönnt. Also spiel jetzt bitte nicht die beleidigte Leberwurst, sonst können wir gleich nach Hause gehen. Du, mit deiner Geheimniskrämerei, machst es mir schon schwer genug, dir alles zu erzählen. Wenn ich es also tue, dann hör bitte einfach zu. Fiese Hintergedanken existieren nur in deiner Fantasie. Wenn ich jedes Wort auf die Goldwaage legen muss, dann lasse ich es lieber bleiben."

Larry streckte mir beide Handflächen entgegen, als wollte er einen Eisenbahnwaggon schieben:

„Schon gut, tut mir leid, Iggy. Ich habe überreagiert. Mein Fehler. Erzähl weiter."

„Ich weiß nicht, ob ich auf Grund meiner fachlichen Qualifikation eingestellt wurde oder ob Barbaras Vater die Finger im Spiel hatte, aber das war mir piepegal. Eine bessere Arbeitsstelle hätte ich mir nicht wünschen können. Im Team herrschte eine tolle Stimmung. Wir hatten keine Vorgaben, sondern formulierten unsere Ziele selbst. Es war eine Zeit des Umbruchs in der Branche und E.L.G. Biomed war der Trendsetter. In der Chefetage hatten die Controller den Wissenschaftlern Platz gemacht. Der unerschütterliche Glaube an die grenzenlose Kreativität junger Forscher hatte Einzug gehalten."

Larry nickte, als wüsste er, wovon ich redete, schob ein Haarbüschel hinter sein Ohr und nippte an seinem J.D. Eine Duftschwade von Red Bull stach mir erneut in die Nase. Ich folgte ihr mit den Augen und sie führte mich zum Rüpel, der mich beinahe vom Hocker gestoßen hatte. Er schüttete gerade ein pissgelbes Getränk in sich hinein. Ich rümpfte die

Nase, wandte mich wieder Larry zu und versuchte den Geruch mit einem Schluck Pils zu vertreiben:

„Es war meine erste Stelle in der freien Wirtschaft. Weil unsere Abteilung vom Rest des Unternehmens abgeschottet wurde, erkannte ich erst später, in welch radikalen Wandel der Unternehmenskultur ich hineingeraten war. Maßnahmen für kurzfristige Gewinnmaximierungen wurden zugunsten langfristiger Innovationsstrategien aufgegeben. Außerhalb unserer Abteilung herrschte das nackte Chaos. Mitarbeiter kamen, andere gingen oder wurden versetzt. Opportunisten stiegen die Karriereleiter hoch, Traditionalisten schieden aus dem Unternehmen aus. Das Organigramm musste fast täglich aktualisiert werden. Keiner wusste, ob sein Stuhl noch frei war, wenn er morgens einstempelte. Horst Grünlich, der neue CEO, hatte beschlossen, gewachsene Strukturen wie überflüssige Fabrikschlote zu sprengen, um, wie er sagte, eine zeitgemäße Firmenkultur zu errichten. Loyalität war plötzlich zum Schimpfwort geworden und sie wurde gnadenlos bekämpft, weil sie Teil des alten Systems war. Unsere Abteilung glich dem Auge eines Wirbelsturms. Während um uns herum kein Stein auf dem andern blieb, konnten wir in aller Ruhe unsere Ideen verwirklichen.

Edwin, Barbaras Vater, begegnete ich erst einen Monat nach meinem Stellenantritt. Er hatte seine Tochter zum Abendessen eingeladen und sie gebeten, mich mitzubringen. Die Mercantis wohnen in einer feudalen Villa. Der Architekt hat sich sichtlich bemüht, das Gebäude im Jugendstil zu erstellen. Da und dort hat er Kompromisse an die Zweckmäßigkeit gemacht, kleine stilistische Ausrutscher, die im Alltag das Leben vereinfachen. Dennoch ist die Liegenschaft beeindruckend. Der Garten offenbart einen englischen Einfluss und reicht bis hinunter an den See. Als Barbara in die Einfahrt einbog, wurde mir klar, dass ein Gärtner allein diesen Umschwung nicht pflegen konnte. Barbaras Eltern zerstreuten rasch die latente Voreingenommenheit, der ich beim Anblick des Anwesens verfallen war.“

Ich biss mir auf die Lippe. Hatte ich wieder etwas gesagt, das Larry irritierte? Hatte ich unterschwellig Vorbehalte gegen wohlhabende Leute? Larry ließ sich nichts anmerken und ich setzte meine Erzählung nahtlos fort:

„Mit ihrer sympathischen, kultivierten Art gewannen Barbaras Eltern schon nach wenigen Sätzen meine Zuneigung. Ich spürte, dass sie mich mochten und gerne an der Seite ihrer Tochter sahen, obgleich Edwin eher einen Winter nackt in Sibirien verbracht hätte, als es offen zuzugeben."

Larry lachte, stellte sein leeres Glas ab und strich sich eine Strähne aus dem Gesicht:

„Iggy, der Wunsch-Schwiegersohn. Klingt zwar wie der Titel einer Soap Opera, aber ich finde, das passt zu dir. Du warst schon immer ein – wie sagt man – ein Musterschüler? Ok, erzähl weiter."

Ich stimmte in sein Lachen ein:

„Schwiegersohn-Anwärter werden selten auf Anhieb mit offenen Armen empfangen, aber wenigstens wurde ich nicht mit Fußtritten an die frische Luft befördert. In der Firma habe ich Edwin nie getroffen, denn unsere Forschungsabteilung wurde abgeschirmt wie eine Schatz-kammer. Sie war eine Firma innerhalb der Firma und viele bezeichne-ten sie als Geldvernichtungsmaschine. Es war eine tolle Zeit, aber alles Gute hat ein Verfalldatum. Es kam der Tag, an dem ich E.L.G. verlassen musste."

Larrys Augen weiteten sich:

„Man hat dich gefeuert?"

Ich konnte mir ein Grinsen nicht verkneifen:

„Nein, ich habe den Bettel hingeschmissen."

Larry strich sich beidhändig die Haare aus dem Gesicht:

„Stopp, Iggy, das schnalle ich nicht. Erst sagst du, es war deine Traumstelle und dann machst du einen Abgang?"

„Das ist eine längere Geschichte."

„Na, dann her damit! Wie ich schon sagte, jedes Detail kann uns weiterbringen. Was waren das für Leute in eurem Team, woran habt ihr gearbeitet? Wer wusste von euren Aktivitäten? Warum hast

du gekündigt? Ich will alles wissen. Wir haben Zeit.“

Ich redete eine Ewigkeit über meine Zeit in jener Forschungsabteilung, ohne dass Larrys Aufmerksamkeit nach-
ließ. Dann brauchte ich eine Pause und trank den letzten
Schluck des platt gewordenen Biers. Als ein frisches Pils vor
mich hingestellt wurde, schlürfte ich die Schaumkrone weg
und fragte:

„Willst du noch mehr hören?“

Larry nippte an seinem J. D. und während er auf seinem
Handy herumtippte, nickte er dezidiert:

„Unbedingt. Alles, was du berichten kannst.“

*„Parallel zu meiner Forschungsarbeit absolvierte ich ein MBA-
Studium. Da auch Barbara sehr beschäftigt war, blieb uns wenig Zeit
füreinander. Umso intensiver waren unsere gemeinsamen Momente. Ich
machte das MBA nicht, um die Karriereleiter hochzuhangeln. Die Unruhe außerhalb unserer Abteilung war mir nicht verborgen geblieben und
ich wollte verstehen, wohin das Unternehmen steuerte. Kaum hatte ich
das Diplom in der Tasche, da wurde ich in eine Führungsposition bug-
siert. Erst sträubte ich mich, denn ich liebte meinen Job und sah mich
nicht in Anzug und Krawatte. Das MBA änderte nichts daran, dass
ich der eingefleischte Naturwissenschaftler blieb, der ich nun mal bin.
Ich ließ mich dennoch beschwatzen. «Sie sind der geborene Verkaufsleiter. Sie haben es nur noch nicht erkannt. Ihr aktueller Job hat keine
Zukunft. Sie verschwenden dort nur ihr Talent.» Solche Sätze prassel-
ten auf mich ein und sie knallten mir einen Vertrag vor den Latz, der
meine Knie erweichen ließ. Seitdem weiß ich, warum Verkaufsleiter in
teuren Anzügen und Seidenkrawatten herumlaufen und Luxuslimou-
sinen fahren.“*

Ich lachte über meinen eigenen Scherz und ließ eine
Handvoll Salznüsschen in meinen Mund rieseln. Larry
stimmte in mein Gelächter ein und hob sein leeres Glas in
Richtung des Barkeepers:

„Iggy in Anzug und Krawatte klingt ungefähr so, wie Larry in

Uniform. "

Ich nickte, warf einen flüchtigen Blick in die Runde und knüpfte da an, wo ich aufgehört hatte:

„Ich kaufte adäquate Kleidung, aber weder Anzüge noch Krawatten. Dafür war ich noch nicht reif. Nach drei glücklichen gemeinsamen Jahren, machte ich Barbara einen Heiratsantrag. Die Gründung einer Familie im Tausch gegen den Traumjob schien mir zu jenem Zeitpunkt logisch. Zwei Monate später feierten wir im engen Kreis Hochzeit. Nur unsere Eltern und die Trauzeugen Alex und Rebecca waren dabei. "

„Wer sind Alex und Rebecca?"

„Unsere Nachbarn. Wir lernten sie kennen, als wir unsere gemeinsame Wohnung bezogen. Sie wurden rasch zu engen Freunden. Alex ist der einzige Rechtsanwalt, mit dem ich freiwillig ein Bier trinken würde. Du bist ja am Ende keiner geworden, wie du sagst. Ich habe eine wenig schmeichelhafte Meinung von Juristen, aber Alex ist das Nugget im wertlosen Sand der Rechtsverdreher. Er ist ein offener Geist mit erfrischendem Humor. "

„Und was macht Rebecca?"

„Sie übersetzt Romane vom Französischen ins Deutsche. Die Vorbereitungen und die Hochzeit selbst lenkten mich vom Geschäftlichen ab, doch bald begann mir die Forschungsarbeit schmerzlich zu fehlen. Naiv wie Rotkäppchen, war ich meinen Vorgesetzten auf den Leim gegangen. Als ich erkannte, dass ich meine Berufung für ein paar Silberlinge verkauft hatte, war es zu spät. Ich hasste mich dafür, aber es gab kein Zurück. Mein Status und mein Einkommen waren gestiegen, konnten aber meine täglichen Frustrationen nicht aufwiegen. Ich hatte gedacht, ein Verkaufsleiter lege die Strategie für sein Verkaufsgebiet fest. Stattdessen musste ich die Vorgaben meiner Vorgesetzten umsetzen und die Verantwortung für ihre Fehlentscheide übernehmen. Anfänglich schluckte ich die Kröten, aber es kam der Moment, an dem ich sie nicht mehr runterbrachte. Ich begann, unsinnige Vorgaben zu ignorieren und

nach meiner eigenen Logik zu handeln. Gary Sykes, mein direkter Vorgesetzter, stellte mich wie einen Schuljungen in den Senkel, als er meine Alleingänge bemerkte. Ich bin ein miserabler Don Quichotte und weiß, dass es sich noch nie gelohnt hat, gegen Windmühlen zu kämpfen. Folglich reichte ich umgehend die Kündigung ein, was mir der gute Gary nie verziehen hat."

Ich machte eine kurze Pause, um mir einen großen Schluck Pils zu genehmigen und fragte Larry, ob er noch einen J.D. möchte, da sein Glas leer war. Er winkte ab und fragte mich, wo all die Forscher geblieben seien, mit denen ich bei E.L.G. zusammengearbeitet hatte. Ich bestellte zwei Sprudel und erklärte ihm, ich hätte sie aus den Augen verloren. Grünlich sei kurz nach meinem Abgang geschasst worden und der neue CEO habe als eine der ersten Amtshandlungen die unabhängige Forschungsabteilung aufgelöst.

„Die Behauptung meiner Vorgesetzten, meine Stelle als Forscher habe keine Zukunft, hatte sich also bewahrheitet. Am selben Tag, an dem ich meine Kündigung einreichte, bewarb ich mich erfolgreich als Dozent bei der Fachhochschule. Die letzten Monate bei E.L.G. hatten mich viel Nerven und Galle gekostet und sie hatten meine Beziehung zu Barbara vergiftet. Der Kontakt zu jungen Leuten, der Hochschulbetrieb und die Forschungsarbeit ließen mich aufleben und das war auch Balsam für unsere Beziehung."

Larry bestand darauf, dass ich ihm ausführlich von Barbaras Freunden erzählte, was ich dann auch tat. Er tippte Namen und Notizen in sein Handy und verlangte mehr Details zu Max:

„Bereits drei Monate nach meiner Rückkehr aus Texas hatten Barbara und ich uns einen Traum erfüllt und eine gemeinsame Wohnung mit Sicht auf den See bezogen. Gleichzeitig mietete sie ein Atelier, da unsere Wohnung für ihre Arbeit zu klein war. Max Pawlow war der erfolgreichste Künstler in ihrem Freundeskreis. Er war der einzige ihrer Freunde, der mir unsympathisch war. Stell dir einen Rocker vor,

der ein schweres Motorrad fährt, seine muskulösen, tätowierten Ober-
arme gerne zur Schau stellt und dich mit fiesen Anspielungen und sei-
nem Dauergrinsen verunsichert. Kommt dazu, dass er ein Auge auf
Barbara hat. Inzwischen vertragen wir uns, mehr nicht."

Ich entschuldigte mich und ging zur Toilette. Als ich
mich zu ihm umdrehte, sah ich, wie Larry seinen Blick auf
zwei junge Blondinen richtete, die gerade an die Bar traten.

11

Vielleicht halluzinierte ich, aber auf dem Weg vom Waschraum zurück zur Bar hatte ich für einen Sekundenbruchteil wieder dieses Gesicht vor Augen, das aussah wie ein arg ramponierter Vollgummiball. Larry hatte für Getränkenachschub gesorgt. Ich trank einen satten Schluck Wasser, denn das unablässige Reden hatte meine Mundhöhle ausgedörrt. Larrys Rachen konnte nicht halb so trocken sein. Er hatte kaum etwas gesagt. Sein Blick verlangte nach einer Fortsetzung der Geschichte, also tat ich ihm diesen Gefallen:

„An der Fachhochschule gehörte die Akquisition von Forschungsaufträgen zu meinen Aufgaben. Ich zog einen Auftrag an Land, bei dem wir uns speziell mit Nebenwirkungen eines neuen Wirkstoffs beschäftigten. Je länger wir uns damit befassten, umso mehr unerwünschte Einflüsse auf alle möglichen Körperfunktionen entdeckten wir. Es zeigte sich, dass die Formulierung die Leber gravierend schädigen würde, wenn es auf den Markt käme. Ich begann zu verstehen, dass jedes Medikament Schäden verursacht, wenn auch in unterschiedlichem Maß."

Larrys Stirnrunzeln hatte sich im Verlauf meiner Erläuterungen stetig verstärkt:

„Verstehe ich das richtig, dass ein schlichtes Aspirin mein Herz, meine Lungen oder meine Leber beeinflusst?"

„Genau. Aspirin ist ein gutes Beispiel. Es wird bei Herzproblemen verschrieben. Die meisten Arzneien schießen sozusagen mit Schrot. Sie treffen das Ziel, aber Kollateralschäden sind unvermeidbar. Nebenwirkungen werden häufig heruntergespielt oder als unvermeidliches Übel in Kauf genommen. Bevor ein guter Arzt ein Medikament verschreibt, wägt er ab, ob dessen Nutzen den Schaden rechtfertigt, den es anrichtet. Aber der beste Arzt ist unser Organismus. Wir sollten ihm nicht ins Handwerk pfuschen, sondern ihn bei seiner Arbeit unterstützen.

Eines Nachts sah ich im Traum wie unser gesamter Metabolismus funktioniert und wie er schädlichen Einflüssen begegnet. Bereits beim Aufwachen erkannte ich, wie wertvoll mein Traum war. Ich wusste nun, wie unser Körper Fehlfunktionen korrigieren sollte und es in den meisten Fällen auch tut. Verstehst du, was das bedeutete? Wenn ich das, was ich geträumt hatte, eingehend analysierte, konnte ich Wege finden, unseren Organismus bei der Bekämpfung von Krankheiten zu unterstützen. Da ich jetzt wusste, wie Stammzellen entstehen und das Zusammenspiel diverser Hormone, Aminosäuren und Enzyme...“

Larry unterbrach mich, das Grienen eines Lausbuben im Gesicht:

„Hey Iggy, deine Begeisterung in Ehren, aber verschon mich bitte mit deinem Fachchinesisch. Ich habe Rechtswissenschaft studiert und selbst das ohne abzuschließen. Du erinnerst dich doch? Also bitte die Version für Ignoranten.“

In meiner Euphorie war ich in die Falle des Fachsimpelns getappt. Wie ein Spiegel reflektierte ich Larrys Feixen:

„Ok, hier kommt die Version für Cowboys. Basierend auf meinen Erkenntnissen aus dem Traum konnte ich mit gezielter Forschung beginnen. Das Ziel der Studien war, Verfahren zu finden, die unseren Körper stimulieren, Krankheiten zu heilen, anstatt, wie heute üblich, deren Symptome zu bekämpfen. Chronische Leiden würden der Vergangenheit angehören. Es wäre eine wahre Revolution in der Medizin. Es ist, als würde man eine Schrotflinte durch ein Präzisionsgewehr mit Zielfernrohr ersetzen. Man trifft plötzlich, was man anpeilt, ohne Kollateralschäden zu verursachen. Ist das so verständlich?“

Larrys Augen verrieten mir, dass ihn meine Frage nicht verstimmt hatte. Sein Kopf nickte rhythmisch wie die Pfote einer asiatischen Manekineko und er strich sich seine rebellische Strähne aus der Stirn. Als hätte der J. D. einen spröden Belag auf seinen Stimmbändern hinterlassen, krächzte er:

„In groben Zügen. Selbst Cowboys können etwas verstehen, wenn man es ihnen anschaulich erklärt. Was du sagst, klingt nach dem

Traum der Menschheit, nach einem Jungbrunnen. Oder… nach ewigem Leben? Wenn ich das halbwegs verstanden habe und es nicht bloß Science-Fiction ist, könnte es auch Alterungsprozesse…"

Er ließ ein angedeutetes Pfeifen hören, wedelte leicht mit seiner Hand und stieß dann, wie nach einer körperlichen Anstrengung, geräuschvoll Luft aus:

„Das wäre ohne Zweifel unbezahlbar. Bist du sicher, dass Fachleute mit den gestohlenen Unterlagen nichts anfangen können?"

„Absolut. Es ist, als müsstest du, mit nichts als einer Fotografie als Vorlage, eine Raumstation nachbauen. Das Wesentliche steht nicht in den gestohlenen Unterlagen. Die Schlüsselgedanken sind so unkonventionell und komplex, dass niemand ohne weiteres draufstößt. Ich wusste von Beginn an, dass der Weg lang, beschwerlich und teurer als eine Marsmission sein würde, aber ich konnte nicht anders, als ihn Schritt um Schritt zu gehen. Das Projekt wurde bald zu zeitaufwändig, um es an der Fachhochschule zu realisieren. Zudem wollte ich verhindern, dass die Öffentlichkeit auf meine Arbeit aufmerksam wird. Ich war an etwas wahrhaft Großem dran und ich wollte verhindern, dass mir irgendwelche Schlauberger die Butter oder die Marmelade vom Brot nahmen."

Wie immer, wenn ich mich ereifere, war meine Stimme ins Pathetische abgerutscht. Ich räusperte mich kurz, trank einen Schluck und bemühte mich um einen sachlicheren Ton:

„Ich kündigte meine Stelle als Dozent und schockierte damit mein gesamtes Umfeld. Ich richtete mir ein Labor in einem leerstehenden Industriegebäude ein. Das Areal sollte einem großen Einkaufszentrum weichen. Aus Erfahrung wusste ich, dass die Mühlen des Bauamts langsam mahlen und sich immer ein lieber Nachbar findet, der gegen das Bauprojekt Einsprache erhebt und mir damit die Abbruchbirne eine Weile vom Hals hält. Ich stattete das Labor mit dem Nötigsten aus, was meine Ersparnisse arg strapazierte.

Barbara fragte mich mehrmals, ob ich wisse, was ich tue. Sie konnte nicht verstehen, dass ich einen sicheren, gutbezahlten Job aufgab, der mir zudem auch noch Freude machte, nur um mich in eine aussichtslose Selbstständigkeit zu stürzen. Sie schlug vor, meine Idee einem Pharmaunternehmen zu verkaufen und mich am Erfolg beteiligen zu lassen. Vielleicht hätte ich auf sie hören sollen, aber ich bin ein sturer Bock. Bestimmt wäre mein Leben dadurch einfacher und angenehmer geworden. Aber für den Ruhestand war ich zu jung und ich wollte nicht wieder zum Befehlsempfänger von unfähigen Bürokraten werden. Kein Mensch konnte verstehen, dass ich mein ganzes Geld in die technische Ausrüstung einer Bauruine steckte und mich dort tagelang verschanzte. Ich hatte als vernünftig gegolten, doch plötzlich verhielt ich mich, als wäre mir das Hirn weggeschmolzen wie ein Eiswürfel in deinem J.D. Ich konnte einfach nicht anders. Barbara saß Tage und Nächte allein zuhause, während ich in der ausrangierten Fabrik Zwiegespräche mit meinen Molekülen führte."

Ich fühlte mich ausgelaugt. Meine eigene Geschichte zu erzählen, hatte mich ermattet. Ich hätte mich am liebsten gleich ins Bett gelegt. Larry bestellte einen Kaffee und ich schloss mich an. Mein kraftloser Blick ging durch ihn hindurch in eine leere Unendlichkeit. Schließlich raffte ich mich auf:

„Unsere Beziehung zerbröselte zusehends. Die seltenen Momente, in denen wir uns zuhause begegneten, wurden immer unerfreulicher. Nichts als gehässige Wortgefechte, verletzende Vorwürfe oder beharrliches Schweigen. Mir graut, wenn ich daran zurückdenke. Wenn sich ausnahmsweise ein Gespräch entwickelte, döste ich oft mittendrin erschöpft ein. Ich sah mir dabei zu, wie ich meine Ehe an die Wand fuhr, war aber unfähig, das Steuer herumzureißen. Ich hatte meinen freien Willen eingebüßt, war meiner Arbeit hörig geworden. So kam es, wie es kommen musste. Meine Besessenheit, diese blinde Akribie, entfremdete uns einander. Ich lebte in einer eigenen Welt, zu der niemand außer mir Zugang hatte. Zu jener Zeit übernachtete ich häufig im Labor."

Meine Stimmte drohte zu brechen, also hielt ich inne.

Larry machte keine Anstalten, meine Erzählung zu kommentieren und so konnte ich nicht abschätzen, ob er nachempfinden konnte, was ich durchgemacht hatte. Ich leerte meine Tasse und knüpfte da an, wo ich mich selbst unterbrochen hatte:

"Als ich eines Abends nach Hause kam und feststellte, dass mich Barbara verlassen hatte, fiel ich aus allen Wolken in ein tiefes, schwarzes Loch. Außer einem knappen Abschiedsbrief, hatte sie nichts Persönliches zurückgelassen. Ich wurde jäh aus meinem Kokon katapultiert, in den ich mich eingemummt und der meine Gefühle abgestumpft hatte. Für kurze Zeit nahm ich die Außenwelt wieder wahr. Aber anstatt mich auf die Suche nach Barbara zu machen und zu versuchen, sie zurückzuholen, ertränkte ich meinen Schmerz in Arbeit, dem Einzigen, was mir geblieben war. Ich wollte keine Menschenseele sehen oder hören, lud mein Handy nicht mehr auf und arbeitete ganze Nächte durch. Der Trennungsschmerz wurde zusehends von der Arbeit betäubt und das kam dem Projekt zugute."

Ein Mann in den Sechzigern, seine Arme um die Taille von zwei lachenden, jungen Blondinen geschlungen und ein breites Machogrinsen im Gesicht, stolzierte zur Bar. Das Trio zwängte sich an Larry vorbei und eine Duftwolke von Chanel hüllte uns ein. Larry bedachte den sonnengebräunten Mann mit einem kurzen, mitleidigen Blick und einem Kopfschütteln. Dann galt seine Aufmerksamkeit erneut mir.

„An einem jener seltenen Abenden, an denen ich zum Duschen und Schlafen nach Hause ging, tauchte Klaus Dietrich auf, einer meiner ehemaligen Studenten. Er hatte erfahren, dass ich nicht mehr dozierte und wollte wissen, woran ich gerade arbeitete. Ich antwortete ausweichend, war nicht gewillt, ihn an meinen Plänen teilhaben zu lassen. Er versuchte, mir einen Job bei Ars Medica International schmackhaft zu machen, der Firma, für die er arbeitete. Er unterstrich, bei meinem Ruf würde man mich dort blind einstellen. Ich musste ihm versprechen, die Ars Medica International vor allen anderen Firmen zu berücksichtigen, sollte ich jemals einen Job suchen. Als meine finanziellen Reserven auf

dem Zahnfleisch liefen, wollte ich mein Versprechen einlösen. Doch bevor ich das tun konnte, erhielt ich einen Brief aus Deutschland. Die DATS, das Pharmaunternehmen mit den drei Herzen im Logo zeigte sich an meinem Projekt interessiert. Mir kam es gelegen, von Zürich wegzukommen, wo mich alles an Barbara erinnerte. Das war im vergangenen März."

Larry rückte seinen Hintern auf dem unbequemen Barhocker zurecht und unterbrach mich:

„Wie konnte DATS von deinen Aktivitäten wissen?"

„Ich habe nicht die geringste Ahnung und bin dem auch nie nachgegangen. Ich war einfach nur froh, dass mir jemand eine Chance bot, mein Projekt weiterzuführen. Ich bereitete eine Präsentation vor, welche selbst die hartnäckigsten Skeptiker, sowohl unter den Wissenschaftlern wie auch unter den Finanzheinis, überzeugen musste. Natürlich gab ich darin keine Geheimnisse preis."

Ich leerte mein Wasserglas, um mein staubiges Gefühl im Mund loszuwerden und starrte auf den Grauhaarigen, der mit seinen blonden Begleiterinnen wie ein Halbwüchsiger herumalberte. Mit rauchiger Stimme sinnierte Larry:

„Ein privates Labor. Ich kann das kaum glauben. Ich dachte, heutzutage sei Forschung nur in Teams möglich."

Ich nahm meine Brille ab und kontrollierte die Sauberkeit der Gläser im Gegenlicht:

„Das stimmt. Deshalb paddelte ich finanziell und personell schon bald auf dem Trockenen. Eine Idee entsteht zwar immer im Kopf eines Individuums, aber für die Weiterentwicklung und Realisierung braucht es weitere Spezialisten und ein solides Budget. Mit der Erwartung, einen guten Deal auszuhandeln, fuhr ich zu DATS. Mein Enthusiasmus bekam einen argen Dämpfer, als mich ganze zwei Leute im Konferenzsaal erwarteten. Enttäuscht musste ich erkennen, dass ich nicht als großer Zampano empfangen wurde, wie ich auf Grund der Einladung angenommen hatte. Es blieb mir nichts übrig, als meine Ernüchterung unter einer fadenscheinigen Decke aus Zuversicht zu verbergen. Ich verließ den

Konferenzsaal mit der Gewissheit, dass der Knilch nicht mehr von meinen Ausführungen begriffen hatte als der Stuhl unter seinem Hintern. Die Finanztussi kam gar nicht erst ins Spiel. Ihre Lippen blieben die ganze Zeit über aufeinandergepresst, als hätte sie sie zusammengeklebt. Nicht einmal ein Grußwort zwängte sich da durch. Der Fatzke meinte am Ende, die Idee sei zweifellos interessant, aber zu innovativ für ein so konservatives Unternehmen wie DATS. Dabei dehnte er die Endsilben, um sie zu betonen. Zuuu innovatiiiv."

Ich schnitt dazu eine dumme Fratze und rang Larry damit ein Kichern ab. Ich blieb ernst:

„Es war seine höfliche Art, zu sagen, ich solle meine hirnverbrannten Utopien jemand anderem unterjubeln. Du kennst den Ausdruck, jemandem etwas unterjubeln, oder? Darauf beleidigte mich der Typ mit einem Stellenangebot, das ich nicht einmal als Ferienjob während des Studiums angenommen hätte. Ich reagierte darauf mit einem frostigen Lächeln und einer höflichen Formulierung von «Sie können mich da, wo ich am schönsten bin». Du sagst mir, wenn du irgendetwas nicht verstehst, ja?"

Larry lachte, fuhr sich durchs Haar und meinte:

„Lass dich von meinem Akzent nicht irreführen. Sollte ich tatsächlich etwas nicht verstehen, dann melde ich mich schon. Und jetzt musst du mich kurz entschuldigen. Ich gehe die Nassräume inspizieren."

Ich nahm mir vor, nicht mehr nachzufragen, ob er gewisse Ausdrücke verstehe. Ich fühlte fremde Blicke auf mir, worauf ich mich umsah, ohne etwas Auffälliges zu entdecken. Als das Wasser serviert wurde, das ich für uns beide bestellt hatte, kam Larry, seine Hände reibend, bereits zurück:

„So, ich fühle mich erleichtert. Lass uns weitermachen, Iggy. Was geschah nach deinem DATS-Besuch?"

„Klaus Dietrich war sauer wie eine Essiggurke, als er von meinem Besuch erfuhr. Er konnte seine Beherrschung nur mit Mühe wahren

112

und zischte: «Selber schuld! Bei Ars wärst du mit offenen Armen emp-
fangen worden». Er hatte das Recht, sauer zu sein, denn ich hatte mein
Versprechen gebrochen. Dennoch hielt mich ein diffuses Bauchgefühl
weiterhin davon ab, den Kontakt zur Ars Medica zu suchen. Im April
flog ich stattdessen an den Jahreskongress nach Amsterdam. Ich hoffte,
dort zwischen den Vorträgen Leute zu treffen, die die Tragweite meiner
Idee verstanden und über die notwendigen Kompetenzen verfügten, um
mir zu helfen. Ich hatte mehr Glück als erhofft. Eine Präsentation fiel
aus und ich ergriff die Gelegenheit, kurzfristig in die Bresche zu springen
und meine Ideen zu präsentieren. Die Fragen aus dem Publikum be-
wiesen ein reges Interesse, aber nach dem Vortrag kam Dr. Kunkel, der
Forschungsleiter der hiesigen M&S, als einziger auf mich zu. Er lud
mich hierher zu einem Gespräch ein. Wir vereinbarten ein Treffen nach
den Sommerferien und zwar für letzten Freitag.

Als ich am Donnerstag hierherflog, war ich sehr optimistisch,
denn M&S hat die nötigen Ressourcen, um in die nötige Infrastruktur
zu investieren. Die Summen, die ein solches Projekt verschlingt, können
nur wenige Unternehmen aufbringen und einigen, die es könnten, ist das
Risiko zu hoch, denn es gibt keine Erfolgsgarantie. Was dann nach
meiner Ankunft geschah, weißt du ja."

Der Texaner stierte wortlos auf seine Fingerspitzen.
Sein Blick war glasig und zwischen uns machte sich ein be-
klemmendes Schweigen breit, eines das den Anspruch erhob,
ewig zu dauern. Dann bestellte Larry zwei Pils und starrte
nachdenklich ins Nichts. Als das Bier vor uns hingestellt
wurde, atmete er tief durch:

„Wow, das war eine Menge Informationen. Um die Fakten zu
sichten und zu verdauen, brauche ich Zeit, Ruhe und vor allem Jacks
Ok."

Ich runzelte die Stirn. War Jack sein Vorgesetzter?
Rückte Larry nun doch damit heraus, für wen er arbeitete?
Als Reaktion auf meinen verständnislosen Blick lachte er:

„Yeah, Mister Jack Daniels. Ich hatte zu viel J.D., um klar zu

denken. *Wenn ich wieder klar im Kopf bin, melde ich mich und wir entscheiden dann, was zu tun ist, ok?"*

12

Vom langen Reden und vom Alkohol abgestumpft, setzte ich mich bleiern aufs Bett. Ich streifte mir die Schuhe von den Füssen, legte meine Brille auf das Nachttischchen und ließ mich wie ein Zementsack zurückfallen. Meine Gedanken drehten ihre Runden auf dem Karussell, den das Pils in Schwung gebracht hatte. Ich haderte damit, dass ich an der Bar einen Monolog und kein Gespräch geführt hatte. Ich hatte alles gegeben und nichts bekommen. Larry hatte am Ende bloß gesagt, er denke über alles nach. Er mochte ein toller Bursche sein und ich mochte den Kerl wirklich, aber es verunsicherte mich, dass ich nicht wusste, was er mit meinen Informationen tun würde. Während ich aufstand und mich auszog, ermahnte ich mich selbst, in Zukunft vorsichtiger zu sein. Ich erledigte lustlos meine Abendtoilette und ließ mich von der wohlig warmen Bettdecke umarmen. Das Gedankenkarussell drehte sich weiter, bis es zu dämmern begann. Dann döste ich endlich ein und versank schließlich in einen traumlosen Schlaf.

Als ich die Augen öffnete, brummte mein Schädel, als hätte der Halbgott Herkules seine Keule auf ihm zertrümmert. Ich blinzelte, rieb meine verklebten Augen und setzte die Brille auf. Meine Uhr verriet mir, dass der Nachmittag angebrochen war. Ich fühlte mich krank, in meine Einzelteile zerlegt. Gedanke um Gedanke entglitt mir, bevor er beginnen konnte, einen Sinn zu ergeben. Ich hatte keine Medikamente dabei, hätte aber auch nicht gewusst, welches mir helfen konnte. Es blieb mir keine Wahl, als die Zähne zusammenzubeißen und den Rest des Tages in Angriff zu nehmen. Ich torkelte ins Bad und übergab der Kanalisation, was vom Bier des Vorabends übriggeblieben war. Dann duschte ich sitzend, rubbelte mich trocken und zog die ungewaschenen

Kleider des Vortags an. Ich hätte Dr. Kunkel anrufen sollen, aber mit einer solchen Migräne war das unmöglich. Die verschwitzte Wäsche auf meiner Haut gab mir den Rest. Paradoxerweise hinderte meine Übelkeit das Hungergefühl nicht daran, an meinem Magen zu zerren.

Die Kopfschmerzen waren nicht auszuhalten. In der nächstgelegenen Apotheke kaufte ich eine Packung Paracetamol, ließ mir ein Glas Wasser geben und schluckte zwei Tabletten vor Ort. Mein Widerwillen gegen die schmutzigen Textilien auf meiner Haut war stärker als der Hunger und so begab ich mich erst einmal auf Shopping-Tour. Nach dem blindwütigen Einkaufsmarathon zweifelte ich an meiner Vernunft. Mit so brechend vollen Tüten kamen sonst nur frustrierte Frauen von ihren Einkäufen zurück. Je ein Sechserpack Unterwäsche und Socken waren ok, aber fünf Hemden, zwei Anzüge und drei Krawatten, ließen mich an meiner Vernunft zweifeln. Welcher Teufel hatte mich bloß geritten? Drei Krawatten! Wo ich in meinem ganzen Leben noch keine einzige gekauft und nur selten eine getragen hatte. Ich verstand nicht, was mit mir geschehen war. Ich hatte mein Konto auf unverantwortliche Weise überzogen. Die nächste Kreditkartenrechnung würde mir das Genick brechen. Das einzig Erfreuliche war, dass viel Wasser den Rhein hinunterfließen würde, bevor ich das nächste Mal einen Kleiderladen betreten musste. Einkaufstouren stehen seit jeher verdammt weit unten auf der Liste meiner Lieblingsbeschäftigungen. Mit knurrendem Magen begab ich mich zurück zum Hotel.

In meiner sauberen Unterwäsche hätte ich mich wie neugeboren fühlen sollen, aber so war es nicht. Im Hause Irrgang herrscht die Maxime: „*Man trägt neue Unterwäsche niemals ungewaschen.*" Darüber wachten früher meine beiden Großmütter ebenso kompromisslos, wie es nun meine Mutter und meine Ehefrau taten. Ich stellte mir vor, wie ich für diesen Frevel am jüngsten Tag im teuflischen Feuer der Hölle brutzeln würde, falls es diesen unwirtlichen Ort tatsächlich geben sollte. Die einzige reelle Gefahr sah ich in Mikroben oder Toxinen, die bei der Herstellung in die Wäsche gelangt sein konnten. Die Vorstellung, dass pathogene Keime im Gewebe schlummern könnten, ließ mich schaudern. Sporen würden durch die Feuchtigkeit und Wärme meines Körpers zum Leben erwachen und das tun, wofür sie berüchtigt waren. Obwohl ich wusste, wie unwahrscheinlich diese Vision war, dauerte es Stunden, bis sich meine Gänsehaut legte.

Im Gegensatz zum Hungergefühl, das lautstark aus meinem Gedärme röhrte, war ich seit einer Weile die Kopfschmerzen und das Unwohlsein los. Ich wählte Dr. Kunkels Nummer. Frau Wall, die Vorzimmerdame, die den Anruf entgegennahm, meldete sich mit einer Stimme, die mir wie eine Rasierklinge ins Mark schnitt. Ich kannte solche weiblichen Stimmen bislang nur aus deutschen Vorkriegsfilmen. Die Frau machte ihrem Namen alle Ehre. Sie entpuppte sich als menschliche Firewall. Ich benötigte eine geschlagene Viertelstunde und ein gerüttelt Maß an Hartnäckigkeit, um sie zu knacken und zu Dr. Kunkel durchgestellt zu werden, der angeblich zu beschäftigt war. Ich erwartete, die vertraute, freundliche Stimme zu vernehmen, die ich aus Amsterdam kannte. Aber ich irrte mich. Dr. Kunkel überfuhr mich in rüder Weise:

„Sie wagen es, mich anzurufen? Was für eine Unverschämtheit ist das denn? Jetzt hören Sie mir mal gut zu, Irrgang, das habe ich noch nicht erlebt, dass jemand unser halbes Kader vergeblich wie die Ölgötzen um den Tisch sitzen und Däumchen drehen lässt. Für wen halten Sie sich eigentlich? Halten Sie es nicht für nötig, uns zu verständigen, wenn sie verhindert sind? Man hat sogar versucht, Sie zu erreichen, aber in Ihrer arroganten Impertinenz…"

Ich versuchte, ihn zu beschwichtigen, aber er schnitt mir schon das erste Wort lautstark ab:

„Schweigen Sie und hören Sie zu, Irrgang! Lernen Sie gefälligst etwas Anstand. Sie wollten sich angeblich mit uns über ein Projekt unterhalten, das unser Unternehmen verändern würde. Sie sagten, es sei in seiner Bedeutung einzigartig und ich hatte den Eindruck, dass Ihnen dieses Vorhaben am Herzen liegt. Aber wie kann ich Ihre Aussagen ernst nehmen, wenn Sie es nicht tun? Ich habe keine Zeit und kein Budget für Albernheiten. Senden Sie uns Ihre Dokumentation und ein Angebot zu und wir melden uns, falls wir daran interessiert sein sollten."

Als Dr. Kunkel Luft holen musste, ergriff ich die Gelegenheit:

„Herr Dr. Kunkel, ich verstehe, dass Sie aufgebracht sind. Das wäre ich zweifellos auch, aber finden Sie nicht, dass ich eine Chance verdiene, mich zu erklären?"

„Faule Ausreden sind das Letzte, das ich jetzt hören will. Sagen Sie mir einfach, ob Sie uns die Projektunterlagen zusenden wollen."

„Nein, ich bin weder dazu bereit, noch lasse ich mich von Ihnen als Strolch abstempeln. Ich habe keine faulen Ausreden parat. Ich verlange nur, dass Sie mir zuhören."

Mein Ton war herrisch geworden.

„Na gut, Irrgang, aber machen Sie es kurz, ich habe wenig Zeit."

Ich erklärte ihm in wenigen Sätzen, was geschehen war und dass die Polizei versprochen hatte, ihn zu verständigen. Seine Reaktion war nicht besonders ermutigend:

„Was sind das denn für Räubergeschichten, Irrgang. Ich habe keine Zeit für Märchen…"

„Verdammt nochmal, Dr. Kunkel, was muss ich denn tun, damit Sie mir eine Minute lang zuhören?"

In wenigen Sätzen setzte ich Dr. Kunkel ins Bild, weshalb ich nicht zur Besprechung erschienen war. Nach einer kurzen Pause vernahm ich Dr. Kunkels Stimme, die an Gehässigkeit verloren hatte:

„Man hat mir berichtet, dass die Polizei im Hause war, aber ich habe mich nicht darum gekümmert, weshalb sie hier war."

Nach einer kurzen Denkpause hatte Dr. Kunkels Stimme ihre Kälte verloren:

„Bitte entschuldigen Sie meine Reaktion von vorhin, Dr. Irrgang. Ich konnte nicht wissen…"

„Schon gut, Herr Dr. Kunkel. Ich habe eine Menge Zeit in die Vorbereitung des Treffens gesteckt und dass es nicht zustande gekommen ist, trifft mich hart. Sehen Sie eine Möglichkeit, unser Gespräch nachzuholen?"

„Ich wollte am Freitag bei Ihrer Präsentation dabei sein, konnte aber eine wichtige Asienreise nicht verschieben. Ich bin erst seit heute Mittag zurück. Als ich hörte, dass Sie am Freitag nicht erschienen waren und mir niemand sagen konnte, wo Sie stecken, war ich empört. Um ehrlich zu sein, ich kochte vor Wut, denn ich hatte große Erwartungen an eine Zusammenarbeit. Ich würde Sie gerne treffen. Leider ist mein Terminkalender proppenvoll."

Ich konnte physisch spüren, wie Dr. Kunkel fieberhaft überlegte.

„Wissen Sie was? Ich lade Sie am Wochenende in mein Ferienhaus ein. Dort haben wir ausreichend Zeit und ein entspanntes Klima zum Fachsimpeln. Ich hole Sie am Samstagmorgen gegen neun Uhr im Hotel ab, wenn Sie mögen. Nehmen Sie ihr Gepäck gleich mit, dann fahre ich Sie am Sonntag direkt zum Flughafen. Vergessen Sie Ihre Unterlagen nicht, sonst langweilen wir uns bloß da draußen. Ich bin ein miserabler Witzeerzähler."

Jetzt sprach er mit mir wie mit einem Freund. Ich gestand ihm, dass ich ohne Unterlagen, aber mit dem wesentlichen Wissen im Kopf, anreisen würde. Ich freute mich auf zwei Tage ohne Larry, Polizei und pulsierende Stadt und auf unseren Gedankenaustausch im Grünen. Während des Telefonats hatte mein Magen gerumpelt wie ein Lada Niva in der Hammada. Ich hoffte, dass es am anderen Ende der Leitung nicht zu hören war. Es wurde höchste Zeit, für Nahrungsaufnahme zu sorgen.

Draußen schien die Sonne vom kornblumenfarbigen Himmel. Ich setzte mich in einen Biergarten nahe am Fluss, wo sich verschiedene Vogelarten auf den Platanen zu einem gemeinsamen Konzert zusammengefunden hatten. Ich bestellte eine schlichte Mahlzeit, diesmal ohne Bier. Mein Schädelbrummen war erneut auf dem Vormarsch. Die Schmerzmittel machten bereits schlapp. Sobald die Bedienung das Wasser aufgetischt hatte, warf ich zwei Tabletten ein und spülte sie hinunter. Die Mittagszeit war längst vorbei und für ein Abendbrot war es zu früh. Diese preiswerte Jause musste beide Mahlzeiten ersetzen.

Zu meinem Verdruss erkannte ich, dass bereits die nächste Shopping-Tour anstand. Ich konnte am Wochenende schlecht im Anzug mit Dr. Kunkel aufs Land fahren. Ein Casual-Look wäre ohnehin bequemer als mein zu enger oder einer der neuen Anzüge. Also machte ich mich auf, eine Jeans, zwei Poloshirts, einen Lumber und einen Pullover einzukaufen. Dann fiel mir ein, dass ich einen weiteren Koffer brauchte, wenn ich meine Einkäufe mit nach Hause nehmen wollte. Bangend gab ich meinen Code am Kartenleser ein. Auf dem Display erschien „*Bezahlung ok*". Das Lesegerät schien nichts von meinem finanziellen Engpass zu ahnen.

Am Dienstagmorgen nach dem Frühstück, es muss gegen zehn Uhr gewesen sein, saß ich mit einem Espresso vor mir in einem Straßencafé und reinigte meine Brille. Meine einzige Verpflichtung bis Samstag war der tägliche Gang zum Polizeiposten. Ansonsten wollte ich alles auf mich zukommen lassen, auch weil ich keine Möglichkeit sah, zur Klärung der Vorfälle beizutragen. „*Inschallah*", sagte ich zu mir, da unsere Sprache keinen äquivalenten Ausdruck anbietet. Barbara fehlte mir schmerzlich. An ihrer Seite wäre alles viel einfacher und leichter zu ertragen gewesen. Selten hatte mich das Gefühl der Einsamkeit so stark heruntergezogen.

Beim Flanieren versuchte ich vergeblich, meine Gedanken von Barbara zu lösen. Sie klebten an ihr wie Schusterleim. Ich schaute zum wolkenlosen Himmel hoch und eine Songzeile, die ich vor einer Ewigkeit gehört hatte, nistete sich in meinem Kopf ein: *„The sun is shining, but it's raining in my heart.“* Treffender hätte ich meinen Zustand nicht beschreiben können. Die Sonne strahlte vom Himmel und in meinem Herzen herrschte zappendusteres Wetter mit saurem Regen, der die Seele ätzte.

Ich sehnte mich nach einer einsamen Klippe, auf der ich abhängen und alles vergessen konnte, wo die Gischt des Ozeans von weit unten an mein Ohr brandete und alle Sorgen wegspülte. Ich fand in einer Sitzbank am Flussufer die beste verfügbare Alternative und setzte mich hin. Ich schloss die Augen und bemühte mich, den urbanen Lärm auszublenden. Die Sirene einer Ambulanz und das pubertäre Kichern einiger aufgedrehter Schulmädchen ließen sich allerdings schwer ignorieren. Obwohl es nicht die Idylle der Ozeanküste war, verebbte die Spannung in meinen Nervenbahnen. Ich lauschte auf das leise Säuseln der Wuhre und das Gurren der Tauben. Meine Gedanken waren lange Zeit um deprimierende Themen gekreist wie hungrige Geier über einem verletzten Tier, das partout nicht sterben will. Nun entschwebte ich langsam in eine Sphäre zwischen Tag und Traum, in der keine Zeit und keine deprimierenden Themen existieren.

Ich wusste nicht, ob ich Sekunden oder Stunden auf der Sitzbank verbracht hatte, als ich wie aus der Ferne meinen Namen rufen hörte und unsanft aus meiner Traumwelt auftauchte. Die Sonne stand tief im Westen, halb von den Linden verdeckt. Zaghaft öffnete ich die Augen. Im gleißenden Sonnenlicht konnte ich die Umrisse Klaus Dietrichs erst nach einer Weile erkennen. Mit einem gewinnenden Lächeln auf den Lippen stand er da:

„Herr Professor Irrgang! Was für ein Zufall und welche Freude, Sie hier anzutreffen."

„Ach, lass doch den Professor, sag einfach Ignaz. Schließlich doziere ich nicht mehr und wir sind jetzt so etwas wie Kollegen."

Ich richtete mich auf und streckte ihm meine Rechte entgegen. Er erfasste sie beidhändig und strahlte:

„Ok, ich bin der Klaus."

Er kam mir etwas beklommen vor, als er sich neben mich auf die Bank setzte:

„Darf ich? Ursprünglich wollte ich heute ins Museum, aber bei diesem herrlichen Wetter…"

Er lehnte sich zurück und sog den Mief der Abgase und des Flusses ein, als befände er sich mitten in einem Lavendelfeld der Provence. Dann richtete er sich auf und sah mich ernst an:

„Was führt dich hierher, Ignaz? Wie ich dich kenne, bist du nicht zum Vergnügen hier."

„Da hast du recht. Ich hatte einen Termin bei M&S."

Klaus' Blick verfinsterte sich:

„Darf ich fragen, worum es ging?"

„Ich habe dir doch von meinem Projekt erzählt. Nun, die Mittel sind mir ausgegangen. Ich brauche finanzielle Unterstützung. M&S interessiert sich für meine Arbeit und ich wollte herausfinden, ob wir uns einigen können."

Seine Lippen wurden zu weißen Linien:

„Scheiße, Ignaz. Du hattest mir doch hoch und heilig versprochen, dass du dich zuerst an Ars wendest."

„Ich bin nicht auf Jobsuche, Klaus. Ich brauche jemanden, der in mein Projekt investiert. Das ist etwas anderes. Ich bin übrigens nicht auf M&S zugegangen, sondern sie auf mich."

Gepresst stieß Klaus hervor:

„Tut mir leid, das zu sagen, Ignaz, aber du enttäuschst mich. Das hätte ich nicht von dir erwartet."

Ich hatte eine große Sympathie für Klaus und seine Worte schmerzten mich. Es folgte ein betretenes Schweigen, das ein Schuldgefühl in mir lostrat. Der Verkehrslärm schien anzuschwellen. Um einen neutralen Tonfall bemüht, nahm Klaus die Unterhaltung wieder auf:

„Und was ist dabei herausgekommen? Investieren sie?"

„Es gab kein Meeting. Es ist geplatzt."

„Wie das? Was ist passiert?"

„Es ist eine lange Geschichte. Du weißt, dass ich schon bei DATS abgeblitzt bin und dass sie dort nichts Besseres wussten, als mir eine Stelle als verdammte Hilfskraft anzubieten."

„Als Hilfskraft? Verarsch mich nicht, Ignaz."

Ich erzählte ihm von jenem Treffen und er zeigte sich empört, dass man mich wie einen Studienabgänger behandelt hatte. Er fragte mich, mit wem ich dort gesprochen hätte. Ich kramte tief in meinem Gedächtnis, denn ich hatte jene unerfreuliche und entmutigende Episode verdrängt, so gut es ging. Ich stammelte:

„Das war ein Dr. Hasenzahn, Hasenmaul..."

„Hasenfraz", schoss es aus Klaus heraus und er nickte verstehend, *„Dr. Leopold Hasenfraz."*

„Ja genau, Hasenfraz. Ich wusste doch, dass es etwas mit Hase war."

Ich musste ihn nicht fragen, ob er den Knilch kannte. Er wiederholte den Namen mit kurzen Pausen zwischen den Silben und verfiel dabei in ein verstehendes Nicken:

„So, so, Hasenfraz. Er ist nicht mehr bei DATS. Er muss unmittelbar nach eurem Treffen die Firma verlassen haben. Er ist jetzt in

der Schweiz. Er ist Leiter der Grundlagenforschung B bei Ars, also
mein neuer Vorgesetzter."

Ich überlegte, weshalb DATS jemandem, der dabei war, die Firma zu verlassen, die Verhandlung mit mir anvertraut hatte. Hasenfraz musste zum Zeitpunkt unseres Treffens bereits gekündigt haben. Also war es nicht verwunderlich, dass ihm mein Vortrag völlig gleichgültig gewesen war. Ich hoffte auf eine plausible Erklärung von Klaus.

„Hasenfraz hat einige Mitarbeiter zu Ars mitgenommen. Wie du dir denken kannst, hatten alle bei der DATS eine Konkurrenzklausel im Anstellungsvertrag. Deshalb macht sie ihnen nun die Hölle heiß. Die Juristen der Ars versuchen, dagegenzuhalten. Es herrscht Krieg zwischen den beiden Konzernen. Als du bei DATS deinen Vortrag hieltest, ahnte vermutlich nicht einmal Hasenfraz selbst, dass er kurz vor dem Absprung stand. Ich habe Mühe mit ihm, besonders, weil er sich in letzter Zeit bei mir anbiedert."

Klaus war schockiert, als er hörte, was mir seit Donnerstag widerfahren war. Ungläubig lauschte er meinen Ausführungen, hielt phasenweise den Atem an oder schüttelte den Kopf. Er wirkte um Jahre gealtert und bombardierte mich mit Fragen, die ich mir auch schon gestellt und auf die ich kaum Antworten gefunden hatte. Ich erzählte ihm, dass ich das Wochenende mit Dr. Kunkel auf dem Lande verbringen würde und sicherte ihm zu, ihn bezüglich meiner weiteren Pläne auf dem Laufenden zu halten, egal wie sie aussehen mochten. Ich machte aus meinem Widerwillen keinen Hehl, mit Ars Medica zu verhandeln. Ich hätte eher dem Papst als Fußmatte gedient als für Hasenfraz zu arbeiten. Klaus versicherte mir, er wäre liebend gern Teil meines Teams, egal in welchem Unternehmen.

Er stand von der Bank auf und nickte mir aufmunternd zu. Dann verabschiedete er sich mit einem festen Händedruck und schlenderte in Richtung Stadtzentrum davon. Er wirkte verunsichert und nach einigen zögerlichen Schritten drehte er sich nochmals zu mir um, streckte beide Daumen hoch und nickte. Schließlich entfernte er sich gemessenen Schrittes.

13

Auf der Glasfassade des Verwaltungsgebäudes, welches das Stadtbild dominierte, sah ich mein Spiegelbild, wie es vor der Ampel stand und auf Grün wartete. Die Abendsonne hüllte die Szenerie in einen karminroten Schimmer. Ein mäßiger Wind mischte den Geruch nach Regen unter die Abgase. Ein aufgemotzter, schwarzer Opel Astra mit verspiegelten Seitenscheiben, bulligem Auspuffrohr und ellenbreiten Slicks wartete vor der roten Ampel. Der Fahrer versuchte seine Ungeduld durch rhythmisches Wippen aufs Gaspedal zu zähmen. Das Dröhnen des Motors schwoll an und ab wie eine Alarmsirene. Sobald er freie Fahrt hatte, sicherte sich der Astrafahrer mit einem röhrenden Kavaliersstart die Aufmerksamkeit der Umstehenden. Mein Handy vibrierte in der Jackentasche. Ich nahm den Anruf entgegen, verstand aber so lange kein Wort, bis das dröhnende Gefährt zwei Häuserblocks weiter um die Ecke bog. Larry klang texanischer als sonst. Er entschuldigte sich für den späten Anruf und schlug ein gemeinsames Abendessen vor. Ich hatte eine solche Mahlzeit nicht budgetiert, aber da ich auf gute Neuigkeiten hoffte, sagte ich zu.

An diesem Abend bestätigte Larry erstmals, dass er mit der Polizei zusammenarbeitete, hielt sich aber weiterhin bezüglich seiner Rolle bedeckt. Als ich ihm mehr darüber zu entlocken versuchte, lächelte er verschmitzt und meinte, das sei unwichtig. Wichtig sei nur, dass er zu den Guten gehöre. Als ich nachbohrte, fertigte er mich mit der knappen Begründung ab, es sei ihm nicht gestattet, über seine Mission zu sprechen. Er sagte wirklich *Mission*. Langsam gingen mir solche Sprüche auf das Allerheiligste und er förderte meinen Sarkasmus heraus:

„Für welchen Orden missionierst du denn?"

Er quittierte meine Frage mit einem Finde-ich-nicht-witzig-Lächeln. Ich hatte mit dem Gedanken gespielt, ihm weiterzugeben, was ich von Klaus erfahren hatte. Doch Larrys Sturheit nervte und machte mich trotzig und so entschied ich mich dagegen. Die Stimmung war verkorkst und führte in die Sackgasse des Schweigens. Am liebsten hätte ich einen Neuanfang gemacht, indem ich das Lokal verließ, es erneut betrat und so tat, als wäre ich Larry an diesem Tag noch nicht begegnet. Wir belauerten uns wie zwei Boxer im Ring, fest entschlossen, die eigene Deckung nicht aufzugeben.

Wir befreiten uns schließlich aus dieser Blockade, indem wir Anekdoten aus unserer gemeinsamen Zeit in Austin ausschmückten. Nach einer Weile hatten wir vergessen, weshalb wir gekommen waren und wieherten so ungehemmt wie wilde Fohlen. Die pikierten Blicke der übrigen Gäste prallten an uns ab wie Squashbälle an einer Wand. Behutsam traute sich Larry als erster an das Thema, das uns beiden in den Eingeweiden zwickte:

„Hör zu, Iggy, Es ist mir streng verboten, mit Beteiligten über die Ermittlungen zu reden, aber für dich setze ich mich über diese Vorschrift hinweg. Also behalte bitte alles für dich, was ich dir erzähle, ok? Wenn herauskommt, dass ich dich informiere, bringt mich das in Teufels Küche."

Zu mir hingeneigt, durchkämmte er abwechselnd den rechten und den linken Teil des Lokals mit wachem Blick. Dabei wischte er sich mehrmals seine störrische Strähne aus dem Gesicht. Ich verstand nicht, warum mir Larry diesen Vertrauensbeweis gab, sich aber hartnäckig weigerte, über seinen Auftraggeber zu reden. Ich nahm, was ich kriegen konnte und lehnte mich so weit vor, dass zwischen unseren Köpfen keine gebundene Ausgabe von Krieg und Frieden gepasst hätte:

"Am Donnerstagabend hat im Barracuda niemand etwas gesehen

oder gehört. Es gab keine Schlägerei und es erschien keine aufgetakelte Frau. Der Barista konnte sich lediglich daran erinnern, dass jemand Sekt bestellte."

Was mir Larry zuflüsterte, klang nicht nach meinem Gusto:

„Verdammte Scheiße. Die lassen mich ja wie einen Märchenerzähler dastehen."

„Ruhig Blut, Iggy. Ich habe nichts anderes erwartet. In diesen Kreisen hat selten jemand irgendetwas gesehen oder gehört, wenn die Polizei fragt. Dass Sekt bestellt wurde, konnte der Bartender nicht leugnen, da ein leeres Fläschchen in seiner Altglaskiste lag. Die Polizei kennt diese Typen und weiß, wie sie ihre Geschichten einordnen muss. Die gute Nachricht ist, dass Eva Balan sich erholt. Die Frau ist kein billiges Flittchen, das auf der Straße oder in zwielichtigen Bars anschaffen geht. Sie ist das beste Pferd im Stall der renommiertesten und teuersten Begleitagentur der Stadt. Etwas Edleres und Kultivierteres kannst du für Geld nicht kaufen. Mit ihr machst du selbst in den gehobensten Kreisen gute Figur. Diese Mädchen sind bildschön, aber auch gebildet. Sie begleiten ihre Klienten ins Theater, in die Oper oder zu exklusiven Essen. Natürlich halten sie sich auch über den gesellschaftlichen Anlass hinaus zur Verfügung. Ich muss schon sagen, da hat jemand für dich tief in die Tasche gegriffen und ich bin heiß darauf, diesen Gönner kennenzulernen."

Ich nickte kurz, doch mein Blick blieb nichtssagend, um Larrys Informationsfluss nicht zu hemmen. Wie der Lichtstrahl eines Leuchtturms überstrich sein Blick erneut sämtliche Nachbartische. Der korpulente Kellner watschelte an unseren Tisch und erkundigte sich, ob wir mit den Speisen zufrieden seien. Ich nickte, deutete auf unsere geleckten Teller und bestellte noch einen halben Liter des schweren Spaniers. Ich hoffte, dass der Wein Larrys Zunge lösen würde, fürchtete aber gleichzeitig, dass er mich gesprächiger machen könnte, als mir lieb war. Mit einem Lächeln von der Stange entfernte sich der Kellner. Larry beugte sich erneut vor und seine Hand räumte das rebellische Haarbüschel beiseite, das sich über sein linkes Auge gelegt hatte:

„Je nach Programm verdienen diese Girls an einem Abend zwischen 3000 und 8000 Piepen. Daneben genießen sie Extras wie exklusive Unterhaltung, erlesene Mahlzeiten und ähnliche Schmankerl. Manchmal schenken ihnen ihre Gönner sogar Schmuck, Schuhe oder Kleider. Ist das nicht verrückt? Und glaube mir, sie kaufen nicht bei H&M oder C&A ein. Du weißt, was ich damit sagen will. Die liebe Frau Balan nagt bestimmt nicht am Hungertuch. Du kannst mit ihr über Wirtschaft, Politik, Kunst, Sport und weiß der Teufel was noch diskutieren und zwar auf Augenhöhe. Sie ist mehrsprachig und weiß, wie man bei Männern aus exotischen Kulturen Fettnäpfchen vermeidet. Diese Mädchen sind die Geishas unserer westlichen Zivilisation. Pretty Woman würde in diesem Club so sang- und klanglos durchfallen, wie ich bei der Vordiplomprüfung."

Ich versuchte, Larrys verspanntes Lächeln zu deuten, während der Kellner den Wein einschenkte und sich mit einem *„Zum Wohl meine Herren"* entfernte. Larry blickte hinter sich. Falls er sich sorgte, dass da jemand mithören könnte, war er pathologisch paranoid, denn zwischen seiner Stuhllehne und der Wand hätte kein Hampelmann aus Karton gepasst. Er flüsterte:

„Wenn die Balan nicht erpresst wurde, muss sie für ihren Einsatz reichlich kassiert haben. Warum sonst sollte sie das Risiko eingehen, gefeuert zu werden, indem sie die Agentur umgeht? Warum? Und ist es nicht fahrlässig, ja sogar hochgradig gefährlich, sich im Auftrag eines Unbekannten mit einem anderen Unbekannten einzulassen? Da könnte doch weiß Gott was passieren. Einen solchen Auftrag nimmt man nicht aus reiner Abenteuerlust an. Wenn sie sich erholt hat, wird sie viel zu erklären haben."

Larry schaute nochmals durch den Raum und nippte an seinem Glas. Er ließ den Wein noch einen Moment im Mund herumflutschen, bevor er ihn schluckte. Dann fuhr er in ernstem Ton weiter:

„Die Balan dürfte schon morgen vernehmungsfähig sein. Das wird uns weiterbringen. Hast du irgendwelche Neuigkeiten?"

Ich wollte weder lügen noch Klaus Dietrichs Informationen weitergeben:

„Woher soll ich Informationen haben?"

Am Mittwoch wurde ich vom Grollen des Donners und dem Peitschen des Regens auf den Fenstervorsprung geweckt. Schlaftrunken setzte ich meine Brille auf. Die Anzeige des Fernsehgeräts zeigte halb sieben. Die Geräusche des Unwetters ließen mich tiefer unter die Decke kriechen und mich einkuscheln. Nach einigem Drehen und Wenden musste ich jedoch einsehen, dass nichts mit Weiterschlafen war. Unter der Dusche überließ ich meinen Körper dem belebenden Nass. Danach machte ich meiner Blutzirkulation mit dem Frottiertuch Beine. Obwohl meine Riechzellen gegen den Essiggeruch rebellierten, rubbelte ich auch mein Haar trocken. Erneut bescherte mir die fabrikneue Unterwäsche eine Gänsehaut und kniff mich ins Gewissen. Ich stellte mir Barbaras entsetztes Gesicht vor, wenn sie mich gesehen hätte und eine beengende Melancholie ließ mich aufs Bett sinken. Sie fehlte mir jeden Tag mehr. Ich zog mich an und verließ unrasiert mein Zimmer. Ich hängte das Bitte-nicht-stören-Schild an die Türklinke, um zu verhindern, dass das Zimmermädchen mein unaufgeräumtes Zimmer betrat.

Beim Eingang zum Frühstücksraum schnappte ich mir im Vorbeigehen eine Lokalzeitung und legte sie auf einen der freien Tische. Am Buffet stellte ich auf einem Tablett meine Frühstücksfavoriten zusammen – Lachs, Käse, Wurst und einige Tomatenscheiben. Eine Tasse Cappuccino aus dem Automaten und zwei Scheiben Weißbrot komplettierten die Mahlzeit. Am Frühstückstisch reinigte ich meine Brille und las während des Essens die Zeitung, wofür mich meine Mutter gescholten hätte. Obwohl mich die Lokalnachrichten nicht interessierten, zog ein kurzer Artikel beim Durchblättern meine Blicke an wie ein Kuhfladen die Fliegen. Er berichtete von einem Pärchen, das in einem Hotelzimmer aufgewacht war und sich nicht erinnern konnte, wie es dorthin gelangt war. Der Bericht las sich wie ein Kapitel aus einem der Bücher mit Titeln wie „*Die unerklärlichsten Phänomene unseres Jahrhunderts*". Obwohl ohne Zweifel Eva Balan und ich gemeint waren, konnte ich uns in diesem Konstrukt aus Fantasien und alternativen Fakten nicht wiedererkennen. Da hatte jemand aus wenigen Tatsachen, einigen Gerüchten und viel schriftstellerischer Kreativität ein realitätsfremdes Potpourri zusammengerührt. Je nach Veranlagung erkannten Leser in der Geschichte eine Entführung durch Außerirdische oder Leserinnen einen Ehebruch mit fadenscheiniger Ausrede. Beide Interpretationen schienen mir glaubwürdiger als die Wirklichkeit. Die übrigen Artikel, die ich mit den Augen streifte, wirkten vergleichsweise unspektakulär, langweilig und deshalb glaubwürdig. Ich faltete die Zeitung zusammen, legte sie beiseite und widmete mich mit allen Sinnen meinem Frühstück, was meiner Mutter gefallen hätte. So ausgiebig hatte ich schon lange nicht mehr gefrühstückt und so gut hatte mir ein Frühstück seit einer gefühlten Ewigkeit nicht mehr geschmeckt. Ich nahm mir viel Zeit, trank zwei weitere Cappuccinos, beobachtete die Gäste und ließ das Wetter draußen nach Belieben wüten.

Von einem der umliegenden Kirchtürme schlug es neun. Ich betrat mein Zimmer und blieb wie vom Blitz getroffen stehen. Der Anblick eines Briefumschlags auf dem Tisch stellte mir sämtliche Haare auf. Ich schaute mich um, darauf gefasst, von Baggerhand erneut wie ein Ball durch den Raum geschleudert zu werden. Aber da war niemand. Ich überzeugte mich, dass nichts entwendet oder durchwühlt worden war. Dann zog ich das Blatt aus dem weißen Couvert, entfaltete es und las die knappe Mitteilung, die mir in fetten, schwarzen Lettern entgegenschlug:

„LETZTE WARNUNG!

LÖSCHE DIE LETZTEN SECHS TAGE AUS DEINEM GEDÄCHTNIS UND REISE NACH HAUSE. UND HALTE ENDLICH DEINE VER-DAMMTE SCHNAUZE. ES IST ZU DEINEM BES-TEN."

Diesmal kein Ratschlag von einem guten Freund, sondern eine letzte Warnung und eine schnoddrige Sprache obendrein. Ich befürchtete, dass Baggerhand, mein guter Freund und letzter Warner, trotz Larrys Vorsichtsmaßnahmen wusste, was wir am Vorabend besprochen hatten. Es schien mir unwahrscheinlich, dass uns jemand belauscht hatte, aber ich muss zugeben, dass ich mich mit technischen Abhörtechniken nicht auskannte. Im Film war alles möglich, aber ich konnte nicht beurteilen, wie realistisch James Bonds Gadgets waren. Ich hätte zu gerne gewusst, wie sich Baggerhand Zugang zu meinem Zimmer verschaffte.

Vielleicht hätte mich diese erneute Warnung einschüchtern sollen. Sie tat es aber nicht. Vielleicht hätte ich den Schwanz einziehen und mich vom Acker machen sollen. Aber der Schreck währte kaum länger als eine Mücke zum Stechen braucht. Ich staunte, mit welch gusseiserner Gelassenheit ich diese neue Warnung zur Kenntnis nahm. Ich reinigte meine Brille und las den Text nochmals durch, diesmal emotionslos. Dann faltete ich das Blatt fein säuberlich, steckte es in seinen Umschlag und legte es in das Außenfach meines Koffers zu seinem Vorgänger. Es war nicht die schriftliche Botschaft, die mich ärgerte, sondern die Tatsache, dass jemand mein unaufgeräumtes Zimmer betreten hatte. Verwünschungen vor mich hin brummelnd, räumte ich auf. Ich untersuchte Schubladen, Schranktüren, Bett, Stuhl und Tisch nach kleinen Objekten, die da nicht hingehörten. Natürlich fand ich weder Wanzen noch Kameras, denn ich hatte keinen Schimmer, wie solche Dinge aussehen.

Beim Rasieren schauten mir zwei Augen aus dem Spiegel entgegen, die meine Melancholie nicht widergaben. Der Regen prasselte unbeirrt wie ein Trommelwirbel an die Fensterscheibe. Immerhin hatte das Donnern aufgehört.

Ich war zuversichtlich, dass der Tag ein gutes Ende nehmen würde. Vielleicht würde ein Besuch bei Eva Balan dazu beitragen. Sie lag in einem Krankenhaus, das gemäß Stadtplan nicht allzu weit vom Hotel entfernt war. Der Rezeptionist lieh mir einen Regenschirm und ich zog zu Fuß los.

14

Bereitwillig gab man mir am Empfangsschalter des Krankenhauses die Nummer von Frau Balans Zimmer, das sich im Südflügel befand. Ich klopfte an die Tür und trat ein. In der Toskana waren die farbigen Jahreszeiten vorüber. Es herrschte monotoner Winter. Die Trikolore war aus Eva Balans Haaren verschwunden und ihr Gesicht war so weiß wie eine Skipiste. Ihre Augen weiteten sich, als ich vor ihr stand:

„Sie hier? Es darf doch niemand mein Zimmer betreten. Wer hat Sie eingelassen?"

„Es hat mich niemand daran gehindert."

Der Geruch nach Desinfektionsmittel hing schwer im Raum. Ich reinigte meine Brillengläser und blickte in das leere Antlitz einer Porzellanpuppe. Das messingblonde Haar formte wild und unbändig eine Art Strahlenkranz auf dem Kissen. Ich fand diese Frau auch jetzt schön, aber manche Leute behaupten, ich hätte einen sonderbaren Sinn für Ästhetik. Ihr blutleeres Gesicht war bedeutend attraktiver als das grellbunte Kunstgemälde vom Donnerstagabend.

Das Mädchen wirkte mitgenommen. Es warf mir einen verschämten Blick zu. Leise und verschämt murmelte es etwas, das ich nicht verstehen konnte. Ich fragte mich, wie ein so engelhaftes Wesen dermaßen gewissenlos handeln konnte. Zorn brodelte in mir, aber auch Mitleid. Alles, was ich wollte, waren Antworten. Nach einem Augenblick des Zögerns trat ich näher an ihr Bett:

„Warum haben Sie mich betäubt? Was zum Teufel haben Sie mir in den Champagner gemischt? Was hatten Sie mit mir vor? Wer hat Sie beauftragt? Was wollen Sie von mir? Ich will verdammt sein, wenn ich dieses Zimmer verlasse, bevor Sie mir all diese Fragen beantwortet haben. Also los, reden Sie, bevor ich mich vergesse."

In ihrem Blick lag Schuldbewusstsein, aber keine Furcht. Ihre Gesichtszüge verloren alles Puppenhafte und ihre Augen wurden feucht. Sie setzte sich mühsam auf und bettete ihren Rücken in die aufgestellten Kissen. Dann vergrub sie ihr Gesicht in den Händen und begann zu schluchzen. Ich kann es auf den Tod nicht ausstehen, wenn Frauen greinen, weil dies eine unfaire Waffe ist, gegen die sich Männer nicht zu wehren wissen:

„Jetzt hören Sie schon auf mit Ihrer Flennerei. Die bringt uns nicht weiter. Wenn Sie sich hinter Ihren Tränen verstecken, erreichen Sie nichts weiter, als dass ich wütend werde. Also raus mit der Sprache!"

Sie tupfte ihr Gesicht mit dem Laken ab, schenkte mir den Blick eines geschlagenen Hundes und schluchzte:

„Ich habe Ihnen nichts in den Sekt gemischt, ehrlich. Ich wurde ja selbst betäubt. Ich bin genauso ein Opfer wie Sie. Ich werde Ihnen erzählen, was ich weiß. Vor einiger Zeit bekam ich eine anonyme Mail. Na ja, ich weiß nicht, ob man sie als anonym bezeichnen kann. Der Absender nannte sich Gregor. Außer seinem Vornamen weiß ich nichts über ihn. Er versprach mir viel Geld, wenn ich mich einen Abend und eine Nacht lang um einen seiner Freunde kümmere. Er weigerte sich strikt, mich über die Agentur zu buchen. Laut meinem Arbeitsvertrag müssen aber alle Aufträge über die Zentrale laufen. Das hat nicht nur wirtschaftliche, sondern vor allem sicherheitstechnische Gründe. Ich erklärte Gregor, er müsse sich wegen der Diskretion keine Sorgen machen, unser Unternehmen sei verschwiegener als die CIA. Als ich erwähnte, dass ich meinen Job riskierte, wenn ich die Agentur überging, reagierte er mit einer Erhöhung seines Angebots."

Eva Balan senkte den Blick. Ich schüttelte ungläubig den Kopf:

„Das muss ja verdammt viel Geld gewesen sein, dass Sie dafür Ihren Job aufs Spiel setzten. Wie geldgierig kann man nur sein? Sie würden wohl Ihre eigene Mutter für Geld verkaufen."

Sie schniefte, nahm ein Papiertaschentuch von ihrem

Nachttisch und schnäuzte sich. Dann schlug sie die Augen nieder und starrte auf ihre Bettdecke:

„Ja, das war viel Geld. Das war so viel, dass ich es nicht ausspre-chen kann, ohne dabei rot zu werden. Aber so bin ich nicht. Ich wurde hinters Licht geführt."

„Wie sind Sie dann? Die gute Samariterin, die diesem Gregor einen kleinen Gefallen erweist?"

„Seien Sie nicht ungerecht. Ich wollte mich wirklich nicht darauf einlassen, aber Gregor bot mir an, alle offenen Fragen telefonisch zu klären. Seine Stimme klang vertrauenswürdig, seine Aussagen ehrlich. Er erklärte, er wolle seinem Freund Ignaz zum Geburtstag einen ange-nehmen Abend und eine unvergessliche Nacht schenken. Er könne nicht zulassen, dass Ignaz seinen Vierzigsten auf einer Dienstreise allein in einer fremden Stadt verbringe. Seine Freunde vom Golfclub hätten zu-sammengelegt, um dem Geburtstagskind eine würdige Feier zu ermögli-chen. Seine Begründung, warum er mich nicht über die Agentur buchen wollte, leuchtete mir irgendwie ein. Er sagte, die misstrauischen Ehe-frauen spielten gerne Miss Marple. Sie könnten versuchen, bei den Escort-Services nachzuforschen. Es sei nicht das erste Mal, dass die männlichen Clubmitglieder einem Kollegen ein solches Geschenk mach-ten und einmal seien sie aufgeflogen. Ich könne mir sicher vorstellen, was dann los war. Er betonte, Ignaz dürfe auf keinen Fall merken, dass ich gebucht sei. Ich kann mir nicht erklären, wie ich auf Gregors Geschichte hereinfallen konnte. Er betonte, es würde nicht einfach, seinen Freund zu verführen und wollte wissen, ob ich mich der Aufgabe gewachsen fühle. Mit dieser Frage hat er mich geschickt in meiner Berufsehre ge-kitzelt und ich blöde Gans erwiderte stolz, ich könne jeden Mann ver-führen, der nicht klinisch tot sei."

„Nicht unbescheiden die Kleine", sagte ich zu mir selbst, *„Aber vielleicht ist sie nur ehrlich".* Diese Geschichte war zu abs-trus, um erfunden worden zu sein. Eine solche Lüge wäre zu leicht zu demaskieren. Durch ihre Bereitschaft, zu reden hatte sich mein Unmut etwas gelegt und ich beschloss, sie

ausreden zu lassen.

„Geblendet von seinen Ausführungen und vom beträchtlichen Honorar, fiel mir nicht auf, dass ich mein Gewissen verkaufte. Ich gab Gregor meine Bankverbindung und er überwies mir umgehend die erste Hälfte des vereinbarten Betrags."

Sie griff zum Wasserglas, das auf ihrem Nachttisch stand und trank einen Schluck. Die Luft im Zimmer war trocken und abgestanden. Eva Balans Atem ging schwer. Auf ihrer Stirn hatten sich winzige Schweißperlen gebildet, die wie Edelsteine funkelten. Es klopfte leise. Eine kleine, stämmige Pflegerin trat im Stechschritt ins Zimmer. Die intensiv grüngefärbten Strähnen an ihren Schläfen leuchteten im Licht der Neonröhren. Sie hoben sich grell vom kurzgeschnittenen, weißen Haar ab. Der metallene Blick der Mittfünfzigerin drang in meine Augen:

„Was zum Kuckuck tun Sie denn hier? Frau Balan darf doch niemanden empfangen. Hat Sie der Wachmann draußen denn nicht aufgehalten?"

Ich versuchte, wie ein Kind dreinzuschauen, der die Sprache nicht versteht, zuckte mit den Schultern und schüttelte langsam den Kopf. Verunsichert und irritiert rief die Pflegerin den Uniformierten herein, der jetzt vor der Tür Wache schob. Ich hob meine Hände auf Schulterhöhe, murrte eine Entschuldigung und schlich mich unter ihren strafenden Blicken nach draußen. Dem Wachmann war die Situation sichtlich peinlicher als mir.

Ich hatte die Türklinke noch in der Hand, als Kommissar von Wenzenhausen um die Ecke bog. Schneller als er schauen konnte, drehte ich ihm den Rücken zu und flüchtete in die nächste Nische. Dort stellte ich mich dicht vors Fenster und schaute so lange ins Graue hinaus, bis der Kommissar und sein Begleiter, den ich nicht erkannt hatte, die Tür von Frau Balans Zimmer von innen schlossen. Ich war froh, die

Komplikationen vermieden zu haben, die sich zwangsläufig aus einer Begegnung mit dem Kommissar ergeben hätten.

Als ich die Treppe hinunterstieg, murmelte ich vor mich hin: *„Und einmal mehr hat die Raffgier über den Argwohn triumphiert.".* Es regnete weiter, wenn auch weniger intensiv. Mein Körper fühlte sich bleiern an und ich beschloss, zum Hotel zurückzugehen, um eine Runde zu schlafen. Ich konnte mich nicht erinnern, wann ich zum letzten Mal mitten am Tag geschlafen hatte, aber jetzt spürte ich das Bedürfnis. Unterwegs kam eine SMS von Larry rein. Die Balan werde gerade im Krankenhaus vernommen und er wolle mir bei einem gemeinsamen Mittagessen darüber berichten. Ich hatte mich zu sehr auf ein Schläfchen gefreut und wollte aus finanziellen Gründen auf das Mittagessen verzichten. Deshalb schlug ich vor, uns am Nachmittag zu treffen.

Keine Minute nachdem ich mein Zimmer betreten hatte, klopfte es an meiner Tür. Ich rief: *„Herein!"* und ein feines Gesicht mit dem Teint von hellem Milchkaffee spähte etwas unsicher zum Türspalt herein. Das tropennachtschwarze Haar, in dem bläuliche Reflexe spielten, harmonierte mit den dunklen, scheuen Augen. Noch bevor das Mädchen eine Entschuldigung murmeln und sich verschämt verdrücken konnte, winkte ich es herein. Die junge Frau, die mir kaum bis zum Schlüsselbein reichte, strahlte die Unschuld einer Klosterschülerin aus. Verlegen tappte sie ins Zimmer und machte sich im Bad zu schaffen. Auf dem Stuhl sitzend fragte ich sie, ob sie an diesem Morgen schon einmal in meinem Zimmer gewesen sei oder jemandem Zugang gewährt habe. Sie drehte sich mit einem verständnislosen Blick zu mir um. Daran änderte sich auch nichts, als ich sie in Englisch ansprach. Zwischen der Portugiesin und mir kam eine simple Unterhaltung in gebrochenem Spanisch zustande. Ich verstand, dass sie mein Zimmer erst jetzt betreten hatte und dass sie nicht wusste, ob sonst jemand da gewesen war. Ich machte ihr klar, dass sie das Bett nicht machen müsse. Ich sei müde und wolle mich hinlegen. Sie genoss die seltene Gelegenheit, ein paar Worte mit einem Hotelgast zu wechseln und honorierte dies mit einem dankbaren Lächeln. Abgesehen vom Frühstück, war es das einzig Erfreuliche jenes Vormittags.

Ich zog mich aus, schloss die Vorhänge, legte Uhr und Brille weg und zog mir die Bettdecke über beide Ohren. Entspannt und mit geschlossenen Augen wartete ich trotz meiner Erschöpfung lange und vergeblich auf den ersehnten Schlaf. Als ich es leid war, mich wie ein Hähnchen auf dem Grill ständig zu drehen und zu wenden, stand ich auf und ließ das Tageslicht ins Zimmer. Ich stellte mich ans Fenster. Auf der Glasscheibe flossen Bäche um die Wette. Sie malten Farben und Formen wie von Friedensreich Hundertwasser auf die Fassade des Gebäudes gegenüber. Der Sturm hatte wieder eine Schippe zugelegt. Ich musste mich damit abfinden, die Zeit bis zum vereinbarten Treffen mit Larry durch Indooraktivitäten totzuschlagen. Müßiggang und Dolce-farniente waren angesagt. Ich schaltete den Fernseher ein und ein platinblonder Meteo-Vamp bestätigte meinen Eindruck, dass die Temperatur im Vergleich zum Vortag um gute fünfzehn Grad abgesackt war. Ein eisiger Nordostwind hatte Kälte aus der Arktis gebracht. Die Frau vor der Wetterkarte versprach aber baldige Besserung. Die gute Botschaft unterstrich sie durch ein zweideutiges Kräuseln ihrer karminroten Lippen. Draußen fegten steife Böen durch die Gassen und pfiffen den wenigen Leuten um die Ohren, die sich auf die Straße gewagt hatten. Die Passanten klammerten sich an ihre Regenschirme wie Säuglinge an ihre Mütter. Wer einen Mantelkragen hatte, schlug ihn hoch und wer nicht, der musste die platinblonde Wetterfee im Fernsehen verpasst haben.

Larry schien bester Laune zu sein. Wir bestellten Kaffee und ich zusätzlich ein großes Stück Kuchen. Er suchte die

Nachbartische visuell nach unerwünschten Zuhörern ab und zeigte seiner Haarsträhne wieder einmal, wo sie hingehörte. Er merkte gleich, dass mir etwas auf der Zunge lag und gab mir ein Zeichen, ich solle berichten. Ich flüsterte:

„Ich war heute Morgen bei Frau Balan."

„Was? Im Krankenhaus? Bist du verrückt geworden? Wie bist du in ihr Zimmer gelangt? Sie wird doch rund um die Uhr bewacht."

Dermaßen konsterniert hatte ich Larry noch nie gesehen. Ich bemühte mich, den Ball flach zu halten:

„Es stand niemand vor ihrer Tür. Später kam eine aufgebrachte Pflegerin ins Zimmer und rief den Wachmann, der sich inzwischen vor der Tür postiert hatte. Da habe ich mich vom Acker gemacht."

Larry reagierte weiterhin entsetzt:

„Bist du wahnsinnig, Iggy? Die Balan steht unter dringendem Tatverdacht. Das war totaler Schwachsinn von dir! Weißt du, was geschieht, wenn der Beamte meldet, das du bei der Balan warst, wenn herauskommt, dass ich dir verraten habe, wo sie sich aufhält? Der Kommissar hat sie am Vormittag vernommen. Du hättest ihm begegnen können."

„Ich weiß. Ich bin ihm tatsächlich begegnet, aber keine Angst, er hat mich nicht gesehen. Und der Wachmann wird nichts melden. Er kennt mich nicht und er müsste zugeben, seinen Posten unerlaubt verlassen zu haben. Egal ob er aufs Klo musste, sich einen Kaffee holte oder mit einer Pflegerin schäkerte, er wird sich keine unnötigen Scherereien einhandeln wollen, indem er den Vorfall meldet."

„Aber die Pflegerin..."

„Die hat keinen Anlass, sich einzumischen."

„Dein Wort in Gottes Ohr, Iggy. Und was hat dir die Balan erzählt?"

Ich berichtete Larry, was ich von Eva Balan erfahren hatte und im Gegenzug erzählte er mir, was sie dem Kommissar sonst noch zu Protokoll gegeben hatte:

„Letzten Donnerstag stand die Balan Gewehr bei Fuß und war-
tete auf Gregors Einsatzbefehl. Jemand muss dich beschattet haben,
denn Gregor wusste, dass sie dich im Barracuda finden würde. Er wies
sie an, sich passend für die Bar zu kleiden und gleich hinzufahren. Sie
benötigte keine halbe Stunde, um sich herzurichten, nahm ein Taxi und
stand nach weiteren zehn Minuten neben dir. Sie fühlte sich unwohl,
denn der Schuppen zählt nicht zu den Häusern, in denen sie üblicher-
weise verkehrt. Sie erkannte dich auf Grund eines Portraits, das ihr
Gregor im Anhang einer seiner E-Mails zugestellt hatte."

Larry schaute sich um, klaubte ein Blatt aus seiner
Brusttasche, faltete es auseinander und starrte darauf:

„Die Balan versuchte, Gregors Anweisungen so wortgetreu wie
möglich zu Protokoll zu geben. Sie fand seine Ausdrucksweise ausgefal-
len, wie sie sagte."

Larry suchte mit dem Zeigefinger auf dem Protokoll
nach einer Passage. Dabei schüttelte er seinen Kopf, als
könnte er nicht glauben, dass jemand so spricht.

„Er habe sie «Kleines» genannt und gesagt, «sie solle dich weich-
kochen und heiß machen, dich dazu bringen, ihr bis in den Tartaros zu
folgen». So hat sie ihn zitiert. Er wies sie an, ein Glas Champagner
mit dir zu trinken, die Rechnung rasch zu begleichen, die Bar gemein-
sam mit dir zu verlassen und ein Taxi zu deinem Hotel zu nehmen. Er
gab ihr deine Zimmernummer und sagte, dort stünden eine eisgekühlte
Flasche Cordon Rouge und passende Gläser auf dem Tisch."

Ungläubig fragte ich, ob dieser Gregor tatsächlich alles
so detailliert vorgegeben habe. Larry trank seinen inzwischen
nicht mehr heißen Kaffee aus, kämmte die Haare mit den
Fingern zurück und blickte erneut auf sein Blatt:

„Ja, das hat mich auch gewundert. Es scheint sich bei ihm um
einen Pedanten zu handeln, einem, der nichts dem Zufall überlässt. Auf
deinem Zimmer sollte die Balan mit dir flirten, während ihr den Cham-
pagner genießt. Gregor verlangte, die Balan solle es langsam und genüss-
lich angehen und «das Pulver nicht gleich verschießen». Er sagte, er

müsse ihr wohl nicht erklären, wie man einen Mann ins Paradies ent-
führt. Er zähle auf ihre Erfahrung und ihre Fantasie, egal, wie schmut-
zig sie sei. Für seine Großzügigkeit verlange er eine saubere Arbeit. Ist
das nicht krass, wie sich diese Frau all die Ausdrücke merken konnte?
Am Ende fragte Gregor zweimal, ob sie ihn verstanden habe und ließ
sie seine Anweisungen wiederholen."

Mit einem Grienen im Gesicht strich Larry das Blatt auf
dem Tisch glatt und mit einer Handbewegung, die manche
Leute falsch interpretieren würden, sein Haar zurück. Er
linste zu mir, als erwarte er eine Reaktion. Als ich ihn selbst
nonverbal im Regen stehen ließ, erzählte er weiter:

„*Die Balan befolgte Gregors Anweisungen wortgetreu. Anstatt*
wie gewohnt in ein elegantes Designerkleid zu schlüpfen und ein dezentes
Makeup aufzulegen, machte sie auf grell-pastell. Eine billige Aufma-
chung passte besser zum Barracuda. Auf ihre Pumps mit der roten Sohle
von Christian Louboutin wollte sie aber nicht verzichten. Sie sagte, alle
Männer stünden auf Frauen mit solchen Tretern und ich denke, sie
muss es wissen. Sie war entschlossen, ihre Rolle perfekt zu spielen, so-
wohl aus Berufsstolz, wie auch um das fürstliche Honorar zu rechtferti-
gen.

Sie traf gegen halb zehn im Barracuda ein. Sie entdeckte dich
gleich beim Eintreten. Außer dir trug niemand einen Anzug. Sie setzte
sich hinter dich an die Theke, bestellte zwei Gläser Champagner und
bezahlte gleich. Als der Barmann mit dem Gesicht wie eine reife Gurke
die Getränke auf die Theke stellte, tippte sie dir auf die Schulter, nahm
die Gläser und hielt dir eines hin. Sie sagte wörtlich «Gesicht wie eine
reife Gurke». Nachdem ihr ausgetrunken hattet, hakte sie sich bei dir
unter und ihr verließt gemeinsam das Lokal. Sie sagte, du hättest auf
dem Weg zum Taxistand eigenartig gewirkt, willenlos und abwesend.
Sie war enttäuscht, dass sie deinen Mojo noch nicht geweckt hatte."

Larry schmunzelte bei seinen letzten Worten. Ich
musste bitter lachen und konnte mir einen lakonischen Kommentar nicht verkneifen:

„*Mir ging weit mehr ab als der Mojo. Ich war so groggy, dass ich mich nicht erinnere, wie ich das Lokal verließ.*"

Larrys Schmunzeln ging in ein trockenes Lachen über, das genau betrachtet keines war. Sein Handy klingelte. Er faltete das Blatt zusammen, ließ es in seine Innentasche gleiten, entschuldigte sich, stand auf und entfernte sich in Richtung der Toiletten. Keine Minute später war er zurück:

„*Ich muss weg Iggy. Dringend. Ich hole dich gegen sieben im Hotel ab, dann können wir beim Abendessen ausführlich plaudern, ok?*"

Mir blieb nichts übrig als zu nicken, ein „*Bis dann*" zu murmeln und die Rechnung zu bezahlen.

15

Larry war pünktlich wie die Abendnachrichten. Er holte mich mit seinem Jaguar F-Type im Hotel ab. Als wir die Stadtgrenze erreichten, fragte ich:

„Bist du dir bewusst, dass ich die Stadt nicht verlassen darf?"

„Klar. Wir sind beide Gesetzlose. Ich dürfte ja auch nicht mit dir sprechen. Aber keine Sorge, auf dem Land sind wir sicher. Da kennt uns kein Schwein."

Auf der Autobahn führte mir Larry vor, was der stärkste Serienmotor leistete, den die Ford-Gruppe zu bieten hatte. Mir grauste wie immer, wenn ich bei hohen Geschwindigkeiten nicht selbst am Steuer sitze, besonders bei regennasser Straße. Um ihm die Freude nicht zu verderben, sagte ich aber nichts.

Wir parkten vor einem Restaurant, das auf einem Schild seine gutbürgerliche Küche anpries. Für einen Landgasthof, der sich perfekt ins Ortsbild einfügt, geziemt sich das wohl so. Der Stammtisch war bester Stimmung und bezog die fidele Wirtin in ihre Frotzeleien ein. Solange sich alle übrigen Gäste mit Vornamen ansprachen, brauchten wir uns keine Sorgen zu machen, belauscht zu werden. Spitzel würde man daran erkennen, dass man sie hier nicht mit Namen kannte. Das Essen war deftig und bodenständig. Als die kräftige Wirtin unsere halbleeren Teller abgeräumt hatte, warf Larry einen entspannten Blick in die Runde:

„Wo war ich am Nachmittag stehengeblieben?"

„Eva Balan verließ mit mir die Bar und vermisste meinen Mojo."

Larry lehnte sich schmunzelnd zurück und fuhr sich durchs Haar:

„Ach ja, das Mojo. Also hör mir gut zu und unterbrich mich,

wenn du etwas nicht so erlebt hast, wie sie es zu Protokoll gegeben hat."

Es könnte sein, dass der pure Zynismus in seinen Worten und seinem breiten Feixen ein Produkt meiner subjektiven Wahrnehmung war. Jedenfalls schnauzte ich heftiger als es sich geziemt:

„So nicht, Larry. Du kannst dir die Unterstellung, ich erinnerte mich an die Ereignisse nach dem Verlassen des Barracuda, ein für alle Mal sonst wohin stecken und dein blödes Grinsen mit dazu. Ich habe dir klipp und klar gesagt, dass ich geistig abgetreten war und du kommst immer wieder mit derselben Leier an. Findest du das etwa witzig? Wenn du dich darüber amüsieren willst, dann geh zum Teufel, Larry!"

Das Grinsen, das mich verärgert hatte, machte einem verblüfften Gesichtsausdruck Platz. Larry hob beide Hände, als hätte ich eine Waffe auf ihn gerichtet:

„Ok, ok, Iggy, tut mir leid. Es war vielleicht gedankenlos, aber nicht böse gemeint. Es war ein Fehler, ich gebe es zu und ich entschuldige mich dafür. Aber du reagierst auch furchtbar empfindlich."

Ich nickte. Obwohl mir bewusst war, dass ich überreagiert hatte, konnte ich den Ärger nicht restlos schlucken:

„Ich habe den Kontakt zu dieser Frau nicht gesucht. Sie hat mich angemacht und überrumpelt. Ich war benebelt. Der Fusel, der Lärm, der Rauch, die Schlägerei, die zwielichtigen Gestalten, von denen ich nicht wissen will, womit sie ihren Lebensunterhalt verdienen… Der Abend war ein Albtraum. Als sie auftauchte, hatte ich ihn bereits abgehakt. Ich hatte bezahlt und wollte gerade gehen, schnurstracks in die Heia. Meine Gedanken waren so weit weg von erotischen Abenteuern wie Cape Canaveral vom nächsten Exoplaneten. Sie erwischte mich auf dem linken Fuß. Sie versperrte mir den Weg. Ok, sagte ich mir. Dann schlürfe ich mit ihr eben einen Schlummertrunk und dresche ein paar Phrasen. Ich dachte, es würde dem missglückten Abend einen versöhnlichen Abschluss verleihen. Was hättest du an meiner Stelle getan? Sie ließ mir keine Zeit zum Nachdenken. Mit einem Lächeln, das meine Hormone in Wallung brachte, streckte sie mir aus dem Nichts das Glas

145

entgegen. Beim Anblick des Champagners sah ich zudem eine Chance,
den beißenden Geschmack nach Zigarrenrauch und Schwarzgebranntem
aus meinem Mund zu vertreiben.

Die Dame ließ von Anfang an keine Zweifel aufkommen, dass
ihr der Sinn nach mehr als einem Gläschen und ein paar netten Worten
stand. Ich weiß nicht, was mein Mojo getan hätte, wenn ich bei Sinnen
geblieben wäre. Ich bin verheiratet und muss die ganze Zeit an Barbara
denken, aber mein Singleleben dauert schon verflucht lange. Und glaub
mir, Larry, ich hätte reichlich Nachholbedarf. Aber nein, ich glaube
dennoch nicht, dass ich Barbara hätte betrügen können. Meine letzte
Erinnerung jenes Abends ist, dass ich den Champagner trank. Das
Nächste sind die gewaltigen Kopfschmerzen am Morgen danach, als ich
im Hotel neben der leblosen Frau erwachte. Und du stellst mir ständig
Fragen, was dazwischen geschah.“

„Schon gut, Iggy. Es tut mir wirklich leid.“

Larry holte die Kopie des Vernehmungsprotokolls hervor, die er bereits am Nachmittag als Leitfaden verwendet
hatte:

„Eva Balan sagte, beim Verlassen der Bar seist du ihr entrückt
vorgekommen. Wie ein Hündchen seist du ihr erst zum Taxi und dann
zu deinem Hotelzimmer gefolgt.“

Mich amüsierte der Gedanke, dass eine Frau einen
Yorkshire Terrier in mir sah und Larry muss meine Erheite-
rung bemerkt haben, denn er machte ein verärgertes Gesicht.
Ich entschuldigte mich mit einer beschwichtigenden Handbewegung und schenkte uns den restlichen Wein ein. Mit einem Kopfschütteln brachte Larry sein Haar in Position. Er
wirkte beklommen:

„Ich denke, wir sollten beide versuchen, ernst zu bleiben, Iggy.“

Ich ließ ihn erzählen und war dankbar, dass er meine
Gedächtnislücke füllen wollte.

„Dein angeschlagener Zustand entging der Balan nicht. Sie vermutete, du hättest Drogen genommen."

„Das hatte ich ja wohl auch. Sie hatte sie mir selbst verabreicht."

„Sie beteuert, dass sie dem Champagner nichts zugesetzt hat. Auf ihre Aufforderung hin übergabst du ihr im Taxi deinen Zimmerschlüssel. Als der Wagen gute zehn Minuten später vor dem Hotel hielt, kamst du ihr vor wie ein Schlafwandler, was sie mächtig irritierte. Dämmert dir etwas, wenn ich das erzähle?"

Ich schleuderte Larry einen giftsprühenden Blick entgegen:

„Muss ich mich wirklich wiederholen, Larry? Null. Kein Funken Erinnerung. Bitte lass mich das nicht ständig repetieren. Ich habe bis zum Freitagmorgen nichts mitbekommen und glaube mir, es war nicht wegen des Whiskeys."

Larry schlug kurz seine Augen nieder und genehmigte sich einen Schluck Wein:

„Ist schon klar, Iggy. Kommt nicht wieder vor. Die Balan musste dich in der Hotelhalle stützen, sonst wärst du zusammengeklappt. Im Zimmer ging es dir besser. Da bist du wieder auf eigenen Füssen gestanden. Sie bat dich, die Champagnerflasche zu entkorken und die Gläser zu füllen, während sie sich im Bad zurechtmachte, was immer sie darunter versteht. Als sie zurück ins Zimmer kam, hatte sie nichts am Körper als ihre Pumps, den Ohrschmuck und die Luxusuhr. Sie schnappte sich eines der Gläser, schubste dich aufs Bett, griff nach der angebrochenen Flasche und stellte sie auf eines der Nachttischchen. Auf dem Bett sitzend schälte sie ihre orthopädischen Albträume von den Füssen. Sie ergriff einen Schuh am schlanken Absatz und goss den Inhalt ihres Glases hinein.

Sie gab an, ihre roten Luxustreter nur bei besonders spendablen Klienten als Trinkgefäß zu benutzen. Was sie an den Füssen trug, war kein Restpaar vom Discounter, sondern die Stilettos mit der roten Sohle, die im Sonderverkauf das Monatseinkommen eines Polizisten kosten. Dennoch konnte sie sich bei einem so lukrativen Auftrag den Trick mit *dem Schuh leisten. Sie hielt dir den anderen Pump hin und gab dir ein Zeichen, es ihr gleichzutun. Es fiel ihr auf, dass es deine erste Begegnung mit einer Dame ihres Formats war. Deine linkische Art hat sie amüsiert. Sie fand dich niedlich. Genauso hat sie es formuliert.“*

Mir schien, mein Gegenüber weide sich am Wort *niedlich* und ich unterdrückte den Impuls, ihm eine zu wischen, was unserer Freundschaft schlecht bekommen wäre. Also machte ich auf cool und reagierte mit Schweigen und einer stoischen Miene. Ich brannte darauf, zu erfahren, was Toskana mit mir oder ich mit ihr angestellt hatte. Larry nippte am Weinglas und wischte sich seine Strähne aus dem Gesicht:

„Als du nachschenken wolltest, glitten dir mitten in der Bewegung Schuh und Flasche aus der Hand. Du fielst aufs Bett und dein Kopf schlug gegen die Wand. Du bliebst reglos liegen. Reflexartig hob die Balan die auslaufende Flasche vom Boden auf. Dein plötzlicher Kollaps war ein Schock für sie. Das Letzte, was sie wollte, war eine Ambulanz rufen und alles erklären zu müssen. Auf einen solchen Verlauf des Abends war sie ganz und gar nicht vorbereitet. Sie hatte gedacht, ihre größte Herausforderung bestünde darin, ein scheues Kätzchen in einen wilden Tiger zu verwandeln, was sie als Klacks erachtete. Nun saß sie ohne Plan B neben einem Bettvorleger aus Bärenfell.“

Larrys zoologische Wortwahl fand ich reichlich unangemessen, aber ich hielt mich zurück und nahm einen Schluck Rotwein.

„Entschuldige den Vergleich, Iggy, aber er drängt sich mir auf. Sie betete zur Heiligen Jungfrau, dass es sich nur um einen kurzen Schwächeanfall handeln möge. Sie zog dich aus, legte deinen Kopf aufs Kissen und versuchte, dich mit kalten Umschlägen und einer Massage der Schläfen zu beleben. Als nichts half, deckte sie dich zu und beschloss eine Stunde zu warten, bevor sie sich ihrem Schicksal fügte und Hilfe holte. Der Abend drohte für sie desaströs zu enden. Sie war nervös und trank zur Beruhigung innert kurzer Zeit den verbliebenen Champagner. Als ihr schwarz vor Augen wurde, legte sie sich neben dich aufs Bett

und wartete darauf, dass ihr Schwächeanfall vorüberging. Er ging aber nicht vorüber. Das Letzte, an das sie sich erinnert, bevor sie ins Land der Träume abtauchte, sind heftige Gewissensbisse, das schmerzliche Bewusstsein, aus Eigenverschulden tief in die Kacke getreten zu sein. Das waren nicht ihre Worte, aber sinngemäß hat sie es so zu Protokoll gegeben. Mit ihrem Beruhigungstrunk hat sich Eva Balan eine Überdosis eingeflößt, die sie beinahe ins Jenseits beförderte."

Ich wusste nicht, was ich von der Geschichte halten sollte. Ich rieb mir das Kinn, rückte meine Brille gerade und blickte durch Larry hindurch ins Nichts. Bedrücktes Schweigen drängte sich zwischen uns. Die Stammtischgäste beachteten uns nicht. Ihr konturloses Gejohle und Gelächter erfüllte die Gaststube. Ich hing Larrys Worten nach. Es tat gut, Gedächtnislücken zu füllen, aber es blieben Fragen offen. Hatte ich etwas getan, wofür ich mich schämen müsste? Nach längerem Nachdenken fragte ich:

„Woher wissen wir, dass Eva Balan die Wahrheit sagt, bevor klar ist, wer ihr das Geld überwiesen hat und hinter Gregors E-Mail-Adresse oder seiner Telefonnummer steckt? Das sind doch die meistversprechenden Ansatzpunkte. Warum wissen wir noch nicht mehr? Wieso kommen die Ermittlungen so schleppend voran?"

Anstatt meine Frage zu beantworten, zuckte Larry mit den Schultern und winkte die Wirtin herbei. Er bestellte einen weiteren halben Liter, was mir missfiel, denn er musste zurückfahren und wir hatten bereits einen halben unter uns aufgeteilt. Larry spürte meine Bedenken und flüsterte augenzwinkernd:

„Keine Angst, ich nippe nur daran. Der Rest ist für dich."

Die Wirtin wollte uns einschenken, doch Larry wehrte ab. Er goss sich einen Finger hoch ein und schob mir dann den Weinkrug zu:

„Ich weiß, die Polizei könnte mehr tun, Iggy, aber sie kämpft mit akutem Personalmangel. Unser Fall hat für sie keine Priorität. Du bist

wohlauf, die Balan wird heute ohne bleibende Schäden aus dem Kran-
kenhaus entlassen und es wurde euch keine Wertsachen gestohlen. Wir
werden damit leben müssen, dass wir beide das Heft in der Hand ha-
ben. "

Larrys Sichtweise war frustrierend, aber leider realistisch. Ob es mir behagte oder nicht, Larry war derjenige, der
den Fall am ehesten aufklären konnte. Hätte er mir die Gewissheit gegeben, dass wir dasselbe Ziel verfolgten, dann
hätte ich ihn unumschränkt unterstützt, ihm von Baggerhand
und den Drohschreiben erzählt, aber so... Ich war auf eine
rasche Klärung des Falls erpicht und darauf, wieder ungehin-
dert meinen Geschäften nachgehen zu können. Es war mir
klar, dass die Informationen, die ich ihm vorenthielt, dazu
beigetragen hätten, der Lösung des Falls näherzukommen.
Aber was wäre, wenn Larrys Interessen den meinen zuwider-
liefen? Um ihn als loyalen Mitstreiter zu akzeptieren, hätte ich
über einen Schatten springen müssen, der im Augenblick
elend lang war. Der Texaner unterbrach meine Überlegun-
gen:

„Einen Groschen für deine Gedanken. Sagt man das in Deutsch
so?"

Seine Stimme stieß mich ins Hier und Jetzt zurück.
Leicht verlegen antwortete ich:

„Den Ausdruck habe ich in Deutsch noch nie gehört, aber ich
kenne ihn. Ich habe an nichts Bestimmtes gedacht. "

Larry antwortete mit einem Mona-Lisa-Blick. An jenem
Abend blieben der Besuch von Baggerhand und seine Botschaften mein Geheimnis, auch wenn ich im Innersten
wusste, dass ich Larry früher oder später davon erzählen
würde. Vorerst musste er sich mit meinem lückenlosen Bericht über meine nachmittägliche Begegnung mit Klaus be-
gnügen. Larry schien die Informationen zu verarbeiten und
tippte Notizen in sein Handy. Als er aufschaute, erzählte ich

ihm, dass ich übers Wochenende mit Dr. Kunkel aufs Land fahren würde. Larry beschränkte seinen Kommentar auf ein einziges Wort: „*Interessant*", was darauf hinwies, dass seine Gedanken so ungeordnet herumlagen, wie die meinen. Dann wurde sein Blick wacher:

„*Ich wünsche dir viel Erfolg beim Treffen mit Kunkel. Lass uns morgen erneut gemeinsam essen. Vielleicht weiß ich dann mehr. Ich übernehme heute die Rechnung. Morgen bist du dran.*"

16

Ich musste an die frische Luft und an diesem Morgen war sie wirklich frisch. Der Regen und der Wind vom Vortag hatten dafür gesorgt. Ich war dabei, meine Schuhe zu schnüren, als das Telefon auf dem Nachttisch klingelte. Ich hob ab und noch bevor ich meinen Namen nennen konnte, zischte eine Stimme, so kalt wie das ewige Eis:

„Du spielst mit deinem Wohlergehen, Irrgang. Mach dich nicht unglücklich. Verdufte. Pack deine Sachen und zieh Leine, sofort, unverzüglich oder du wirst es bitter bereuen."

Ein Klicken und dann der Summton. Zitternd und mit weichen Knien blieb ich mit dem Hörer in der Hand auf der Bettkante sitzen. Das Verlangen rauszugehen, war verflogen. Als mich die Beine wieder trugen, stand ich auf. Um nicht über die offenen Schnürsenkel zu stolpern, trug ich den Wasserkocher mit großen Schritten ins Bad. Ich füllte ihn mit frischem Wasser und machte mir einen löslichen Kaffee. Den trank ihn sitzend in kleinen Schlucken und bildete mir ein, er helfe mir, klarer zu denken. Als die Tasse leer war, wusste ich, dass ich mich diesem anonymen Widersacher nicht beugen würde. Es war mir nicht wohl in meiner Haut, aber ich würde nicht nach seiner Pfeife tanzen. Nichts und niemand durfte mich daran hindern, mein Projekt zu realisieren und dafür musste ich dableiben und Dr. Kunkel treffen. Ich ließ die Tasse auf dem Tisch stehen, schnürte den zweiten Schuh, zog meine Jacke an und verließ mein Zimmer.

Kaum hatte ich die Lobby betreten, als mein Handy zu vibrieren begann. Kommissar von Wenzenhausen bat mich, so schnell als möglich in sein Büro zu kommen. Auf gute Nachrichten hoffend, bestieg ich eines der Taxis, die vor dem

Hotel warteten und ließ mich schnurstracks auf die Polizei-wache fahren. Dort traf ich, nebst dem Kommissar, auch Eva Balan und meinen Freund Larry Pensky an. Es hätte für eine Runde Texas Hold'em gereicht, nur ging ich nicht davon aus, dass ich als vierter Pokerspieler aufgeboten worden war. Larrys Präsenz bewies einmal mehr, wie eng er mit der Polizei verbandelt war. Die Anwesenden schienen erleichtert, dass ich so rasch gekommen war. Im Gegensatz zu mir hatten sie wohl an diesem Tag noch einiges zu erledigen.

Eva Balans Teint war deutlich rosiger als noch im Spital. Sie trug ein schulterfreies, hautenges, knielanges Kleid und hochhackige Schuhe im selben, heidelbeerblauen Farbton. Ihr Haar war straff zurückgekämmt und hochgesteckt. Sie sah mich so verschämt an, als wäre sie am liebsten im Erd-boden versunken. Sie musste wohl erst noch verarbeiten, dass sie sich von Gregor oder wie der Kerl in Wirklichkeit heißen mochte, über den Tisch hatte ziehen lassen. Die Ehe-frauen der spendablen Golfclub-Mitglieder waren ebenso erstunken und erlogen wie mein vierzigster Geburtstag. Eva Balan hatte nur die erste Hälfte des vereinbarten Honorars eingestrichen, was immerhin einem Vielfachen des Monats-einkommens eines Verkaufsleiters entsprach. Gregor hatte Balans Urteilskraft mit schnödem Mammon betäubt und sie mich mit gepanschtem Champagner. Sie war Gregors Werk-zeug gewesen, um mich auszuschalten. Ich wusste nicht, ob ich dieser Frau böse sein oder sie bemitleiden sollte.

Von Wenzenhausen nahm seinen Zahnstocher aus dem Mund und las unsere Aussageprotokolle vor. Er forderte uns auf, allfällige Korrekturen oder Ergänzungen anzubringen. Wie ich Larry hoch und heilig versprochen hatte, tat ich so, als hörte ich Balans Aussagen zum ersten Mal. Es gab keine Abweichungen, die einen Einwand gerechtfertigt hätten und der Kommissar schien nicht unglücklich, dass er keine Wi-dersprüche klären musste.

Die Agentur hatte Eva Balan fristlos gefeuert. Die junge Frau musste die harte, aber gerechte Strafe für ihre Gier akzeptieren. Der Kommissar fragte uns erneut, ob jemand einen Grund gehabt haben könnte, uns zu betäuben. Mehr als ratloses Schulterzucken und Kopfschütteln erntete er auf diese Frage nicht. Ich war der Meinung, man müsste Gregors Identität ermitteln, um in der Sache weiterzukommen. In meiner Naivität schlug ich dem Kommissar vor, die E-Mails und Telefonate, die Eva Balan von Gregor erhalten hatte, zurückzuverfolgen. Von Wenzenhausen würdigte meine Tipps durch ein müdes Lächeln und dem lakonischen Kommentar:

„Danke für die Hinweise, Doktor, aber dies ist nicht mein erster Fall."

Er schob sich ein frisches Hölzchen zwischen die Lippen. Im Stile eines strengen, aber liebevollen Vaters erklärte er Eva Balan, sofern sie nicht lüge, habe sie kein Offizialdelikt begangen. Für den Vertragsbruch müsse sie sich nur verantworten, wenn die Agentur sie verklage. Davon gehe er aber nicht aus, denn ein Verfahren würde dem Ruf des Hauses schaden. Somit sei sie juristisch aus dem Schneider. Aus moralischer Sicht könne er ihr Verhalten hingegen keinesfalls billigen. Die Standpauke fuhr der jungen Frau unter die Haut, wenn ich ihre Gesichtsfarbe richtig interpretierte. Mir teilte der Kommissar feierlich mit, ich sei von der Liste der dringend Verdächtigen gestrichen und müsse mich nicht mehr täglich auf dem Revier melden. Dann verabschiedete er sich mit den Worten:

„Bitte teilen Sie uns allfällige Änderungen umgehend mit, Aufenthaltsort, Telefonnummer, Sie wissen schon. Wir möchten Sie beide weiterhin erreichen können."

Klingt es unglaubwürdig, wenn ich als Geschädigter behaupte, dass mir das kluge, aber naive und geldgierige Escort-Girl leidtat? Sie wirkte so geknickt wie die Zahnstocher, die in von Wenzenhausens Papierkorb lagen. Die fristlose Kündigung, die mutmaßlich wenig schmeichelhaften Abschiedsworte ihrer Chefin und nun die Moralpredigt des Kommissars gingen ihr sichtlich an die Nieren. Ich konnte die Menhire der Schmach und der Scham förmlich sehen, die auf ihre Schultern drückten. Sie brauchte dringend eine Aufmunterung. Also lud ich sie zu einem Glas Weißwein ein, ein Angebot, das sie nicht abzulehnen wagte.

Als wir das Polizeirevier verließen, war das Gewitter des Vortags mit grimmiger Inbrunst zurück. Es schüttete, als würde sich Gott über seine biblisch dokumentierte Zusicherung hinwegsetzen, die Menschheit nie mehr mit Sintfluten zu strafen. Unter dem Regenschirm, den uns der Kommissar überließ, schmiegte sich Eva Balan eng an mich, um den Sturzbächen auszuweichen. Ihren jungen Körper an meinem zu spüren, fühlte sich wohlig und zugleich sündig an. Nach einem kurzen und schweigsamen Spaziergang durch das Trommeln des Regens setzten wir uns in ein hell und freundlich eingerichtetes Café. Eine gefühlte Ewigkeit saßen wir einander wortlos gegenüber. Während ich nach aufmunternden Worten suchte, fixierten ihre Augen verschämt den Dampf, der ihrem Pfefferminztee entstieg. Man hätte meinen können, sie lese darin wie in einem Buch. Lange Zeit fand ich keine passenden Worte. Ich spürte den Schutzwall mit dem sich die junge Frau umgab. Offenbar fürchtete sie weitere Verletzungen. Ich konnte es nicht dem Tee überlassen, ihre Stimmung aufzuheitern und so begann ich, ohne Konzept und frei von der Leber weg, zu schwafeln:

"*Es tut mir leid, dass Sie Ihren Job verloren haben.*"

"*Ist schon ok. Geschieht mir recht. Ich bin ja selber schuld.*"

Mit dieser Feststellung lag sie zweifelsfrei richtig. Sie hatte eine wertvolle, aber äußerst schmerzliche Erfahrung gemacht. Trübsal blasen und Mea-culpa-Singen würde ihr aber nicht weiterhelfen. Es würde sie vielmehr in eine Sackgasse oder eine Abwärtsspirale treiben. Früher oder später musste sie einen dicken Schlussstrich unter die peinlichen Ereignisse ziehen, je früher desto besser. Man kann seine Vergangenheit nicht ändern, aber man sollte aus ihr lernen. Ich redete auf sie ein, sie solle diese Krise als Chance sehen, als tolle Gelegenheit, ihr Leben radikal zu ändern. Ich machte sie darauf aufmerksam, dass das Ablaufdatum ihrer bisherigen Tätigkeit unaufhaltsam näher rückte. Ich kann nicht sagen, warum es mir nicht schnuppe war, was sie mit ihrem Leben anfing. Ich fühlte mich irgendwie verpflichtet, ihr auf den richtigen Weg zu helfen:

„Versuchen Sie es positiv zu sehen. Natürlich könnten Sie in eine andere Stadt ziehen, wo man Sie nicht kennt und dort weitermachen wie bisher. Aber gibt es einen günstigeren Zeitpunkt für den unvermeidlichen Ausstieg? Ich bin kein Moralapostel, verstehen Sie mich richtig. Ich betrachte Ihre Situation pragmatisch. Später wird es nicht einfacher, das wissen Sie so gut wie ich. Sie sind jung, gebildet, sprachgewandt, intelligent und können gut mit Menschen umgehen. Vermutlich verfügen Sie über eine ganze Reihe weiterer Talente. Ich kann mir keine besseren Voraussetzungen vorstellen, um eine neue berufliche Karriere zu starten. Oder würden Sie die arroganten Miesepeter mit ihren runzligen Hängebäuchen vermissen?"

Ihr Lachen war eine kleine Belohnung für meine Bemühungen. Es war das ungewollte Lachen eines Kindes, das sich das Knie aufgeschlagen hat, wenn es seine Mutter mit einer witzigen Bemerkung tröstet. Es war ein Lachen nahe am Weinen, aber es war ein Lachen. Ich wollte das Momentum nutzen und hakte gleich nach:

„Schlachten Sie Ihr Sparschwein! Nehmen Sie sich eine Auszeit. Machen Sie ein paar Wochen Urlaub und überlegen Sie, was Sie als Nächstes anpacken wollen. Machen Sie eine Aus- oder Weiterbildung, lernen Sie etwas, das Ihnen liegt, das Ihnen Spaß macht und von dem Sie leben können. Sie werden staunen, wie schön das Leben auch ohne

Ihren gewohnten Luxus sein kann."

Sie nippte am lauwarmen Tee und nickte bedächtig. Nach einer kurzen Pause meinte sie:

„Ich glaube, im Grunde haben Sie recht, Dr. Irrgang. Aber Sie überschätzen meine Talente. Es ist nett, dass Sie versuchen, mich aufzumuntern, aber ich bin nichts weiter als eine naive, dumme Gans. Ich bin nicht intelligent, ich habe keine besonderen Talente, nur einen schönen Körper. Ich kann nur das Eine und das gehört leider in keinem anderen Beruf zu den erforderlichen Kernkompetenzen. Ich werde mir eine Auszeit gönnen. Aber danach werde ich mich nach einer neuen Agentur umsehen. Ich weiß, es wird nicht einfach. Ich weiß auch, dass ich bei den Topagenturen nicht mehr unterkomme und ich weiß, dass ich nicht ewig weitermachen kann. Aber solange es geht, werde ich bei dem bleiben, was ich wirklich kann, wenn auch zu schlechteren Bedingungen. Ich kann leider nichts anderes."

Was ich auch versuchte, um sie von ihrem Vorhaben abzubringen, es geriet zu einem Schuss in den Ofen. Gerade jetzt, wo ich dringend einen Erfolg gebraucht hätte, versagte ich. Wir nahmen ein Taxi, das mich beim Hotel absetzte und Eva Balan nach Hause fuhr. Während der Fahrt sprach niemand, außer dem Moderator im Autoradio.

17

Der Regen hatte nicht nachgelassen und die kompakte Wolkendecke drückte auf meine sonst schon trübe Stimmung. Ich zog meine Schuhe aus, legte meine Brille aufs Nachttischchen und streckte mich auf dem Bett aus. Regentropfen klatschten auf die Fensterscheibe, vereinten sich dort spielerisch miteinander und rannen in Bächen dem Glas entlang herunter. Gedanken tanzten Ringelreihe. Die Bar, die Verhaftung, die Professorin, die zur Polizistin geworden war, die Drohbriefe, der anonyme Anruf, Larrys Geheimnistuerei, das fehlende Engagement der Polizei und die verzehrende Sehnsucht nach Barbara. Ich vermisste sie jeden Tag mehr. Von Unruhe geplagt, setzte ich mich auf, nahm meine Brille vom Tisch, reinigte sie, setzte sie auf und schaltete den Fernseher ein. Ich zappte durch zwei Dutzend Kanäle und blieb dann bei einem Rugbyspiel hängen. Ich wurde aus der Rennerei, dem Geschubse und den Stapeln, zu denen sich die Spieler aufschichteten, nicht klug. Ich bemühte mich nicht, hinter die Spielregeln zu kommen.

Das Telefon auf dem Nachttisch schrillte. Ich schaltete den Fernseher aus und hob ab. Die unverkennbare Stimme des Rezeptionisten mit dem erhöhten Blutdruck teilte mir mit, eine Dame erwarte mich in der Lobby. Es gab in dieser Stadt nicht gerade viele Damen, die mich kannten und ich erwartete keine der beiden. Ich fragte nicht, ob die Dame auch einen Namen habe, sondern bedankte mich und legte auf. Ich, zog meine Schuhe an, fuhr mir mit dem Kamm durch die Haare und ging neugierig nach unten. Larry in Frauenkleidern an der Empfangstheke stehen zu sehen, hätte mich nicht stärker überrascht. Eine neue Eva Balan kam mir mit selbstsicherer Miene und strammem Gang entgegen, sobald ich aus dem Fahrstuhl trat:

„Dr. Irrgang, ich hoffe, ich störe nicht. Sie wollten mit mir ein Glas Weißwein trinken und keinen lauen Pfefferminztee. Wir haben also etwas nachzuholen. Würden Sie mich bitte an die Bar begleiten?"

Ich fragte mich, ob das dieselbe Frau war, mit der ich vor knapp zwei Stunden im Café saß. Das trübsinnige Mädchen war gestorben und als Frau auferstanden, die vor Selbstvertrauen und Entschlossenheit strotzte. Verblüfft begleitete ich sie an die Hotelbar, wo sie zwei Gläser Champagner bestellte. Wir setzten uns in eine Nische und sie erhob ihr Glas:

„Auf unsere Zukunft und darauf, dass uns Kleinigkeiten wie ein Schluck Champagner nie mehr umhauen."

Ein Gläschen astreinen Champagner in Gesellschaft der aufgeblühten Eva Balan zu trinken, verlieh dem trüben Tag einen Farbtupfer. Sie stellte ihr Glas ab und ihr Blick traf den meinen:

„Sie hatten verdammt recht, Dr. Irrgang. Ich dumme Knallerbse bin die letzten Jahre hinter dem Geld her gewesen, als hinge mein Leben davon ab. Und wo hat mich das hingebracht? Sicher, ich habe verschwenderisch gelebt und ein Sparschwein gefüttert, wie Sie das ausgedrückt haben, aber mein Leben war bisher inhaltslos. Ich war umschwärmt und begehrt, aber im Grunde einsam. Klingt das paradox? Ich habe keine Freunde, die diesem Namen gerecht werden. Die einzigen Dinge, die in meinem Leben eine Rolle spielten, waren Geld und Luxus. Und natürlich bewundert zu werden. Ich genoss es, im Mittelpunkt zu stehen. Ich Idiotin habe mich über die stereotypen Komplimente meiner Kunden gefreut, als wären sie mehr als bloße Worthülsen, als kämen sie von jemandem, dem ich etwas bedeute. Ich hatte das Gefühl, zu ihrer exklusiven Gesellschaft zu gehören, dabei war ich nichts als Dekoration. Ich kann nicht glauben, dass ich dermaßen naiv war. Es war höchste Zeit, dass mir jemand die Augen öffnet."

Meinte sie, was sie sagte oder spielte sie mir etwas vor? War es möglich, dass sich jemand so schnell und radikal änderte? Der Gedanke, ich könnte dazu beigetragen haben, dass sie sich nie mehr für Geld verdingte, machte mich stolz. Eva Balan war dabei, Toskana zu beerdigen und ihren Blick nach vorn zu richten. Dann wurde ihre Miene ernster:

„Für Sie ist es wesentlich schlimmer, Dr. Irrgang. Im Gegensatz zu meiner ist Ihre Arbeit wichtig. Das Gespräch mit der Pharmafirma bedeutete Ihnen viel, nicht? Mein Gott, wie konnte ich nur!"

Klar traf sie mit dieser Aussage ins Schwarze, aber es lag mir fern, ihre Gewissensbisse gerade jetzt zu befeuern, wo sie sich gefangen hatte:

„Machen Sie sich um mich keine Sorgen. Ich falle immer auf die Füße und manchmal gibt ein Rückschlag dem Leben neuen Schwung. Wir wurden beide hintergangen und ich glaube nicht, dass Sie mir schaden wollten."

Energisch schüttelte sie den Kopf:

„Gott behüte, nein! Aber ich hätte stärker auf mein Gewissen hören sollen. Im Innersten spürte ich ja, dass mit Gregor etwas faul war. Ich glaube, ich habe meine Bedenken mit meiner Habsucht erstickt. Ich hätte wissen müssen, dass niemand grundlos so viel Geld ausgibt. Und die Ausrede mit den Ehefrauen…ach ich war ein naives Huhn, das den Hals nicht vollkriegt. Das Geld hat mich geblendet. Es hat meine Vernunft vernebelt."

Eva Balan schaute nachdenklich in die Welt. Sie schien den Tränen nahe. Mir schmeckte der Verlauf dieser Unterhaltung immer weniger. Es drohte, ihre neuerworbene Zuversicht zu gefährden.

„Hören Sie bloß auf mit solchen Selbstbeschuldigungen. Die Vergangenheit lässt sich nicht ändern. Ziehe deine Lehren daraus und konzentriere dich auf die Zukunft."

Ups, ich war ins Du abgerutscht:

„Jetzt sage ich schon Du zu dir, aber warum eigentlich nicht? Als eine Art Schicksalsgenossen…Wenn es dir recht ist, ich heiße Ignaz."

Ihre Kummerfalten mutierten zu Lachfältchen. Wenn

mich meine Sinne nicht narrten, erlebte ich gerade die natürliche Eva Balan, ohne Schminke, aufgesetztes Gehabe, Frust, Scham oder Reue, welche ihre Anmut verschleierten. Es war eine wahre Freude, die unverfälschte Eva zu entdecken. Ich versuchte zu verbergen, wie sehr mich ihre Schönheit faszinierte. Sichtlich gelöst, streckte sie mir ihre Hand entgegen:

„Eva. Ich bin so erleichtert, dass du mir nichts nachträgst, Ignaz. Ich bin nicht so gewissenlos, wie es scheint. Ich bin nur naiver als die berühmte Blondine in den Witzen."

Sie bestellte zwei weitere Gläser Champagner und wir stießen auf das Du und die Freundschaft von Leidensgenossen an. Eva bestand darauf, die Rechnung zu übernehmen. Sie wirkte euphorisch, als sie mir eröffnete, sie wolle mich als Dank und Wiedergutmachung zum Mittagessen einladen. Wie hätte ich ahnen können, dass dies die Ouvertüre einer Tragödie war?

Das Erste, was mir in Evas Wohnung auffiel, waren der Duft nach Pinienwald und die Abzüge an den Wänden, Zeugen ihres fotografischen Talents und ihres Sinns für Ästhetik. Eine der Aufnahmen erinnerte mich an eine von Barbaras Serien und die Sehnsucht nach meiner Frau ließ für einen Moment meine Atmung stocken. Evas Wohnungseinrichtung hätte aus der Hochglanzbroschüre eines Innenarchitekturbüros stammen können. Diese Frau war ein wahres Multitalent. Sie zauberte in Rekordzeit ein mehrgängiges Mittagessen auf den Tisch, das mir den Stuhl unter dem Hintern wegzog. Ihr Versprechen, mir eine köstliche Mahlzeit als Wiedergutmachung zu bereiten, war nicht übertrieben. Ich war ihr gerne in ihre Wohnung gefolgt, denn mein Magen knurrte, meine Geldbörse litt an Schwindsucht und ich hätte nicht gewusst, was ich sonst mit dem trüben Tag anfangen sollte.

Nachdem wir die Zabaione genossen hatten, räumte

Eva den Tisch ab und presste zwei Espresso aus ihrer chromblitzenden, semiprofessionellen Maschine. Was dann folgte, erwischte mich kalt. Ich hatte es weder geplant, noch gewünscht oder vorausgesehen. Eva setzte die beiden Tassen auf dem Tisch ab. Sie rückte ihren Stuhl, auf dem sie während des Essens mir gegenübergesessen hatte, neben meinen. Bevor ich zur Tasse greifen konnte, legte sie eine Hand auf meinen Oberschenkel und flötete mir ins Ohr:

„Das Essen war mein Dank dafür, dass du mir die Augen geöffnet und auf den richtigen Weg gebracht hast. Ich habe mich aber noch nicht für die Schwierigkeiten entschuldigt, die ich dir verursacht habe. Als bescheidene Wiedergutmachung möchte ich nachholen, was wir Donnerstagnacht hätten tun können."

Ihr letzter Satz wirkte auf mich, als hätte sie mir eine Bratpfanne über den Kopf geschlagen. Ich brachte keine Silbe heraus, während sie, mit Augen, die dem Leibhaftigen ein Ave-Maria entlockt hätten, auf eine Reaktion von mir wartete. Als ich mich endlich gefasst hatte, erwiderte ich mit einer Stimme, die sich sträubte, meine Kehle zu verlassen:

„Nein, Eva, du schuldest mir nichts. Es wäre unfair von mir, die Situation auszunutzen."

Ihre Hand streichelte jetzt meine Wange und ihr Atem raubte mir den meinen.

„Du nutzt die Situation nicht aus. Versteh mich richtig, Ignaz, ich sehe es nicht als Pflichtübung. Ich habe Lust auf dich."

Mein Herz hämmerte wie ein wildgewordener Hufschmied und ich schüttelte den Kopf:

„Nein, Eva. Es geht nicht. Ich bin verheiratet und du solltest nur noch mit Männern schlafen, für die du etwas empfindest. Findest du nicht?"

„Ich sagte doch, dass ich Lust auf dich habe und ich empfinde eine

ganze Menge für dich. Und so viel ich verstanden habe, läuft es im Moment nicht gerade rosig mit deiner Frau. "

Ich schob ihre Hände von mir:

„Bitte, Eva, mein Privatleben geht dich nichts an. Es ist besser für uns beide, wenn wir es lassen und als gute Freunde auseinandergehen. "

Ihr Blick wurde provokant:

„Natürlich bleiben wir gute Freunde, aber gefalle ich dir denn nicht? "

„Eva, bitte. Ich habe in meinem ganzen Leben keine attraktivere Frau getroffen, aber das ist nicht der Punkt. "

Es entstand eine Pause, in der wir schweigend unseren Espresso tranken. Dann legte sich ihre Hand erneut auf mein Bein. Ihre Finger begannen wie auf einem Klavier zu spielen und wanderten dabei stetig die Tonleiter hoch, was die Wirkung erzielte, die sie ihnen zugedacht hatte. In ihrem Lächeln lagen Begierde und Triumph. Mit der rechten Hand ergriff sie meine Linke und führte sie mit einer Entschlossenheit an ihren Busen, die mich überfuhr. Zwischen meiner Hand und ihrer Brust war nichts als ein Hauch von Seidenstoff. Ich wollte meine Hand gegen ihren Widerstand zurückziehen, doch während ich mich darauf konzentrierte, hatte Eva meinen Hosenbund geöffnet und war mit ihrer Linken hineingefahren. Es folgte ein Handgemenge, bei dem Eva die schärferen Waffen besaß. Ich sträubte mich nach Kräften, aber es war ein ungleicher Kampf, einer, den ich nicht gewinnen konnte.

Wut und Frust über meine Schwäche brannten mir in den Adern, während ich mein Hemd in die Hose stopfte. Ich hatte mich von einer zierlichen Frau überwältigen lassen und machte meinem Ärger Luft:

„Und, bist du nun zufrieden? Hast du dir geholt, was du wolltest? Ich fühle mich so schmutzig und gemein. Ich verabscheue dich!"

In ihre Augen trat ein aufgesetzt mitleidiger Glanz und sie schnurrte wie ein gekrautes Kätzchen:

„Jetzt tu nicht so. Ich habe doch gesehen, wie sehr du es genossen hast, gib's zu."

Dann übertrieb sie es mit ihrer Unverschämtheit:

„Jetzt mach dir doch kein Gewissen. Du kannst ja auch nicht wissen, was deine Frau gerade treibt."

Ich war drauf und dran, ihr eine zu langen, atmete aber tief durch und rang meinen Impuls nieder:

„Du schamlose Schlampe! Noch so eine Bemerkung und du fängst dir eine ein."

Eva nahm eine herausfordernde Pose ein:

„Du und eine Frau schlagen? Dass ich nicht lache."

Ich wollte mich nicht länger provozieren lassen. Ich wollte nur weg:

„In deinen Kreisen mag Fremdgehen an der Tagesordnung sein. Meine moralischen Vorstellungen sehen aber anders aus. Lass mich dein Bad benützen, dann bin ich weg – und will dich nie mehr sehen."

Als ich aus dem Badezimmer kam, war das Schmusekätzchen in ihr zurück:

„Gefalle ich dir denn nicht?"

„Scheiße, Eva! Du hast überhaupt nichts begriffen. Wenn ich jede Frau vögeln würde, die mir gefällt, dann hätte ich wenig Zeit für anderes. Ich habe mich in dir gewaltig getäuscht. Du hast mir vorgespielt, dass du dein Leben umstellst, aber du bleibst, was du immer warst."

Ihr Blick verwandelte sich in eine doppelläufige Flinte:

„Ist das deine feine Art, mich als Hure zu bezeichnen?"

„Such dir selbst eine passende Bezeichnung."

Ich griff zu Jacke und Schirm und ließ eine perplexe Eva hinter der zugeschlagenen Tür zurück. Sie war erneut zu Toskana geworden, zu einem perfekten Gynoid – mit allen Talenten gesegnet und frei jeglicher moralischen Grundsätze.

Noch heute befällt mich ein Schuldgefühl, wenn ich an jene Stunden zurückdenke. Ich frage mich dann, ob ich Evas Avance nicht doch hätte abwehren können, wenn ich wirklich gewollt hätte. Ich habe mich damals wie ein hormongesteuerter Makak benommen und ich will die billige Ausrede nicht als Entschuldigung gelten lassen, dass mich Barbara verlassen hatte.

Ein Kirchturm schlug fünf Uhr, als ich zornig, beschämt und traurig Evas Wohnung verließ. Als ich ins Freie trat, brauchte ich den Schirm nicht aufzuspannen. Die dunklen Regenwolken hatten sich weitgehend verzogen. Ich marschierte los und hielt erst inne, als sich meine Emotionen abgekühlt hatten. Dann lehnte ich mich an eine Hauswand, atmete tief durch und rief Larry an, um mich mit ihm zum Nachtessen zu verabreden. Mit einer geballten Portion Schadenfreude in der Stimme posaunte er:

„Wir speisen heute in einem vornehmen Lokal und ich darf dich daran erinnern, dass du mit Zahlen an der Reihe bist."

Ich machte keinen Hehl aus meiner desolaten finanziellen Situation:

„Entweder du schießt mir das Geld vor oder ich werde mich wochenlang als Geschirrspüler verdingen müssen."

Wir verabredeten uns für halb acht an der Hotelbar. Ein Blick auf meine Navigationsapp verriet mir, dass ich die falsche Richtung eingeschlagen hatte. Obwohl ich es mir nicht leisten konnte, winkte ich ein vorbeifahrendes Taxi heran und ließ mich zum Hotel chauffieren. Der Fahrer war eine wahre Klatschtüte. Ich beschränkte mich darauf, ihn nicht zu unterbrechen. Auf seine Ansichten gab ich so viel, wie auf die Resultate der turkmenischen Rugbyliga, sofern eine solche überhaupt existiert. Zum Glück war die Fahrt kurz. Ich ging auf mein Zimmer, duschte ausgiebig, bis der letzte Rest von Eva den Abfluss hinuntergeronnen war. Dann frottierte ich mich trocken, schlüpfte in frische Kleidung und schaltete geistesabwesend den Fernseher ein. Meine Gedanken klebten an dem, was bei Eva geschehen war und sie bissen wie tollwütige Hunde in mein Gewissen. Um davon loszukommen, putzte ich meine Brille und zappte durch sämtliche Kanäle. Abgesehen vom Kinderprogramm liefen nur Sendungen für Debile. Ich schaltete das Gerät wieder aus, legte meine Brille auf die Ablage, streckte mich auf dem Bett aus und ließ mich von der Reue wundbeißen.

Es war bereits halb acht, als ich aufstand, mit den Fingern durch meine Haare strich, die Brille aufsetzte und meine Uhr konsultierte. Ich entdeckte einen weißen Briefumschlag auf der Ablage, der mir bislang nicht aufgefallen war. Baggerhands Warnbriefe hatte ich im Seitenfach meines Koffers verstaut. Verunsichert zog ich das bedruckte Blatt aus dem Couvert und las.

„LETZTE WARNUNG!

LÖSCHE DIE LETZTEN SECHS TAGE AUS DEINEM GEDÄCHTNIS UND REISE UNVER- ZÜGLICH NACH HAUSE. UND HALTE ENDLICH DEINE VERDAMMTE SCHNAUZE. ES IST ZU DEINEM BESTEN."

18

Mit einem mulmigen Gefühl im Bauch verdrängte ich Eva aus meinen Gedanken und las erneut Wort um Wort, was dastand. Ich konnte mich beim besten Willen nicht erinnern, unterstrichene Wörter auf Baggerhands Botschaft gesehen zu haben. Ich öffnete das Seitenfach meines Koffers und entnahm ihm die beiden Umschläge. Ich legte die Mitteilung aus dem Couvert ohne Hotellogo neben die neueste Botschaft auf den Tisch. Bis auf das unterstrichene **_UNVERZÜG-LICH_** waren die beiden identisch. Der Text stimmte genauso überein wie Schrift, Typengröße und Seitenränder. Erneut hatte sich der Fremde illegal und unbemerkt Zugang zu meinem Zimmer verschafft. Allmählich ging es mir auf das Allerheiligste, dass jemand meine Privatsphäre mit Füßen trat. Irgendjemandem stank meine Anwesenheit gewaltig. Mein virtueller Stinkefinger gegenüber den Drohungen begann wie eine staubtrockene Zigarre zu bröckeln. Es war nicht das blanke Entsetzen, das mich befiel, sondern ein subtiles Unbehagen.

Ich begann, den Eindringling ernster zu nehmen und beschloss, meinen Beitrag zu seiner Enttarnung zu leisten. Ich fragte mich, was man mir antun wollte, wenn ich nicht hurtig verduftete. Das ging aus den Botschaften nicht hervor. Ich steckte die drei Warnungen in einen Briefumschlag und diesen in die Innentasche meiner Jacke. Die übrigen Couverts warf ich in den Papierkorb. Dann nahm ich meine Jacke und machte mich auf den Weg zur Hotelbar.

Je länger ich mich in dieser Stadt aufhielt, desto stärker sehnte ich mich nach arbeitsintensiven Tagen im Labor und entspannten Abenden in Barbaras Gesellschaft. Diese Normalität schien jedoch so unerreichbar zu sein wie der Andromedanebel. Ich hatte die Schnauze gestrichen voll. Trotz all meiner Bedenken beschloss ich, Larry in alles einzuweihen.

Er saß auf einem Hocker und las in einem Magazin. Der Barkeeper stellte gerade ein Bier vor ihn auf die Theke. Larry verschwendete nur einen flüchtigen Blick darauf und wandte seine Aufmerksamkeit wieder seiner Illustrierten zu. Als er mich wahrnahm, klopfte er mir kräftig auf die Schulter und fragte grinsend, wie mein Tag gewesen sei. Ich wusste nicht, was er hören wollte, also ließ ich seine Frage unbeantwortet, wiegte meinen Kopf hin und her und bestellte ein Bier. Larry rollte seine Zeitschrift zusammen und steckte sie in die Innentasche seiner schwarzen Nappalederjacke. Ich bat ihn, ein diskretes Plätzchen fürs Abendessen zu wählen. Seine Brauen hoben sich überrascht dem Haaransatz entgegen. Er nickte und schien zu verstehen. Wir unterhielten uns ein kurzes Bier lang über Lappalien. Dann klatschte er sein leeres Glas lautstark auf die kleine Kondenswasserlache, die es auf der Theke hinterlassen hatte. Mit dem Grienen eines Schalks glitt er vom Barhocker:

„In Anbetracht deiner misslichen finanziellen Situation übernehme ich auch heute das Abendessen.“

Als bescheidene Vergeltung für seine Einladung ließ ich die Getränke auf meine Zimmerrechnung setzen. Beim Durchschreiten der Lobby linste ich aufmerksam durch den Raum, ohne jemanden zu entdecken, der seine Augen oder seine Ohren an uns verloren hätte. Dennoch spürte ich fremde Blicke auf mir.

Das Restaurant lag gleich um die Ecke. Die einzelnen Tische standen weit auseinander. Larry hatte ein Gourmettempel angekündigt, sich aber offensichtlich umbesonnen. Das Interieur war alles andere als einladend, wenn ich das so schmeichelnd formulieren darf. Den Wänden hätte ein neuer Anstrich in einer freundlichen Farbe gutgetan. Um den aktuellen Farbton korrekt zu beschreiben, fehlt der deutschen

Sprache ein treffender Ausdruck. In den Ritzen und Spalten der Bodenfliesen hatte sich eine pechschwarze, seidenglänzende Materie eingenistet, die zweifelsohne zum Lebensraum zahlreicher Keime geworden war. Der Geruch nach altem Frittieröl passte perfekt ins Ambiente, war aber nicht besonders appetitanregend. Ich hoffte, dass Larry dieses Lokal ausschließlich aus Gründen der Diskretion ausgewählt hatte.

Die Preise auf der spartanischen Speisekarte beruhigten mein Gewissen. Es wäre mir schwer auf der Leber gelegen, Larry eine teure Mahlzeit schwach zu bleiben. Außer uns beiden bevölkerten nur drei gellend gackernde junge Mädchen bei Pommes und Cola die geräumige Gaststube. Sie fläzten sich in der gegenüberliegenden Ecke. Im Umkreis von zehn Metern war kein Ohr, das uns hätte belauschen können. Das Johlen und Schnattern der Teenies tat sein Übriges, ein Abhören unseres Gesprächs zu erschweren. Der Wein und das Mineralwasser standen innert Minuten auf unserem Tisch. Ich füllte unsere Gläser, da das Einschenken in diesem Hause Sache der Gäste zu sein schien. Mit dem Rotwein ohne Ursprungsbezeichnung, dem einzigen, den das Haus zu bieten hatte, stießen wir auf eine baldige Klärung des Falls an. Was der Wirt als Wein serviert hatte, hätte meine Mutter nicht einmal für ihre Salatsauce verwendet.

Mein Entschluss, Larry in alles einzuweihen, war einer Unsicherheit gewichen, ob ich ihm wirklich alles erzählen durfte. Was würde er mit den Informationen tun? Mein Hadern entging ihm nicht und so ermunterte er mich:

„Jetzt komm schon, Iggy. Ich sehe dir doch an, dass dir etwas auf der Zunge brennt. Also raus damit! Wollen wir diese Typen demaskieren oder zusehen, wie sie uns zum Narren halten und dein Leben bestimmen? Ich bin nicht Gregors Komplize. Ich bin Larry, dein alter Freund. Also spuck schon aus, was du weißt. Was zum Teufel macht es dir so schwer?"

169

Larry hatte wahrscheinlich recht, aber die Hürde war noch da. Ich atmete tief durch, spülte mit einem Schluck Wasser den sauren Hauswein hinunter und kämpfte gegen meinen inneren Schweinehund:

„Ok, ich will jetzt offen sein. Es ist mir peinlich, aber… Ich meine… für wen arbeitest du, welche Ziele verfolgst du? Du machst es mir so gottjämmerlich schwer, Larry. Wo kann ich dich einordnen? Wie kann ich wissen, auf welcher Seite du stehst? Ich will nicht eines Morgens erwachen und feststellen, dass mir mein vermeintlicher Freund Larry in den Rücken gefallen ist. Nimm es mir nicht übel, aber ich kenne den heutigen Larry nicht. Klar waren wir gute Freunde, aber sind wir es noch? Echte Freundschaft basiert auf Vertrauen. Verstehst du das? Wir sind nicht mehr die unbekümmerten Studenten von damals. Wir haben uns verändert. Wir verfolgen andere Ziele als damals und ich frage mich, ob mein Ziel auch deines ist.“

Larry unterbrach mein wirres Gerede und beteuerte, er könne meine Skepsis nachvollziehen, aber sein Gesichtsausdruck behauptete das Gegenteil. Er verteidigte sein Geheimnis mit der üblichen Rechtfertigung:

„Herrgott, Iggy, was muss ich denn tun, damit du verstehst, dass ich es dir nicht sagen darf? Ich will im tiefsten Treibsand versinken, wenn ich nicht ehrlich zu dir bin und mit allen Mitteln versuche, dir zu helfen. Jetzt reiß dich zusammen und spuck endlich aus, was du weißt, bevor du daran erstickst!“

Zögerlich erwähnte ich die Drohbriefe. Als ich sie hervorholen wollte, zischte Larry:

„Nicht hier, wo man uns beobachten kann!“

Ich ließ den Umschlag stecken und zitierte die Schreiben Wort für Wort. Larry murmelte etwas, das ich akustisch nicht verstand und ergänzte, wir müssten vorsichtig sein. Mit solchen Leuten sei nicht zu spaßen. Ich sprang über meinen Schatten und erzählte ihm alles, was er noch nicht wusste. Nur die Geschichte mit Eva verschwieg ich. Sie würde uns in der Sache nicht weiterbringen und sie ging Larry einen Feuchten an. Aber diesem Teufelskerl entging die Lücke in meiner Erzählung nicht und er bohrte mit malefizisch verschmitztem Grienen:

„Erzähl doch vom heutigen Nachmittag, Iggy. Könnte es vielleicht sein, dass du mit Eva Balan zusammen warst? Als ich euch heute Morgen sah, war mir klar, dass sich etwas zwischen euch anbahnte. Wo seid ihr hingegangen?"

Ich erzählte ihm bis dahin, wo ich aus dem Taxi stieg und Eva nach Hause fuhr. Aber Larry schien wie ein Pfarrer in der Bibel zwischen den Zeilen zu lesen. Seine Fragen schnitten mir schonungslos jeden Fluchtweg ab. Am Ende hatte er mir jedes Detail aus der Nase gezogen. Er schien nachzuempfinden, wie benutzt ich mich dabei fühlte, wiegte seinen Kopf hin und her und fauchte:

„Diese Hexe! Das war nicht sauber von ihr. Allerdings muss ich gestehen, dass ich mich gerne von ihr verhexen ließe."

Larrys Mundwinkel kräuselten sich. Inzwischen waren weitere Jugendliche eingetroffen, denen die Pommes zu schmecken schienen. Vom schädlichen Acrylamid, das sie mit den Fritten zu sich nahmen, schienen sie nichts zu ahnen. Das Geschnatter der Halbwüchsigen zwang uns, lauter zu reden. Was der Kellner nach dem Essen vor uns hinstellte, wäre farblich eher als grüner Tee denn als Kaffee durchgegangen. Ich ließ die Tasse stehen. Ihr Anblick reichte mir.

Nachdem Larry selbst meine intimsten Geheimnisse kannte, war ich auf das gespannt, was er zu berichten hatte. Just als ich ihn auffordern wollte, mich auf den letzten Stand der Ermittlungen zu bringen, stach mir das Gummigesicht ins Auge. Jawohl, genau jener Mann mit der Plastilinfratze, der wie ein Phantom zu erscheinen pflegte und umgehend wieder verschwand. Er saß einige Tische von uns entfernt hinter einer Säule. Ich wollte vermeiden, dass er sich erneut wie von Zauberhand in Luft auflöste und machte Larry rasch auf meinen Stalker aufmerksam. Kommentarlos stand mein Freund auf, ging schnurstracks auf den Mann zu und setzte sich ihm gegenüber auf einen freien Stuhl. Die beiden unterhielten sich rege, ohne dass ich etwas von ihrem Gespräch mitbekam. Dann standen beide auf und trugen Teller, Besteck und Bierglas an unseren Tisch. Der Unbekannte streckte mir sichtlich verlegen seine Hand entgegen. Seine grauen Augen klebten an meinem Gürtel und seine Aussprache entlarvte ihn als Schweizer:

„Ernst Bianchi."

In mir kochte eine Aversion gegen diesen Mann:

„Müsste ich Sie kennen?"

„Ich bin Privatdetektiv. Offenbar war ich nicht professionell genug, sonst hätten Sie mich nicht entdeckt. Ihr Freund hat mich aufgefordert, mich zu Ihnen zu setzen. Darf ich?"

Bevor ich etwas einwenden konnte, setzte er sich an unseren Tisch. Das Blumenmuster, der ausladende Kragen und der enge Schnitt seines Hemds verrieten mir, dass es aus den Siebzigern stammte. Der Stoff spannte im Bereich des Bauchnabels bedenklich und einige Knöpfe schienen zum Absprung bereit. Die Krawatte war so kurz, breit und bunt, dass man sie für ein Babylätzchen halten konnte. Auf seinen Veston will ich gar nicht erst eingehen.

Erst hatte man Eva, dann Baggerhand und zu guter Letzt diesen Clown auf mich angesetzt und ich hatte immer noch nicht begriffen, was man von mir wollte. Entschlossen forderte ich eine Erklärung. Bianchi stotterte:

„Sie verstehen doch, dass ich meinen Auftraggeber nicht offenlegen darf. Ich kann Ihnen aber versichern, dass er nichts mit den Vorfällen der vergangenen Tage zu tun hat. Mein Mandant steht Ihrer Frau nahe. Er hat kein Interesse an Ihren beruflichen Aktivitäten. Mehr verrate ich nicht, weder über meinen Auftrag noch über meinen Mandanten."

In mir brannten zwei Gefühle – Angst und Wut. Angst, dass sich ein anderer Mann in Barbaras Leben geschlichen haben könnte und mich in der Absicht beobachten ließ, meinen Platz an ihrer Seite einzunehmen. Wut wegen der Weigerung dieser Witzfigur, mir seinen Auftraggeber zu nennen. Meine Augen müssen gefunkelt haben, wie die eines entehrten Sizilianers. Larry beschwichtigte mich:

„Wir können ihn nicht zwingen, seinen Mandanten offenzulegen, Iggy. Er hält sich mit seinem Schweigen lediglich an den Kodex, den auch wir respektieren müssen."

„Scheißkodex", zischte ich. Wenn mich der Typ ständig auf dem Radar gehabt hatte, dann wusste er auch, dass ich bei Eva gewesen war. Diese Erkenntnis schüttete Brandbeschleuniger auf die Glut meines Ärgers auf ihn. Mit diesem Wissen hatte er eine Waffe, die meine Versöhnung mit Barbara sabotieren konnte. Ich überlegte, wer diesen Kerl engagiert haben konnte. Bianchi spürte meinen Groll. Er kaute wortlos auf seinem Schnitzel herum und warf nervöse Blicke um sich. Er schien sich so unbehaglich zu fühlen, als stünde er vor einem Inquisitor. Ich lehnte mich zurück und putzte meine Brille mit der Serviette, ohne meine Augen von ihm zu nehmen. Schweißperlen glitzerten wie Swarovski-Kristalle auf seiner Stirn und seine Augen pendelten zwischen Larry und mir, als wären wir Rafael Nadal und Roger Federer in einem Grand Slam Finale. Als er seinen letzten Bissen hinuntergewürgt hatte, blieben seine Augen blinzelnd an mir haften:

„Jetzt, wo ich aufgeflogen bin, ist mein Auftrag beendet."

Damit verabschiedete sich Bianchi hastig und kehrte an den Tisch zurück, an dem er zuvor gesessen hatte. Er ließ mich ratlos zurück. Hatte ihn jemand angeheuert, der sich um Barbara sorgte, weil sie unter unserer Trennung litt oder jemand, der heiß darauf war, meinen Platz bei ihr einzunehmen? Egal, was es war, es schürte eine bohrende Mischung aus Sehnsucht, Reue und Eifersucht in mir, eine Gefühlsmischung, die mir bisher fremd gewesen war. Larry spürte, dass ich eine Weile in Ruhe meinen Gedanken nachhängen wollte. Er starrte abwesend zu Bianchi hinüber. Der gescheiterte Detektiv saß vor einem Schnapsglas und glotzte mit einer großen Leere in den Augen auf sein Tischtuch. Nach einem Schluck Wein, der ihm eine Grimasse ins Gesicht schnitt, flüsterte Larry:

„Ich glaube, Bianchi lügt nicht, wenn er sagt, dass er nichts mit Gregor zu tun hat.“

19

Mit einer Miene, als leerte er einen Giftbecher, trank Larry seinen Kaffee. Der fette Kellner stand in seinem vergilbten Hemd mit Schweißflecken unter den Achseln und seiner speckigen, schwarzen Hose vor dem Tresen. Mit verschränkten Armen beäugte er missmutig die lärmenden und fuchtelnden Teenager, die am längsten Tisch saßen und wo eine Gelächtersalve die nächste jagte. Larry blickte erst um sich, dann wandte er seine Augen mir zu. Seine Stimme war ein raues Flüstern:

„Die Telefonanrufe, die Eva Balan von Gregor erhielt, wurden mit gestohlenen Mobiltelefonen geführt. Vermutlich liegen sie jetzt auf dem Grund des Flusses oder sie sind in der Verbrennungsanlage in Rauch aufgegangen. Gregors E-Mail-Adresse lässt sich nur bis zum Internet Café nachverfolgen in dem sie eröffnet wurde. Sie erlaubt keine Rückschlüsse auf Gregors Identität. Die Überweisung auf Balans Bankkonto erfolgte in bar am Schalter der Hauptpost im Stadtzentrum. Es gibt bislang keine heiße Spur, die man weiterverfolgen könnte."

„Wie sieht es mit Fingerabdrücken und DNA-Spuren in meinem Zimmer aus?"

Im Grunde kannte ich die Antwort bereits.

„In deinem Hotelzimmer sind mehr Fingerabdrücke und DNA Spuren als Sterne am Firmament. Sie zu sammeln und auszuwerten ist unmöglich, auch weil sich alle überlagern. Ich bin überzeugt, dass wir es mit Profis zu tun haben und die hinterlassen keine Visitenkarten."

In ohnmächtiger Resignation meinte ich nur:

„Und nun?"

„Tja, Iggy, es sieht so aus, als stünden wir momentan auf dem Schlauch. Alles wäre einfacher, wenn wir wenigstens Gregors Motiv

kennen würden. Vielleicht geben uns seine Briefe Hinweise. Der Wortlaut der letzten zwei lässt vermuten, dass du beobachtet wirst. Wir müssen vorsichtig sein. Wir sollten vermeiden, dass Gregor oder jemand in seinem Auftrag sieht, wie du mir die Schreiben übergibst. In deinem Zimmer könnten elektronische Überwachungsgeräte installiert worden sein. Wer unbemerkt einen Brief hinterlegt, ist durchaus in der Lage, Wanzen oder Minikameras anzubringen. Das geht ganz schnell. Wie gesagt, wir haben es mit Profis zu tun und müssen mit allem rechnen."

Was Larry sagte, gab mir das Gefühl, im Fadenkreuz eines Jagdgewehrs zu stehen, das gut getarnt hinter einem Busch an der Schulter eines Wilderers ruht. Ich stand auf:

„Lass uns an die frische Luft gehen. Ich gebe an der Hotelbar meinen letzten Batzen für einen gemeinsamen Absacker aus. Unterwegs fällt uns bestimmt etwas für die Übergabe ein. Hier drin kann man ja ersticken."

Larry leerte sein Weinglas, verzog sein Gesicht und verlangte die Rechnung. Ich ließ Wein und Kaffee stehen und ging vor die Tür. Dort streckte ich mich, atmete tief durch, suchte die Straße nach möglichen Spitzeln ab und wartete auf Larry. Unterwegs zum Hotel raunte ich zu ihm:

„Ich habe eine Idee, wie ich dir die Briefe unauffällig übergeben kann. An der Hotelbar erzähle ich dir von einem Artikel in einer Zeitschrift. Du zeigst dich interessiert und bittest mich, dir die Illustrierte zu überlassen. Ich hole sie aus meinem Zimmer und komme durch das Treppenhaus hinunter. Außer den beiden Beamten, die mich verhaftet haben, habe ich noch niemand durchs Treppenhaus gehen sehen. Es wird mich also niemand beobachten können, wenn ich dort die Briefe zwischen die Seiten der Zeitschrift lege. An der Bar übergebe ich dir dann die Illustrierte. Sollte uns jemand überwachen, so wird er kaum etwas von der Übergabe mitbekommen. Na, wie klingt das?"

Larry nickte und schaute sich um:

„Klingt gut."

Dann schnippte er mit den Fingern:

„Da fällt mir noch etwas ein, das ich dir erzählen wollte. An der Aufschlüsselung der Wirkstoffe hat sich Frau Kielstein fast die Zähne ausgebissen. Der Drogencocktail scheint sie beeindruckt zu haben. Da sei ein Magier am Werk gewesen, meinte sie scherzhaft. Sie brennt darauf, ihre detaillierten Resultate mit dir zu besprechen. Ich denke, sie wird sich bei dir melden."

An der belebten Hotelbar bestellte ich ein Bier und Larry einen J.D. Wir plauderten unbeschwert über Belanglosigkeiten. Es herrschte ein reges Kommen und Gehen, ein Schnattern und Lachen wie auf einem marokkanischen Basar. Eine Bestellung jagte die nächste und ließ den Barkeeper wie eine Maus auf Speed herumwuseln. Für jemanden, der uns belauschen wollte, war dieses laute Gedränge ein zweischneidiges Schwert. Er könnte zwar im Gewühl leicht untertauchen, müsste uns aber sehr nahekommen, wenn er unsere Stimmen aus dem Gewirr heraushören wollte. Als Larry mit dem Eiswürfel in seinem leeren Glas klimperte, ließ der Barkeeper elegant ein Stück Eis in ein frisches Glas plumpsen und goss zwei Finger hoch J.D. darüber. Ich hielt die Zeit für reif, den Artikel zu erwähnen und begann zu spintisieren, basierend auf dem Titelbild einer Zeitschrift, die in meinem Zimmer auflag:

„Der Autor hat in asiatischen Ländern die Bedeutung religiöser Riten, Kultstätten und deren Ursprung untersucht. Es ist verblüffend, wie stark Religion und Kultur den Baustil von Tempeln beeinflussen. Bei uns im Westen…"

Ich hoffte, dass ich meine Fantasie nicht über Gebühr strapazieren musste, bis mich Larry unterbrach und in seinem Texanerdeutsch um die Zeitschrift bat. Was mich unterbrach, klang alles andere als texanisch. Es war eine messerscharfe, hohe Stimme in einem so akzentfreien Deutsch, wie ich es sonst nur vom Theater kannte:

„Sie meinen bestimmt den Bericht über die kürzlich entdeckten

Kultstätten in Myanmar. Ich versichere Ihnen, sie sind sensationell. Diese Architektur! Sonderbar und faszinierend zugleich. Ich habe mich eingehend damit beschäftigt. Wissen Sie, welches Merkmal ausschließt, dass jene Bauten von den Vorfahren der heutigen Burmesen errichtet wurden?"

Ich fühlte mich wie vom Esel getreten und griff nach der nächstliegenden, unverfänglichen Antwort:

„Da gibt es einige Merkmale, die ..."

„Jaaa, aber ein Unterschied zu den bisher bekannten Tempeln sticht besonders heraus. Raten Sie mal!"

Der Typ begann mir auf die Schleimhäute zu gehen. Ich durfte jetzt ja keinen Fehler machen:

„Ich habe lange darüber nachgedacht, aber... Ach, machen Sie es nicht so spannend, verraten Sie es uns!"

„Es sind die Baumaterialien. Baustil und Technik können sich im Verlauf der Zeit ändern, aber kein Volk ersetzt so beständige Baustoffe plötzlich durch dieses witterungsanfällige Zeug, das später verwendet wurde."

„Jetzt, wo Sie es sagen."

Der Typ tippte mit seinem Zeigefinger auf mein Brustbein:

„Sie kennen die Bauten offenbar nur aus Bildern und Beschreibungen. Hätten Sie sie mit eigenen Augen gesehen, wäre Ihnen dieser Unterschied bestimmt ins Auge gestochen."

Ich zog mich einige Zentimeter zurück, bis ich an den hinter mir stehenden Gast stieß, was nicht ausreichte, dem stupfenden Finger zu entgehen.

„Sie müssen unbedingt hinfliegen. Man kann an jeder der beiden Anlagen ganze Tage verbringen, ohne sich zu langweilen. Ich weiß, wovon ich rede. Ich war mehrmals da. Ich kenne das Land wie meine Westentasche und ich versichere Ihnen, dass der Artikel ein passabler Fremdenführer ist. Der Autor ist übrigens ein enger Freund von mir.

Natürlich müssen Sie auch den Shwedagon besichtigen, wenn Sie schon hinfliegen. Sie müssen ihn unbedingt nachts sehen, wenn er beleuchtet wird. Spektakulär, sage ich Ihnen. Und auch den goldenen Felsen, den Kyaiktiyo und den Hsinbyume, die große, weiße Anlage, die an eine Hochzeitstorte erinnert, dürfen Sie keinesfalls verpassen. Ich brauche die Illustrierte nicht mehr."

Mit diesen Worten streckte der untersetzte und beleibte ältere Herr Larry eine Zeitschrift entgegen. In seinen Augen lag flammende Leidenschaft, aber die geweiteten Pupillen verrieten auch, dass das Glas in seiner Hand nicht sein erstes war an diesem Abend. Seine Stimme erinnerte mich an eine Knochensäge. Sein schütteres, fettglänzendes Haar hing ihm in dunklen Strähnen bis zu seiner Knollennase herunter und gab ein Stück kahlen Schädels frei. Er legte durch sein schmalziges Lächeln eine Reihe Zähne frei, die keinen Zweifel daran ließen, dass er schon bald seine nächste Zigarette brauchte. Ich hätte ihn würgen können. Woher nahm diese elende Kreatur die Dreistigkeit, sich ungefragt in unser Gespräch einzumischen, mich in Verlegenheit zu bringen und sich derart aufzuspielen? Auf Grund der wenigen Sätze, die ich über Kultstätten improvisiert hatte, konnte er unmöglich wissen, wovon ich sprach. Zum Glück war dieser Wicht nicht ansatzweise an meiner Meinung interessiert. Hätte er mich in eine Diskussion über burmesische Tempelanlagen verwickelt, so wäre ich arg in Bedrängnis geraten. Ich wusste über seine blöden sakralen Bauten nicht mehr als über das Balzverhalten des Säbelzahntigers. Larry bedankte sich und ich bemühte mich, meinen Ärger mit einem Lächeln zu übertünchen:

„Ach bitte Larry, gib mir doch telefonisch Bescheid, was du vom Artikel hältst."

Larry nickte. Er schien an einer Fortsetzung der Vorlesung so uninteressiert zu sein wie ich. Er schielte auf seine

Uhr und wir verabschiedeten uns vom aufdringlichen Tempelfreak. Von den Blicken des Fremden begleitet, schritt ich in Larrys Windschatten zur Eingangshalle, wo wir uns trennten. Mehr Gequatsche vom schleimigen Alleswisser hätte ich nicht ertragen.

Eine halbe Stunde später rief mich Larry auf meinem Handy an. Ich verließ mein möglicherweise verwanztes Zimmer und gab ihm die Daten meines Rückflugs bekannt. Er meinte:

„Wir können uns leider nicht vor Sonntag am Flughafen wiedersehen. Am Freitag bin ich verhindert und am Samstag bist du auf deinem Ausflug."

„Wenn du mir deine Adresse gibst, schicke ich dir eine Ansichtskarte."

Ich hatte mich selbst im Flur nicht getraut, Klartext zu reden, war allerdings zuversichtlich, dass Larry meinen Wink verstand. Zurück auf meinem Zimmer reinigte ich meine Brille und dachte über den Mann an der Hotelbar nach. War er nur ein angetrunkener, dreister Wichtigtuer, der sich gern aufspielte oder musste man sich vor ihm in Acht nehmen? Außer seinem Geltungsdrang war mir an ihm nichts Besonderes aufgefallen. Er hatte von uns nichts erfahren und er hatte es auch nicht versucht. Allerdings hatte er die Übergabe der Briefe verhindert.

Nach der Abendtoilette zog ich mich bis auf die Unterwäsche aus, löschte das Licht, zog den Briefumschlag mit den Drohbriefen aus meiner Jackeninnentasche und verschloss ihn. So geräuschlos ich konnte, schob ich ihn zwischen die Seiten der Zeitschrift, die auf der Ablage lag.

Aus dem Nichts drängte etwas in meinem Magen nach oben. Ich rauschte ins Bad und mein Körper befreite sich vom Abendessen und dem Bier. Ich hatte den Fehler gemacht, in jener Spelunke, in der alle nur Fritten und Hamburger zu essen schienen, ein Schnitzel zu bestellen. Jetzt bekam ich die Quittung dafür. Über eine halbe Stunde lang beugte ich mich über die Kloschüssel. Dann trank ich ein Fläschchen Underberg aus der Minibar, um den widerwärtigen Geschmack von Galle durch jenen, rein pflanzlicher Bitterkeit zu ersetzen. Danach suchte ich auf meinem Bett lange Zeit nach einer Körperhaltung, die das Einschlafen begünstigte. Gegen halb drei schaute ich letztmals auf meine Uhr, bevor mich endlich der wohlverdiente Schlaf in seine Arme schloss.

20

Also so sah Baggerhand aus! Seine asphaltschwarzen Augen unter den dunklen, buschigen, Brauen, die sich über der Nase zu einer einzigen vereinten, wirkten unheilverkündend. Sein schulterlanges, graumeliertes Haar, ging ansatzlos in einen langen Bart über. Eine hässliche Narbe hob sich hell von seiner khakifarbenen Stirn ab. Er hatte sich mit entblößtem, muskulösem und behaartem Oberkörper vor mir aufgepflanzt als warte er auf eine Erklärung. Die Tattoos auf seinen Oberarmen und seiner Brust zeugten von schlechtem Geschmack. Ein Knebel im Mund hinderte mich am Sprechen und meine Arme, mein Oberkörper und meine Beine waren an einen Stuhl gefesselt. Baggerhand trat einen Schritt zurück. Hinter seinem gewaltigen Körper kam Barbara zum Vorschein, barfuß und in einem weißen Nachthemd, als wäre sie eben aus dem Bett gestiegen. Vorwurfsvoll traf mich ihr tieftrauriger Blick. Baggerhand sprach, ohne die Lippen zu bewegen:

„Du wolltest nicht heimfliegen zu deiner Frau, also habe ich sie zu dir geholt. Sieh sie dir nochmals gut an, denn das wird das letzte Mal sein. Du hättest meine Warnungen ernstnehmen sollen, Irrgang."

Er packte Barbara an den Schultern und schob sie auf den Balkon. Ihr Widerstand schmolz in seinen mächtigen Pranken. Er drängte sie ans Geländer und wandte sich nochmals mir zu:

„Du hast deine Chance verspielt, Irrgang. Nun sag schön Adieu zur lieben Barbara."

Auf ihren Wangen glänzten dicke Tränen wie Glasperlen. Sie schwieg und schien sich in ihr Schicksal zu fügen. Ihre Augen waren glasig und leblos, ihr Gesicht kreidebleich. Ein kalter Luftzug ließ den federleichten Stoff ihres weißen

Nachthemds und ihre ungekämmte Mähne wogen. Barbara wandte ihre wächserne Miene langsam von mir ab und starrte in die Tiefe. Mit einem satanischen Grinsen zeigte mir Baggerhand seine braunen Zähne. Ich zerrte verzweifelt an den Fesseln und schrie in das Tuch hinein, das meinen Mundraum füllte und den Schall schluckte. Je stärker ich an den Stricken zerrte, umso unbarmherziger schnitten sie mir ins Fleisch. In Panik musste ich mitansehen, wie Baggerhand Barbara wie eine gewichtslose Puppe über das Geländer hob. Ich rang nach Luft und mein letzter Schrei erstarb, bevor er hörbar werden konnte. Barbara stürzte in die Tiefe während mir Baggerhands gemeines Grinsen entgegenschlug.

Schweißgebadet, keuchend und mit brennender Kehle schreckte ich aus meinem Albtraum auf. Mein Herz pochte wie eine schwere Dampfmaschine. Noch halb im Traum gefangen, befreite ich mich von der Decke, in die ich mich im Schlaf verheddert hatte. Ich setzte mich auf und rieb mir die verklebten Augen. Nur langsam beruhigte sich mein Puls und ich brauchte eine Weile, um in die Realität zurückzufinden. Die Gedanken an Barbara verursachten mir eine schmerzhafte Enge in der Brust. Sie ließen in meinem Kopf kaum Platz für anderes. Ich musste an Bianchi denken. Jemand aus der Schweiz musste ihn beauftragt haben, mich zu beschatten. Kein Mensch engagiert einen ausländischen Detektiv. Meine Schwiegereltern kamen dafür nicht in Betracht, aber Barbara hatte viele Freunde. Allerdings traute ich keinem von ihnen zu, mich überwachen zu lassen. Die plausibelste Erklärung, die mir einfiel, war, dass mich jemand überwachen ließ, der meinen Platz an Barbaras Seite einnehmen wollte. Dennoch weigerte ich mich, daran zu glauben.

Die Höllenqualen, die mich heimgesucht hatten, als Barbara von zuhause auszog, waren mit vollem Ingrimm zurück. Diesmal trafen sie jedoch auf einen Ignaz, der sich nicht in Selbstmitleid erging und den Kopf in den Sand, respektive tief in seine Arbeit steckte. Diesmal war ich entschlossen, zu kämpfen, um meine Frau zurückzugewinnen. Bianchi hatte, gewollt oder ungewollt, meine Entschlossenheit geschürt. Ich verspürte den unbändigen Drang, Barbara anzurufen. Ich würde vor ihr zu Kreuze kriechen müssen, aber das war es mir wert. Ich hatte mir die Suppe eingebrockt und ich war bereit, sie auszulöffeln.

Die körperwarme Brause erinnerte mich an die Nähe Barbaras und mir kamen die Tränen. Von einem Weinkrampf geschüttelt, versuchte ich vergeblich, meine Melancholie mit kaltem Wasser zu vertreiben. Ich schrubbte mich trocken und bemühte mich, meine Füße wieder auf den Boden zu bekommen. Mir war klar, dass ich nicht zur Ruhe kommen würde, solange ich nicht mit Barbara gesprochen hatte, aber ich war zu aufgewühlt, um ein erfolgversprechendes Telefonat zu führen. Für einen Anruf wäre es eh zu früh gewesen und so ging ich in den Speisesaal. Ich wollte ausgiebig frühstücken und dabei an nichts denken. Aber beide Vorhaben scheiterten. Ich brachte keinen Bissen runter und spielte im Gedanken hundert verschiedene Telefonate mit Barbara durch, die alle in einer Katastrophe endeten. Dabei schaute ich unablässig auf meine Uhr. Als ich sicher sein konnte, dass Barbara nicht mehr schlief, ging ich auf mein Zimmer und wählte pochenden Herzens die Nummer meiner Schwiegereltern. Meine Schwiegermutter nahm den Anruf entgegen. Sie war so begeistert, meine Stimme zu hören, als riefe der Sensenmann höchstselbst an:

„Für dich ist meine Tochter nicht zu sprechen. Ich wundere mich über deine Unverfrorenheit, hier anzurufen, nach allem, was du geboten hast. Barbara hat mit dir endgültig abgeschlossen und das war das Beste, was sie tun konnte. Also vergiss sie und lass sie in Ruhe."

Ich konnte ihr nicht verübeln, dass sie sich kategorisch weigerte, Barbara ans Telefon zu holen, aber akzeptieren konnte ich es noch viel weniger. Ich versuchte, die gute Frau mit Selbstvorwürfen, Reuebekenntnissen, Versprechungen und Liebesbezeugungen für ihre Tochter zu erweichen. Sie blieb uneinnehmbar wie die Stadtmauern von Troja. Als sie genervt auflegen wollte, ging ich auf tutti:

„Hör zu, Lisa, ich lass mich nicht abschütteln. Wenn du Barbara nicht sofort ans Telefon holst, rufe ich sie auf ihrem Handy an. Ich muss dir kaum erklären, was dann geschieht, oder?"

Sie spürte meine Entschlossenheit und wusste, dass mein überraschender Anruf ihre Tochter überrumpeln würde. Mein Trick war hinterlistig und unfair wie das Trojanische Pferd und er war ebenso erfolgreich. Manchmal heiligt der Zweck die Mittel und mir war jedes Mittel recht, das mir meine Frau zurückbrachte.

Nach einer Ewigkeit drang ein Abklatsch von Barbaras Stimme an mein Ohr. Die Zeit, die sie benötigt hatte, um sich auf das Gespräch vorzubereiten, gönnte ich ihr von Herzen. Ich dankte Gott, dass sie meinen Anruf entgegennahm. Sie klang verärgert, abweisend und vor allem sarkastisch, auch wenn ihrer Stimme die Überzeugung fehlte:

„Welchem besonderen Umstand verdanke ich die Ehre deines Anrufs? Habe ich versehentlich etwas mitgenommen, das dir gehört? Du kannst es jederzeit abholen, vorzugsweise wenn ich nicht da bin."

Für ihren Versuch, kalt und zynisch zu klingen, hatte ich Verständnis:

„Babs, ich weiß nicht, wie ich beginnen soll, ich bin aus einem Traum erwacht, einem Albtraum, der…"

„Ok, träum ruhig weiter, aber lass mich in Ruhe. Leb wohl, Ignaz."

Am anderen Ende der Leitung sprach eine zutiefst verletzte Frau. Ihre Worte bohrten sich in meine Brust wie die Stacheln einer eisernen Jungfrau. Ich weiß nicht mehr, was ich sagen wollte, aber ich kam nicht mehr dazu, denn sie hatte aufgelegt.

Mit Dornen im Herzen und von Ratlosigkeit geschlagen nahm ich die Zeitschrift von der Ablage, rollte sie zusammen, steckte sie in die Innentasche meiner Jacke und verließ mein Zimmer. Draußen bot der Tag sämtliche Grautöne, die man sich vorstellen kann und doch war keiner so dunkel, wie das Grau in mir. Kein Sonnenstrahl drang durch die dicke Wolkendecke, aber es blieb trocken. Mir fiel nichts Besseres ein, als durch Gegenden der Stadt zu streifen, in die es weder Touristen noch Geschäftsreisende verschlägt und wo ein ganz eigener, süßlicher Geruch in der Luft hing. Ich trank an diesem Morgen mehr Kaffee, als für mich gut sein konnte. An einem Kiosk kaufte ich eine Ansichtskarte und zwei Briefmarken.

Ich setzte mich in ein Café, nahm meinen Kugelschreiber und die Zeitschrift hervor, schlug die zweitletzte Seite auf und begann das Kreuzworträtsel zu lösen. Ich hatte Mühe, mich zu konzentrieren. Nach einer Weile fiel mir auf, dass ich wie ein aufgeschrecktes Reh ständig Blicke durch die Gegend warf. Ich tat es, obgleich ich der einzige Gast im Lokal war und sich die kleine, schwarzhaarige Kellnerin in ihrem kurzen, hautengen Rock und ihren Plateauschuhen hinter die Theke verzogen hatte. Larry schien mich mit seiner Paranoia angesteckt zu haben. Mit gelangweilter Miene holte ich den Umschlag mit Baggerhands Briefen hervor und deckte ihn mit der Karte ab, die ich soeben gekauft hatte. Ich schrieb „*Liebste Babs, du weißt so gut wie ich, dass wir füreinander geschaffen sind. Sei nicht nachtragend. Lass uns einen Neuanfang machen. Sehnsüchtige Grüße. Ignaz.*", und setzte unsere Adresse ins dafür vorgesehene Feld ein. Wie ein Mantra brummelte ich vor mich hin, dass Barbara und ich zusammenkommen würden, weil wir zusammenkommen mussten. Nach einem weiteren Rundumblick klebte ich je eine Marke auf Karte und Brief.

Als die Kellnerin lächelnd hinter der Theke durch ihre großgerändert, ozeanblaue Brille hervorschielte, bestellte ich einen zweiten Cappuccino. Während sie sich an der Kaffeemaschine zu schaffen machte, schrieb ich Larrys Adresse auf das Couvert und schob es, zusammen mit der Karte, in die Innentasche meiner Jacke. Als der Cappuccino kam, war ich bereits wieder ins Kreuzworträtsel vertieft.

Ich warf die Zeitschrift in den nächsten Abfallbehälter und meine frankierten Postsendungen in den Briefkasten, nur wenige Meter dahinter. Ich musste über meine kindischen Verdunkelungsaktionen schmunzeln, aber nützten sie nichts, so konnten sie auch nicht schaden.

Keine hundert Schritte weiter erwachte mein Handy zum Leben. Gespannt, wem die unbekannte Nummer auf dem Display gehörte, nahm ich den Anruf entgegen. Bereits nach der ersten Silbe erkannte ich Frau Kielsteins Stimme. Sie fragte, ob ich mich im Verlauf des Tages mit ihr treffen könne. Mehrere Gründe sprachen dafür. Einer war, dass mich das Gespräch von meinen quälenden Gedanken ablenken würde, ein anderer, dass ich keine sonstigen Pläne hatte.

Wir trafen uns zum Mittagessen in einem Schnellimbiss in der Nähe des Polizeipräsidiums. Als ich eintraf, saß sie bereits in einer Ecke des Lokals vor einer Cola und empfing mich mit einem Cinemascope-Lächeln. Da wir uns nicht besonders gut kannten, fürchtete ich, dass sich ein harziges Gespräch entwickeln könnte. Doch Frau Kielstein ging unverzüglich auf ihre Analysenmethoden und Resultate ein, als spräche sie mit einem langjährigen Arbeitskollegen:

„Mir ist in all den Jahren schon allerhand untergekommen, aber so viel Raffinesse im Umgang mit Drogen habe noch nie erlebt. Wer immer diese Mixturen zubereitet hat, ist eine absolute Koryphäe und verdient aus wissenschaftlicher Sicht Anerkennung. Sie wissen, dass ich

mein Licht selten unter den Scheffel stelle, aber jemand verfügt offensichtlich über ein Wissen, das dem meinen in nichts nachsteht. Es gibt nicht viele, die dafür in Frage kommen. Man kann sie an einer Schreinerhand abzählen. "

Trotz ihrer überheblichen Art, verband mich eine unerklärliche Seelenverwandtschaft mit dieser Frau. Nachdem wir bei Fischstäbchen, Pommes und Mayo unsere Fachsimpeleien hinter uns gebracht hatten, kam Frau Kielstein zum Thema das ihr vermutlich primär auf der Zunge brannte:

„Der kurze Blick, den ich in der Arrestzelle auf Ihre Notizen geworfen habe, lässt mir keine Ruhe. Wollen Sie mir etwas über diese Sache erzählen?"

Ich appellierte an ihre Diskretion und verriet ihr alles über mein Projekt, was ich Dr. Kunkel anvertrauen wollte. Sie bombardierte mich mit Fragen, die ich nur teilweise beantwortete. Dann gestand sie mir:

„Ich fühle mich hier unterfordert und sehne mich nach einer Herausforderung, die meinen Fähigkeiten Rechnung trägt. Seit ich für die Polizei arbeite, ist das der erste Fall, der mir Spaß macht. Alle früheren Analysen hätte mein Assistent genauso gut ausführen können. Ich träume davon, an einem ehrgeizigen Projekt wie dem Ihren mitzuarbeiten. "

Ich spürte die Überwindung, die sie diese Beichte kostete und entgegnete:

„Es wäre mir eine Ehre, mit Ihnen in einem Team zu arbeiten. Leider weiß ich nicht, ob aus meinem Projekt jemals etwas wird. "

Als sich Frau Kielstein verabschiedete, blieb ich sitzen, steckte ihre Visitenkarte ein und rief Barbara auf ihrem Handy an. Nach mehrmaligem Läuten hatte ich ihren Anrufbeantworter dran. Ich hoffte, dass sie auf der Toilette war oder ihr Handy irgendwo liegengelassen hatte, wusste jedoch nur zu gut, dass sie meine Nummer auf der Anzeige erkannt und meinen Anruf abgewiesen hatte. Ich verbrachte eine weitere Viertelstunde vor meiner leeren Tasse. Dann drückte ich die Wahlwiederholungstaste und wartete, bis sich ihre Combox meldete:

„Hör zu, Babs, ich bin's. Du bist viel zu vernünftig, um bis in alle Ewigkeiten zu schmollen und viel zu fair, um jedes Gespräch zu verweigern. Ich weiß, wie verletzt du bist und ich glaube, dass ich dir immer noch etwas bedeute. Lass diese Chance auf Versöhnung nicht ungenutzt, auch deinetwillen. Ich bin zur Vernunft gekommen und werde dich nie mehr enttäuschen. Gib mir die Gelegenheit, alles wiedergutzumachen, was ich vermasselt habe. Bitte, bitte ruf mich an. Wenn du das nicht tust, werde ich mich wieder melden. Ich werde nicht aufgeben, dafür liebe ich dich zu sehr. Bis dann."

Ich schaute auf meine Uhr und gab Barbara eine halbe Stunde. Wenn sie bis dann nicht anrief, würde ich es tun. Ich verließ den Schnellimbiss und trottete zum Fluss hinunter.

21

Da ich nach exakt dreißig Minuten keinen Rückruf bekommen hatte, machte ich meine Ankündigung wahr und rief erneut an. Diesmal nahm Barbara nach dem dritten Läuten ab:

„Hör zu, Ignaz, ich mag nicht mit dir streiten. Gib einfach Ruhe und lass gut sein. Es hat nicht geklappt mit uns zwei. Das kommt vor. Machen wir's nicht komplizierter als nötig. Mir tut es auch leid, dass es so gekommen ist und ich mache dir keine Vorwürfe. Es lag nicht nur an dir, dass unsere Beziehung gescheitert ist. It takes two to tango."

So abweisend ihre Worte auch sein mochten, ihre Stimme war eine Einladung.

„Bitte hör mir jetzt einen Augenblick zu, Babs. Du glaubst ja nicht im Ernst, dass wir so auseinandergehen können, oder? Und sei es nur deshalb, weil wir beide zu vernünftig dafür sind. Entschuldige den Ausdruck, aber du erzählst völligen Stuss, wenn du andeutest, du seist mitschuldig. So wie die Dinge damals lagen, hattest du keine Wahl. Aber die Situation hat sich grundsätzlich geändert. Ich wusste damals nicht mehr, was ich tat. Ich war krank oder besessen, nenne es wie du willst, doch das ist jetzt endgültig vorbei. Also bitte, sei fair. Lass uns zusammensitzen und reden."

Nach einer längeren Pause, während der ich außer ihrem Atem nichts hörte, fragte sie mit erstickter Stimme:

„Wieso glaubst du, dass reden etwas bringt?"

„Weil ich diese verfluchte Phase geistiger Umnachtung überstanden habe und wieder der von früher bin."

Ich redete ohne Anfang und ohne Ende. Es war wie ein Möbiusband aus sich verselbstständigenden Worten, eine Flut von Überzeugungsversuchen. Von Barbara kam kein

Wort. Meine Nerven waren wie Gitarrensaiten. Ich wollte den Bandwurm aus Beteuerungen nicht abreißen lassen. Solange Barbara zuhörte, bestand Hoffnung. Natürlich ließ sich die Sache nicht mit einem Telefonat ausbügeln und sei es noch so lang. Dafür litt Barbara zu stark. Aber ich verfügte über reichlich Geduld und Ausdauer, genug um mein Ziel zu erreichen:

„Lass uns darüber reden, Babs. Bitte. Wir können uns an einem Ort deiner Wahl treffen und dort alles wie zivilisierte Menschen besprechen. Wenn du danach beschließt, deinen eigenen Weg zu gehen, dann werde ich das akzeptieren, aber wir sollten die Flinte nicht vorschnell ins Korn werfen. Wir verdienen beide eine zweite Chance."

„Ok, jetzt habe ich dir zugehört. Ich werde darüber nachdenken, aber ich will verdammt sein, wenn ich nochmals eine solche Zeit durchmachen muss. Ich melde mich."

Ich bedauerte, es aussprechen zu müssen, aber es musste sein:

„Babs, ich bin momentan nicht zuhause. Ich bin in Deutschland und habe Schlimmes durchgemacht. Ich muss mich vorerst der Polizei zur Verfügung halten und kann erst am Sonntag zurückfliegen. Ich komme abends kurz vor sieben am Flughafen an. Du kannst dir gar nicht vorstellen, wie ich dich brauche, Babs."

Die Härte verschwand plötzlich aus Barbaras Stimme:

„Was ist passiert? Bist du wohlauf? Was hast du mit der Polizei zu schaffen?

„Mach dir nicht zu viele Sorgen, Babs. Es geht mir körperlich gut. Ich erzähle dir alles, wenn ich zurück bin."

Nach kurzem Schweigen hauchte Barbara:

„Ich melde mich am Sonntagabend, wenn du wieder zuhause bist. Mehr kann ich dir nicht versprechen. Pass auf dich auf, Ignaz."

Ich schwor mir, dass dies das letzte Mal war, dass ich Barbara anschwindelte, aber ich getraute mich nicht, das

Treffen mit Kunkel zu erwähnen. Ich gestand ihr das Recht zu, mich damit zu bestrafen, dass sie offenließ, ob sie sich mit mir treffen wollte. Ihre tiefen seelischen Wunden würden viel Zeit zur Vernarbung benötigen. Die Vorstellung, dass Bianchi über meinen Besuch bei Eva Bescheid wusste, lag mir wie ein Amboss im Magen. Dennoch war ich froh, dem Detektiv begegnet zu sein. Er hatte dazu beigetragen, dass ich mich überwand, Barbara anzurufen. Die Wahrscheinlichkeit, dass er wusste, was sich bei Eva abgespielt hatte, ging gegen null. Mein Intellekt warnte mich dennoch davor, mich darauf zu verlassen, denn die bittere Wahrheit steckt oft unter einem dicken, undurchsichtigen Zuckerguss.

Gegen Abend war ich etliche Kilometer durch die Stadt spaziert und gerade in einer menschenleeren Gasse unterwegs. Graue Nachkriegsbauten beidseits der Straße ließen sie wie eine Allee mit abgestorbenen Pappeln aussehen. Ich konnte die Hinterhöfe riechen. Die Pflege der Fassaden schien niemand ganz oben auf seiner Prioritätenliste zu haben. Nur wenige der mickrigen Vorgärten hatten jemanden gefunden, der sich um sie kümmerte. Ich schaute an einem der Häuser hoch, als mich unvermittelt ein wuchtiger Stoß in den Rücken von den Beinen holte. Während es hinter mir ohrenbetäubend schepperte, fuhr ein brennendes Stechen durch meinen Oberkörper und raubte mir den Atem. Auf das Schlimmste gefasst, wickelte ich spontan meine Arme um den Kopf, drehte mich auf die Seite und krümmte mich in die schützende Embryonalstellung. Ich war auf Fußtritte und Hiebe gefasst. Als diese ausblieben, wagte ich einen Blick hinter mich. Zwei große, besorgte Augen fixierten mich, das eine olivgrün, das zweite mit einem Stich ins Ziegelrot. Sie gehörten einer großgewachsenen Frau mittleren Alters und höherer Gewichtsklasse. Sie bückte sich zu mir hinab und strich sich die kupferroten, knapp schulterlangen Harre aus dem Gesicht:

„Oh mein Gott! Sind Sie verletzt? Soll ich einen Arzt rufen? Es
ist mir so peinlich. Können Sie aufstehen? Kommen Sie, ich helfe Ihnen. "

Neben und hinter ihr lagen Rohre und Kleinteile aus
Zink oder einem ähnlich matten Metall kreuz und quer auf
dem rissigen Asphalt des Gehsteigs. Ich tastete nach meinen
Rippen. Alle schienen an ihrem Platz zu sein. Es hatte erneut
jene erwischt, die schon bei meiner Begegnung mit Baggerhand herhalten mussten. Mein gesamter Körper zitterte wie
auf Entzug. Ich versuchte, die schusslige Mittvierzigerin in
Latzhosen zu beruhigen, bevor sie in ihrer aufgeregten Hilfs-
bereitschaft weiteres Unheil anrichten konnte. Mit ihrer Unterstützung stand ich ächzend auf. Sie hob meine Brille vom
Boden auf und hielt sie mir hin. Erleichtert stellte ich fest,
dass sie keinen Schaden genommen hatte. Ich reinigte die
Gläser und setzte sie auf. Die Frau ließ sich nicht davon abbringen, mich als Wiedergutmachung zu einem Kaffee einzuladen. An sich war es an jenem Tag eine Portion Koffein
zu viel und meine Erfahrungen mit Wiedergutmachungen
waren nicht die besten, aber ich war nicht in der Verfassung,
mit ihr zu streiten.

Nach mehreren geräuschvollen Anläufen schaffte es die
Matrone, alles aufzusammeln. Meinen Vorschlag, ihr beim
Tragen zu helfen, wies sie vehement zurück. Aus Rücksicht
auf meine Rippen ging ich in gebührendem Abstand hinter
ihr her und legte meine linke Hand auf die schmerzende
Flanke. Wir bogen in eine belebtere Gasse ein. Das Café
stand keine zweihundert Meter vom Ort des Zusammen-
pralls. Dennoch benötigten wir eine ganze Weile, um die Distanz zu überwinden. Jeder Schritt trieb mir ein Florett durch
den Oberkörper. Ich war der Frau dankbar, dass sie sich
krampfhaft an das kalte Metall klammerte und sich nur langsam vorwärtsbewegte, um ihre Fracht nicht erneut fallenzu-
lassen.

Vor dem Café lehnte sie ihre Rohre gegen die Hauswand. Feuchte Strähnen klebten ihr an Stirn und Schläfen. Während sie ihre Hände keuchend auf die Knie stützte und versuchte, wieder zu Atem zu kommen, gerieten die Rohre langsam ins Rutschen. Sie kratzten der Wand entlang und prallten mit markerschütterndem Getöse auf den Boden. Ein Kellner in hautfarbenen Chinos, beigen Espadrilles und einem farngrünen T-Shirt mit dem Aufdruck *„I'm your man"* stürzte aus der offenen Eingangstür. Er blieb abrupt stehen und begann sich rhythmisch zu bewegen und händeklatschend zu rappen:

„Trari trara, die Emma ist da. Rette sich, wer kann, denn die Emma kommt an. Ruft die Kinder rein, denn das Weib ist gemein."

Genervt fuhr die Frau dazwischen:

„Jetzt hör schon auf Hiero, du Arsch. Siehst du denn nicht, dass ich einen Gast mitbringe?"

Ich dachte *„Hiero? Hieronymus?"* Ich kann nicht behaupten, meine Eltern hätten sich für mich einen Vornamen ausgedacht, auf den ich selbst gekommen wäre und auf den ich stolz bin, aber H-i-e-r-o-n-y-m-u-s? Das grenzte an Kindsmisshandlung. Dieser Name kam einer lebenslänglichen Stigmatisierung gleich. Der einzige Hieronymus, von dem ich je gehört hatte, war ein niederländischer Maler und der war seit einem halben Jahrtausend tot.

Hiero schüttelte den Kopf und fuhr meine Begleiterin herablassend an:

„Mensch Emma, was hast du denn vor? Willst du mir die Gäste verscheuchen? Klempnerst du immer noch in deiner Bruchbude herum? Wirst du denn nie fertig?"

Meine Begleiterin konterte schnippisch:

„Welche Gäste denn? Siehst du, außer uns beiden, irgendwen? Und du darfst gerne beim Klempern helfen, damit es schneller vorangeht."

Bring uns einfach zwei von deinen Sonntagmorgen-Kaffees, Hiero, und kümmere dich gefälligst um deinen eigenen Scheiß. "

Während sich der Kellner hinter die Theke verzog, streckte mir die Frau ihre Rechte entgegen:

„Ich heiße Emma. Hiero spielt gern den Stinkstiefel, aber im Grunde ist er ganz ok. Man muss ihn nur zu nehmen wissen. Meine Wohnung braucht, gelinde gesagt, dringend eine Auffrischung. Besonders die Wasserleitungen. Seit mich Erhard, dieses Arschloch, verlassen hat, bin ich Herr und Bauführer im Hause. Sie glauben gar nicht, wieviel Arbeit in so ner Sanierung steckt. Das alte Gemäuer ist bröcklig wie ein Marmorkuchen. Leider bin ich handwerklich etwas ungeschickt. Es tut mir echt leid wegen vorhin. Sind Sie wirklich in Ordnung? Nichts gebrochen oder so?"

Ich quälte ein Lächeln hervor und schüttelte den Kopf, worauf sie weiterfuhr:

„Erhard, mein Mann, wollte mich aus unserer gemeinsamen Bleibe werfen, damit seine neue Flamme einziehen kann. Er kam mir mit Anwalt und so. Aber ich habe ein paar alte Schulfreunde an der Hand, die sich darauf verstehen, Leute umzustimmen. Jetzt ist er ausgezogen und wohnt vermutlich bei seinem Flittchen. "

Das brachte mich auf eine Idee. Ich packte meine Frage scherzhaft in einen Affirmativsatz:

„Hört sich fast nach Unterwelt an. "

„Na ja, die Jungs gehören nicht zu den ganz Bösen, aber astrein sind sie auch nicht. Schlagen sich mit Inoffiziellem durchs Leben, Sie wissen schon. Es sind feine Kerle, wenn man sie nicht ärgert. Zum Dank, dass sie mir das Problem mit Erhard lösten, hab ich sie zu mir nach Hause eingeladen und ihnen meine berüchtigten Spaghetti Atomico und einige Flaschen Chianti aufgetischt. Kleine Geschenke erhalten die Freundschaft, wie man so schön sagt. Ich maloche jeden verdammten Tag wie eine Sklavin. Das wäre ja noch schöner, wenn ich mir dann mein Zuhause von meinem Verflossenen und seinen Rechtsverdrehern, diesen

dreckigen Schleimern, wegnehmen ließe. Das könnte dem alten Noppen-
kopp so passen."

Ich suchte nach einer Sitzposition, die nicht nach einer
Packung Ibuprofen schrie und fragte:

„Denken Sie, dass Sie mir Ihre Freunde vorstellen könnten? Ich
stecke in einer Geschichte, die..."

Ihr Blick ließ mich mitten im Satz innehalten. Sie trank
ihren mit Kaffee eingefärbten Schnaps aus, schnalzte und
zollte mir schelmisch grienend Anerkennung:

„Sie haben es ja faustdick hinter den Ohren. Hätte ich Ihnen
nicht gegeben."

Mit einem gedehnten Du-durchtriebener-Wolf-im-
Schafspelz-Schmunzeln fügte sie hinzu:

„Was wäre Ihnen denn ein Treffen wert? Freundschaftsdienste
machen die Herren nämlich nur für handverlesene, alte Jugendfreunde,
vorzugsweise weiblichen Geschlechts. Insbesondere, wenn sie Emma hei-
ßen."

Während sie gellend lachte, gestand ich ihr, dass ich gerade eine finanzielle Durststrecke durchmachte. In ihrer
spöttischen Bemerkung, ihre Freunde hätten noch nie ange-
schrieben, lag etwas Mitfühlendes. Sie gab mir eine Telefonnummer mit dem Hinweis, ich solle erwähnen, dass ich sie
von ihr bekommen hätte und dass sie mir noch einen Gefallen schulde.

Am folgenden Morgen hatten sich erneut Wolken wie
Schieferplatten vor die Sonne geschoben. Ich meinte, durch
das Fenster zu sehen wie klamm die Luft war. Vor dem Frühstück rief ich Larry an und erzählte ihm von meinem Zusammenstoß mit Emma, von ihren Freunden und von meinen
lädierten Rippen. Sein Rückruf kam wenig später:

„Ich habe den Burschen angerufen und ihm tüchtig auf den Zahn
gefühlt. Es war nicht schwer, ihn unter Druck zu setzen. Er gehört zu

einer Art Rockergang. Die wissen nichts, was uns weiterbringen könnte. "

Zu gerne hätte ich vor meinem Heimflug wenigstens einige Antworten auf die vielen Fragen gehabt. Ich sehnte mich jeden Tag mehr danach, den berühmten dicken Schlussstrich unter dieses Kapitel zu ziehen. Ich spürte, dass ich keinen neuen Lebensabschnitt beginnen konnte, solange der Fall nicht abgeschlossen war. Dennoch würde mich nichts und niemand daran hindern, am Sonntag nach Hause zu fliegen. Ich rief den Flughafen an, um den Heimflug umzubuchen. Die Angst, meine Kreditkarte könnte zu einem wertlosen, kleinen Stück Plastik geworden sein, trieb mir dicke, kalte Schweißperlen auf die Stirn. Als die Buchung bestätigt wurde, atmete ich tief durch und ließ mich befreit aufs Bett fallen.

Draußen ging eine unangenehme, steife Brise. Die feuchte Luft durchdrang sämtliche Textilien und ließ mich frösteln. Den größten Teil des Tages verbrachte ich in Cafés, wo ich mir den Kopf darüber zerbrach, wie ich Larry bei den Nachforschungen stärker unterstützen könnte. Am Freitagabend begann ich meine Koffer zu packen. Als ich alles hineingestopft hatte, was ich während der Nacht und am Samstagmorgen nicht benötigen würde, schlenderte ich zur nächsten Würstchenbude. Ich genehmigte mir am Stehtisch eine Currywurst und ein Bier. Am Abend hatte es drastisch abgekühlt. Mein Lumber bot nur unzureichenden Schutz vor der Kälte und mein Pullover lag bereits im Koffer. Beim letzten Bissen begann es zu nieseln. Ich trank mein Bier aus und begab mich strammen Schrittes zum Hotel zurück.

Diskussionslos entsprach der Rezeptionist meiner Bitte, die Hotelrechnung mit einer Überweisung zu begleichen. Er druckte die Rechnung aus und legte sie, zusammen mit einem Einzahlungsschein, in einen Briefumschlag, den er mir überreichte. Das Herumsitzen in den Cafés und der Kälteein-

bruch hatten mich ermattet. Im Bad befreite ich die Zahnzwischenräume von lästigen Fasern und bürstete mir die
Plaque von den Zähnen. Dann zog ich mich aus, stellte die
Weckzeit auf meinem Handy ein, schaltete den Fernseher
ein, setzte mich aufs Bett und schob die Beine unter die Decke. Ich fand erneut keinen Sender, der meinen bescheidenen
intellektuellen Ansprüchen genügt hätte. Eine Viertelstunde
lang ließ ich mich von einer drögen Castingshow einlullen.
Kaum hatte ich das Gerät ausgeschaltet und mich in die flau-
schige Bettdecke gekuschelt, da sank ich schon in einen tiefen
Schlaf.

22

Am Samstag erwachte ich fünf Minuten vor der Weckmelodie meines Smartphones. Meine biologische Uhr geht seit jeher fünf Minuten vor und weckt mich zuverlässig. Ein einziges Mal hatte sie versagt und zwar an jenem ominösen Freitag, als sie der präparierte Champagner des Vorabends außer Funktion gesetzt hatte.

Ein Blick aus dem Fenster verriet mir, dass die dunklen Wolken beschlossen hatten, einen anderen Teil des Kontinents vor der Sonneneinstrahlung zu schützen. Wenn das kein gutes Omen war. Die Vorfreude auf ein sonniges Wochenende mit Dr. Kunkel begleitete mich unter die Dusche. Der erste von zwei großartigen Tagen war angebrochen. Sie würden hoffentlich das Ende einer dunklen Zeit einläuten.

In dieser Hochstimmung shampoonierte ich mit geschlossenen Augen mein Haar und sang dabei „Don't worry, be happy", als das Hoteltelefon auf meinem Nachttisch schrillte. Larry konnte es nicht sein. Er hatte meine Handynummer und er traute meinem Zimmertelefon nicht. Außer Eva und dem Kerl, der mich nach Hause wünschte, fiel mir niemand ein, der wusste, wo ich logierte, aber meine Handynummer nicht kannte. Die Kleine war allerdings so stocksauer auf mich, dass sie bestimmt nicht anrief und ich hatte keine Lust, mir nochmals anzuhören, ich solle verschwinden. Also ließ ich es klingeln und nahm mir die erforderliche Zeit, um ordentlich zu duschen, mein Haar auszuspülen, mich sorgfältig abzutrocknen und mit dem allmorgendlichen Schaudern in die ungewaschene Unterhose zu schlüpfen. Ich reinigte meine Brille, setzte sie auf und rief bei der Rezeption an. Ein Herr Kuckel habe mich zu erreichen versucht. Er habe seine Nummer hinterlassen. Ich fand es seltsam, dass mich Dr. Kunkel knappe zwei Stunden vor unserem Treffen anrief.

Vielleicht wollte er später aufbrechen oder mich woanders abholen. Ich legte auf und wählte die Nummer, die ich auf dem kleinen Schreibblock neben dem Telefon notiert hatte. Nach dem dritten Läuten, meldete sich eine kraftlos schwammige Stimme:

"Herr Dr. Irrgang, guten Morgen. Ich muss unseren gemeinsamen Ausflug leider absagen. Ich hatte gestern Abend auf der Heimfahrt einen Verkehrsunfall und liege im Krankenhaus."

Eine Hand schien meine Stimmbänder und eine zweite meinen Magen zusammenzupressen. Konsterniert sank ich aufs Bett. Nach wenigen Atemzügen holte mich mein Gesprächspartner aus meiner peinlichen Starre:

„Sind Sie noch dran, Dr. Irrgang?"

Ich erkundigte mich, in welchem Spital er liege und versprach, ihn zu besuchen. In meinem Kopf drehten Gedankenfetzen ihre Runden wie Insektenschwärme um eine Straßenlaterne. Die grotesken Ereignisse waren um ein Kapitel reicher.

Das Frühstück half, meine Gedanken zu ordnen. Die Serie von Zufällen, die mein Leben andauernd aus den Schienen warf, schien nicht abbrechen zu wollen. Konnte ich ernsthaft annehmen, es seien Zufälle? Spätestens jetzt musste ich erkennen, dass es keine sein konnten. Jemand schien zu allem bereit, um zu verhindern, dass ich mich mit M&S traf. Aber wer? Und warum? Ich trank meinen Cappuccino aus und rauschte zurück auf mein Zimmer, um zu prüfen, ob ein neues Schreiben für mich bereitlag. Als ich keines vorfand, rasierte ich mich, putzte mir die Zähne und schlüpfte in meinen Lumber. An der Rezeption buchte ich mein Zimmer für eine weitere Nacht und verließ zu Fuß das Hotel.

Das Wetter war makellos. Die Luft war frisch und duftete wie auf dem Land. In den Platanen zirpten sich die Spatzen gegenseitig ins Gezwitscher. Sie alleine wussten, worüber sie debattierten. Ich setzte mich auf die nächste Parkbank und spürte, wie die Feuchte, die sich nachts im Holz eingenistet hatte, langsam durch meine Hose drang. Ich rief Larry an und berichtete ohne großes Vorgeplänkel von Kunkels Unfall. Meine Hand zitterte immer noch leicht und ein mulmiges, hohles Gefühl saß mir in den Knochen. Eine Viertelstunde später saß ich mit Larry im Café gegenüber dem Park. Er blickte um sich und forderte mich ungeduldig auf, zu erzählen. Obwohl wir keine Details kannten, ging er, wie ich, davon aus, dass Kunkels Kollision inszeniert worden war, um unser Treffen zu verhindern. Larry fragte, ob er mich ins Krankenhaus begleiten dürfe.

Gegen halb elf betraten wir das etwas in die Jahre gekommene Gebäude am Stadtrand. Es war von wild wucherndem Grün umgeben. Allem, selbst der Kleidung des Personals, haftete ein natürlicher Shabby Chic an. Alles war abgenutzt, aber sauber und gepflegt. Dr. Kunkel lag im zweiten Stock in einem Einzelzimmer. Wir schritten den langen, schummrigen Korridor entlang und suchten nach der Zimmernummer. Der graue PVC-Boden quietschte unter Larrys Schuhen. Es roch nach Bohnerwachs und Desinfektionsmittel. Mein Begleiter blieb vor der Tür stehen, während ich anklopfte und ins Zimmer trat.

Die Wände des Krankenzimmers waren mayonnaisefarben gestrichen. Das Sonnenlicht zeichnete ein geometrisches, helles Muster auf den mattglänzenden Wandschrank. Das Fenster bot einen Blick auf den wilden Garten. Der ungleichmäßig gebleichte, artischockengrüne Linoleumboden warf an einigen Stellen Blasen und hatte schon bessere Tage gesehen. Dr. Kunkel hätte nicht wächserner ausgesehen, wenn er eine Schöpfung von Madame Tussauds gewesen wäre. Dunkle Augenringe, Schnitte und Blutergüsse waren das einzig Farbige in seinem aufgedunsenen Gesicht. Ein Verband verbarg seine Stirn und ein wuchtiger Stützkragen wand sich um seinen Hals. Er erklärte, er habe drei gebrochene Rippen, einen Riss im Wadenbein, eine Gehirnerschütterung und ein Schleudertrauma erlitten. Chirurgische Eingriffe seien nicht vorgesehen, aber die Ärzte wollten ihn für weitere Abklärungen dabehalten. Ich fragte, ob ich ihm einen Freund vorstellen dürfe, der sich für seinen Unfall interessiere. Dr. Kunkel blieb apathisch und erhob keine Einwände. Larry trat ins Zimmer und stellte sich vor. Mit seinem natürlichen Flair gewann er rasch Dr. Kunkels Vertrauen. Mit wenigen Worten brachte er ihn dazu, die Ereignisse des Vorabends zu schildern:

„Ich verließ M&S kurz nach sieben, stieg in meinen Lancia und fuhr heimwärts. Ich kam zügig voran. Um diese Zeit herrscht selten reger Verkehr. Auf der Höhe des Parks schwenkte ich auf die lange Gerade nach Norden ein, die zur Autobahn führt."

Dr. Kunkel verzog das Gesicht vor Schmerz und schob eine kurze Pause ein.

„Man fährt dort siebzig, und ich schaltete den Tempomaten ein, ritt sozusagen auf der grünen Welle. Auf der Gegenfahrbahn in Richtung Stadtzentrum fuhr kaum ein Wagen. Nach etwa zwei Kilometern kam ein schwerer Geländewagen mit beachtlichem Tempo wie aus dem Nichts links aus einer Querstraße geschossen. Er überquerte die Gegenfahrbahn und rammte meinen Wagen seitlich. Es ging so schnell, dass ich nicht reagieren konnte. Mein Wagen wurde um hundertachtzig Grad herumgewirbelt und kam halb auf der Straße und halb im Straßengraben zum Stehen. Die Seitenscheibe auf der Fahrerseite barst und sämtliche Airbags sprangen mit lautem Knall heraus. Sie nahmen mir Sicht und Orientierung und für einen kurzen Moment verlor ich das Bewusstsein. Zum Glück hatte der Wagen hinter mir genügend Abstand, um auszuweichen".

Der Patient suchte nach einer bequemeren Position und stützte sich dabei mit seiner Rechten ab:

„Als ich zu mir kam, sah ich einen Mann an meiner Fahrertür

zerren. Ich glaube, es war der Fahrer des Wagens, der hinter mir herge-
fahren war. Er brachte die verkeilte Tür nicht auf, eilte um den Wagen
herum und öffnete die Beifahrertür. Er erkundigte sich, ob ich wohlauf
sei. Ich spürte kaum Schmerzen und nickte. Als ich jedoch versuchte,
den Sicherheitsgurt zu lösen, machte sich ein jähes Stechen in meiner
Brust bemerkbar und in meinem Kopf begann es bei der geringsten Be-
wegung heftig zu pochen. Ich versuchte, auf den Beifahrersitz zu rut-
schen, aber heftige Schmerzen in meinem linken Bein hielten mich zu-
rück. Also beschloss ich, sitzenzubleiben und auf die Ambulanz zu
warten. Mit dem linken Auge konnte ich nichts sehen. Es war vom
Blut meiner Stirnwunde verkleistert."

Larry stellte eine Reihe Fragen, auf die der Patient keine
Antworten hatte:

„Der Mann, der mir zu Hilfe kam, weiß bestimmt mehr. Er hat
alles beobachten können. Die Polizei hat mit ihm gesprochen. Ich war
nur bedingt aufnahmefähig."

Larry setzte zur nächsten Frage an, als ihn ein Klopfen
an der Zimmertür unterbrach. Ein bärtiges Gesicht mit Uni-
formmütze zeigte sich im Türspalt. Der Beamte bat, eintreten
zu dürfen und tat es, ohne eine Antwort abzuwarten. Im
Schlepptau hatte er einen kleinen, schmächtigen Kollegen
mit rosigem Teint und Hornbrille, der in einer Uniform
steckte, die so schlecht saß, dass es unmöglich seine eigene
sein konnte. Ich versprach Dr. Kunkel, später vorbeizu-
schauen, während mich Larry am Ärmel aus dem Zimmer
zerrte.

In der Cafeteria setzten wir uns mit einem Heißgetränk
in eine Ecke. Der Geruch nach Gemüsesuppe und mensch-
lichen Ausdünstungen erfüllte den Raum. Larry starrte durch
den Dampf seiner heißen Schokolade ein Loch in die fahl-
gelbe Wand mit den aufgeklebten roten Pilzen. Seine Denkfalten waren so tief, dass sie die Schädeldecke zu durchdrin-
gen schienen:

„Dieser ehemalige Student von dir… Wie hieß er gleich, Karl?"

„Du meinst Klaus? Klaus Dietrich."

„Genau. Klaus. Hat er nicht mehrmals versucht, dich in seine Firma zu holen?"

Ich nickte und nahm einen Schluck des Gebräus, das man hier als Kaffee verkaufte und nach Süßholz, Fenchel und Zimt schmeckte:

„Meinst du im Ernst, dass Klaus etwas mit der Geschichte zu tun hat? Das kann ich mir nicht vorstellen."

„Lass dich nicht blenden, Iggy. Manchmal werden Ministranten zu Mördern. Freunde und Nachbarn beschreiben Gewaltverbrecher häufig als freundlich und zuvorkommend. Klaus weiß in groben Zügen, woran du arbeitest und er ist in der Lage, abzuschätzen, was dein Projekt wert ist. Eine Mitarbeit würde ihn beruflich in ganz andere Sphären heben. Habe ich recht? Sei bloß vorsichtig. Vielleicht will er sogar mehr, als nur mitarbeiten."

Larrys Anspielung schockierte mich:

„Klaus ist nicht so. Er würde für seine Karriere niemals ein Verbrechen begehen. Ich kenne ihn."

Noch während ich das sagte, kamen mir erste Zweifel und ich fragte mich, ob Klaus wirklich rein zufällig in der Stadt weilte. War es Zufall, dass er mich beim Dösen auf der Sitzbank entdeckt hatte? Ich konnte das Wort *Zufall* nicht mehr hören. Larry hatte es geschafft, heftig an meinem Bild von Klaus zu rütteln. Als er sagte, er wolle Klaus genauer unter die Lupe nehmen, nickte ich Zustimmung.

Während ich bei Dr. Kunkel vorbeischaute, fuhr Larry zur Polizei, um das Unfallprotokoll einzusehen. Ob Überlastet oder nicht, es war an der Zeit, dass die Hüter von Recht und Ordnung endlich den Finger rausnahmen, wie wir zuhause sagen. Spätestens jetzt mussten sie die Zusammenhänge erkennen und den Ernst der Situation begreifen.

204

Verständlicherweise war Dr. Kunkel nicht in der Verfassung, ein Fachgespräch zu führen. Er bestätigte mir jedoch, dass er nach wie vor an meinem Projekt interessiert sei und meine Forschungsergebnisse nach seiner Genesung gerne mit mir diskutierte.

Ich schlenderte zum Fluss hinunter und ließ mich auf einer Parkbank nieder. Ich brauchte Abgeschiedenheit. Mit geschlossenen Augen ließ ich meine Gedanken gewähren. Rasch fokussierten sie sich auf Barbara und erzeugten eine tiefe und schmerzhafte Sehnsucht, die alles Übrige ertränkte. Ich gierte nach ihrer Nähe, nach ihrem Atem auf meiner Haut, nach dem Klang ihrer Stimme. Ich nahm mein Handy hervor und wählte ihre Nummer. Nach dem zweiten Summton drückte sie meinen Anruf weg, worauf ich ihr eine lange SMS schrieb.

Larry holte mich am Sonntag vom Hotel ab und fuhr mich zum Flughafen. Er versprach, mich auf dem Laufenden zu halten und wünschte mir viel Glück bei der Versöhnung mit Barbara. Er spürte, dass ich mir am Zürcher Flughafen kein Taxi hätte leisten können und steckte mir zwei Hunderter zu. Er versprach, nicht zu ruhen, bis er für jede Frage, die mir auf der Seele brannte, eine Antwort hatte. Unsere kräftige Umarmung gab mir ein starkes Gefühl der Verbundenheit. Warum machte dieser gottverdammte Texaner bloß ein solches Geheimnis aus seiner Rolle?

23

Der Flug nach Zürich hob auf die Minute pünktlich ab. Im Flieger saß links von mir ein messingblond gelockter, schmächtiger junger Mann in Jeans und einem mausgrauen Polohemd. Er setzte sich, schnallte den Gurt fest, vertiefte sich in ein Physikbuch und gab während des gesamten Flugs keinen Mucks von sich. Rechts neben mir verströmte eine modisch gekleidete Dame im besten Alter einen leicht pudrigen Fougère-Duft und blätterte gelangweilt in einer Modezeitschrift. Bestimmt hätte sie mir widersprochen, dass sie im besten Alter war. Frauen sind weder mit ihrem Alter noch mit ihren Körpermaßen, ihrer Haarfarbe oder sonst etwas an sich zufrieden. Sie streben ständig nach Optimierungen. Selbstzufriedenheit scheint ein männliches Privileg zu sein. Ich will mich nicht auf Zahlen festlegen, aber für mich war die Dame auf dem Nachbarsitz im Zenit ihres Lebens. Ihr selbstbewusstes Gesicht wurde von einer silbergrauen Kurzhaarfrisur eingerahmt. Das Zusammenspiel zwischen scharfen und weichen Konturen erinnerte an Portraits toskanischer Maler der Renaissance. In ihrem Antlitz lag keine klassische Schönheit, aber ein Hauch von Noblesse. Ihre basaltgrauen Augen glitzerten wie Fischschuppen in der Sonne, als sie sich von der Zeitschrift lösten und indifferent ins Nirgendwo blickten. Diese Frau gehörte zur seltenen Spezies, zu der ich mich, frei von erotischen Hintergedanken, hingezogen fühle. Ihre Erscheinung gebot Zurückhaltung und doch hoffte ich, dass wir ins Gespräch kommen würden.

Der Flug war so ruhig, als stünde die Maschine die ganze Zeit auf der Startbahn. Der Pilot hatte das Fahrwerk noch nicht eingezogen, da begann die Dame über sich, Gott und die Welt zu plaudern. Ihre Stimme war angenehm und so hörte ich ihr zu und blieb selbst wortkarg. Angeblich wohnte sie in einem Loft unweit des Hotels, in dem ich logiert hatte. Sie arbeitete sowohl als bildende Künstlerin wie auch als Galeristin und war unterwegs zu einer Kunstmesse. Ich gestand ihr, dass ich auf ihrem Gebiet ein vollkommener Banause sei, eine Wortwahl, die sie amüsierte. Sie lachte lauthals. Es war ein naives, pubertäres Lachen, das einen Hauch des Übermuts von Teenies und dennoch nichts Vulgäres in sich trug. Ich hatte mehr Contenance erwartet und musste den ersten Eindruck korrigieren, den ich von ihr gewonnen hatte. Wieder ernst geworden, meinte sie:

„Frauen haben ein natürliches Flair für Kunst und Ästhetik. Männer legen Wert auf die Funktion und nicht auf die Form von Objekten. Sie schämen sich für ihre Gefühle und unterdrücken sie oft. Deshalb können sie sich selten künstlerisch ausdrücken."

Ich dachte zwar, die meisten bekannten Künstler seien Männer, wagte aber nicht, meiner Sitznachbarin zu widersprechen.

„Männer entwickeln und reparieren die komplexesten Geräte. Diesbezüglich sind sie sehr kreativ. Sie würden aber die Farbenpracht eines Schmetterlings übersehen, sollte sich einer zwischen ihren Zahnrädern und Transistoren verirren. Nur die Schönheit einer Frau, die entgeht dem männlichen Auge nie. Stimmen Sie mir zu?"

Diese Frau schien eine poetische Ader zu haben und ihre Frage war zweifellos rhetorisch gemeint, denn sie ließ mir keine Zeit für eine Antwort:

„Ich will nicht verallgemeinern. Das tun nur Dummköpfe. Es gibt durchaus Männer, die Gefühle haben und ihre Emotionen auch künstlerisch ausdrücken können. Ich kenne einige davon, die auch an der Biennale ausstellen, zu der ich unterwegs bin. Auf die neuen Werke von Max Pawlow bin ich besonders gespannt. Er soll seinen Stil komplett geändert haben. Als Kunstbanause, wie Sie sich selbst bezeichnen, wird Ihnen der Name Max Pawlow wohl nichts sagen. Er ist seit Jahren der Superstar der europäischen Malerei. Er ist eines der größten

Genies unserer Zeit, der innovativste Maler Europas, wenn nicht welt-
weit. Er überrascht die Kunstliebhaber immer wieder und ist dabei so
perfektionistisch, ein wahrer Michelangelo unseres Jahrhunderts."

Etwas kleinlaut entgegnete ich:

„Es mag Sie erstaunen, aber ich kenne Max Pawlow persönlich.
Er ist mit meiner Frau befreundet."

Ihre Augenbrauen näherten sich einander an und formten zwei tiefe Gruben oberhalb ihrer Nasenwurzel. Sie hätte
kaum ungläubiger dreingeschaut, wenn ich behauptet hätte,
der Bruder des Dalai-Lama zu sein. Ich klärte sie auf:

„Meine Frau ist ebenfalls Künstlerin. Möglicherweise kennen Sie
sie. Sie heißt Barbara Mercanti."

Ihre Augen begannen zu funkeln wie polierte Silber-
knöpfe und ihre Stimme wurde scharf wie ein Skalpell:

„Also Sie sind Barbaras Mann! Sie sind derjenige, der Barbara
verlassen und ins Unglück gestürzt hat. Können Sie noch ruhig schlafen,
nach allem, was Sie ihr angetan haben? Sie sind herzloser als ein Stein-
brocken. Barbaras Gesundheit geht Ihnen total am Arsch vorbei. Wis-
sen Sie, was die Unglückliche durchmacht? Sie ist ein Wrack, völlig
erledigt und arbeitsunfähig, während Sie fröhlich durch die Gegend jet-
ten. Sie will niemanden sehen. Barbara ist an ihrem Kummer zerbro-
chen und Sie gehen ungerührt Ihren Geschäften und Ihren Vergnügun-
gen nach. Ich kann meine Verachtung für Sie gar nicht in Worte fas-
sen."

Der Student links von mir blickte kurz von seinem
Lehrbuch auf und tauchte gleich wieder in seine Formeln ein.
Die Galeristin schaute mich so angeekelt an, als wäre sie in
einen frischen Kuhfladen getreten. Ihr Blick verletzte mich
stärker als ihre Worte. Während ihrer Tirade rammte sie mir
ihren Zeigefinger in den Oberarm. Ihre aufrichtige Wut
knallte mir wie glühendes Eisen in den Solarplexus und trieb
ihr die Röte ins Gesicht. Ihre Augen verrieten, dass sie mich

am liebsten gelyncht hätte. Ich fiel in eine Schockstarre, während sie mich mit derben Beschimpfungen eindeckte. Plötzlich verlor sie den Faden und verfiel so abrupt in Schwiegen, als hätte ihr jemand eine Orange in den Mund gestopft. Ich fühlte mich ungerecht behandelt. In mir brodelte ein Gemisch aus Scham, Reue und Ärger. Ihre Augen glühten. Ihre weichen Gesichtszüge waren verschwunden. Nach einer quälenden Ewigkeit raffte ich mich auf und stammelte mit belegter Stimme:

„Lassen Sie mich einige Dinge klarstellen. Ich…"

Rabiat fiel mir die Frau ins Wort:

„Was wollen Sie klarstellen? Dass Sie ein Schwein sind, ein Unmensch? Das weiß ich bereits. Oder wollen Sie Barbara die Schuld in die Schuhe schieben? Denken Sie etwa, ich übertreibe? Ich weiß genau, wie es um die Bedauernswerte steht. Haben Sie verdammt nochmal…"

Da platzte mir der Kragen und ich konterte ihre feindselige Tirade in ebenso unflätigem Ton:

„Es reicht, meine Dame! Ich bestreite nicht, dass ich eine Mitschuld trage, aber es war Barbara, die mich verlassen hat und nicht umgekehrt. Und glauben Sie mir, ich leide genauso wie sie. Geben Sie mir die faire Chance, zu erzählen, was wirklich geschah oder verschließen Sie die Ohren und beharren auf Ihr vorgefasstes Urteil?"

Warum mich diese Frau dazu trieb, mich zu rechtfertigen, wissen allein die Götter. Ihre Meinung hätte mir schnurzpiepegal sein können. Ich hätte ihr Gezeter für die restliche Flugzeit über mich ergehen lassen können und es als Toben eines hysterischen Weibs abtun. Aber ich ertrug ihre Verachtung nicht. Ich fühlte den Drang, mich zu verteidigen. Die Ablehnung in ihrem Gesicht wich um kein Jota, doch sie schwieg nun und hörte zu. *„Fair enough"*, sagte ich mir und erzählte ihr, wie ich Barbara kennengelernt hatte und wie verrückt wir nacheinander waren. Das schien sie nicht zum ersten Mal zu hören. Ich versuchte, ihr begreiflich zu machen, wie mir die blindwütige Verfolgung meiner Idee nach dem schicksalhaften Traum den Boden unter den Füßen weggezogen und ich den Realitätssinn verloren hatte:

„Außer meiner Arbeit wurde für mich alles bedeutungslos. Es existierte nichts anderes. Ich wurde vom Projekt regelrecht verschlungen, wie Jona vom Wal. Ich war in der dunklen Höhle meiner Arbeit gefangen und vergaß, dass es außerhalb sonst noch etwas gab. "

Ihr Gesicht verlor leicht an Härte und ihre Denkfalten ließen erahnen, dass sie versuchte, zu verstehen. Ihre Augen verrieten Interesse an meiner Schilderung. Ich wusste nicht warum, aber ich ließ nichts unversucht, um zu verhindern, dass sie weiterhin einen Wüstling in mir sah. Über meinen Aufenthalt in Deutschland verriet ich ihr wenig:

„Ich kam für eine geschäftliche Besprechung und wollte gleich anschließend zurückfliegen. Eine Reihe unvorhergesehener Ereignisse warfen meine Pläne über den Haufen und zwangen mich, länger zu bleiben. Da ich nichts zu tun hatte, geriet ich ins Grübeln. Es war, wie aus einer Trance zu erwachen. Erst jetzt erkannte ich, wozu mich meine Besessenheit getrieben hatte. Ich liebe Barbara abgöttisch, das müssen Sie mir glauben. Man kann den Zustand, in dem ich mich befand, nicht begreifen, wenn man ihn nicht selbst erlebt hat. Ich kann Barbara keinen Vorwurf machen, dass sie es nicht mit mir aushielt. Sie hatte keine Wahl. Ich muss ihr fremd geworden sein. Letzten Freitag habe ich sie angerufen und mich bei ihr entschuldigt. Ich habe ihr die Situation erklärt und sie angefleht, zurückzukommen. Anfänglich wollte sie gar nicht mit mir reden. Ich ließ nicht locker, bis sie mir zuhörte. Jetzt überlegt sie, ob sie mich sehen will. Ich habe meine Lektion gelernt und bin zuversichtlich, dass wir irgendwann wieder zusammenfinden. An mir wird es bestimmt nicht liegen, wenn es nicht klappt. "

Mein letzter Satz strotzte vor Entschlossenheit und meine Worte zeigten Wirkung. Die Falten im Gesicht meiner Reisegefährtin glätteten sich wie Teig unter einem Wallholz und sie nickte. Aus dem Nichts, packte sie mein Gesicht beidhändig, zog es mit festem Griff an sich und klatschte mir einen dicken Kuss mitten auf die Stirn. Ich war wie vom Pferd getreten, denn ihr Überraschungsangriff wollte ebenso wenig zu ihrer erhabenen Erscheinung passen wie zuvor ihr hemmungsloses Gelächter. Als sie meinen Kopf losließ, umspielten reizende Lachfältchen ihre feuchtglänzenden, karminroten Lippen und ihre Augen leuchteten wie poliertes Chrom. Ich war unsicher, ob die Hitze in meinen Ohren von ihrem kräftigen Griff oder von der peinlichen Aussicht auf einen leuchtendroten Kussmund auf meiner Stirn ausgelöst worden war. Dieser unschuldige Kuss brachte mich wie einen Novizen in Verlegenheit. Vergeblich suchte ich in ihrem Gesicht nach Hinweisen, ob ihr ein Abdruck von meiner Stirn entgegenlachte. Nach einem Seufzer, der aus ihrem tiefsten Innern kam, klang ihre Stimme sanft und wohltuend wie eine Sommerbrise:

„*Mann, hat das gutgetan! Mir fallen ganze Steine vom Herzen. Ich hatte mir ernste Sorgen um Barbara gemacht. So liebeskrank wie sie derzeit ist, hätte sie die Biennale nicht durchgestanden. Ich weiß, dass Sie sie glücklich machen können. Tun Sie es! Sie hat es verdient. Sie hat genug gelitten. Ich hoffe nur, dass Sie aufrichtig zu mir sind.*“

Ihr letzter Satz wurde von einem strengen Blick begleitet. Ich bestätigte, sie könne auf meine Worte zählen, ich wolle Barbara um jeden Preis zurückhaben. Dann konnte ich es nicht mehr zurückhalten:

„*Verzeihung, verstehen Sie mich bitte nicht falsch, aber…*“

Ich rang nach einer Formulierung und stockte. Mit angehobenen Lidern munterte sie mich auf:

„*Nur zu. Sagen Sie geradeheraus, was Ihnen am Herzen liegt.*“

Egal, wie peinlich es war, jetzt musste es raus. Ich wies mit dem Zeigefinger auf meine Stirn:

„*Habe ich hier einen… einen Abdruck?*“

Meine Stimme flatterte. Die Galeristin schüttelte energisch den Kopf und streute ihre Worte zwischen schallende Lachsalven:

„Nein... nichts zu sehen... Sie haben... von Barbara... keine Unannehmlichkeiten zu befürchten."

Ihr Lachen war ansteckend und zog fremde Blicke auf uns. Der Physikstudent schien der einzige zu sein, der unser Gelächter nicht beachtete. Es war beschämend, erst jetzt und dazu von einer Fremden erfahren zu müssen, wie bedeutend meine Frau als Künstlerin war. Barbara hatte mir gegenüber stets tiefgestapelt und ich hatte mich kaum für ihre Arbeit interessiert. Wie frustrierend musste es für sie gewesen sein, dass ihr eigener Mann ihre Arbeit nicht würdigte. Meine Sitznachbarin unterstrich, wie stark ich Barbaras Kreativität beeinflusste. Ihre Blütezeit habe eingesetzt, als sie mich kennenlernte und nach meinem Abgang von der Fachhochschule habe sie kaum noch etwas zustande gebracht. Diese Aussage brannte wie Alkohol auf offenen Wunden, denn ich erkannte, wie stark mein Verhalten Barbara getroffen haben musste:

„Ich habe vieles gutzumachen. Ich will Barbaras Arbeit verstehen lernen. Ich wünsche mir, ganze Abende damit zu verbringen, mit ihr über Kunst zu streiten. Ich werde ihr den Spaß gönnen, mir ihr Fachwissen um die Ohren zu hauen. Ich werde endlos mit ihr über Dinge diskutieren, die ihr wichtig sind. Ich war egoistisch und blind wie ein Regenwurm. Ich habe nicht erkannt, dass Barbaras Projekte genauso wichtig sind wie die meinen. Sie befriedigen lediglich andere Bedürfnisse. Ich habe eine ganze Menge nachzuholen."

Die Galeristin nickte:

„Ich kenne Barbara schon lange. Meine Galerie ist einer ihrer wichtigsten Absatzkanäle. Wir haben uns vor Jahren auf einer Vernissage in Düsseldorf kennengelernt. Barbaras Stil hat es mir von Beginn weg angetan und zwischen uns entstand bald eine enge Freundschaft.

Barbara hat die einmalige Begabung, ihr Glück so auf Leinwand zu bannen, dass es auf den Betrachter überspringt. Diese Qualität wird der Kunstwelt nicht lange verborgen bleiben. Als ich Barbara vor einem guten halben Jahr traf, arbeitete sie kaum noch. Bei meinem letzten Besuch traf ich dann auf ein lebensmüdes Häufchen Elend, das unfähig war, einen Pinsel in die Hand zu nehmen. Ich kannte die Ursache nicht und konnte ihr deshalb nicht helfen. Sie weigerte sich, professionelle Hilfe in Anspruch zu nehmen und fraß ihren Kummer still in sich hinein. Wir sind viel mehr als Geschäftspartnerinnen, aber über ihre Probleme wollte sie nicht mit mir reden. Da sie inzwischen bei ihren Eltern wohnte, erriet ich schließlich den Grund ihrer Misere. Darauf angesprochen, raunte sie mit Bitterkeit und Ironie in der Stimme, Sie hätten nicht einmal bemerkt, dass sie ausgezogen war.

Barbara weiß, dass sie Sie nicht an eine andere Frau, sondern an Ihre Arbeit verloren hat und das ist für sie noch schwieriger zu akzeptieren. Ich wette meinen einzigen Georg Baselitz, dass sie Sie noch immer liebt, obwohl ihre Wunden tief sind und sie Sie zur Hölle wünscht. Barbara so zu erleben, bricht einem das Herz. Ich konnte nicht länger mitansehen, wie sie zerfiel. Ich suchte nach Möglichkeiten, ihr zu helfen und engagierte in meiner Ratlosigkeit sogar einen Detektiv, der Sie beschatten sollte."

Mich traf der Schlag. Ich unterbrach sie:

„Sie haben Bianchi engagiert? Oh du heiliger Nikolaus, ich dachte, dass... egal. Ich bin von den Socken. Was erhofften Sie sich denn von ihm?"

„Ich weiß es selber nicht. Bianchi sollte einfach Informationen über Sie sammeln. Ich hoffte, dass mir aufgrund seiner Beobachtungen etwas einfallen könnte, um Barbara zu helfen. Ich hatte keinen konkreten Plan. Ach, ich weiß auch nicht. Ich musste einfach irgendetwas tun und sei es nur, um nicht tatenlos zuzusehen, wie meine Freundin zugrunde ging. Ich gebe zu, es war eine sinnlose Idee, aber mir fiel nichts Besseres ein. Können Sie das verstehen?"

Ich nickte und damit log ich. Wenn es jemanden gab,

der wusste, wie schwierig es manchmal ist, andere zu verstehen, dann war ich das. Zwischen uns legte sich ein drückendes Schweigen. Myriaden von Gedankenfetzen schwirrten mir durch den Kopf wie Staubkörner bei einem Sandsturm. Diese zufällige Begegnung hatte mir gezeigt, wie schlimm es um Barbara wirklich stand. Beklommen nahm ich meine Brille ab und rieb mir die Augen. Dann trank ich den Kaffee, den die Flugbegleiterin auf mein Klapptischchen gestellt hatte. Ich konnte mich nicht erinnern, ihn bestellt zu haben:

„Ich frage mich, wie ich zulassen konnte, dass mich meine Besessenheit blind, gefühllos und kalt wie eine Qualle machte. Ich war ein Idiot, nichts als ein blöder Idiot."

Zum Glück war der Flug zu kurz, um weiter in meiner unrühmlichen Lebensphase herumzustochern. Kurz vor der Landung stellte sich die Galeristin endlich mit Namen vor. Sie hieß Olga von Thalbach. Während das Flugzeug auf der feuchten Landebahn seiner zugewiesenen Parkposition entgegenrollte, tauschten wir unsere Handynummern aus. Es sollte nicht das letzte Mal sein, dass wir uns trafen.

24

Wie Fußballspieler vor einem Freistoß, stellten sich die Ankömmlinge in Reih und Glied auf die vermeintlich besten Plätze um das Gepäckband. Der Physikstudent, der im Flugzeug neben mir gesessen hatte, lehnte an einem Gepäckrolli und stierte in sein Buch. Ein kleines Mädchen schrie in das allgemeine Gemurmel und verlange lautstark nach ihrer Mama. Ein knutschendes Paar löste sich kurz voneinander und sah, wie die Mutter die Kleine in den Arm nahm. Aus dem Untergrund war das Rumpeln von Koffern zu hören. Schmerzlich wurde mir bewusst, dass Barbara nicht wie üblich in der Ankunftshalle auf mich wartete, um mir entgegenzueilen und um den Hals zu fallen. Ich war nicht einmal sicher, ob sie mich zuhause anrufen würde, wie sie versprochen hatte.

Olga von Thalbach stand unmittelbar rechts von mir. Als das Band anlief, musste sie sich nicht lange gedulden. Ihr mit Aufklebern von Städten aus aller Welt übersäter Koffer kam als eines der ersten Gepäckstücke. Sie lud ihn auf einen Gepäckwagen und zog mit einem aufmunternden Lächeln und einem „*Man sieht sich*" in Richtung Ausgang davon. Ich verzichtete auf einen Gepäckrolli, kam aber mit meinen beiden Koffern dennoch nicht so rasch voran, wie ich wollte. Ich fühlte mich leer und kraftlos und wollte auf dem schnellsten Weg nach Hause. Die kompakte Menschenkarawane, in die ich schon nach wenigen Metern geriet, wälzte sich im Schneckentempo auf den Ausgang zu. Sie schluckte mich wie eine Python ihr Kaninchen.

Ungeduldige Reisende stellten mit ihren Rempeleien die Nerven der übrigen auf eine harte Probe. Ein fetter, schwarzgekleideter Mittvierziger mit leerem Blick rammte mir zum dritten Mal seinen Gepäckwagen in die Hacken. Ich drehte mich um und war drauf und dran etwas zu sagen, das ich im Nachhinein bereut hätte. Klugerweise begnügte ich mich damit, ihm einen unmissverständlichen Blick angedeihen zu lassen. Dann ließ ich meine Augen auf dem Rücken meines schmächtigen Vordermanns ruhen und mich widerstandslos vom Sardinenschwarm in Richtung Ankunftshalle treiben.

Kurz vor dem Ausgang stand Olga von Thalbach abseits des Menschenstroms an einer langen Theke und fummelte umständlich am Verschluss ihres Reisekoffers herum. Ein Zollbeamter schaute ihr ungerührt zu und wartete darauf, den Inhalt ihres Gepäcks nach was auch immer zu durchsuchen. Ich betete zu allen Heiligen und den Seligen, die darauf hofften, heiliggesprochen zu werden und ich flehte Murphy an, sie mögen mir eine solche Prozedur ersparen. Ich wollte nur noch eins, diesem Gedränge entkommen. Im Tempo einer tektonischen Platte erreichte ich den Zollbereich. Die Augen eines älteren, dürren Zollbeamten mit weißem Haar und Spitzbart hüpften spielerisch von einem Reisenden zum nächsten: „*Ene mene bu*", dann verfingen sie sich an mir „*und raus bist du*". Ich musste mich damit abfinden, dass Murphy kein Pardon kannte und die Heiligen und Seligen Dringenderes zu erledigen hatten, als mich vom Zugriff der Zöllner zu bewahren. Mit nervtötender Höflichkeit bat er mich neben Frau von Thalbach an die Theke. Seine schwarzen Handschuhe durchwühlten einen meiner Koffer. Ich schenkte der Galeristin ein gequältes Lächeln, das sie wie ein Spiegel – das Einzige auf der Welt, das unfähig ist, zu lügen – erwiderte. Mit der typischen, bedächtigen Gewissenhaftigkeit des helvetischen Bundesangestellten überzeugte sich der Beamte, dass ich weder Heroin noch eine Kalaschnikow zwischen meinen Kleidern versteckt hatte. Gegen meine neuen Anzüge hatte er nichts einzuwenden. Nach nicht enden wollenden Minuten, ließ er von mir ab und wünschte mir mit einem unverschämt freundlichen Lächeln eine gute Weiterreise.

Olga von Thalbach und ich traten gleichzeitig in die Ankunftshalle. Jemand pflügte sich wie ein American-Football-Spieler durch den dichten Pulk der Wartenden und schoss auf sie zu. Meine Knie drohten nachzugeben, als ich die anstürmende Barbara erkannte. Ihr Blick war wie ein Laserstrahl auf die Galeristin fokussiert. Sie nahm meine Anwesenheit nicht wahr, obwohl ich keine zwei Meter danebenstand. Barbara war abgemagert und blass. In ihren Augen lag tiefe Trauer. So matt hatte ich ihre ozeanblauen Iriden noch nie gesehen. Da ich wusste, dass ich der Urheber dieser Veränderungen war, tat mir ihr Anblick besonders weh. Die beiden Frauen schlangen ihre Arme umeinander und blieben eine Weile eng umschlungen. Dann stieß Olga von Thalbach Barbara leicht von sich:

„Schau mal, wen ich mitgebracht habe."

Bei meinem Anblick erstarrte Barbara erst und machte dann einen zögerlichen Schritt auf mich zu, bevor sie auf eine unsichtbare Wand prallte. Ich wäre ihr am liebsten um den Hals gefallen, wollte sie jedoch nicht überfahren. Verunsichert standen wir uns gegenüber, als würde ein Film angehalten. Zwei Atemzüge lang sah uns Olga von Thalbach zu, dann gab sie Barbara einen Schubs:

„Jetzt stellt euch nicht so an! Ihr schmachtet ja. Nehmt euch doch endlich in die Arme!"

Ich ließ meine Koffer los, machte den entscheidenden Schritt auf Barbara zu und umschloss sie fest. Zögernd erwiderte sie meine Umarmung. Ihr ganzer Körper bebte. Unsere feuchten Wangen schmiegten sich aneinander, als wollten sie zusammenwachsen. Ein wohliges Gefühl durchströmte mich, eines das ich seit Ewigkeiten vermisste, dasjenige von Heimkommen. Ich hatte fast vergessen, wie gut es tat, Barbara zu spüren und zu riechen. Unsere Umschlingung war so innig, dass sie keinen Platz für Worte ließ. Egal, was wir gesagt hätten, es hätte dem magischen Moment den Zauber geraubt. Frau von Thalbach lächelte zufrieden und Barbara fragte:

„Woher kennt ihr euch?"

„Er saß im Flugzeug neben mir."

Ernst Bianchi, der Detektiv, wartete einige Schritte von uns entfernt. Im Kunstlicht glich sein Gesicht einer überdimensionalen, gebleichten Dörrpflaume. Da wir drei mit uns selbst beschäftigt waren, wurden wir erst jetzt auf ihn aufmerksam. Stoisch und emotionslos stand er da und beobachtete uns. Er bot Olga von Thalbach an, sie in die Stadt mitzunehmen. Unterwegs könne er mündlich Bericht erstatten. Frau von Thalbach strahlte:

„Ist ja perfekt. Barbara, du fährst deinen Mann nach Hause. Wie du siehst, habe ich meinen eigenen Chauffeur."

Barbara versuchte zu widersprechen, aber die Galeristin ließ keine Einwände gelten. Sie trat ganz nah an Barbara heran und flüsterte ihr etwas ins Ohr. Ich konnte dem Drang nicht widerstehen, Barbara an mich zu ziehen und so leidenschaftlich zu küssen, dass es ihr den Atem nahm und gegen Sitten und Gebräuche verstieß. Ihr Widerstand dauerte einen Wimpernschlag und machte dann roher Leidenschaft Platz.

Zu viert strebten wir zum Parkhaus, wo wir wenig Zeit mit Abschiednehmen verschwendeten. Frau von Thalbach würden wir schon bald wiedersehen, denn Barbara lud sie spontan zum Abendessen am Dienstag zu uns ein. Diese Galeristin begann, mir ans Herz zu wachsen.

Trotz eines latenten Unbehagens dürsteten Barbara und ich nach einander. Im Wagen und auch später zuhause sprachen wir kaum. Es war nicht die Zeit, die Vergangenheit aufzuarbeiten. Vielleicht wurde die Nacht gerade deswegen so leidenschaftlich – eine Nacht für die Geschichtsbücher.

Es war göttlich, am nächsten Morgen neben Barbara zu erwachen und festzustellen, dass ich nicht geträumt hatte. Ich wollte mich um das Frühstück kümmern. Ohne zu duschen schlüpfte ich in die Kleider des Vortags, spritzte mir kaltes Wasser ins Gesicht und verließ ungekämmt und unrasiert das Haus, um Croissants einzukaufen. Als ich zurückkam, stand Barbara unter der Dusche. Ich setzte Kaffee auf und deckte den Tisch. Als die Brause schwieg, ging ich ins Bad, frottierte Barbara trocken und trug sie ins Schlafzimmer.

Als wir uns zum Frühstück hinsetzten, war der Kaffee so kalt wie der Orangensaft. Jeder spürte die Anziehungskraft des anderen, aber wir wussten beide, dass wir einiges aufzuarbeiten hatten. Ich gab mir einen Ruck, wollte mir die Sünden von der Seele beichten. Ich war entschlossen, so viel Asche auf mein Haupt zu streuen, wie es brauchte, um Barbara nach Hause zu holen. Ich war bereit, ihr alles zu versprechen, was sie hören wollte und es auch einzuhalten. Die letzten Stunden konnten uns nicht darüber hinwegtäuschen, dass uns ein tiefer Graben trennte. Wir waren beide realistisch genug, um einzusehen, dass die hormonalen Triebe, denen wir gefolgt waren, nichts an unserer zerrütteten Beziehung änderten. Wir mussten eine Menge zerschlagenes Geschirr kitten und keiner von uns wusste, ob unser Klebstoff dafür ausreichen würde.

Einen Croissant lang quälte ich mich auf der Suche nach den ersten Worten, nach einem Einstieg in das schwierige Gespräch:

"Es gibt so vieles, das mir unendlich leidtut und wofür ich mich schäme. Ich würde alles tun, um es ungeschehen zu machen. Ich weiß gar nicht, wo ich beginnen soll. Ich weiß, dass ich dein Leben zur Hölle gemacht habe und dafür bitte ich dich um Vergebung. Mir war meine Arbeit wichtiger als unsere Beziehung und das ist unverzeihlich. Ich war verblendet, hatte den Sinn für die Realität verloren, konnte nicht mehr erkennen was wirklich zählt in meinem Leben. Das Einzige, was ich

jetzt tun..."

Die ersten paar Worte hatten noch geharzt, aber einmal in Fahrt gekommen, sprudelten sie wild über meine Lippen. Ich wäre zu Kreuze gekrochen und hätte mir reumütig auf die Brust geschlagen, aber Barbara schnitt mir das Wort ab:

„Ich weiß, was du sagen willst. Ich verstehe, dass dir die Arbeit zu Kopf gestiegen ist, dich blind gemacht hat und du diese Phase nun überstanden hast. Ich würde dir gern vergeben, aber ich weiß nicht, ob ich es kann. Vielleicht brauche ich noch etwas Zeit dafür. Du hast mich sehr verletzt. Was letzte Nacht und heute Morgen zwischen uns war, hat nichts zu bedeuten. Bewerte es nicht zu hoch. Es war irrational, ein animalischer Instinkt. Wir haben beide die Kontrolle über uns verloren. Gib mir Zeit. Ich habe dir schon zu viele Zugeständnisse gemacht. Ich muss einen klaren Kopf bekommen. Lass es uns langsam angehen. Ich will nichts überstürzen, was ich später bereuen könnte. Ich will nicht nochmals durch die Hölle gehen. Lass uns schweigend frühstücken. Dann fahre ich zurück zu meinen Eltern. In deiner Nähe kann ich weder klar denken noch mit meinen Gefühlen klarkommen. Ich komme morgen am späten Nachmittag mit dem Einkauf wieder. Bitte sorge dafür, dass die Wohnung sauber ist und eine vernünftige Flasche Rotwein bereitsteht. Olga ist sehr anspruchsvoll."

Ich nickte. Natürlich war ich bereit, Barbara die Zeit zu geben, die sie benötigte, wenngleich es mich schmerzte, sie ziehen zu lassen. Nachdem sie gegangen war, machte ich den Abwasch und versuchte mich mit Reinigungs- und Aufräumarbeiten abzulenken.

Am Dienstag kam Barbara gegen fünf Uhr. Aus ihrem Gesicht war nicht mehr zu lesen, als von einem leeren Blatt Papier. Wortkarg machte sie sich daran, die Einkäufe zu verstauen und das Gemüse zu putzen. Ungefragt ging ich ihr zur Hand und sie ließ mich gewähren. Es war nicht das erste Mal, aber es war lange her, dass ich ihr in der Küche geholfen hatte.

Als alles vor sich hin brutzelte, setzten wir uns an den Küchentisch. Jetzt brach Barbara das Schweigen:

„Hör zu, Ignaz. Ich habe versucht, mir über die Situation klar zu werden, aber ich stecke in einer Zwickmühle. Ich habe starke Gefühle für dich, aber ich kann unmöglich mit einem Mann zusammenleben, bei dem ich nicht weiß, ob er am Abend nach Hause kommt oder ob ich ihn wochenlang nicht zu Gesicht bekomme. Es ist, als kämpfe mein Herz mit meinem Verstand und ich fürchte, es wird ein langer Kampf."

Solange dieser Kampf nicht entschieden war, wollte ich ihn zu meinen Gunsten beeinflussen:

„Ich kann das verstehen, Babs. Im Grunde möchten wir beide, dass alles so wird, wie damals, als wir uns kennenlernten. Aber man kann die Zeit nicht zurückdrehen. Was geschehen ist, ist geschehen und nichts und niemand kann das ändern. Die Frage ist, ob wir bereit sind, zu retten, was zu retten ist, ob unsere Liebe groß genug ist, um die Wunden zu heilen und die Angst vor dem Scheitern zu besiegen. Fürchten wir uns zu stark vor schmerzlichen Enttäuschungen und verzichten deshalb auf unser Glück oder bringen wir den Mut auf, uns nochmals aufeinander einzulassen? Das sind die Fragen, die wir uns stellen müssen. Was mich anbelangt, so bin ich zu allem bereit. Es gibt nichts, das ich nicht tun würde, um mit dir zusammen alt zu werden. Die Entscheidung, ob wir uns eine zweite Chance geben, liegt nur bei dir, Babs."

Ihr Blick war ein einziges Rätsel. Sie strich sich eine Strähne aus dem Gesicht:

„Lass mir Zeit, Ignaz."

„So viel du brauchst, Babs."

25

Als es an der Tür klingelte, war der Tisch gedeckt, das Fleisch garte im Ofen, die Kartoffeln und das Gemüse standen auf dem Herd. Den Merlot hatte ich bereits eine gute Stunde zuvor entkorkt und auf die Anrichte gestellt und eine Flasche Prosecco stand im Kühlschrank. Barbara und ich konnten uns voll und ganz unserer Besucherin widmen. Sie hatte einen üppigen Blumenstrauß und eine Flasche Château Lafitte mitgebracht. Frau von Thalbach hatte sich herausgeputzt und war bester Laune. Das türkisfarbene, seitlich geschlitzte Kostüm mit Stehkragen betonte ihre Taille. Es harmonierte mit ihrem Make-up und warf eine Nuance von Aquamarin auf ihr Haar. Ein dezenter Hauch von Fougère umgab sie. Gleich beim Eintreten gab sie ihrer Genugtuung Ausdruck:

„Leute, ihr könnt euch gar nicht vorstellen, wie glücklich ich bin, dass ich euch beide hier antreffe. Ich hatte so gehofft, dass ihr zusammenfindet.“

Ich räusperte mich und wollte ihre Aussage revidieren, aber Barbara kam mir zuvor:

„Es ist nicht, wie es aussieht, Olga. Nur weil wir beide hier sind und gemeinsam essen, heißt das nicht, dass wir zusammen sind. Ich habe einfach keine eigene Bleibe, wohin ich dich hätte einladen können und ich kann Ignaz nicht aus seiner Wohnung werfen.“

Unser Gast übergab mir die Flasche und Barbara die Blumen:

„Sag, dass das nicht wahr ist, Barbara! Ich hatte wirklich angenommen, du hättest hier übernachtet. Du hast doch am Sonntag deinen Mann nicht etwa vor dem Haus aus dem Auto geworfen und bist zu deinen Eltern gefahren?“

Schweigend nahm ich Olga von Thalbach den taillierten

Blazer mit den schwarzen Knöpfen ab und hängte ihn in die Garderobe. Barbara wandte ihr Gesicht von uns ab, füllte eine Blumenvase mit Wasser, stellte den Strauß ein und platzierte die Vase auf dem Sideboard. Ich unterdrückte ein Schmunzeln, da ich wusste, dass Barbara in solchen Situationen errötete und wie peinlich es ihr war, wenn es jemandem auffiel.

„Es ist kompliziert, Olga. Bitte lassen wir dieses Thema. Es ist sehr persönlich und wenn ich ehrlich sein soll, geht es dich auch nichts an. Es genügt, wenn du weißt, dass wir nicht zusammen sind. Reden wir lieber über…"

Unser Gast ging gerade am Esstisch vorbei auf das Sofa zu, blieb kurz stehen und schlug mit der flachen Hand auf den Tisch, dass die Gläser wackelten und Barbara und ich zusammenfuhren:

„Jetzt hör mir mal gut zu, Mädchen. In diesem Ton lasse ich nicht mit mir reden, nicht, wenn du meine Freundin bleiben willst. Es geht mir nicht darum, eure Bettgeschichten zu erfahren, aber ich will nicht erleben, wie du vor lauter Schmollen vor die Hunde gehst. Du bist nicht der erste Mensch, der gekränkt wurde. Also reiß dich jetzt zusammen! Ich sehe nicht tatenlos zu, wie eine meiner besten Freundinnen zum Nervenbündel wird und ich kann es mir nicht leisten, dass die erfolgreichste Künstlerin, die bei mir ausstellt, depressionsbedingt ausfällt."

Echauffiert und den Tränen nah, wandte sich Barbara um:

„Ach darum geht es dir also, um meine Produktivität, um deine Einkünfte. Deshalb hast du auch diesen Schnüffler engagiert. Es geht dir nur um den Zaster. Und du wagst es, dich als Freundin zu bezeichnen? Schäm dich, Olga, du bist sowas von einer Enttäuschung! Wenn das meine Wohnung wäre, würde ich dich rauswerfen. Jetzt bleibt mir nichts anderes übrig, als selbst zu gehen."

Barbara nahm ihre Schürze ab, hängte sie über eine Stuhllehne und schritt entschlossen auf die Garderobe zu.

Ich saß schweigend auf dem Sofa, verfolgte den Disput der beiden und litt. Etwas sagte mir, dass es falsch wäre, einzugreifen. Mit einem Lächeln, so bitter wie wilder Wermut, stellte sich Frau von Thalbach Barbara in den Weg, die mit Tränen im Gesicht dicht vor ihr stehenblieb. Dann schlangen die beiden ihre Arme umeinander und unser Gast hauchte:

„Barbara, meine Liebe, wie kannst du bloß so etwas denken? Du weißt genau, dass das nicht stimmt. Du bist so voller Groll. Du haderst mit Gott und der Welt. Im Grunde bist du nur auf dich selbst wütend, weil du verunsichert bist. Lass die Vergangenheit los und höre auf dein Herz. Ich weiß, dass du eine schwere Zeit durchgemacht hast, aber auch dein Mann hat gelitten und er will dich zurück. Hört endlich auf, euch zu quälen. Und Bianchi habe ich nur deswegen angeheuert, weil ich verzweifelt war und mir große Sorgen um dich machte. Dein Mann meint es ehrlich. Das spüre ich. Also komm schon, gib dir einen Ruck und ihm eine Chance."

Nun kullerten die Tränen ungehemmt über Barbaras Wangen. Sie tropften auf Frau von Thalbachs altsilberfarbene Seidenbluse und breiteten sich als dunkle Sprenkel aus. Barbara klammerte sich an ihre Freundin, als wollte sie ein Stück von ihr werden und ihr Schluchzen ließ beide Körper beben. Es war ihre Art, negative Gefühle aus sich herausschütteln. Als sie keine Tränen mehr hatte, löste sie sich langsam aus der Umarmung und schniefte entkräftet:

„Bitte entschuldige, Olga. Ich wollte dich nicht so anfahren, du hast es nicht verdient. Du hast recht. Wir sollten einen Neuanfang wagen. Ich weiß nicht, ob ich es schaffe, aber ich will es versuchen."

Olga von Thalbach hatte mit ein paar Worten geschafft, woran ich mir die Zähne ausgebissen hatte und dafür war ich ihr unendlich dankbar. Bei einem Glas Prosecco bot ich ihr das Du an. Ihr Kommentar war von lapidarer Knappheit: *„Es wurde langsam Zeit, Ignaz"*, und ihre Lippen klatschten laut schmatzend auf meine Stirn. Barbara warf uns einen verständnislosen Blick zu, als wir losprusteten, worauf sie Olga über unsere Episode im Flieger aufklärte. Es war eine Wonne, Barbara endlich lachen zu sehen. Die unsichtbare Mauer zwischen uns schien zusehends an Kälte zu verlieren.

Die Atmosphäre lockerte sich während des Essens auf. Barbara hatte mich bereits am Vortag auf die hohen kulinarischen Ansprüche Olgas hingewiesen und ihnen beim Kochen Rechnung getragen. Ich hatte ihr in der Küche assistiert, soweit es meine Fertigkeiten erlaubten, was bedeutet, dass ich das Gemüse putzte und die Utensilien abwusch. Dann hatte ich einen Ligornetto aus dem Keller geholt und entkorkt.

Ich spießte gerade das letzte Stück Broccoli von meinem Teller auf, als mein Handy zu vibrieren begann und wie ein schlafender Saufbold schnarchte. Es lag auf dem Sideboard und bewegte sich ziellos hin und zurück wie ein verwirrter, beinloser Riesenleuchtkäfer. Wäre ich noch beim Essen gewesen, so hätte ich es brummen lassen, aber nun entschuldigte ich mich bei den Damen und stand auf. Das Display zeigte „Larry". Ich wusste, dass er mich um diese Zeit nicht aus Jux und Tollerei anrief. Es musste etwas Gravierendes vorgefallen sein. Da ich die Stimmung am Tisch nicht gefährden wollte, drückte ich den Anruf weg und legte das Gerät auf die Ablage zurück. Ich wollte zurückrufen, sobald Olga gegangen war. Ich half Barbara beim Abräumen des Geschirrs und dem Auftragen der Nachspeise.

Ich hatte den ersten Löffel Crème Bruleé im Mund, als eine SMS reinkam. Ich widerstand dem trügerischen Gefühl von Unaufschiebbarkeit, welches Kurznachrichten für gewöhnlich erzeugen. Ich genoss mein Dessert ohne Hast, wenngleich nicht ohne Anspannung. Als Barbara das Geschirr in die Küche trug, griff ich erneut nach meinem Smartphone und schielte auf die Anzeige. Larry hatte sich kurzgefasst: „*Kunkel ist tot. Ruf zurück.*"

Ich konnte das Blut in den Ohren rauschen hören und mein Herz trommelte gegen die Rippen. Wie versteinert stand ich da und konnte meine Augen nicht von der Anzeige lösen. Olga reagierte als erste:

„Was ist los, Ignaz?"

Erst klebten meine Lippen aneinander, dann, außerstande einen längeren Satz zu bilden, raunte ich:

„Kunkel ist tot."

Zwei Gesichter starrten mich wie lebende Fragezeichen an. Tonlos ergänzte ich:

„Kunkel, der Entwicklungsleiter von M&S, der den Verkehrsunfall hatte und den ich letzten Samstag im Spital besucht habe. Er war nicht schwer verletzt."

Damit die zwei Frauen verstehen konnten, musste ich ihnen erzählen, was in den vorangegangenen Tagen geschehen war. Wie ich befürchtet hatte, brachte das die Stimmung zum Kippen. Unser fröhliches Tratschen verwandelte sich abrupt in betretenes Schweigen. Man hätte einen Floh husten gehört. Als ich mich gefasst hatte, verzog ich mich ins Schlafzimmer und rief Larry zurück. Er stimmte mit mir überein, dass Dr. Kunkel nicht eines natürlichen Todes gestorben sein konnte:

„Wir warten noch auf die Resultate der Rechtsmedizin, aber es liegt auf der Hand, dass er vergiftet wurde."

Wenn das kein Beweis war, dass auch Kunkels Kollision kein Unfall gewesen war, wollte ich Hieronymus heißen. Man hatte im Krankenhaus vollendet, was auf der Straße misslungen war. Ich bat Larry an der Sache dranzubleiben, was er ohnehin getan hätte.

Die Geschichte wurde immer bedrohlicher. Eva und mich für eine Nacht ins Land der Träume zu befördern oder Dr. Kunkel von der Straße zu drängen war eine Sache, aber das war kaltblütiger Mord. Meine Organe fühlten sich klamm an. Ich fragte mich und dies nicht zum ersten Mal, ob ich um mein Leben fürchten musste. Wenn sich dieses bizarre Spiel auf Deutschland beschränkte, hatte ich mich durch meine Heimreise in Sicherheit gebracht. Was aber, wenn nicht?

Ich kehrte ins Esszimmer zurück, wo man mit sichtlicher Besorgnis auf mich wartete. Ich hätte die beiden Frauen gern beruhigt, aber ich war selbst aufgewühlt. Ich erinnerte mich an Reinhold Niebuhrs Gebet:

„Gott, gib mir die Gelassenheit, Dinge hinzunehmen, die ich nicht ändern kann, den Mut, Dinge zu ändern, die ich ändern kann, und die Weisheit, das eine vom anderen zu unterscheiden."

Diese Weisheit hätte ich dringend gebraucht. Ich war überzeugt, dass Larry sein Bestes gab und den Fall lösen würde. Wenn nicht er, wer sonst? Aber beschützen konnte er mich nicht.

Als Olga gegangen war, räumten Barbara und ich alles weg und wuschen ab. Jeder von uns war mit seinen eigenen Gedanken befasst und wir sprachen kein Wort, bis wir nebeneinander im Bett lagen. Barbara legte ihren Kopf auf meine Schulter und fragte:

„Sei ehrlich, Ignaz, bist du in Lebensgefahr?"

„Ich weiß es nicht. Ich glaube nicht. Sie hatten genug Gelegenheiten, mir an den Kragen zu gehen, wenn sie gewollt hätten. Ich habe keine Ahnung, was vor sich geht. Aber du solltest weiterhin bei deinen Eltern wohnen. Du wärst dort sicherer."

„Nein, Ignaz, ich bleib bei dir. Jetzt erst recht."

Ich drückte Barbara fest an mich und flüsterte ihr ins Ohr:

„Ich habe dich gar nicht verdient. Ich war ein Egoist, hab dich im Stich gelassen und…"

„Hör schon auf, Dummkopf. Wir haben beide Fehler gemacht.

Nun lass gut sein. "

Da wir nicht einschlafen konnten, beschrieb ich ihr, wie ich die Monate erlebt hatte, seit sie ausgezogen war. Die paar Stunden in Evas Wohnung erwähnte ich nicht, doch gerade dieses Verheimlichen quälte mich stärker, als wenn ich Barbara die ganze Wahrheit gebeichtet hätte. Am Ende fügte ich an:

„Siehst du, Babs, die Schuld liegt klar bei mir und ich habe viel zu lange gebraucht, um zu erkennen, wie viel du mir bedeutest, wie sehr ich dich brauche. "

Ich spürte ihre Hand auf meiner Brust und ihren Atem auf meiner Wange:

„Wäre ich vollständig in meine Arbeit eingetaucht, so wie du es getan hast, dann wären wir mit der Situation zurechtgekommen. Es wäre keine tolle Zeit gewesen, aber wir hätten sie überstanden. Stattdessen habe ich mich in meine Verzweiflung hineingesteigert und bin daran zerbrochen. Schuldzuweisungen und über Vergangenes lamentieren hilft uns nicht weiter. Wir sollten einen Neubeginn versuchen. "

Nebeneinanderliegend verbrachten wir eine schlaflose Nacht. Barbara war verängstigt und auch mein Nervenkostüm war arg strapaziert. In den folgenden Tagen nahm die Biennale den größten Teil von Barbaras und Olgas Zeit und Aufmerksamkeit in Anspruch. Ich stand täglich in der Ausstellungshalle wie ein Schutzengel an Barbaras Seite. Die Gespräche mit ihr, den Besuchern und Olga, die viel Zeit an unserem Stand verbrachte, drehten sich vorwiegend um Kunst. Sie boten mir eine willkommene Ablenkung von den trüben Gedanken. Es war erquickend, zu erleben, wie Barbara aufblühte. Mit Wohlgefallen verfolgte Olga meine Bemühungen, die Kunstwelt zu verstehen. Gelegentlich honorierte sie meine Fortschritte mit einem Schmatzer mitten auf die Stirn, was mir vor den vielen Besuchern peinlich war.

Am Donnerstagnachmittag stand plötzlich Klaus Dietrich inmitten einer Besuchergruppe an unserem Stand. Ich war ins Gespräch mit Olga vertieft und nahm ihn erst wahr, als unsere Unterhaltung für einen Moment stockte. Ich weiß nicht, wie lange er schon dastand und uns beobachtete. Seine Augen sprangen zwischen Barbara, dem großen Bild hinter uns und mir hin und her. Er kam auf uns zu, grüßte erst Barbara und Olga und wandte sich schließlich mir zu:

„Dich hätte ich hier zuallerletzt erwartet, Ignaz. Seit wann interessierst du dich für Kunst?"

„Ich bin nicht als Besucher hier. Ich gehöre zum Standpersonal."

Klaus machte große Augen und lachte:

„Wie kommst du zu einem solchen Studentenjob? Also bist du doch arbeitslos. Ich bringe dich bei Ars rein, kein Problem. Ich spreche gleich morgen mit meinem Chef."

„Dies ist kein Gelegenheitsjob, Klaus. Ich unterstütze meine Frau. Das Bild, das du die längste Zeit anstarrst, ist von ihr."

„Barbara Mercanti ist deine Frau? Das ist ein Witz, oder? Du hältst mich zum Narren."

Während Barbara ein schelmisches Lächeln aufsetzte, blieb ich ernst und schüttelte den Kopf. Klaus schien es noch immer nicht zu glauben:

„Ich habe mein Interesse für Kunst mit der Muttermilch eingesogen, aber du… Heiliger Strohsack, das haut mich um."

Langsam überwand er seine Verblüffung und starrte auf Barbaras Werk:

„Beeindruckend. Das wird meinem Vater gefallen. Könnt ihr das Bild für einige Stunden reservieren?"

Nach einer knappen Stunde stand Herr Dietrich Senior, eine gepflegte Erscheinung von gut einem Meter achtzig, bereits vor dem Bild. Der Mittfünfziger im taubengrauen Doppelreiher strahlte ein weltmännisches Selbstbewusstsein aus.

Seine graumelierten, streng frisierten Haare und sein sonnen-
verwöhnter Teint verliehen ihm Erhabenheit. Er betrachtete
das Bild eingehend und je länger er das tat, umso zufriedener
wurde seine Miene. Kurzentschlossen und ohne den Versuch, um den Preis zu feilschen, kaufte er das Bild. Vater
Dietrichs Besuch dauerte eine gute Viertelstunde und wurde
zu einem rentablen Geschäft. Er unterschrieb den Kaufver-
trag für insgesamt fünf Gemälde.

Ein laues Vakuum im Magen begleitete mich durch den
restlichen Tag. Dass Klaus erneut unverhofft aufgetaucht
war, belastete meine eh schon bleiernen Gedanken zusätzlich. Dieser Bursche stand zu oft auf der Matte und er sprach
jedes Mal davon, mir eine Anstellung bei Ars Medica zu verschaffen. Zufall? Kaum. Hatte Klaus doch etwas mit Dr.
Kunkels Tod zu tun? Ich wollte es nicht glauben, aber ich
durfte es nicht a priori ausschließen.

26

Sich auf dem Sofa fläzend, blätterte Barbara am Donnerstagabend lustlos in einer Illustrierten. Ihr schlabbriger Hausdress lud dazu ein, sie an verschiedenen Körperstellen zu massieren, damit sie sich nach dem anstrengenden Tag entspannen konnte. Sie schnurrte wie ein gekraultes Kätzchen, während sich ihre Muskulatur lockerte. Nach einer Weile wirkte die Massage eher erregend als entspannend und zwar bei uns beiden. Mit harschem Knurren zerriss mein Handy den Moment. Barbara entwand sich mir, streckte ihre Hand nach meinem Smartphone auf dem Salontisch aus und reichte es mir. Missmutig nahm ich Larrys Anruf entgegen:

„Man hat den Geländewagen rund fünf Kilometer von der Unfallstelle in einem Wald gefunden."

„Den Wagen, der Kunkel gerammt hat? Hat man den Besitzer des Wagens vernommen?"

„Ja. Er hatte den Diebstahl bereits am Tag vor dem Unfall angezeigt. Das Fahrzeug war ihm aus seiner Garage gestohlen worden. Mehr scheint er nicht zu wissen."

Es nervte mich, dass ich Larry die Würmer aus der Nase ziehen musste:

„Aber im Wagen muss man doch Fingerabdrücke gefunden haben."

„Nur vom Besitzer und seiner Lebensgefährtin."

„Könnten die beiden Dreck am Stecken haben?"

„Kaum. Unterschlagung wäre bei ihm denkbar, aber Beihilfe zum Mord... eher nicht. Und die Frau ist ein Musterbeispiel an Korrektheit. Wir haben dennoch einen Hinweis auf den Unfallfahrer. Im Wagen lag eine goldene Halskette mit Anhänger neben dem Gaspedal. Sie gehört weder dem Besitzer noch seiner Gefährtin."

Ich spürte aus Larrys Stimme nicht die Leidenschaft und Entschlossenheit, die ich mir von ihm wünschte:

„Also treten wir weiterhin auf der Stelle und der Mörder lacht sich ins Fäustchen?"

Larrys Stimme blieb emotionslos:

„Tut mir leid Iggy, die Polizei und ich tun, was wir können, aber wir haben es mit Leuten zu tun, die wissen, wie man Spuren vermeidet. Seit Kunkels Tod laufen die Ermittlungen auf Hochtouren. Kommissar von Wenzenhausen denkt, dass ein enger Zusammenhang zwischen Kunkels Tod und deiner Betäubung besteht. Deshalb wird er dich vermutlich nochmals vorladen."

„Verdammt nochmal, Larry, natürlich besteht da ein Zusammenhang. Das sieht doch ein Blinder im Dunkeln. Ich kann diesem Pseudo-Columbo nicht weiterhelfen. Ich habe ihm schon alles erzählt, was ich weiß. Warum macht er nicht einfach seine Arbeit und lässt mich in Ruhe? Ich habe die Schnauze voll von dieser Geschichte. Ist es überhaupt sicher, dass Kunkel nicht an den Folgen des Autounfalls gestorben ist?"

Barbara hatte ihre Zeitschrift weggelegt und verfolgte unser Gespräch aufmerksam.

„Frau Kielstein sagte noch vor der Obduktion, Kunkel sei vergiftet worden und wie du weißt, irrt sie sich nie. Mach dir keine großen Sorgen, Iggy. Der Fall wird aufgeklärt, auch wenn es länger dauert, als dir lieb ist. Du bist nicht in Gefahr und solltest mehr Geduld und mehr Vertrauen haben."

Vielleicht hatte er recht. Vielleicht hätte er mehr Vertrauen verdient. Ich überwand mich, ihm von Klaus Dietrichs Besuch auf der Biennale zu erzählen. Er ließ sich viel Zeit für eine Reaktion:

„Mit dem Burschen stimmt definitiv etwas nicht. Man muss kein Hellseher sein, um das zu erkennen."

„Hör zu, Larry, kannst du mehr über die ganze Familie Dietrich in Erfahrung bringen, auch wenn sie in der Schweiz wohnt? Vater Dietrich hat an der Biennale innert Minuten ein Vermögen für Bilder ausgegeben. Ich habe keine Ahnung, wie er sein Geld verdient, aber es scheint etwas Lukratives zu sein."

„Klar kann ich ein Auge auf die Dietrichs werfen. Das hatte ich ohnehin schon vor. Ich halte dich auf dem Laufenden. Sei vorsichtig im Umgang mit Klaus."

Das brauchte er mir nicht zu sagen. Durch sein Auftauchen an der Biennale hatte Klaus den Bogen überspannt. Ich begann in ihm einen Wolf im Schafspelz zu sehen. Nachdem ich aufgelegt hatte, zog mich Barbara mit ernster Miene am Ärmel neben sich aufs Sofa:

„Was willst du tun, wenn die Polizei nicht vorankommt?"

„Ich weiß nicht. Vielleicht sollte ich Klaus zur Rede stellen. Was soll ich sonst tun, außer dem Kommissar zu erzählen, was er bereits weiß? Wenn ich bei Wenzenhausen antraben muss, werden wir nicht ins Tessin fahren können, wie wir geplant hatten. Dafür könnten wir ein paar Tage gemeinsam mit Olga verbringen. So würden wir das Unvermeidliche mit dem Angenehmen verbinden."

„Weich mir nicht aus, Ignaz. Was willst du tun?"

„Babs, ich bin kein Ermittler. Was ich will, ist in Ruhe gelassen werden, mit dir zusammenleben und meine Arbeit machen."

Barbara bestand darauf, ich müsse agieren, denn sie würden mich nicht in Ruhe lassen, solange sie nicht gefasst seien. Selbst wenn sie recht hatte, was hätte ich schon tun können?

Am Stand entwickelte ich mich zu einem leidlich brauchbaren Gehilfen. Ich war lernbegierig und hielt potenzielle Kunden mit Pseudofachwissen, geschickten Themenwechseln und viel Small-Talk bei Laune, während Barbara mit anderen Interessenten beschäftigt war. In einem der seltenen Momente, in denen Flaute an unserem Stand herrschte, meinte sie scherzhaft:

„Du machst dich echt gut, Ignaz. Du lernst schnell. Willst du nicht als mein Agent arbeiten?"

Ich liebe es seit jeher neue Erfahrungen zu machen, aber in diesem Fall war meine Antwort:

„Du weißt, ich springe gerne in die kalten Gewässer fremder Fachgebiete. Aber das Wasser der Sparte Kunst ist mir definitiv zu kalt. Es ist sogar von einer massiven, undurchdringlichen Eisschicht bedeckt, die mir ein Eintauchen verunmöglicht, wenn ich das so metaphorisch formulieren darf."

Meine Antwort sollte witzig sein, machte Barbara jedoch nachdenklich:

„Dafür schwimmen keine gefährlichen Haie darin herum, im Gegensatz zu den Gewässern der Pharmaindustrie."

Am letzten Tag der Kunstmesse lief nicht mehr allzu viel. Die meisten Bilder Barbaras waren verkauft. Wir hatten ein spezialisiertes Logistikunternehmen beauftragt, sie nach Messeschluss direkt an die Käufer zu liefern. Die übrigen Werke wollte Barbara gleich nach Messeschluss in ihrem klapprigen Kleinwagen ins Atelier fahren. Sie sah zufrieden aus, was sie besonders anziehend aussehen ließ. Wir hatten gute Gründe, am Abend zu feiern.

Bereits um fünf hatte sich die Halle nahezu geleert. Die Interessenten waren abgezogen. Vereinzelte Besucher schlenderten lustlos den Wänden entlang, vielleicht in der Hoffnung auf ein Last-Minute-Schnäppchen oder aus schierer Langeweile. Olga stolzierte mit einer Flasche Prosecco in der einen und drei Champagnergläsern in der anderen Hand zu unserem Stand:

„Dein Erfolg muss gebührend gefeiert werden, Barbara. Die Plastikbecher, die man den Besuchern zumutet, taugen dafür nicht. Ich habe ein paar passende Stücke aufgetrieben. "

Sie drückte jedem von uns ein schlankes Kristallglas in die Hand und stellte das dritte auf das kleine Stehtischchen, auf dem Barbaras und ihre Visitenkarten lagen. Ich fragte mich, wie sie an solche Gläser gekommen war, da ließ sie den Korken knallen, darauf bedacht, dass er nicht in Richtung der Exponate flog. Missbilligende Blicke brandmarkten uns als Flegel.

Barbara errötete wie nach einem derben Herrenwitz. Sie schleuderte Olga einen Blick wie eine Gewehrsalve entgegen und zeigte demonstrativ auf ihre Armbanduhr:

„Geht's noch, Olga? Schluss ist um sechs. "

Barbaras Vorwurf perlte am süffisanten Grienen der Galeristin ab wie Regentropfen an einer Lotusblüte:

„Für uns ist jetzt Schluss. Die paar Bilder, die noch zu haben sind, übernehme ich – abzüglich Galeristenrabatt, versteht sich. "

Barbara stand mit offenem Mund da. Dann stellte sie ihr Glas hin und umschlang Olga mit einem befreiten Lachen:

„Du verrücktes Huhn!"

Olga ergänzte:

„Du hast es verdient, Barbara. Ich wäre saudumm, die verfügbaren Werke nicht zu übernehmen. Sie werden zuhause weggehen wie warme Semmeln. Die Preise werden in den Himmel schießen!"

Von Missgunst geprägte Blicke verfolgten unsere improvisierte Feier. Ich beeilte mich, Schildchen mit der Aufschrift „*VERKAUFT*" an die Bilder zu heften, die nun Olga gehörten. In aufgeräumter Stimmung leerten wir die Flasche noch vor der offiziellen Türschließung. Bevor wir die Ausstellung verließen, rief ich in einem dem Anlass angemessenen Restaurant an und reservierte für acht Uhr einen Tisch für drei Personen.

Frisch geduscht und in unserer festlichsten Ausstattung betraten Barbara und ich das edle Restaurant des Hotel Atlantis. Endlich fand ich eine Gelegenheit, einen meiner neuen Anzüge und einen modischen Schlips zu tragen. Barbara hatte ihn mir so perfekt gebunden, als gehörte Krawattenknöpfen zu ihren täglichen Verrichtungen. Ein Kellner führte uns zu unserem Tisch in der Mitte des Lokals, nahe dem wuchtigen Kristalleuchter, der meinen Blick beim Eintreten auf sich gezogen hatte. Die weichen Farben und die runden Formen des Interieurs vermittelten ein behagliches Gefühl. Knapp die Hälfte der Tische war besetzt. Das leise, diffuse Schnarren der Gäste, die sich dezent bei Apéro oder Vorspeise unterhielten, erfüllte den Raum.

Der Kellner war ein Phänomen. Auf Grund der Eleganz und graziösen Beiläufigkeit seiner Bewegungen hätte man meinen können, seine Aufgabe bestehe darin, die Gäste mit Balletteinlagen zu unterhalten. Mit fast weiblicher Grazie schob er Barbaras Stuhl in Position. Während er auf unsere Bestellung der Getränke wartete, kredenzte er uns ein Lächeln, das keine Zweifel an seiner aufrichtigen Freude zuließ, uns zu bedienen. Wir orderten ein Wasser und warteten mit weiteren Bestellungen auf Olga.

Kaum hatte sich der Ober umgedreht, da wies Barbaras Kinn auf die Eingangstür hinter mir. Ich drehte mich um, in der Erwartung, Olga sei eigetroffen, doch mein Blick traf einmal mehr auf Klaus, den personifizierten Zufall. Er war in Begleitung einer adretten Brünette mit Löwenmähne in einem beigen Hosenanzug und hochhackigen, schwarzen Pumps. Als er uns entdeckte, trat eine unflätig aufrichtige Freude in seine Augen und er steuerte zielstrebig auf uns zu.

Er stellte uns seine Verlobte Bettina vor. Mit einem charmanten Lächeln erkundigte er sich bei Barbara, wie die Ausstellung gelaufen sei. Sein Vater sei wegen der Bilder richtiggehend aus dem Häuschen. Ich mischte mich nicht ins Gespräch ein, bis er und Bettina Anstalten machten, sich zu verabschieden. Da bat ich Klaus um ein kurzes Gespräch unter vier Augen. Ich entschuldigte uns bei den beiden Damen, bot Bettina für die nächsten paar Minuten meinen Stuhl an und ging mit Klaus auf den Parkplatz des Hotels hinaus. Dort sprach ich ohne Umschweife mein Unbehagen an:

„Hör zu Klaus, wir sind uns in letzter Zeit etwas zu häufig über den Weg gelaufen. Das kann nicht zufällig gewesen sein. Langsam geht es mir gehörig auf den Geist, dass du mich ständig verfolgst. Ich will jetzt wissen, warum."

Klaus schaute aus der Wäsche, als hätte ich ihn grundlos ans Schienbein getreten.

„Aber Ignaz, ich verfolge dich doch nicht. Es stimmt, dass wir uns oft begegnet sind, aber ich hatte es nie geplant. Ist es nicht naheliegend, dass man sich häufig begegnet, wenn man in derselben Branche tätig ist und in derselben Gegend wohnt? Ich sehe in diesen Begegnungen bestenfalls ein positives Omen."

Dieser letzte Satz gab mir den Rest. Ich konnte einen garstigen, aggressiven Unterton in meiner Stimme nicht unterdrücken:

„Spiel keine Spielchen mit mir, Klaus! Ich bin nicht blöd. Ich weiß, wie weit Zufälle gehen können. Sei jetzt bitte ehrlich. Was willst du von mir? Schleich nicht wie die Katze um den heißen Brei. Also was?"

Klaus raffte seine Stirn in Falten. Seine Augen weiteten sich und er breitete seine Arme aus. Die schwarze Fliege an seinem Hals machte einen kleinen Hüpfer:

„Aber Ignaz, ich bin immer aufrichtig zu dir. Ich habe keinen

Anlass dir irgendwelche Bären aufzubinden und ich verstehe deine Auf-
regung nicht. Bei allem, was mir heilig ist, schwöre ich dir, dass ich kei-
nen der Treffen geplant habe. Was soll dieser Aufstand überhaupt?"

Klaus' Worte kamen so unschuldig und ehrlich daher,
dass sie mich verunsicherten. Entgegen Larrys Warnung berichtete ich Klaus in Kurzform von den Vorfällen der vergangenen Tage. Am Ende hatte seine Haut die Farbe von ge-
bleichtem Bienenwachs:

„Meine Güte, Ignaz, das ist ja grauenhaft. Jetzt versteh ich dein
Unbehagen. Und die Polizei kommt nicht weiter? Wenn ich etwas für
dich tun kann... du weißt ja, ich mach's gern. Ganz ehrlich, Ignaz, ich
habe nichts damit zu tun."

Was ein klärendes Gespräch hätte werden sollen, ließ
mich mit mehr Fragen als Antworten zurück. Ich wusste
nicht, wer recht hatte, Klaus oder die Wahrscheinlichkeits-
mathematik.

Olga und Barbara unterhielten sich angeregt bei einem
Glas Prosecco. Sie hatten Bettina in ihre Konversation ein-
gebunden. Eine Proseccoflasche steckte mit der Öffnung
nach unten im Eiskübel. Entweder hatte meine vertrauliche
Aussprache länger gedauert als mir bewusst war oder meine
beiden Begleiterinnen hatten mit dem Schaumwein kurzen
Prozess gemacht. Barbara reagierte etwas angesäuert auf meinen langen Blick zur leeren Flasche:

„Was zum Teufel habt ihr da draußen die längste Zeit getrie-
ben?"

Ich verspürte nicht die geringste Lust, mich vor den Anwesenden zu rechtfertigen. Mit einem Augenzwinkern versuchte ich, das Thema vom Tisch zu wischen:

„Männergeschichten."

Bettina ergänzte vorwitzig:

„Wenn Männer einen Rock sehen..."

Im allgemeinen Gelächter ging Barbaras Unmut unter. Klaus und Bettina verabschiedeten sich und folgten dem Kellner im Gänsemarsch zu ihrem Tisch am Fenster. Bettina hinterließ einen pudrig-fruchtigen Duft. Die beiden Frauen an meinem Tisch hielten sich während des Essens auch mit dem Châteauneuf-du-Pape nicht zurück. Als der Kaffee serviert wurde, waren sie aufgehellter Laune, um nicht zu sagen, leicht angesäuselt. Frauen entwickeln oft eine beängstigende Unternehmungslust, wenn sie beschwipst sind. Wie ein Schaf zur Schur führten mich die beiden nach dem Essen in einen Club, der von einem Hörgerätehersteller gesponsert sein musste. Die Musik war hochgradig gehörschädigend und die Bässe erzeugten einen Anflug von Übelkeit. Für einen solchen Mist war ich mindestens zwanzig Jahre zu alt, aber gegen die beiden aufgekratzten Weiber war kein Kraut gewachsen. Zu ihrem königlichen Gaudi, musste ich mich auch noch auf der Tanzfläche zum Narren machen. Glücklicherweise fand auch dieser Exkurs, wie alles auf der Welt, ein Ende. Als wir den Nachtclub endlich verließen, alberten die beiden wie übermütige Schulmädchen herum. Barbara lallte:

„Jetzt wo dieser Entwicklungsleiter tot ist, wird Ignaz nochmals auf dem Kommissariat aussagen müssen. Ist es dir recht, wenn ich mitgehe und wir ein paar Tage mit dir verbringen?"

Olga schien noch betrunkener als Barbara zu sein. Sie stützte sich auf meine Schulter, um nicht aus dem Gleichgewicht zu geraten und blabberte:

„Ich würr mich freun. Ihr seid meine allbesten Freunde un ich könnt euch ein innressantes Projekt zeign. Ich hoff, dass ich es dann ferrig hab. Und währd wir übers Geschäft schwafeln, kann Ignaz Eva Balan besuchn. Er weiß ja, wo sie wohnt."

Barbara stimmte in ihr schallendes Gelächter ein. Mir war alles andere als nach Lachen zumute. Was für eine Scheiße verzapfte dieses besoffene Weibsbild bloß? Wollte uns diese blöde Ziege auseinanderbringen? Ich versuchte, meine Betroffenheit zu überspielen, während mir das Herz bis zum Hals schlug. Ein Zucken auf Olgas Gesicht verriet mir, dass sie das Fettnäpfchen entdeckt hatte, in das sie getreten war. Ihr Gelächter verebbte, während Barbara unbeirrt weiterlachte und lallte:

„Vielleicht offeriert sie ihm wieder ein Glas Champagner."

27

Der Montag begann beschissen. Die meisten Leute waren bereits auf dem Weg zu ihrer Arbeit, als ich total gerädert in die Federn kam. In meinem Blut war mehr Alkohol, als für mich gut sein konnte. Das Ausziehen und die Abendtoilette dauerten länger als üblich. Die Zahnpasta hatte ihren Geschmack verloren. Die körperliche Schinderei auf der Tanzfläche hatte mir stärker zugesetzt, als ich zuzugeben bereit war. Ich nahm mir vor, nie mehr so viel zu trinken, regelmäßig zu joggen und das Tanzen künftig zu scheuen wie der Teufel das Weihwasser. Die wenigen Stunden im Bett verbrachte ich schlaflos. Die Horrorvision, was Olgas Bemerkung angerichtet hätte, wenn Barbara nüchtern gewesen wäre, steckte mir in den Knochen. Es hätte der Todesstoß unserer Ehe sein können. Olga musste von Bianchi erfahren haben, dass ich in Evas Wohnung gewesen war und die Bemerkung, ich wisse, wo sie wohnt, war ihr nur deshalb herausgerutscht, weil sie sturzbesoffen war. Ich konnte es ihr also nicht einmal übelnehmen.

Verpeilt wie ein angeschlagener Boxer versuchte ich, zu ergründen, ob das Brummen nur in meinem Schädel steckte oder auch von außerhalb kam. Barbara lag in unerschütterlichem Tiefschlaf neben mir. Einige hauchdünne Sonnenstrahlen zwängten sich durch die schweren Damastvorhänge und zeichneten helle Punkte an die Wand. Das leuchtende Display meines Handys bestätigte, dass es nicht nur in meinem Kopf wummerte. Ich griff nach dem Gerät und wankte damit aus dem Schlafzimmer. Meine Stimme klang wie das Scharnier eines alten Scheunentors, als ich mich meldete. Larry tönte so aufgekratzt, als wäre er seit Stunden wach, was er vermutlich auch war:

„Die Ermittlungen kommen langsam in Fahrt, Iggy. Wir haben

neue Erkenntnisse."

Da ich mich wie ein zuschanden gerittenes Pferd mit Hirnblutung fühlte, trat ich auf die Bremse:

„Langsam, Larry, ich habe einen Kater, so groß wie ein Löwe. Können wir nicht später telefonieren? Ich bin…"

„Jetzt komm schon Iggy. Es gibt tolle Neuigkeiten. Sie werden dich aufmuntern."

Jeder seiner Vokale erzeugte eine kleine elektrische Entladung mit Funkenschlag in meinem Schädel. Ich stöhnte nur und ließ es geschehen, denn zuzuhören war einfacher als dagegenzuhalten.

„Vor Jahren wurde ein Mann verhaftet, der die gleiche Halskette trug, wie jene, die im Geländewagen gefunden wurde. Jetzt durchkämmt der Beamte, der damals die Verhaftung vornahm, die Verbrecherkartei, um den Mann zu identifizieren."

„Und wie lange kann es dauern, bis er fündig wird?"

„Minuten, Stunden, Tage, Wochen, wer weiß? Wenn wir Pech haben, findet er gar nichts."

Larry schien das Kratzen in meiner Stimme nicht zu stören, aber mir verursachte sie eine Gänsehaut:

„Herrgott, Larry, wegen dieser Bagatelle reißt du mich aus dem Schlaf?"

„Komm schon, Iggy. Der Tag ist nicht mehr so jung und das ist nicht die einzige Neuigkeit. Im Krankenhaus ist einer Pflegerin ein Mann aufgefallen, der kurz vor Kunkels Tod aus dessen Zimmer kam. Sie behauptet, ihm angesehen zu haben, dass er kein Angehöriger war. Klingt metaphysisch, ich weiß. Fest steht, dass er nicht zum Spitalpersonal gehört. Gemäß ihrer Beschreibung hat der Mann auffallend breite Schultern, ist über einen Meter fünfundachtzig groß und kräftig gebaut. Er trägt einen hellblonden Bürstenschnitt und die Zeugin schätzt ihn auf knapp unter vierzig. Er hat ein kantiges Gesicht mit markanten Wangenknochen. Seine Augen konnte sie nicht sehen, da er eine dunkle

242

Brille trug. Ich muss schon sagen, die Frau hat entweder eine verdammt gute Beobachtungsgabe oder eine blühende Fantasie. Sagt dir ihre Beschreibung etwas, Iggy?"

Mir war, als spreche Larry rascher, texanischer und undeutlicher als sonst, aber es lag wohl eher an meiner reduzierten Aufnahmefähigkeit. Mein Gehirn war noch von nächtlichen, alkoholgetränkten Spinnweben verkleistert. Ich gab ein kratzendes „*Nein*" von mir. Wahrscheinlich hätte ich in meiner Verfassung seine Frage selbst bei einer treffenden Beschreibung meiner Mutter nicht bejaht. Um dem verdorbenen Morgen die Krone aufzusetzen, eröffnete mir Larry:

„By the way, Iggy, es ist ein Brief von Wenzenhausen an dich unterwegs. Er bittet dich informell, ihm bei der Klärung einiger Fragen zu helfen. Ich rate dir, der Einladung zu folgen, denn sonst folgt eine amtliche Vorladung."

Damit ging mein Plan endgültig den Bach runter, in diesem Herbst mit Barbara von Maggia nach Someo zu wandern. Meine These, Gebete würden selten erhört und Murphy sei ein sturer Bock, bestätigte sich hiermit einmal mehr. Informell oder nicht, ich musste wohl hin. Die Vorstellung, im stickigen Kommissariat zu sitzen, anstatt mit meiner Frau unter der Spätsommersonne Hängebrücken zu überqueren und in der kühlen Maggia zu baden, war ernüchternd. Genervt krächzte ich:

„Ok Larry, sag den Spezis, dass ich komme."

„Wach endlich auf, Iggy. Du weißt offiziell nichts davon. Also halt still, bis der Brief kommt und gib dem Kommissar dann selber Bescheid. Hast du dir übrigens überlegt, ob du bei dieser Gelegenheit bei Eva vorbeischauen willst?"

Larrys letzter Satz und sein Kichern nervten. Es gibt Scherze, die für die einen lustig, für andere aber völlig daneben sind und dieser gehörte eindeutig in diese Kategorie. Ein Geräusch aus dem Schlafzimmer hielt mich von einer spitzen

Bemerkung zu Larrys Hänselei ab. Barbaras betörende Schlafzimmeraugen erschienen just in dem Augenblick im Türspalt, als ich das Telefon weglegte. Bei ihrem Anblick packte mich die Vorfreude auf unsere gemeinsame Reise, auch wenn sie nicht ins Sopraceneri, sondern nach Deutschland führte. Wir hatten vieles nachzuholen. Während die Kaffeemaschine ihren allmorgendlichen Gesang von sich gab, erwischte mich Barbaras Frage eiskalt:

„Olga hat gestern Abend eine Bemerkung gemacht, die… Sie sagte etwas wie… du wüsstest wo Eva Balan wohnt. Was meinte sie damit? Warst du etwa bei dieser Frau zuhause?"

Eine Kaulquappe schwoll in meinem Hals zu einer ausgewachsenen Kröte an und in meinen Ohren stieg die Temperatur um einige Grad – klare Indizien, dass mein Gesicht wie eine Laterne leuchtete. Wie hätte ich da lügen können?

„Ja, ich war bei ihr. Sie war völlig aufgelöst, weil sie ihre Stelle verloren hatte und ich habe versucht, sie zu trösten."

„Und dafür musstest du zu ihr nach Hause? Und wie hast du sie getröstet, wenn ich fragen darf?"

Ihr Tonfall wurde provokant und scharf wie ein Filettiermesser. Ich sah mich ungebremst ins Verderben stürzen und versuchte zu retten, was zu retten war:

„Ich habe sie aufgemuntert, während sie für uns beide kochte. Ich habe ihr klargemacht, dass sie auch mit einer anderen Tätigkeit glücklich werden kann."

Barbara schleuderte mir einen Peitschenschlag von Blick entgegen:

„Aha, Aufmuntern heißt das neuerdings."

Mit zusammengepressten Lippen stand sie auf und verschwand im Schlafzimmer, bevor ich den Mund aufmachen konnte. Nach wenigen Minuten kam sie angezogen und mit einer Reisetasche in der Hand heraus. Während sie ihren Regenmantel überzog, rief ich verzweifelt:

„Es war nicht, wie du denkst!"

Sie strafte mich mit Nichtbeachtung, knallte die Wohnungstür hinter sich zu und ließ nichts als einen Rest ihres Dufts zurück. Ich fühlte einen Säbel in den Eingeweiden und begann zu heulen wie ein ganzes Wolfsrudel. Ich konnte nicht verstehen, warum das Leben so grausam sein musste.

Alex, unser Freund und Nachbar, rief an. Ich schniefte und räusperte mich, bevor ich seinen Anruf entgegennahm, aber er ließ sich bezüglich meiner Gemütslage nicht täuschen. Keine fünf Minuten später läutete er an meiner Wohnungstür. Mit nichts als einer Unterhose am Körper öffnete ich ihm und er schlang mir gleich die Arme um den Hals:

„Ignaz, was zur Hölle ist los? Du siehst ja aus wie ein Zombie."

Ich wischte mir die Tränen aus dem Gesicht:

„Ich fühle mich auch so. Barbara hat mich verlassen."

Seine Reaktion bestand in einem verständnislosen Blick. Ich erklärte ihm, dass wir seit einigen Tagen wieder zusammen waren, dass Barbara vor einer guten Stunde zur Wohnung hinausgestürmt war und dass ich fürchtete, sie käme nie mehr zurück. Er wollte wissen, was der Grund unseres Streits gewesen war. Ich schüttelte den Kopf:

„Wir hatten keinen Streit. Sie hat wortlos ihre Tasche gepackt und ist gegangen."

Alex versuchte, mich zu trösten und auszuhorchen. Er hätte wahrscheinlich so lange gebohrt, bis ich ihm alles erzählt hätte, aber er hatte einen Termin, den er nicht verpassen durfte. Im Gehen warf er mir noch ein paar Sätze zu, und war dann weg, bevor ich reagieren konnte:

„Hör zu, Ignaz, ich habe dich vorhin angerufen, um dich zum

Abendessen einzuladen. Wir haben uns eine Ewigkeit nicht gesehen und Rebecca will uns etwas Feines kochen. Ich akzeptiere kein Nein. Um sieben bei uns. Sei bitte pünktlich. Und lass dich um Gottes Willen nicht hängen!"

Er empfing mich zur vereinbarten Zeit an seiner Wohnungstür mit einem Lächeln, das seine beiden Grübchen betonte. Ich hörte Rebecca in der Küche hantieren. Schon in der Diele nahm ich einen Geruch wahr, der mir das Wasser im Mund zusammentrieb. Alex deutete eine Verbeugung an:

„Willkommen in unserer bescheidenen Bleibe. Bitte entschuldige, dass ich heute so überstürzt gehen musste."

Ich ging in die Küche und küsste Rebecca auf die Wangen. Sie lächelte und scheuchte mich gleich wieder ins Wohnzimmer, wo mir Alex einen Campari entgegenstreckte:

„Orangensaft, Soda, Tonic?"

Ich schüttelte den Kopf, hielt meine Hand über das Glas und setzte mich in einen Lehnsessel. Alex meinte:

„Es geht dir nicht allzu gut, oder?"

Ich schloss kurz die Augen, schob meine Brille zurecht, seufzte und lehnte mich zurück. Alex nickte:

„Ist nicht zu übersehen. Lass uns beim Essen darüber sprechen. Es gibt für alles eine Lösung."

Ich senkte den Kopf:

„Ich fürchte, diesmal nicht."

Obwohl ich es hätte tun sollen, war es Alex, der sich dafür entschuldigte, dass wir uns so lange nicht gesehen hatten. Er meinte, das gehöre sich nicht für gute Freunde. Gegen zwanzig nach sieben klingelte es. Alex ging zur Wohnungstür und ich vernahm ein Gemurmel aus dem Eingangsbereich. Plötzlich stand Barbara im Wohnzimmer, Alex dicht hinter ihr. Ihr Blick sank auf den thermischen Nullpunkt, als sie mich erblickte. Ihre Sehnen spannten sich wie Violinsaiten und sie wandte sich abrupt zum Gehen um. Ihre Schultern prallten gegen Alex' Hände, die sie sanft zurückhielten:

„Bitte, Barbara, bleib. Rebecca und mir zuliebe. "

Als hätte ihr ein Geist die Energie aus dem Leib gesogen, fiel ihre Körperspannung in sich zusammen und sie klammerte sich kraftlos an Alex, der ihr etwas ins Ohr flüsterte. Dann verschwand sie in die Küche, ohne mich eines Worts oder Blicks zu würdigen.

Als Rebecca das Essen servierte, setzte sich Barbara mit unverhohlenem Widerwillen an den ihr zugewiesenen Platz mir gegenüber. Sie vermied den Blickkontakt mit mir. Während des Essens versuchten unsere Gastgeber vergeblich, ein Gespräch in Gang zu bringen. Barbara und ich aßen und blieben einsilbig. Als Rebecca den Kaffee servierte, fasste sich Alex ein Herz:

„Rebecca und ich können nicht tatenlos zuschauen, wie ihr euch selbst fertigmacht. Ihr seid das Traumpaar schlechthin. In jedem Märchen kommt der schwierige Moment, der für Spannung sorgt, aber was immer das Problem ist, es findet sich eine Lösung die zum Happy End führt. Ich sehe euch als Märchenfiguren, die bestimmt nicht in ein Drama passen. Ihr wisst ja selbst, wie schmerzhaft eine Trennung ist. Und sie löst keine Probleme, sie schafft nur neue. Barbara, du kannst nicht bei der kleinsten Unstimmigkeit die Flinte ins Korn werfen. "

Barbara löste ihre zusammengepressten Lippen und ihre Worte schnitten wie Rasierklingen:

„Und fällt Fremdgehen bei dir vielleicht in die Rubrik «kleine Unstimmigkeiten»?"

Die ungläubigen Augen unserer Gastgeber schwenkten zu mir. Mir fiel nichts Besseres ein als:

„So einfach ist das nicht… "

Jetzt richtete auch Barbara ihre Augen auf mich und ihr

Blick war nahe dran, mich wie ein Laserstrahl zu durchbohren:

„Hast du sie gevögelt oder nicht?"

„Ich will diese Frage nicht mit ja oder nein beantworten."

„Dann nicke einfach und schleich dich, du elender Hurenbock!"

Alex hob beschwichtigend seine Hand:

„Bitte, Barbara. Ich verstehe deine Gemütslage, aber Kraftausdrücke und blinde Beschuldigungen bringen uns nicht weiter. Sollten wir Ignaz nicht die Chance geben, sich zu rechtfertigen?"

Barbara schnaubte, presste nochmals die Lippen zusammen, bis sie blass wurden und murmelte:

„Denkst du wirklich, dass mich seine schmutzigen Details interessieren? Aber gut, soll er eben erzählen."

„Das sind zwar Dinge, die ich lieber unter vier Augen besprechen würde. Wenn das jedoch der einzige Weg ist, dass du mir zuhörst, Barbara, dann sei's drum. Ich muss allerdings weit ausholen, damit auch Rebecca und Alex verstehen."

Dadurch, dass ich unseren Gastgebern ein umfassendes Bild der vergangenen Monate vermittelte, gab ich Barbara Zeit, sich zu beruhigen. Ich eröffnete meine Erzählung mit dem schicksalhaften Traum und führte die Geschehnisse detailliert aus. Ich hoffte, dass sie jetzt nachvollziehen konnten, weshalb ich meine Dozentenstelle aufgegeben und mich in das alte Fabrikgebäude zurückgezogen hatte. Ich berichtete von den Tagen und Nächten, die ich im Labor verbrachte und die dazu führten, dass mich Barbara verließ. Rebecca und Alex hörten mir konsterniert zu. Wahrscheinlich wurde ihnen erst jetzt bewusst, weshalb wir den Kontakt zu ihnen verloren hatten und dass mich Barbara im Frust und nicht im Streit verlassen hatte. Barbara starrte trotzig eine Handbreit an mir vorbei aus dem Fenster. Ich erzählte von meinen Versuchen einen Investor zu finden. Ich fürchtete, Barbara würde mich irgendwann unterbrechen und beschuldigen, vom Thema abzulenken, doch sie saß so regungslos da, als würde sie meditieren.

Wahrheitsgetreu beschrieb ich, wie ich Eva in bester Absicht in ihre Wohnung begleitet hatte, wie sie mich dort überrumpelte, meinen Widerstand brach und wie wir am Ende im Streit auseinandergingen. Ich gab zu, mich für meine Schwäche in Grund und Boden zu schämen. All das zu erzählen, kostete mich viel Überwindung, aber am Ende war ich erleichtert, dass es raus war. Es folgte eine andächtige Stille, die das Surren einer Fliege hörbar machte. Dann wandte sich Alex an Barbara:

„Ich weiß nicht, wie ich mich bei dieser Balan verhalten hätte. Ignaz klingt für mich glaubwürdig, wenn er sagt, er habe ernsthaft versucht zu widerstehen. Natürlich ist das schmerzhaft, Barbara, aber er hat dagegen angekämpft und er bereut, was geschehen ist. Jetzt braucht er dich mehr denn je. Wer weiß, wozu diese Typen noch fähig sind."

Rebecca ergänzte:

„Stemm dich nicht dagegen, Barbara. Du kannst deine Liebe zu Ignaz nicht verbergen. Und wenn du ihn liebst, musst du auch bereit sein, ihm zu verzeihen."

Es war herzerwärmend, wie sich unsere Freunde um uns bemühten. Alex hatte Barbara genötigt, mir zuzuhören und auch Rebecca setzte sich für unsere Versöhnung ein. Meine Zuversicht wuchs, dass mir Barbara irgendwann verzeihen könnte. Es würde ein langsamer Prozess und er ließ sich nicht beschleunigen.

Vermutlich spürte Alex, dass es Zeit war, das Thema zu wechseln:

„In der pharmazeutischen Industrie brodelt es generell. Was ich von meinen Kollegen höre, ist haarsträubend. Es kommen immer neue Fälle unsauberer Machenschaften ans Licht. Kartell- und Patentgesetze werden mit Füßen getreten. Ethik ist in weiten Teilen der Branche zur

leeren Worthülse verkommen. Viel zu lange konnten Pharmamultis unbeobachtet mauscheln. Jetzt, wo Behörden und Medien genauer hinschauen, treten fast täglich neue Skandale zutage. Das aktuellste Beispiel ist eine illegale Wirksamkeitsstudie an Menschen. In vielen Pharmafirmen arbeiten mehr Rechtsanwälte als Entwickler. Aber dass Kunkel im Auftrag eines Pharmaunternehmens kaltblütig umgebracht wurde, kann ich mir nicht vorstellen. Es wäre eine neue Stufe krimineller Gewissenlosigkeit."

Ich nickte, nahm meine Brille ab und putzte die Gläser, während ich überlegte, wie groß der Schritt vom Missbrauch bedürftiger Menschen als Laborratten zu einem Auftragsmord sein konnte:

„Wenn ich einen Weg finde, mein Projekt zu realisieren und die daraus resultierenden Produkte zu patentieren, könnte es das Ende der Firmen bedeuten, die keinen Zugang zu meiner Technologie haben. Meine Produkte wären so überlegen, dass sie ihre lukrativsten Medikamente vollständig ersetzen würden. Im Kampf, um ihr nacktes Überleben, könnte es soweit kommen, dass sie sich weder um Gesetze noch um Absprachen scheren würden, jede Hemmung verlieren und..."

Meine Aussage stimmte alle nachdenklich. Alex fragte:

„Könnten deine Medikamente tatsächlich...?"

„Würden diese Leute mein Konzept nicht als reelle Gefahr für ihr Geschäft sehen, dann hätte es die tragischen Vorfälle der letzten Zeit wohl nicht gegeben."

Die angeregte Diskussion fand vorwiegend zwischen mir und Alex statt. Rebecca trug wenig dazu bei und Barbara schwieg. Beim ersten Tageslicht mussten wir feststellen, dass uns die Nacht entglitten war. Auf dem Tisch standen drei leere Flaschen und vier leere Weingläser. Rebecca wehrte unsere Versuche ab, uns beim Abräumen und Abwaschen nützlich zu machen. Alex ließ Barbara und mich nicht ziehen, bis wir beide versprochen hatten, gemeinsam nach Hause zu gehen und dort zu übernachten. Auf dem Heimweg schwiegen wir. Ich tat es aus Angst, das zarte und zerbrechliche Netz zu zerstören, das unsere Freunde zwischen uns gesponnen hatten. Zuhause holte ich wortlos Kissen und Decke aus dem Schlafzimmer und machte es mir auf dem Sofa so gemütlich, es ging.

28

Ich mag eine Stunde, versunken in trüben Gedanken, dagelegen haben, als ein fahler Lichtschein vom Schlafzimmer den Weg zu mir fand und ich nackte Füße über das Holzparkett trippeln hörte. Ich setzte mich auf:

„Was ist los, Babs? Kannst du nicht schlafen?"

Barbaras Stimme klang dünn und heiser:

„Ich habe Angst und ich friere. Ich glaube, Alex hat recht. Jemand sollte bei dir sein. Komm ins Bett."

Das ließ ich mir nicht zwei Mal sagen. Ich packte das Bettzeug und folgte ihr ins Schlafzimmer. Als sie in der Tür stand, blickte sie über die Schulter zurück:

„Aber bleib mir von Leib!"

Jeder lag auf seiner Seite und starrte ins Dunkle der Nacht, bis Barbara an meine Seite rutschte und ihren Kopf auf meine Schulter legte:

„Ich war zu hart zu dir. Du hättest mehr Verständnis verdient."

„Es hätte nicht passieren dürfen. Ein Mann muss die Stärke haben, sein Nein durchzusetzen."

„Ich werde dich nach Deutschland begleiten."

Einige Stunden später war ich unterwegs zum Quartierladen. Barbara kümmerte sich währenddessen um die Buchung der Flüge und des Hotels. Ich wollte frisches Gebäck, etwas Obst, Eier, Wurst und Käse für unseren Brunch einkaufen. Der erste zarte Nebel des Jahres hatte die Gassen in ein diffuses Licht getaucht. Die Luft war frisch und verströmte diesen Duft nach Ruhe, den ich am Frühherbst liebe. Als ich Klaus auf offener Straße auf mich zukommen sah, drohte mir der Kragen zu platzen. Ich holte Luft, doch er ließ mich gar nicht erst zu Wort kommen:

„Ich muss dringend mit dir reden, Ignaz. Es dauert nicht lange."

Ich spürte, dass bei ihm ein innerer Damm gebrochen war und er sich dringend etwas von der Seele reden musste. Ich war mehr als bereit, mich auf ein Gespräch mit ihm einzulassen:

„Am besten kommst du mit einkaufen, suchst dir aus, was du magst und frühstückst mit Barbara und mir."

Klaus nickte, obwohl ihm anzusehen war, dass er sich lieber gleich in ein Café gesetzt hätte, um loszuwerden, was ihn bedrückte. Nach einigen Schritten hauchte er:

„Danke, Ignaz."

Während ich den Einkaufskorb füllte, trat er ständig von einem Fuß auf den anderen und fummelte an seiner Kleidung herum. Seine Lider zuckten, als störte ihn eine lose Wimper. Wie unter Strom verfolgte er, wie ich an der Theke Brötchen bestellte. Das Telefon hinter der Theke schrillte, die Verkäuferin entschuldigte sich und nahm ab. Das löste in mir die Befürchtung aus, Barbara könnte es nicht recht sein, wenn ich Klaus mit nach Hause brachte. Sie kannte ihn nur flüchtig und hatte wenig Grund, sich auf seinen Besuch zu freuen. Mit einem Anruf gab ich ihr die Chance, entweder ihr Veto gegen Klaus' Besuch einzulegen oder aus ihrem Morgenrock zu schlüpfen und sich etwas Passenderes anzuziehen. Ich wusste, welch großen Wert sie auf ihr Erscheinungsbild legte, wenn sie Gäste empfing.

Als Klaus und ich eintraten, stellte ich befriedigt fest, dass Barbara die Zeit nicht ungenutzt hatte verstreichen lassen. Sie hatte sich zurechtgemacht, als wollte sie ausgehen und empfing unseren Gast herzlich. Der Tisch war gefällig für drei Personen gedeckt. Während ich das frische Gebäck in den Brotkorb legte und die übrigen Einkäufe auf dem Tisch verteilte, rutschte Klaus auf seiner Sitzfläche herum, als säße er auf brennenden Hämorrhoiden. Barbara stellte jedem eine Tasse mit dampfendem Kaffee hin. Ich forderte Klaus auf, sich zu bedienen, doch er schluckte nur leer und schüttelte den Kopf. Es lag mir fern, ihn länger leiden zu sehen:

„Also, Klaus, was zum Teufel brennt dir auf der Zunge?"

Er blieb stumm und schluckte abermals leer. Seine Augen tanzten unsicher zwischen Barbara und mir hin und her. Offenbar störte ihn Barbaras Anwesenheit. Ich versuchte, ihn zu ermuntern:

„Hör zu, Klaus, ich habe keine Geheimnisse vor Barbara. Wenn du also etwas zu sagen hast, dann raus damit!"

Barbara unterstrich meine Worte durch ein angedeutetes Nicken, doch Klaus zierte sich und polierte die Sitzfläche des Stuhls mit seinem Hintern. Ich war nicht bereit, vom Frühstückstisch aufzustehen, um mit ihm ein Gespräch unter vier Augen zu führen:

„Hör zu, Klaus, wenn du nur gekommen bist, um mit uns zu frühstücken, dann iss und schweig meinetwegen, aber wenn du etwas sagen willst, dann sag es jetzt und hier!"

Seine Lider flackerten und seine Finger wanden sich umeinander wie eine Schlangenbrut in ihrem Nest. Sein Blick sprang von mir zu Barbara und zurück. Meine Geduld war aufgebraucht. Ich schaute ihn scharf an und machte eine auffordernde Geste, worauf Klaus seine heiße Kaffeetasse umklammerte, als müsste er sich daran festhalten. Dann begann er zögerlich und in abgehackten Sätzen zu erzählen:

„Es geht um meinen neuen Chef, Dr. Leopold Hasenfraz. Etwas stimmt nicht mit ihm. Mich plagen gewisse Zweifel jeden Tag stärker. Darüber wollte ich mit dir reden. Kaum dass ihn DATS gefeuert hatte, saß er bei uns als Leiter einer neu gegründeten Division. Von einem Tag zum nächsten wurden Forscher, unter andrem ich, in die Division von Hasenfraz versetzt. Ich kann mir nicht erklären, weshalb ihn Ars

Medica eingestellt hat. Er ist eine fachliche Niete mit den Führungs-
qualitäten einer Labormaus. Es kursiert das Gerücht, dass er bei
DATS seine Kündigung provoziert hat, damit er zu uns wechseln
konnte, ohne juristisch belangt zu werden. Du weißt ja, dass die Kon-
kurrenzklausel erlischt, wenn der Arbeitgeber kündigt. Die Ars hat
weiß Gott genügend potenzielle Führungskräfte, die seine Stelle viel
kompetenter besetzen könnten. Hast du eine Erklärung, warum man
ausgerechnet Hasenfraz geholt hat? Da ist doch etwas nicht ganz ko-
scher. Verstehst du, dass mich das beschäftigt?"

Mit jedem Satz schwand Klaus' Befangenheit etwas
mehr. Barbaras Anwesenheit hemmte ihn kaum noch, aber
seine Hände umklammerten weiterhin die heiße Tasse, als
hätte er keine Wärmerezeptoren in den Fingern. Wenn Klaus'
Vermutungen zutrafen, war etwas an dieser Geschichte tatsächlich so faul wie letztjähriges Fallobst. Ich griff zum Topf
mit dem Akazienhonig, beträufelte damit meinen Gorgon-
zola und hörte ihm weiter zu:

„Ich vermute, dass Hasenfraz eingestellt wurde, weil er die Ars
entweder erpresst oder bestochen hat."

Das klang in meinen Ohren reichlich abenteuerlich:

„Trägst du nicht etwas dick auf, Klaus? Dass er sich rausschmei-
ßen lässt, um seinen Vertrag außer Kraft zu setzen, mag ich ja noch
glauben, aber Erpressung…"

„Wenn Hasenfraz etwas kann, dann ist es, sich gut zu verkau-
fen. Wenn er redet, meinst du, das Genie des Jahrhunderts steht vor dir,
aber niemand, der hinter die Fassade blickt, würde ihm eine Führungs-
position anvertrauen. Vielleicht hast du eine plausible Erklärung, wa-
rum er eingestellt wurde."

Klaus wirkte plötzlich schlaff wie ein geplatzter Luft-
ballon. Er trank einen Schluck Kaffee und fuhr dann weiter:

„Weißt du, was ich denke? Es klingt vielleicht meschugge, aber
ich vermute, er hat deine Idee als seine eigene verkauft. Ich habe keine
Ahnung, wie viel er über deine Arbeit weiß, aber er bringt es fertig, eine

Maus als Elefantenbaby zu verkaufen. Dein Projekt könnte seine Eintrittskarte gewesen sein. Bin ich reif fürs Irrenhaus oder hältst du es für realistisch, dass er… Du weißt schon."

Ich schüttelte den Kopf:

„Ausgeschlossen. Er kann nicht mehr über mein Projekt wissen, als ich ihm bei DATS präsentiert habe und damit gewinnt er keinen Blumentopf."

Klaus' Spekulationen gaben mir dennoch zu denken. Konnte Hasenfraz etwas mit meiner Betäubung, den Drohbriefen, Kunkels Kollision und seinem Tod zu tun haben? Klaus nippte an der Tasse und unterbrach meine Gedanken:

„Du hattest recht, es waren keine zufälligen Begegnungen, wenn ich dir in den vergangenen Wochen über den Weg lief. Hasenfraz hatte es eingefädelt. Er gab mir einige Tage frei und überließ mir ein Flugticket und eine Hotelreservation, die er angeblich nicht stornieren konnte. Und welch Zufall! Es war jenes Hotel in Deutschland, in dem du eingecheckt hattest. Es wundert mich, dass wir uns nicht öfter begegnet sind. Ich fand es seltsam, dass Hasenfraz die Reise ausgerechnet mir überließ, wo ich ihm doch nicht besonders nahestehe. Aber ich dachte nicht weiter darüber nach. Selbst als er mir später, angeblich wegen besonderer Leistungen, eine Eintrittskarte für die Biennale gab, nahm ich an, er sei einfach eine spendable Natur. Spätestens als er mir zur Verlobung ein Abendessen im Nobelrestaurant des Atlantis spendierte, hätte ich den Braten riechen sollen, aber mir fehlte es an Argwohn. Erst als du mich wegen unserer häufigen Begegnungen zur Rede stelltest und ich vom Verkehrsunfall und späteren Tod des Forschungsleiters von M&S erfuhr, kam ich ins Grübeln. Ich erkannte, dass sich Hasenfraz ab dem Moment großzügig gab, als er erfuhr, dass ich dich gut kannte und du ohne feste Anstellung warst. Er erwähnte, er brauche einen Teamleiter wie dich und ermunterte mich, dich in unsere Division zu holen. Vielleicht sehe ich Gespenster, aber Hasenfraz, diesem linken Hund, traue ich alles zu. Was denkst du, bin ich paranoid?"

Seit Klaus' Begrüßung an der Haustür hatte Barbara unserem Gast gebannt zugehört, ohne ein Wort von sich zu geben. Nun wandte sie sich mit gebrochener Stimme an uns beide:

„Glaubt ihr, dass dieser Hasenfraz zu einem Mord fähig ist?"

Dass Barbaras Sorge neue Nahrung bekommen hatte, traf mich hart. Ich verwünschte mich dafür, dass ich mich geweigert hatte, mit Klaus unter vier Augen zu sprechen. Genau wie ich, machte auch Klaus eine ratlose Geste. Es hätte Barbara beruhigt, wenn ich nein gesagt hätte, aber ich wollte sie nicht belügen. Barbaras Frage hing noch in der Luft, als ich mich bei Klaus für seine Offenheit und sein Vertrauen bedankte. Er war mit der Erwartung zu mir gekommen, Antworten zu bekommen. Alles was ich ihm mit auf den Weg geben konnte, war mein Versprechen, über alles nachzudenken und ihn auf dem Laufenden zu halten.

Sobald Klaus gegangen war, rief ich Alex an. Ich bat ihn, Erkundigungen über Ars Medica International einzuziehen. Er versprach, sich bei Kollegen umzuhören. Mit Sorgenfalten im Gesicht und unfähig, ihren Beschäftigungen nachzugehen, pirschte Barbara an jenem Dienstag, einem hungrigen Tiger gleich, durch die Wohnung. Ich ließ mich von ihrer Kümmernis anstecken. Wir schaukelten unsere lähmende Rastlosigkeit gegenseitig hoch und keiner von uns brachte etwas auf die Reihe. Mehr als das Packen der Koffer schafften wir nicht und ich hätte die Hand nicht dafür ins Feuer gelegt, dass wir nichts vergessen hatten. Je länger der Tag dauerte, umso karger wurde unsere Unterhaltung. Am Ende schwiegen wir nur noch an wie ein altes, einander überdrüssiges Ehepaar. Unsere Batterien waren so ausgelutscht, dass wir das Abendessen ausließen und früh zu Bett gingen.

Es folgte eine Nacht, in der sich homöopathische Dosen von Schlaf in endlosen Wachphasen verloren und in der ich, Barbara zuliebe, zu schlafen vorgab. Die raren Momente der Entspannung verglühten so schnell wie die Funken einer Wunderkerze.

Um vier Uhr waren wir beide bereits wieder auf den Beinen. Barbara sah ausgeruhter aus, als sie sein konnte, denn es war mir nicht entgangen, dass auch sie ihren Schlaf nur simuliert hatte. Die Dunkelheit hatte meinen Kummer nicht vertrieben, aber immerhin etwas verwässert. Auch Barbaras Sorgenfalten hatten an Tiefe verloren und wir sprachen wieder miteinander. Unser Appetit und die Fähigkeit zu lächeln waren teilweise zurückgekehrt. Zum Glück gingen wir unsere Packliste nochmals durch, sonst hätten wir auf unserer Reise einiges schmerzlich vermisst.

29

Larry nahm uns gleich hinter der Zollkontrolle in Empfang. Es war das erste Mal, dass ich ihn in einem Anzug sah. Zum beigen Zweiteiler trug er ein enzianfarbiges Hemd und marineblaue Wildlederschuhe. Er strahlte wie ein Glühwürmchen, als er uns erspähte. Obwohl er nur Augen für Barbara hatte, umarmte er erst mich wie einen Blutsbruder. Dann klatschten wir ab, wie halbstarke Teenager. Barbara machte ein überraschtes Gesicht und ein großgewachsener, drahtiger Endsechziger in einem dunkelblauen, schlechtsitzenden und abgewetzten Anzug blieb unmittelbar neben uns stehen und schüttelte demonstrativ seinen Kopf. Seine Krawatte sah jener zum Verwechseln ähnlich, die mein Vater zu meiner Taufe getragen hatte und sein Dreitagebart hatte den einstmals weißen Hemdkragen durchgescheuert.

Der Form halber stellte ich meiner Frau den Texaner vor. Larry wischte sich eine Strähne aus dem Gesicht und machte Anstalten, Barbara so innig wie mich zu umarmen. Sie hielt ihn jedoch mit einem unterkühlten Blick und ihrer demonstrativ ausgestreckten Rechten auf Abstand. Larry hielt mitten in der Bewegung inne und schüttelte Barbaras Hand mit einer Förmlichkeit, die mich irritierte. Sein Gesicht wurde so ernst wie das ihre. Sichtlich aus dem Konzept geraten, stand er für einen Augenblick so stocksteif da wie ein hölzerner Pinocchio. Es schmerzte mich, zu sehen, dass zwei Menschen, die mir nahestanden, einander nicht mochten. Larry wollte uns an der Flughafenbar zu einem Drink einladen, aber Barbara bestand darauf, erst zum Hotel zu fahren. Ich stimmte ihr zu und Larry fügte sich kommentarlos. Im Hotel wartete er an der Bar, während Barbara und ich eincheckten und unser Gepäck aufs Zimmer brachten. Oben angekommen, fragte ich Barbara:

„Du magst Larry nicht besonders. Stimmt's?"

„Ich wusste auf Anhieb, dass er einen schlechten Einfluss auf dich hat."

„Wie meinst du das?"

„Er hat den Blick eines Aufreißers und das Gehabe eines pubertierenden Machos. Du wärst sicher nicht im Bett dieser Hure gelandet, wenn er nicht gewesen wäre."

„Das stimmt nicht, Babs. Da bist du völlig auf dem Holzweg. Larry hat überhaupt nichts damit zu tun. Es lag nur an ihr. Oder gib mir die Schuld, wenn du willst, aber tu Larry nicht unrecht. Eva Balan hat mich nicht verführt, sie hat mich genötigt. Sie ist über mich hergefallen wie eine Hyäne. Hätte ich das mit ihr gemacht, was sie mit mir, dann säße ich jetzt wohl hinter Gitter. Rein körperlich hätte ich stark genug sein müssen, sie davon abzuhalten, aber ich habe es nicht geschafft. Larry hat damit absolut nichts zu tun."

Die Hotelbar war nahezu verwaist. Zwei Männer in dunklen Anzügen saßen auf Hockern und tuschelten so aufgekratzt über ihre Geschäfte wie junge Mädchen über ihren ersten Freund. Ich gönnte Larry das Vergnügen, Barbara zu einem Prosecco und mich zu einem Bier einzuladen. Für sich selbst bestellte er einen Jack Daniels auf Eis. Wir setzten uns so weit wie möglich von den beiden Geschäftsleuten entfernt an ein rundes Tischchen, auf das eine Lampe ihr rötliches Licht warf. Ich versicherte Larry, er könne in Barbaras Anwesenheit über alles reden. Dennoch zögerte er kurz, vielleicht auf Grund der Kälte, die ihm von Barbara entgegenschlug. Seine ersten Worte waren an sie gerichtet:

„Es ist mir nicht gestattet, mit euch über den Stand der Ermittlungen zu reden. Euer Wissensstand muss offiziell dem entsprechen, was die Medien über unseren Fall berichten und sie berichten derzeit gar nichts. Wenn ich jetzt laut denke, dürft ihr mich nicht hören. Ich hoffe, ihr versteht und macht mir keine Probleme."

Larry schloss seine Augen und senkte seinen Kopf wie

ein Medium bei einer Séance. Er wisperte:

„Vor einigen Jahren wurden vier Bankräuber auf frischer Tat verhaftet. Der Fluchtfahrer, ein gewisser Rainer Briegel, trug ein Goldkettchen mit einem nicht alltäglichen Anhänger. Ein identisches Medaillon – ein großes R, von einem Ring eingefasst – wurde in im Geländewagen gefunden, der Kunkel von der Fahrbahn gedrängt hat und den man mitten in einem Wald fand. Die Polizei geht davon aus, dass Briegel beim Zusammenstoß am Steuer saß, und den Wagen anschließend im Wald abstellte. Rainer Briegel hat Kunkel später mutmaßlich vergiftet. Eine Pflegerin identifizierte ihn auf einem Polizeifoto als den Mann, der kurz vor Kunkels Tod aus dessen Zimmer kam. Jetzt läuft die Fahndung nach ihm.“

Larry hob den Kopf und blickte um sich. Dann nahm er einen Schluck J.D. Ich berichtete mit unterdrückter Stimme, was mir Klaus über Hasenfraz erzählt hatte. Larry nickte:

„Das ist ein guter Hinweis, Iggy. Ich werde dem persönlich nachgehen, da ich der Polizei ja nicht erzählen kann, woher ich von der Geschichte weiß.“

Es war fast Viertel nach eins. Die beiden dunkel gekleideten Herren hatten ihren Handel offenbar abgeschlossen und waren ihrer Wege gegangen. Zwei tratschende junge Frauen in extravaganten Outfits hatten ihre Plätze eingenommen und nippten an etwas Sprudelndem. Eine von ihnen musste wenig sparsam mit ihrem Parfüm umgegangen sein, denn ich konnte auf Distanz Nina Ricci riechen und ich ging nicht davon aus, dass der Duft von einem der Geschäftsleute stammte. Larry führte uns in ein nahegelegenes Restaurant. Während des Essens sprach keiner von uns über die Fahndung. Noch bevor die Hauptspeise aufgetragen wurde, hatte es Larry geschafft, Barbaras Aversion in pure Sympathie zu verwandeln. Dieser Schlawiner hatte seine Fähigkeit nicht verloren, Frauen für sich einzunehmen, die in sein Beuteschema passten. Vielleicht hätte es mir missfallen sollen, tat es aber nicht. Zu sehen, wie Barbara meinen Freund zu mögen begann, war eine veritable Erleichterung.

Nach dem Kaffee verabschiedete sich Larry. Er wollte versuchen, Informationen über Hasenfraz zu sammeln. Barbara und ich flanierten unter dem milchig-trüben Oktoberhimmel durch die Altstadt und genossen den Charme der gepflegten Gassen. Am Abend lud ich sie zu einem Candlelight-Dinner ein. Genau genommen war sie es, die mich einlud, denn in meiner Brieftasche steckte nicht mein, sondern ihr Geld. Das romantische Ambiente brachte einen Hauch unserer früheren Eintracht zurück, die meine Arbeitswut und der Zwischenfall mit Eva plattgewalzt hatten. Erfreut stellte ich fest, dass Barbara ihre Ängste weitgehend verloren hatte und ihre seelischen Verletzungen weniger heiß zu brennen schienen.

Als wir die Dessertkarten in Empfang nahmen, standen plötzlich mein Herz und meine Atmung wie schockgefroren still. Eva Balan hatte das Lokal betreten und sämtliche Blicke der Gäste beiderlei Geschlechts auf sich gezogen. Bevor ich mich hinter der Karte verstecken konnte, hatte sie mich entdeckt, und nahm mit einem rätselhaften, breiten Lächeln Kurs auf unseren Tisch. Mein Herz begann zu flimmern. Ich spürte Feuchtigkeit auf meinen Handflächen und meinte, meinen Schweiß zu riechen. Ohne echte Hoffnung begann ich zu einem Gott zu beten, an den ich nie geglaubt hatte. Ich sah bereits die fragile Versöhnung mit Barbara wie eine Seifenblase platzen. Der Samba, den mein Adamsapfel tanzte, machte meine Bemühungen zunichte, meine Erregung zu verbergen. Eva weidete sich sichtlich an meiner Verlegenheit. Gemessenen Schrittes und die Hüften schwingend, näherte sie sich. Ihre schwarzen Augen waren so eisig, dass sich mir sämtliche Haare sträubten. Aufrecht wie ein Kandelaber blieb sie vor unserem Tisch stehen. Ihr provokanter Blick streifte mich, um dann begutachtend an Barbara hängenzubleiben:

„Ich bin Eva Balan. Vielleicht hat Ihnen Ignaz von mir erzählt?"

Bevor Barbara etwas sagen konnte, hatte sich Eva mir zugewandt und heuchelte Überraschung und Freude:

„Ignaz, wie schön, dich wiederzusehen! Schade, dass wir uns letztes Mal so überstürzt trennen mussten."

Nach einem kurzen Schwenker zu Barbara, kehrten Evas Augen zu mir zurück:

„Ach du lieber Heini, also ihretwegen der voreilige Abschied. Dabei hätte der Abend noch viel zu bieten gehabt. Na ja, über den Geschmack lässt sich nicht streiten, wie man weiß. Macht's gut, ihr beiden Turteltauben. Und Ignaz, es kommt bestimmt der Tag, an dem du sie satthast. Wenn du dann das Verpasste nachholen möchtest und dir der Sinn nach etwas Besonderem steht, du weißt ja, wo du mich findest. Ich habe für dich zwar keine Freikarten mehr, aber ein Freundschaftspreis und ein paar Extras liegen allemal drin."

Zum Abschluss ihrer Vorstellung wandte sie sich konspirativ flüsternd nochmals Barbara zu:

„Seien Sie in dieser Stadt in Begleitung von Ignaz bloß vorsichtig. Man läuft Gefahr, betäubt zu werden und im Krankenhaus zu landen."

Uns lachend eine Kusshand zuwerfend, entfernte sich Eva und ihre High-Heels klackten in Richtung eines Tisches, an dem ein streng frisierter, junger Mann im Maßanzug auf sie wartete. Empört sprang ich auf und wollte ihr nach, doch Barbara hielt mich am Ärmel zurück. Ihre Augen blieben an Eva kleben und sie klang ehrlich:

„Lass gut sein, Ignaz. Es würde nichts bringen. Sie sieht aus wie ein Engel, aber Männer wie dich verspeist sie zum Frühstück."

Meine Stimme klang wie eine gesprungene Glocke:

"Anfangs war sie nicht so. Ich weiß nicht, was in sie gefahren ist."

"Sie ist Zurückweisung nicht gewohnt. Du hast sie damit aus der Bahn geworfen. Mir scheint sogar, sie ist in dich verknallt. Wenn das keine plausible Erklärung für ihr sonderbares Verhalten ist..."

Mit einem lieblichen Strahlen, wie ich es lange nicht mehr gesehen hatte, schwenkte Barbara ihren Blick von Eva zu mir. Ihr Lächeln erstarb zu einer besorgten Miene und sie ergriff meine Hand:

"Ist dir nicht gut, Ignaz? Du bist ja leichenblass. Was hast du denn?"

"Eva Balan... Diese Impertinenz..."

"Reg dich nicht auf, Ignaz. Wir müssen diese Frau vergessen – wir beide."

Noch heute danke ich jenem Gott, der den tieferen Sinn der Gebete eines Ungläubigen begriff. Ich hatte dafür gebetet, dass Eva an uns vorbeiziehen und so tun möge, als würde sie uns nicht bemerken. Es kam besser. Barbara kamen nun Zweifel an meiner Schuldfähigkeit und sie begann mehr Verständnis für mein Verhalten bei Eva zu zeigen.

Am Donnerstagmorgen traf ich zur vereinbarten Zeit im Polizeipräsidium ein und wurde von einem jungen Beamten in Uniform in den Raum geführt, in welchem meine erste Vernehmung stattgefunden hatte. Als mir Kommissar von Wenzenhausen die Hand reichte, sah ich wieder Columbo vor mir. Inspektor Basler strich sich sein blondes Haar aus dem schmalen Gesicht und bot mir einen Kaffee an, den ich dankend annahm. Dann setzte er sich neben den Kommissar auf einen der lederbespannten Le Corbusier-Stühle. Sie mussten aus einer Zeit stammen, in der die Polizei über ein großzügigeres Budget verfügte. An den Kanten der Sitzflächen war die schwarze Beschichtung abgeblättert und das nackte Leder kam dort zum Vorschein. Der Kommissar fixierte mich mit seinem linken Auge, während mich sein rechtes um eine Handbreit verfehlte. Er verschob seinen Zahnstocher in den rechten Mundwinkel und lächelte:

„Unsere Ermittlungen zeigen Resultate, Doktor. Ich bin zuversichtlich, den Fall bald abschließen zu können."

Er rutschte auf seinem Stuhl herum, bis sein Hintern die Stellung gefunden hatte, die ihm behagte. Dann warf er drei Stück Zucker in seinen Becher. Ohne zu rühren oder den Zahnstocher aus dem Mund zu nehmen, trank er einen Schluck, verzog das Gesicht und gab einen Zischlaut von sich. Er stellte mir einige Fragen, die ich bereits früher beantwortet hatte und erhielt identische Antworten. Ich fragte mich, was er damit bezweckte. Dann fragte er:

„Wissen Sie, dass Dr. Kunkel tot ist?"

Ich wollte Larry keine Schwierigkeiten bereiten, also trank ich langsam etwas ungezuckerten Kaffee, um Zeit für eine unverfängliche Antwort zu gewinnen:

„Ich habe es erfahren, als ich im Krankenhaus anrief, um mich nach seinem Befinden zu erkundigen. Die Nachricht hat mich schrecklich getroffen. Als ich ihn im Spital besuchte, schien er nicht schwer verletzt zu sein."

Von Wenzenhausen gab sich mit dieser Antwort zufrieden. Ich log den Kommissar ungern an, aber Larry zuliebe sah ich keine Alternative. Basler und sein Chef führten mich dann in einen Raum, in dem fünf Männer in einer Reihe hinter einer Glasscheibe standen. Unter ihnen war das kleine, rothaarige Rumpelstilzchen, das mich vor drei Wochen im Hotel festgenommen hatte. Trotz seiner Zivilkleidung war er leicht erkennbar. Die übrigen Männer sah ich zum ersten Mal, obwohl mir der eine irgendwie vertraut vorkam. Als ich sagte, die Nummer zwei sei einer der beiden Beamten, die mich verhaftet hätten, färbte sich das Gesicht des Kommissars granatapfelrot. Er spuckte sein Hölzchen aus und tobte:

„Welcher gottverdammte Idiot stellt einen Kollegen in den Schaukasten, den der Zeuge kennt?"

Sein Ausbruch hätte mich schockiert, wäre ich nicht schon früher Zeuge seiner Ausraster geworden. Dennoch traf er mich unvorbereitet und ließ mich zusammenfahren. Seine Wut verpuffte so rasch wie immer und er bewies sogar eine erfrischende Portion Humor:

„Wenigstens weiß ich nun, dass Sie über ein gutes Personengedächtnis verfügen. Kommt Ihnen außer Rumpelstilzchen keiner der Männer bekannt vor?"

Am liebsten hätte ich losgeprustet. Von Wenzenhausen musste in seiner Kindheit dasselbe illustrierte Märchenbuch wie ich besessen haben. Rumpelstilzchen sah darin genauso aus wie der rothaarige Beamte hinter der Glasscheibe. Mit einer Miene, so ernst ich sie zustande brachte, schaute ich dem Kommissar in die Augen und schüttelte den Kopf:

„Nein, niemand außer Rumpelstilzchen."

Wir wahrten alle einen leidlich ernsten Gesichtsausdruck. Falls Briegel in der Reihe stand, wovon ich ausging, musste es die Nummer fünf sein, derjenige der mir sonderbar vertraut vorkam. Er war der einzige mit vorstehenden Wangenknochen, und einer Postur, als könnte er mit einer Hand einen Baum ausreißen. Der Kommissar schien nicht bemerkt zu haben, dass mein Blick länger auf ihm als auf den übrigen vier ruhte. Er räusperte sich und steckte sich ein frisches Hölzchen zwischen die Lippen:

„Bitte entschuldigen Sie, dass ich Sie aufgeboten habe und Sie den langen Weg machen mussten, Doktor. Ich nehme an, Ihre Handynummer ist noch gültig. Wie lange gedenken Sie in der Stadt zu bleiben?"

Ich gab ihm den Namen unseres Hotels und die Abflugdaten, worauf er mich in den grauen Tag entließ. Unser Informationsaustausch war mager und einseitig ausgefallen. Die Beamten hatten nichts Neues von mir erfahren und ich wusste jetzt, wie Kunkels mutmaßlicher Mörder aussah.

Draußen schien die dunkle Wolkendecke niedriger zu hängen als die Lampe im Büro des Kommissars. Die Luft war kühl, feucht und roch nach Regen. Die Kleidung ließ die klamme Feuchtigkeit durch als bestünde sie aus Gaze. Es wehte ein böiger Westwind, vielleicht der Vorbote eines Gewitters. Die Stadt war zu einer unterbelichteten, dreidimensionalen Schwarz-Weiß-Fotografie verblasst. Dieses bleierne Grau drückte mir aufs Gemüt. Im Tempo eines sportlichen Hundespaziergängers steuerte ich das Café an, in dem Barbara auf mich wartete. Keine fünf Gedanken später, saß ich ihr gegenüber. Der Wind hatte rasch zugelegt. Die ersten dicken Regentropfen, denen ich knapp entkommen war, klatschten an die Fenster.

Straßen und Gehsteige waren noch nass, aber der Regen hatte aufgehört, als wir uns zum Restaurant begaben, wo uns Larry zum Mittagessen erwartete. Unterwegs genoss ich den Geruch des nassen Asphalts. Er erinnerte mich stets an meine frühe Kindheit. Der Texaner hatte seinen Anzug gegen eine schwarze Jeans, einen gletscherblauen Rollkragenpullover und die übliche schwarze Nappalederjacke getauscht. Nachdem sich der Kellner mit unserer Bestellung in die Küche verzogen hatte, suchte Larrys Blick die Umgebung nach unerwünschten Zuhörern ab. Seine Augen funkelten, als er sich über den Tisch beugte. In seiner Stimme lag ein Hauch von Triumph:

„Man hat Rainer Briegel verhaftet, den Mann, der Kunkel mutmaßlich von der Straße gedrängt und ihn anschließend vergiftet hat."

Ich begegnete Larry mit einem überlegenen Lächeln

und einer Antwort, die ihn aus den Socken hauen musste:

„Ich weiß. Ich habe ihn gesehen. "

Oberhalb seiner Nasenwurzel bildeten sich Furchen und seine Augen verengten sich. Ich genoss die Überraschung in seinem Gesicht. Es war ein befreiendes Gefühl, für einmal besser informiert zu sein als er. Ich erzählte ihm von meinem morgendlichen Besuch auf dem Revier. Danach ließ ich ihn erneut mit seinem Wissen punkten:

„Rainer Briegel wird noch heute vernommen. Ich glaube, da haben wir einen Schlüsselakteur erwischt, der uns rasch zur lückenlosen Aufklärung des Falls verhelfen wird. "

Nach einem ungenießbaren Essen, das zudem lieblos serviert worden war, wollte Larry rasch zur Polizeiwache, um der Befragung des Verhafteten beizuwohnen. Barbara führte mich in ein kleines Museum für zeitgenössische Malerei, von dem ihr Olga erzählt hatte. Noch vor wenigen Wochen wäre ich achtlos an den Exponaten vorbeigegangen, in Gedanken an biochemische Reaktionsmechanismen. Vielleicht hätte ich sogar Molekularstrukturen in den bizarren, farbenfrohen Formen gesehen.

Zurück im Freien, meinte es das Wetter gut mit uns. Der bleierne Vorhang hatte sich gelockert und der Wind hatte nachgelassen. Die Gardine aus Zirruswolken ließ das Sonnenlicht diffus durchschimmern. Wir dankten es mit einem ausgiebigen Spaziergang und einem Zwischenhalt in einem lauschigen Biergarten. Dort wurde gut für unser leibliches Wohl gesorgt, nachdem wir das ungenießbare Mittagessen stehengelassen hatten. Wie frisch Verliebte, was ich tatsächlich war, flanierten wir durch den Park. Ich sog die angenehm frische Luft des frühherbstlichen Spätnachmittags ein und genoss Barbaras Nähe. Alex' Anruf riss mich aus der Idylle:

„Bei *Ars Medica International* tobt ein Krieg zwischen Geschäftsleitungsmitgliedern und dem Aufsichtsrat. Die Beteiligten bemühen sich, nichts nach draußen dringen zu lassen, aber die Gerüchteküche brodelt. Es wird von undurchsichtigen Budgetüberschreitungen und schwarzen Kassen gemunkelt. Zwei Mitglieder des Aufsichtsrats verlangen Einsicht in die detaillierte Buchhaltung des laufenden Semesters, aber irgendwo scheint es zu klemmen. Eine externe Stelle wurde mit der Aufklärung beauftragt, aber der technische Direktor will seine Unterlagen nicht herausgeben. Er befürchtet Betriebsspionage. Der CEO bemüht sich, die Wellen zu glätten und zu vermitteln. Es wundert mich, dass der Aktienkurs nicht bereits abgestürzt ist. Normalerweise hören die Investoren das Gras wachsen. Es sind vorerst bloß Gerüchte, aber wo Rauch ist… du weißt ja. Bringt dir diese Information etwas?“*

Und ob sie das tat! Alex hatte weit mehr erfahren, als ich mir erhofft hatte. Dieser Hinweis würde Larry bestimmt weiterbringen.

Ich hatte das Handy noch in meiner Hand, als es erneut vibrierte. Man hätte meinen können, Larry habe gespürt, dass ich Neuigkeiten für ihn hatte. Er sagte, er habe interessante Erkenntnisse, die er uns beim Abendessen weitergeben wolle. Unglücklicherweise hatten wir bereits eine Einladung von Olga angenommen. Ich wollte Larry schon aufs Frühstück vertrösten, als Barbara Einspruch erhob:

„Bitte geh hin. Ich möchte, dass sich diese Geschichte so schnell als möglich aufklärt. Olga versteht das bestimmt.“

Sie sprach mir aus der Seele. Ich sagte Larry zu und versprach Barbara, spätestens zum Kaffee bei Olga einzutreffen.

30

Nach der kulinarischen Katastrophe vom Mittag bat ich Larry, bei der Wahl des Lokals für unser Abendessen den gastronomischen Aspekt zu berücksichtigen:

„Zwei solche Mahlzeiten am selben Tag überlebe ich nicht. Dank einer Finanzspritze von Barbara kann ich heute das Abendessen übernehmen."

Lachend erwiderte er:

Na gut, in diesem Fall reserviere ich in einem piekfeinen Gourmettempel. Da wollte ich schon lange mal hin, aber bei den Preisen... "

Das klang wie eine Drohung, mich finanziell zu ruinieren. Ich kannte Larry gut genug, um zu wissen, dass er solche Späße draufhatte, jedoch sagte mir etwas in meinem Gedärm, dass er diesmal nicht scherzte. Die Aussicht, Barbaras Vorschuss an einem einzigen Abend zu verprassen, ging mir zwar gewaltig gegen den Strich, aber irgendwann musste ich mich für seine Einladungen revanchieren.

Beim Betreten des Lokals stach mir ein Mosaik aus kulinarischen Ehrungen ins Auge. Da hingen Diplome, Punkte, Kochmützen, Sterne und weitere Auszeichnungen des Küchenchefs. Das bestätigte meine Vorahnung, dass es Larry mit dem sündhaft teuren Lokal ernst war. Mir kamen erste Zweifel, ob das Geld in meiner Brieftasche reichen würde. Ich hatte sie eingesteckt, ohne nachzusehen, wie viel mir Barbara zugesteckt hatte. In der Gaststube empfing mich ein Duft nach Küchenkräutern und etwas Fruchtigem. Der gebohnerte und auf Hochglanz polierte Parkettboden und die weiß gedeckten Tafeln mit den kunstvoll zu Tieren drapierten Servietten fesselten meinen Blick. Auf den Tischen kontrastierten bunte Blumengestecke mit dem allgegenwärtigen

Weiß. In der Mitte jedes Arrangements ragten zwei Wachskerzen aus weißen Porzellanhaltern empor. Das zahlreiche Silberbesteck lag wie eine unterbrochene Klaviatur links und rechts der Teller. Da reihten sich Löffel, Gabeln Messer und bizarr geformte Utensilien aneinander, die ich nicht zu benennen wüsste. Ich machte mich auf winzige Kunstwerke aus exotischen Leckereien gefasst, die man auf überdimensionalen, mit Saucen und Blüten verzierten Tellern servierte. Solchen Genusstempeln haftet das Image an, Speisen zu servieren, die Auge und Gaumen erfreuen, aber kaum mehr als die Zahnzwischenräume zu füllen vermögen. Mir schoss durch den Kopf, was Alex nach dem Besuch einer exklusiven Gaststätte gesagt hatte:

„Wenn du ein Esslokal mit leerem Magen und leerer Geldbörse verlässt, dann weißt du, es war Nouvelle Cuisine."

Ich hoffte, dass mich wenigstens Larrys Neuigkeiten aufmuntern würden. Da wir die ersten Gäste des Abends waren, hätten wir uns an jedem beliebigen Tisch ungestört unterhalten können. Dennoch wartete Larry im hintersten Winkel auf mich, einen J.D. auf Eis vor sich. Ich schritt über die knarrenden Dielen auf ihn zu und er begrüßte mich dem vornehmen Lokal angemessen, indem er aufstand und mir die Hand gab. Kaum hatte ich Platz genommen, da reichte uns der Kellner die Menükarte und stellte mit einer eleganten Bewegung den Gruß aus der Küche vor uns auf den Tisch. Auf kleinen, ahornblattförmigen Schälchen bildeten daumennagelgroße, lauwarme, mit verschiedenen Delikatessen belegte Brötchen ein Herz. Zwischen uns platzierte der Ober ein Töpfchen mit hausgemachter Kräuterbutter und ein Brotkörbchen. Er fragte, ob ich einen Aperitif möchte. Ich bestellte ein Bier und konnte mich des Eindrucks nicht erwehren, dass er über meine Wahl innerlich die Nase rümpfte. Als der Kellner abgezogen war, putzte ich meine Brille. Mein erster, gespannter Blick in die Speisekarte galt den Zahlen und nicht den Buchstaben. Er brachte mir die erleichternde Erkenntnis, dass ich einem Klischee aufgesessen war. Die Preise waren zwar nicht mit denen von McDonalds vergleichbar, aber sie lagen in einem erschwinglichen Rahmen. Ich atmete erleichtert auf und bat Larry, seine neuen Erkenntnisse mit mir zu teilen. Er nippte an seinem Glas und gab ein kaum hörbares Schmatzen von sich:

„Zuerst zu Rainer Briegel, dem mutmaßlichen Unfallverursacher. Wenn er nicht lügt, und das nehme ich nicht an, ist er eher Opfer als Täter. Er sagt, er erledige seit Jahren sporadisch Botengänge für einen gewissen Gregor Retter, den er allerdings noch nie persönlich getroffen hat. Es leben im gesamten Bundesland sieben Männer Namens Retter, aber keiner heißt Gregor zum Vornamen. Rainer Briegel sagte aus, er sei erst neulich wieder von diesem mysteriösen Gregor Retter kontaktiert worden. Er sollte ihm helfen, einem Freund einen Streich zu spielen. Briegel fand ein winziges Fläschchen, ein Foto von dir und eine Anleitung in seinem Briefkasten. Gemäß dieser bezog er am Tag deiner Ankunft Stellung am Flughafen und folgte dir bis vor dein Hotel. Als du es wieder verließest, heftete er sich an deine Fersen und folgte dir wie ein Schatten zum Barracuda. Dort angelangt, rief er Retter an, der ihn anwies, zu warten, bis dir eine Frau einen Drink spendierte, euch beide dann abzulenken und unauffällig den Inhalt des Fläschchens in dein Glas zu schütten. Dann machte er sich unverzüglich aus dem Staub.“

„Ach darum kam mir sein Gesicht bekannt vor. Ich muss ihn in der Bar aus dem Augenwinkel wahrgenommen haben.“

Larry nickte und strich sich beidhändig Strähnen aus dem Gesicht:

„Gut möglich. Briegel erhielt für seinen Einsatz fünfhundert Piepen, die er offenbar dringend benötigte.“

„Viel Geld und Aufwand für einen kleinen Scherz.“

„Finde ich auch, aber Briegel schien nichts Sonderbares dabei zu finden. Gregor muss gewusst haben, dass Briegel davon träumte, als Stuntman im Filmgeschäft Fuß zu fassen. Er fragte ihn kurze Zeit

später, ob er an einem gut bezahlten Job im Filmbusiness interessiert sei. Briegel bekam feuchte Augen und sah seinen langjährigen Traum wahr werden. Die Aussicht auf seinen Traumjob lähmte Briegels Vernunft und er kaufte Gregor Retter ab, er sei ins Filmgeschäft eingestiegen. Retter erzählte Briegel, die Filmcrew stecke in den Vorbereitungen der Filmszene, in der er mitwirken werde. Man werde ihn benachrichtigen, sobald alles bereit sei. Briegel holte inzwischen einen Vorschuss, ein Mobiltelefon, Lederhandschuhe und einen Autoschlüssel im Hotel Kleiner Stern ab. Nomen est Omen, wenn du weißt, was ich meine. Der kleine Stern für den kleinen Filmstar, eine üble Absteige, die Leute wie wir niemals betreten würden."

Nach einer kurzen Pause entfaltete Larry ein ironiegeladenes Grinsen:

„Na ja, wenn ich bedenke, wo du von Miss Balan aufgegabelt wurdest, kann ich wohl nicht für uns beide sprechen."

Da war er wieder, Larrys sarkastischer Humor. Meine Faust schnellte über den gedeckten Tisch und traf scherzhaft seinen Oberarm, was mir einen entrüsteten Blick des Kellners einbrachte. Er hatte sich uns, mit einem Tablett in der Hand, lautlos genähert und servierte ein gepflegt gezapftes Bier in einem kristallenen Kelch. Da wir die Karte noch nicht studiert hatten, entschuldigte ich uns. Wir bräuchten noch einen Augenblick. Mit einer angedeuteten Verbeugung zog sich der Ober diskret zurück. Wir nahmen uns schweigend die Menükarte vor. Sobald wir sie auf den Tisch zurückgelegt hatten, stand der aufmerksame Ober bereit, unsere Wünsche entgegenzunehmen. Als er unsere Bestellungen in die Küche trug, nahm Larry den Faden wieder auf:

„Die Anweisungen für den angeblichen Stunt erhielt Briegel in Echtzeit über das Mobiltelefon, das er im Kleinen Stern abgeholt hatte. Er war zu stark auf seine Aufgabe fokussiert, um sich an die Stimme zu erinnern, die ihm die Anweisungen gab. Er wartete im Wagen in einer kleinen Seitenstraße, bis er die Mitteilung erhielt, ein kleiner, roter

Lancia komme demnächst stadtauswärts fahrend. Den müsse er mit voller Beschleunigung abschießen und anschließend mit unverminderter Geschwindigkeit in nordöstlicher Richtung weiterfahren. Nach einigen Kilometern komme er zu einem Wald, wo er den Wagen an einer schlecht einsehbaren Stelle abstellen soll. Da Briegel keine Kameras sah, ging er davon aus, dass seine Aktion von einer Drohne gefilmt wurde. Als er aus dem Wagen stieg und weit und breit keine Filmcrew zu sehen war, kamen ihm erstmals Zweifel, ob er wirklich in einem Film mitgewirkt hatte. Aber diese Zweifel verflogen dann rasch wieder. Er musste die ganze Zeit Handschuhe tragen, weshalb er keine Fingerabdrücke hinterließ. Als er später sein Amulett vermisste, rechnete er nicht damit, es im Wagen verloren zu haben."

Larry trank seinen J.D. aus und schaute mich an, als erwarte er eine Reaktion. Ich fischte das Mikrofasertüchlein aus meiner Jackentasche und rieb meine Brillengläser blank:

„Hat Briegel auch die Briefe in meinem Zimmer hinterlegt und wenn ja, hat er mir aufgelauert, als wir zusammentrafen oder habe ich ihn überrascht?"

Larry zuckte mit den Schultern:

„Briegel hat die Schreiben bei seiner Vernehmung nicht erwähnt. Ich konnte ihn nicht danach fragen, ohne zu erklären, woher ich von den Briefen weiß. Du verstehst doch mein Dilemma?"

Der Kellner näherte sich mit der Suppe. Er schaute erstaunt auf unsere Schälchen mit dem Brötchenherz, die unangetastet auf dem Tisch standen, stellte die beiden Suppenteller vor uns hin und verkniff sich einen Kommentar. Wie beiläufig ergriff er auf einer nahen Ablage ein in bordeauxrotes, geprägtes Leder gefasstes Buch und reichte es Larry mit einem knappen *„Bitteschön, die Weinkarte"*. Seine berufliche Kompetenz war beeindruckend. Was für ein Gegensatz zum behäbigen Brummbär, der uns den Mittagsfraß hingeknallt hatte. Wir hatten es mit einem Meister seines Fachs zu tun, der spürte, wenn ein vertrauliches Gespräch im Gange war.

Er beschränkte seine Fürsorge auf ein angemessenes Minimum. Keine überflüssigen Fragen, keine vermeidbare Präsenz. Er betreute bestimmt nicht zum ersten Mal Gäste, die ungestört reden wollten. Larry überflog das Weinangebot, während wir uns den Gruß aus der Küche auf der Zunge vergehen ließen. Er schlug einen im französischen Eichenfass ausgebauten chilenischen Merlot vor, den er angeblich kannte. Ich nickte und er fragte kauend, wo er stehengeblieben sei. Ich schluckte den delikaten Bissen hinunter und erinnerte ihn:

„Bei den Drohbriefen und davor beim Unfallfahrzeug."

„Als Briegel klar wurde, dass da niemand war, der ihn zurück in die Stadt fahren würde, ging er zur nächstgelegenen Haltestelle, nahm den Bus nach Hause und machte sich keine weiteren Gedanken. Gregor Retter gratulierte ihm einige Tage später im Auftrag des Regisseurs zum erfolgreichen Stunt. Er sei von seiner Leistung begeistert und werde schon bald wieder auf seine Dienste zurückgreifen. Briegel dürfe mit niemandem über seinen Einsatz sprechen und er müsse das Handy aus Sicherheitsgründen vernichten. Es dürften keine Informationen über das Filmprojekt an die Öffentlichkeit gelangen, bevor der Streifen offiziell vorgestellt werde. Bei dieser Gelegenheit bat ihn Retter um einen persönlichen Gefallen. Wenn Briegel den Rest des Honorars im Hotel Kleiner Stern abhole, liege dort ein Paket für ihn bereit. Retter bat ihn, dieses an seinen Freund, Dr. Kunkel, zu liefern, der im Krankenhaus liege. Briegel solle nicht erwähnen, wer ihn beauftragt hatte."

Ich schüttelte ungläubig den Kopf:

„Wie blöd darf denn jemand sein, bevor es anfängt wehzutun? Oder spielt Briegel vielleicht nur den Doofen? Und wie konnte Retter sicher sein, dass Briegel den Patienten nicht wiedererkennen würde?"

Auf Larrys Gesicht breitete sich der Schimmer eines mitleidigen Lächelns aus:

„Ich fürchte, Briegel ist tatsächlich so naiv. Aber Retter kann ich nicht begreifen. Er versteht es, geschickt Spuren zu vermeiden, geht dann

aber dieses unnötige Risiko ein. Das wird er uns erklären müssen, wenn wir ihn haben. Eine Pflegerin beobachtete Kunkel, wie er das Paket öffnete, die Bierflasche und die Karte auspackte und freudig lächelte, als er sie las."

Der Kellner verfügte über ein übernatürliches Timing. Sekunden nachdem Larry seine Ausführungen beendet hatte, steuerte er, pure Gastfreundschaft auf dem Gesicht, auf uns zu. Larry bestellte den Wein. Der Ober deutete eine Verneigung an und entschwand diskret mit den leeren Schälchen und Gläsern in Richtung Küche. Sämtliche Gäste, die nach uns eintrafen, platzierte er in dezentem Abstand zu unserem Tisch. Der Mann war unbezahlbar. Mit schelmischem Lächeln raunte Larry, er habe sich erlaubt, einen der teuersten Weine zu bestellen und ergänzte, er sei jedoch seinen Preis wert. Ich hatte keine Ahnung, was in diesem Haus ein teurer Wein in Zahlen bedeutete, blieb aber zuversichtlich, die Rechnung begleichen zu können. Bis der Ober den Wein brachte und entkorkte, fiel kein weiteres Wort. Ich nahm die Gelegenheit wahr, meine Gedanken zu ordnen und vielleicht tat Larry dasselbe.

Der Ober zeigte Larry das Weinetikett, bevor er den Merlot lautlos entkorkte und am Korken schnupperte. Larry überließ mir das Verkosten. Ich schwenkte das Glas mit der rubinroten Flüssigkeit, sog ihren Duft ein, nahm einen kleinen Schluck und gab ihm Zeit und Raum, seine Aromen in meinem Mund zu entfalten. Dann nickte ich dem Ober anerkennend zu, worauf er erst Larrys, dann meinen bauchigen Schwenker zu einem Viertel füllte. Larry hatte in der Tat einen phänomenalen Tropfen ausgesucht. Während ich das Weinetikett studierte, fragte ich mich, woher ein Jack Daniels trinkender Texaner seine önologische Kompetenz herhaben konnte. Larry unterbrach mich dabei:

„Nach Kunkels Tod analysierte deine alte Lehrerin Kielstein den kleinen Rest in der leeren Bierflasche. Sie fand Substanzen, die erst

Stunden später zum Herzstillstand führen. Ich konnte Kielsteins detail-
lierten Ausführungen nicht folgen, aber ich habe verstanden, dass Retter
das Gift bestimmt nicht im Supermarkt bekommen hat. Er muss To-
xikologe oder etwas in der Art sein. Das präparierte Bier war eine Zeit-
bombe. Bei Kunkels Tod hatte sich das Gift in seinem Blut längst zer-
setzt. Zum Glück war die leere Flasche noch nicht entsorgt worden.
Sonst wäre auch Frau Kielstein von einem natürlichen Herzversagen
ausgegangen. Es bleibt offen, ob Briegel wusste, dass er Kunkel mit der
Auslieferung des Pakets umbrachte. Er hätte es ahnen müssen, aber
das liebe Geld und der Filmjob hatten ihm das Hirn vernebelt. Ich
glaube, er weigerte sich, darüber nachzudenken. Jetzt muss er damit
klarkommen, dass er jemanden umgebracht hat. "

Ich fragte, ob er etwas über Ars Medica erfahren habe.

„Oh ja. Zum Glück reichen meine Ohren bis in die Schweiz. Es
hat sich gelohnt, sich näher mit Ars Medica zu beschäftigen. Sie hat
kürzlich einem deutschen Anwalt namens Roger Gretter eine halbe Mil-
lion überwiesen und niemand scheint zu wissen wofür. Roger Gretter ist
ein Winkeladvokat, der zwielichtige und finanzkräftige Klienten berät
und vertritt. Es besteht kein Zweifel, dass da ein krummes Spiel läuft. "

Das Plat Bocuse war von einem anderen Stern. Hätte
ich gewusst, dass Larry nicht zulassen würde, dass ich mit
Barbaras Geld bezahle, dann hätte ich etwas Bescheideneres
bestellt. Das war die leckerste Mahlzeit in meinem bisherigen
Leben und ich musste Alex vehement widersprechen, denn
ich verließ das angesagte Lokal mit vollem Magen und voller
Geldbörse. Der Tag hatte einen deutlich erfreulicheren Verlauf genommen, als ich befürchtet hatte. Alles, was es zu sagen gab, war gesagt. Wir waren satt und die Weinflasche leer.
Larry sprühte vor Zuversicht, bald die fehlenden Mosaik-
steinchen zu finden. Er hielt mich nicht länger auf, da er
wusste, dass ich Barbara versprochen hatte, den Kaffee bei
Olga zu trinken. Wir verabredeten uns für Freitag zum
Abendessen und Larry bestand darauf, dass ich Barbara mit-
brachte.

31

Barbara öffnete mir die Tür zu Olgas Loft und fragte:

„Und, wie war's?"

Sie auf den letzten Stand zu bringen, hätte den Abend verdorben und so beließ ich es bei einem:

„Die Ermittlungen kommen voran."

Sie begnügte sich mit dieser Antwort. Olga begrüßte mich mit einem Kuss auf die Stirn und stellte ein drittes Schälchen ihrer selbstgemachten Cassata mit Grand Marnier auf den Tisch. Der weiß gestrichene Loft war ausladend und luftig. Der Fabrikmief hing noch in den Ritzen der unverputzten Wände. Es hätte mich nicht überrascht, plötzlich das Hämmern schwerer Maschinen zu vernehmen. Daran konnten auch Olgas Bemühungen nichts ändern, den Wohnbereich heimelig einzurichten. Zu dominant waren die Relikte aus der Blütezeit der Industrialisierung. Es war ein Ort zum Arbeiten, nicht zum Wohnen und es weckte Erinnerungen an mein baufälliges Labor. Ich war in eine Diskussion über Kunst hineingeplatzt, welche die beiden Frauen nun fortsetzten. Ohne den Fluss ihrer Unterhaltung durch dilettantische Beiträge zu stören, bemühte ich mich, ihr zu folgen. Nach dem Kaffee verebbte der Dialog. Olga stand auf und räumte die Tassen ab. Ein breites Lächeln breitete sich auf ihrem Gesicht aus, eines, wie man es von Kindern kennt, wenn sie die Päckchen unter dem Weihnachtsbaum entdecken:

„Darf ich euch die Rohfassung meiner neuen Videoinstallation vorführen?"

Das Einzige, was ich über Installationen wusste, war wie man das Wort buchstabiert. Ich folgte Olga mit der kindlichen Neugier, mit welcher der zwölfjährige Ignaz seinen

Lehrer ins Chemielabor zu begleiten pflegte. Unsere Gastgeberin führte uns zu ihrem großzügigen Arbeitsbereich, der so sauber und ordentlich war, dass ich mich mit der Vorstellung schwertat, dort werde gearbeitet. Sie setzte sich an einen der Arbeitstische, wies uns an, auf den bereitgestellten Stühlen Platz zu nehmen und fuhr einen Laptop hoch. An der Decke hing ein Beamer, der zum Leben erwachte und auf eine der weißen Wände ein blaues Rechteck mit einer Reihe Icons projizierte. Olga klickte sich durch Dateilisten, bis an der Wand ein menschenleerer Meeresstrand aus weißem Sand erschien. Das Sonnenlicht zauberte Millionen glitzernder, bunter Edelsteine aufs Wasser. Das rhythmische Wogen und Rauschen der Wellen senkte meinen Puls auf das Niveau eines schlafenden Marathonläufers. Olga begann uns ihr Konzept zu erklären:

„In gut zwei Monaten startet in Chicago die Stupor Oculi, ein großer Kunstevent. Man hat mich eingeladen und Carte Blanche gewährt. Ich habe mich entschieden, über dem Eingang einen großen Bildschirm zu installieren, der die Leute in eine idyllische Welt entführt, während sie an der Kasse anstehen. Das sollte ihre Ungeduld mindern. Am Eingangstor werde ich ein Drehkreuz installieren und eine Tastatur aufstellen. Um das Drehkreuz freizuschalten und in die Ausstellungshalle zu gelangen, muss jeder Besucher seinen Namen eintippen. Drinnen erwartet ihn ein weiterer Bildschirm, der seine Spielchen mit seinem Namen treibt."

Ich konnte meinen Einwand nicht zurückhalten:

„Ist das nicht problematisch, wenn jeder seinen Namen hunderten von Leuten präsentiert? Gibt es keine Probleme wegen des Datenschutzes?"

Olga lachte nur:

„Du solltest doch wissen, dass die Amerikaner nicht viel auf Datenschutz geben. Und niemand ist verpflichtet seinen richtigen Namen

zu schreiben. Da werden bestimmt einige kuriose Spitznamen auftau-
chen und für Belustigung sorgen. Kommt her und tippt eure Namen ein,
dann könnt ihr sehen, was daraus wird."

Nacheinander tippten Barbara und ich unsere Vor- und
Familiennamen ein und drückten die Enter-Taste. Dunkler
Sand schrieb erst ihren, dann meinen Namen auf den weißen
Strand. Die einzelnen Buchstaben begannen erst zu vibrieren, dann umeinander zu kreisen und sich schließlich ineinander zu verschlingen, sodass sie seltsame Formen bildeten.
Sie zerfielen zu Sandhäufchen aus denen neue Symbole er-
wuchsen, die allmählich wieder verblassten. Aus dem Wasser
tauchten tropfende Runen auf und schimmerten im Sonnenlicht in sämtlichen Regenbogenfarben. Die Symbole schlugen
Purzelbäume, blähten sich auf und platzten wie Seifenblasen.
Sie verwandelten sich in arabische, kyrillische und chinesi-
sche Schriftzeichen, die wie Luftballone in den Himmel stiegen. Schließlich erhob sich eine Steinplatte aus dem Sand.
Eine unsichtbare Hand meißelte Barbaras Namen Buchstaben für Buchstaben in die Oberfläche des backsteinroten
Monolithen. Dasselbe geschah mit meinem Namen auf einer
zweiten Platte. Als sich die Tafeln um die eigene Achse drehten, zeigten ihre Rückseiten unsere Namen von rechts nach
links geschrieben, bevor sie in der Tiefe des Ozeans versan-
ken. Auf Barbaras Platte stand ITNACREM ARABRAB und
auf meiner GNAGRRI ZANGI. Schmunzelnd assoziierte
ich Barbaras Name mit arabischer Eiscreme und meinen mit
einer knarrenden Zange.

Die fesselnde Vorführung dauerte mehrere Minuten
und beeindruckte mich:

„Großartig, Olga. Ein Riesenspektakel! Und der Strand zu Be-
ginn wirkt tatsächlich beruhigend. Ich habe mich wie ein Baby an Mut-
ters Brust gefühlt."

Auch Barbara überhäufte Olga mit Komplimenten.

Während sich unsere Gastgeberin zufrieden lächelnd bedankte, begann mir eine Frage auf der Zunge zu brennen:

„Bitte entschuldige die Anmerkung des notorischen Kulturbanausen, Olga, aber bist du sicher, dass die Installation auch in der Praxis funktioniert, wenn viele Namen in rascher Folge eingetippt werden? Könnte das nicht etwas… unübersichtlich werden?"

Mit meinem Einwand blamierte ich mich vielleicht bis auf die Knochen, aber gesagt war gesagt und Worte gehören zu den Dingen, die man nicht zurücknehmen kann. Barbara warf mir einen strafenden Blick zu:

„Was soll das, Ignaz. Spinnst du? Olga weiß bestimmt, was sie macht."

Olga hob die Hand:

„Lass nur, Barbara. Der Einwand scheint mir berechtigt. Wir sollten es testen. Tippt irgendwelche Fantasienamen ein, dann sehen wir, was passiert."

Barbara und ich erlaubten uns den Spaß, einander abwechslungsweise von der Tastatur zu schubsen, um selbst den nächsten Namen einzugeben. Wir tippten Namen von Prominenten und Bekannten ein, die uns spontan einfielen. Schon bald herrschte auf dem Bildschirm ein chaotisches Gewirr, in dem keine einzelnen Buchstaben oder Zeichen auszumachen waren. Farben, Formen, Symbole, Sand, Stein, Wasser, alles überlagerte sich und wurde zu einem schwammigen Wirrwarr. Olga stand mit geweiteten Augen da und schüttelte ungläubig den Kopf:

"Na, toll. Da muss ich nochmals tüchtig über die Bücher. Gut, haben wir den Härtetest gemacht."

Als letzten Namen hatte ich den des dubiosen Anwalts Roger Gretter getippt, den Larry beim Abendessen erwähnt hatte. Die letzte Steinplatte versank und Olga machte Anstalten, ihren Laptop herunterzufahren. Lauter als beabsichtigt rief ich:

„Stopp, nicht ausschalten! Bitte warte Olga. Ich möchte etwas überprüfen."

Unsere Gastgeberin überließ mir die Tastatur. Hastig gab ich den Namen des Anwalts nochmals ein, wobei der Leerschlag zwischen Vor- und Nachmanen in meiner Erregung unterging. „ROGERGRETTER" war auf dem weißen Sand zu lesen, nachdem ich die Enter-Taste gedrückt hatte. Gespannt verfolgte ich das Geschehen an der Wand. Das Programm trieb seine Spielchen mit dem Namen. Bevor am Ende die Steinplatte definitiv im Meer versank, konnte ich auf seiner Rückseite „RETTERGREGOR" lesen. Ungläubig schüttelte ich den Kopf. Dieser Winkeladvokat hatte tatsächlich die Unverfrorenheit und den Geltungsdrang besessen, als Pseudonym ein Anagramm seines Namens zu verwenden. Dieser blasierte Geck gab sich nicht einmal mit einem gewöhnlichen Anagramm zufrieden, es musste ein Palindrom sein! Ich murmelte vor mich hin:

„Ein solches Maß an Arroganz und Dreistigkeit kann nur einem kranken Hirn entspringen. Aber warte nur, Hochmut kommt vor dem Fall."

Entweder hielt dieser Rechtsverdreher seine Mitbürger für dämlich oder er war ein Zocker, der Risiken gezielt einging. Egal. Diese übersteigerte Eitelkeit würde ihm das Genick brechen. Zwei Augenpaare starrten mich fragend an. Ich klärte die beiden Frauen über Roger Gretter, alias Gregor Retter auf, entschuldigte mich, rauschte in den Wohnbereich und rief Larry an:

„Hör zu, Larry, du wirst es nicht glauben, aber ich weiß jetzt, wer Gregor ist. Buchstabiere Roger Gretter rückwärts und du erhältst Retter Gregor!"

Larry zeigte nicht die Überraschung, die ich erwartet hatte:

„Typisch für solche Egomanen. Jetzt nageln wir den Kerl fest.“

Olga bedankte sich, dass ich sie auf die Schwachstelle aufmerksam gemacht hatte. Sie meinte, wenn sie den Fehler nicht rechtzeitig bemerkt hätte, wäre sie wohl mit der Überarbeitung der Software in Zeitnot geraten. Dann packte sie mich an den Schultern, flüsterte, ich sei ein Engel und schmatzte mir einen dicken Kuss auf die Stirn.

Als Barbara und ich im Hotel ankamen, waren wir beide hundemüde und verloren wenig Zeit mit Abendtoilette. Am liebsten hätte ich mich gleich aufs Bett fallen lassen, aber Barbara gab keine Ruhe bis sie alles wusste, was mir Larry berichtet hatte.

Als ich am Freitagmorgen erwachte, hörte ich Barbara unter der Dusche eine melancholische Weise summen. Es hörte sich fast wie ein Stöhnen an. Eine ungewohnte Trägheit lastete auf mir, sodass ich liegenblieb, bis mich Barbara mit einem Guten-Morgen-Kuss begrüßte:

„Guten Morgen, mein Sägewerk. Du hast ja letzte Nacht einen gesunden und sonoren Schlaf gehabt.“

„Ich war ja auch todmüde. Du etwa nicht? Hast du nicht gut geschlafen? Du siehst aus, als könntest du noch eine Kappe voll vertragen.“

„Danke fürs Kompliment.“

„Oh, tut mir leid. Du siehst toll aus, mein Engel, aber wie nach einer durchzechten Nacht.“

„Ich wundere mich, dass du so ruhig schlafen kannst, Ignaz. Machst du dir denn keine Sorgen?“

Barbaras fahle Haut, ihre glanzlosen, dunkel geränderten Augen und die schmalen, blassen Lippen verrieten, dass es ihr nicht gutging. Ihr Atem ging gehemmt. Ich umfasste ihre Schultern:

„Was ist denn mit dir los, Babs? Worüber machst du dir solche

Sorgen? Die Ermittlungen stehen vor dem Abschluss. Ermittlungsverfahren sind wie träge Ozeandampfer. Sie brauchen lange, um Fahrt aufzunehmen, aber einmal auf Kurs, sind sie nicht mehr zu stoppen. Wir können bald alles abhaken und nach Hause fahren."

„Überleg doch, Ignaz! Was denkst du, wie diese Leute reagieren, wenn sie in die Enge getrieben werden? Wir haben es mit skrupellosen Alphatieren und nicht mit Klosterschülern zu tun! Die Wörter «Flucht» und «Aufgeben» existieren nicht in ihrem Vokabular. Solche Leute reagieren aggressiv und unberechenbar. Sie sind gefährlich. Du hast ja gesehen, was mit Dr. Kunkel geschehen ist. Wie kannst du nur so ruhig bleiben?"

Ich schätzte die Lage anders ein:

„Aber Babs, überleg doch. Das sind Menschen, intelligente Menschen, die erkennen, wenn sie in der Falle sitzen. Sie werden ihre Lage nicht dadurch verschlimmern, dass sie Dummheiten machen. Sie werden aufgeben."

Meine Argumente verfingen bei ihr nicht. Als Larry anrief, um einen Treffpunkt fürs Essen zu vereinbaren, entnahm ich dem Tremolo in seiner Stimme, dass er gute Neuigkeiten hatte.

Kommissar von Wenzenhausen rief als nächster an und bat mich, ihn im Verlauf des Tages in seinem Büro aufzusuchen. Ich legte meinen Arm um Barbaras Schulter und versuchte sie aufzuheitern:

„Warum unternimmst du nicht etwas gemeinsam mit Olga, während ich aufs Präsidium fahre. Es dauert bestimmt nicht lange."

„Kommt nicht in Frage! Ich weiche nicht von deiner Seite."

„Aber Babs, deine Angst ist unbegründet. Die Polizei hat diese Strolche doch im Schwitzkasten. Du wirst sehen, schon morgen brummen alle hinter schwedischen Gardinen. Ich pass schon auf mich auf."

„Nein, habe ich gesagt. Ich bleibe bei dir und damit basta!"

Damit hatte Barbara ihre rote Linie gezogen. Dennoch

schaffte ich es, ihr einen Kompromiss abzuringen. Wir einigten uns darauf, den Vormittag gemeinsam zu verbringen und machten unsere Pläne für den Nachmittag davon abhängig, was Larry berichten würde.

Barbara hatte an diesem Vormittag Lust auf gar nichts. Ich suchte nach Ideen, ihre Sorgen zu vertreiben. Das Beste, was mir einfiel, war, sie zu einem Bummel durch die Einkaufsmeile zu bewegen. Von ihrem sonst regen Interesse für Kleider, Taschen und Schuhe war nichts übrig. Um sie auf andere Gedanken zu bringen, täuschte ich Interesse an den Auslagen vor und ermunterte sie, das eine oder andere Kleidungsstück anzuprobieren oder das eine oder andere raffinierte Detail einer Tasche näher zu betrachten. Nichts von ihrer sonst omnipräsenten Kauflaune für modische Artikel zu spüren, fand ich alarmierend.

32

Um Barbara von ihrer Trübsal und ihrer lähmenden Angst zu entlasten, griff ich in meiner Ratlosigkeit zu einer Maßnahme, die ich ursprünglich vermeiden wollte. Ich lotste sie zu einer Galerie, deren ausgefallene Exponate mir bei einem meiner früheren Streifzüge aufgefallen waren. Selbst dieser Versuch ging total in die Hose. Ihre Augen schweiften gleichgültig über die bizarren Werke und blieben an keinem der Objekte hängen. Barbaras Gesicht wirkte so leblos wie die Plastiken um uns herum. Sie in diesem Zustand zu sehen, war unerträglich. Eine mir unverständliche, allesbeherrschende Furcht fror ihre Gedanken ein. Vielleicht schaffte ich es deshalb nicht, ihre Ängste zu bekämpfen, weil ich sie nicht nachvollziehen konnte. Nahe der Verzweiflung führte ich Barbara in ein Café, wo ich in einem ruhigen Gespräch versuchen wollte, ihre Bange zu begreifen, um ihr beizukommen.

Wir hatten noch nicht am Tisch Platz genommen, als Frau Kielstein anrief und mich um ein Treffen bat. Sie klang aufgekratzt und drängte darauf, ihre letzten Analysenresultate mit mir zu erörtern. Einen ungünstigeren Zeitpunkt hätte sie kaum wählen können. Barbara brauchte mich jetzt dringend. Ich versicherte der Toxikologin, ich sei an ihren Ergebnissen interessiert, aber momentan nicht abkömmlich. In ihrer Stimme lag die Enttäuschung eines Kindes, das warten muss, bis es seine Sandburg vorführen darf.

Was immer ich versuchte, um Barbara von ihren Befürchtungen zu erlösen, es geriet zum Schlag ins Wasser. Mir blieb nur die Zuversicht, dass Larrys Neuigkeiten sie beruhigen würden. Nach einem nicht enden wollenden Vormittag trafen wir ihn im Restaurant, in dem ich mit ihm am Vorabend gegessen hatte. Er saß am selben Tisch, vor ihm ein

Glas, in dem zwei kleine Eisreste in einer bernsteinfarbenen Flüssigkeit schwammen. Er stand auf und begrüßte uns beide mit einer Umarmung. Barbaras Apathie und die deutlichen Spuren von Schlafmangel und Kummer auf ihrem Gesicht schienen ihm nicht aufzufallen. Er machte ihr Komplimente, die an ihr wie an einer Squashwand abprallten. Ich bestellte ein Glas Weißwein für mich und einen Prosecco für Barbara. Kaum waren die Getränke serviert, da brachte uns der Texaner auf den neuesten Stand:

„Roger Gretter ist tatsächlich Gregor. Das war ein «fucking good hint» von dir, Iggy, wie wir zuhause sagen. Entschuldige den Ausdruck, Barbara, aber dieser Hinweis ist so verdammt gut, dass er kein anderes Attribut verdient. Ein Deutscher würde von einem genialen Hinweis sprechen. Das ist zwar geschliffen und korrekt, aber Iggys Tipp ist mehr als nur genial, er ist so verdammt gut, dass die Deutsche Sprache keine Attribute dafür kennt.“

Larry lachte, befreite ein Auge vom blonden Vorhang, der sich davorgeschoben hatte und zwinkerte Barbara zu. Vielleicht war ihm ihr Zustand doch aufgefallen und er wollte sie aufheitern. Ihre Miene blieb leblos und wächsern. Larry wurde wieder ernst:

„Dieser Anwalt hat eine ganze Menge auf dem Kerbholz. Er muss aber verdammt gut sein, denn er schafft es jedes Mal, sich aus noch so prekären Situationen zu winden. Trotz mehreren Verfahren gegen ihn, gab es noch keine einzige Verurteilung. Ich bin überzeugt, dass sich dies bald ändert. Einiges von dem, was Rainer Briegel über die Botengänge erzählt, die er für Retter, alias Gretter ausgeführt hat, wird dem Anwalt zum Verhängnis werden. Heute früh wollte die Polizei Roger Gretter verhaften. Er war aber weder zuhause noch im Büro. Nun läuft eine Fahndung. Der Flughafen und die Bahnhöfe werden überwacht. Sollte er versuchen, auf der Straße zu entkommen, wird es schwieriger, ihn zu fassen.“

Die Nachricht, Gretter sei auf der Flucht, war denkbar

ungeeignet, Barbaras Ängste zu mindern. Sie ließ ihren Prosecco stehen und weigerte sich, Essen zu bestellen. Nun konnte auch Larry nicht länger über ihren Zustand hinwegsehen und er schien die Ursache zu erraten:

„Wir werden Gretter kriegen. Schon bald. Wenn nicht hier, dann andernorts. Die Fahndung läuft bundesweit.“

Barbaras bleiche Stirn war von winzigen Schweißtröpfchen übersät. Ihre Stimme war dünn wie ein Seidenfaden und leise wie eine laue Brise:

„Er wird entkommen. Er ist schlau. Er wird sich rächen, zurückschlagen.“

Sie sprach wie in Trance. Es schien kein Tropfen Blut in ihrem Körper zu sein. Der Kellner hielt Abstand zu unserem Tisch. Sein Erscheinen wäre ungelegen gekommen und es war offensichtlich, dass er es spürte. Larrys Nachricht war nicht von der Art, wie ich sie mir erhofft hatte. Der Ober hielt weiterhin diskret Abstand und gab sich beschäftigt. Wir verharrten alle wie schockgefroren – still, unbeweglich und ratlos. Das Summen von Larrys Handy empfand ich als eine Erlösung. Der Ober bedachte ihn mit einem ätzenden, seitlichen Blick. Er hatte wohl von Larry erwartet, dass er sein Smartphone ausschaltete, wie es all die übrigen Gäste taten. Der Texaner entschuldigte sich und schritt zur Eingangstür. Ich hatte meine Versuche aufgegeben, Barbara mit Worten Zuversicht zu geben. Ich hielt schweigend ihre Hand und litt mit ihr. Als Larry zurückkam, blieb er mit einer Zufriedenheit im Gesicht vor uns stehen, die meine Hoffnung wiederbelebte. Er breitete seine Arme aus:

„Sie haben ihn. Gretter hat tatsächlich versucht, auf dem Luftweg zu entkommen. Bitte entschuldigt mich, ich muss aufs Revier. Ich darf nichts verpassen. Wir treffen uns hier um sieben zum Abendessen. Lasst es euch schmecken. Bis dann.“

Da war er endlich, der Befreiungsschlag, der Barbaras

Füße zurück auf den Boden brachte. Sie atmete durch, griff zu ihrem Glas und nahm einen kräftigen Schluck Prosecco. Ein Hauch von Farbe und Entspannung kehrte auf ihr Gesicht zurück:

„Ich glaube, jetzt werde ich wieder schlafen können."

Mit der Miene des Vorabends, jener fleischgewordenen Gastfreundschaft, näherte sich der Kellner unserem Tisch. Er fragte mich, ob unser Begleiter zurückkomme, entfernte das dritte Gedeck und nahm unsere Bestellungen entgegen.

Kommissar von Wenzenhausen führte mich in einen kleinen, schummrigen Raum, in dem allerhand elektronisches Gerät herumstand. Eva Balan saß mit geschlossenen Augen an einem kleinen Tisch. Ihr Kopf wurde von einem wuchtigen Kopfhörer umschlossen. Mir war es unangenehm, ihr nochmals zu begegnen, aber es ließ sich nicht ändern. Es verursachte mir ein flaues Gefühl im Magen. Eva lauschte fokussiert mit gesenktem Kopf, den sie auf ihre Hände gebettet hatte. Ihre Ellbogen ruhten auf der Tischplatte. Sie bemerkte weder den Kommissar noch mich, als wir das Zimmer betraten. Inspektor Basler saß ihr direkt gegenüber. Er sah kurz auf, legte seinen rechten Zeigefinger an die Lippen und gab mir ein Zeichen, mich zu setzen. Die Falten auf Evas Stirn – ein Tribut an ihre Konzentration – konnten ihrer Schönheit nichts anhaben, einer Schönheit, die sie nicht verdiente, wie ich fand. Bei diesem Gesicht und diesem Körper hatte die Natur wahrlich gezaubert, bei anderen Werten jedoch in die Kiste mit den Restposten gegriffen. Ich dachte: *„Dass diese Frau, die alles sein und alles erreichen könnte, im Escort-Geschäft tätig ist…"* Rasch unterbrach ich meinen Gedankengang, denn ich hatte mich dabei ertappt, dass ich meine persönlichen Wertvorstellungen auf andere übertrug. Ich musste mir eingestehen, dass Eva möglicherweise genau das Leben führte, das sie gegen kein anderes eintauschen würde. Was wusste ich denn schon? Sie nahm den Kopfhörer ab und nickte dem Inspektor zu:

„Ja, ich bin mir ziemlich sicher, es ist seine Stimme."

Dann entdeckte sie mich, warf mir im Aufstehen ein laszives Lächeln zu und begrüßte mich mit dem herausfordernden Blick eines Vamps. Der Inspektor wirkte verlegen und irritiert. Das Gesicht des Kommissars zeigte hingegen jenen für Columbo typischen Ausdruck, der erkennen lässt, dass ihm kein noch so tiefer menschlicher Abgrund fremd ist. Ohne ihrer Mimik Beachtung zu schenken, nahm er seinen Zahnstocher aus dem Mund und warf ihn in den Papierkorb. Er dankte Eva für ihre Mitarbeit und mir für mein Kommen. Eva hatte ihre Pflicht erfüllt und verabschiedete sich von den Beamten. Ich fand, dass ich der jungen Frau einige Abschiedsworte unter vier Augen schuldete und der Kommissar las meinen Gedanken:

„Kommen Sie, Basler. Wir haben eine Pause verdient. Ich spendiere eine Runde Kaffee, auch unseren Gästen."

Glubschäugig trippelte der Inspektor seinem Chef hinterher und kam bald darauf mit zwei Kaffeebechern zurück. Er stellte sie auf den Tisch und wandte sich zum Gehen:

„Wir kommen nach der Kaffeepause wieder."

Eva saß mit übergeschlagenen Beinen, ihrem verführerischsten Lächeln und einem erwartungsvollen Blick auf einem der Holzstühle:

„Schön, dass wir unter uns sind, Ignaz."

Mir war klar, dass ich sie nicht zu Wort kommen lassen durfte, wenn ich die Kontrolle behalten wollte:

„Hör zu, Eva, ich wollte dir zum Abschied noch ein paar Dinge sagen. Als Erstes gratuliere ich dir. Du hast bei dir zuhause meinen Widerstand so mühelos gebrochen wie der Kommissar seine Zahnstocher. Du bist gut darin, dir zu holen, was du willst. Und du hast deinem

Berufsstand alle Ehre gemacht."

Erst zeigte Eva ein süffisantes Lächeln, doch plötzlich fuhr sie mir entschieden ins Wort:

„Du bezeichnest mich als Hure?"

Ich musste ruhig bleiben und durfte die Zügel nicht aus der Hand geben:

„Das hast du gesagt, Eva. Ich habe dieses Wort nicht in den Mund genommen, weder jetzt, noch damals. Ein großes Kompliment gebührt dir auch für deine schauspielerische Leistung. Ich habe dir den Schwindel voll abgenommen, dass du dein Metier aufgeben und ein neues Leben anfangen willst, auch weil es bei deinen vielfältigen Fähigkeiten kein Problem gewesen wäre. Und Hut ab, für das, wofür ich dir zeitlebens dankbar sein werde. Dein Auftritt im Restaurant war grandios. Seitdem bezweifelt meine Frau Barbara meine Schilderung der Vorgänge in deiner Wohnung nicht mehr."

Eva lachte höhnisch:

„Du hast mein Mitleid, Ignaz. Es muss hart sein, von einer sexbesessenen Amazone vergewaltigt zu werden. Oder läuft das vielleicht unter Nötigung? Sieh bloß zu, dass du mit diesem Trauma klarkommst. Und natürlich bist du gleich heim zu Mama gerannt und hast ihr brühwarm erzählt, was das ungezogene Mädchen mit dir angestellt hat."

Eva konnte mich nicht mehr verletzen oder provozieren. Ich bemühte mich weiterhin um einen neutralen Ton:

„Du tust mir leid, Eva, aber ich wünsche dir trotzdem alles Gute. Finde einen Weg, der dich glücklich macht, einen, der dir im Alter erlaubt, auf dein Leben zurückzuschauen, ohne Reue zu empfinden."

Eva saß so unbeweglich mit gesenktem Blick auf ihrem Stuhl, als wäre sie aus Marmor gehauen. Dann stand sie auf, schoss mir einen letzten Blick mit der Lizenz zu töten entgegen und verließ wortlos den Raum. Die beiden Beamten müssen sie beim Verlassen des Gebäudes beobachtet oder das Klacken ihrer Absätze gehört haben, denn sie betraten den Technikraum unmittelbar nach ihrem Abgang. Der Kommissar deutete mit dem Kinn auf die beiden vollen Kaffeebecher und warf mir einen fragenden Blick zu. Ich meinte augenzwinkernd:

„Diese schwarze Brühe schmeckt wie Waschlauge. Ich werde nachher mit meiner Frau einen vernünftigen Kaffee trinken."

Von Wenzenhausen reagierte amüsiert, der Inspektor mit einem empörten Blick. Er ließ auch mich die Stimme im Kopfhörer identifizieren, doch sie kam mir nicht vertraut vor. Der Kommissar setzte sich. Er nahm seinen Zahnstocher aus den Mund, brach ihn entzwei und warf ihn in den Papierkorb. Dann zog er einen der beiden Kaffeebecher zu sich heran, die Eva und ich stehengelassen hatten:

„Wir haben alle Personen festgenommen, von denen wir denken, dass sie an Ihrer Betäubung oder an Dr. Kunkels Ermordung beteiligt waren. Sollte sich bei den Vernehmungen herausstellen, dass weitere Personen involviert sind, so werden wir auch sie schnappen. Es scheint, dass Sie ein begehrter Mann sind, dem die Zukunft gehört, Doktor. Vielleicht kann ich irgendwann meinen Enkeln von unserer Begegnung erzählen, wenn das Fernsehen zeigt, wie Sie den Nobelpreis entgegennehmen."

Ich lachte. Es war nicht zu erkennen, wie viel Ironie in seinen Worten steckte.

„Leider scheinen Ihre Fähigkeiten Dr. Kunkel das Leben gekostet zu haben. Aber werfen Sie sich nichts vor, Doktor. Schuld am Ganzen ist die Gier und der Geltungsdrang anderer. Und keine Sorge, Doktor, alle Verantwortlichen werden für ihre Taten büßen, egal wie mächtig sie sind. Das garantiere ich Ihnen."

Nach einer kurzen Pause fügte er mit einem schelmischen Grinsen auf den Lippen und einem neuen Zahnstocher im Mund hinzu:

„Übrigens war mir von Beginn an klar, dass Herr Pensky sich

intensiv mit Ihnen austauscht. Wir wissen alle, dass er damit gegen die Regeln verstieß, aber wissen Sie, Doktor, ich bin kein Paragrafenreiter. Ich bin Pragmatiker. Das ist wesentlich zielführender. Dass Sie und Herr Pensky sich über die Vorschriften hinwegsetzten, hat entscheidend zur Lösung des Falls beigetragen. Es wäre dumm von mir gewesen, einzugreifen. "

Von Wenzenhausens fester Händedruck wirkte noch nach, als mich Frau Kielstein kurze Zeit später in ihr Labor führte. Die hochempfindlichen Geräte, die dort herumstanden, ließen mich vor Neid erblassen. Im Vergleich zu ihrem, wirkte mein Labor wie dasjenige des altehrwürdigen Paracelsus. Wir setzten uns in ihre Schreibecke. Ihre Ausführungen zu den Analysemethoden und der Wirkungsweise der Drogen, waren eine Lehrstunde und eine weitere Bestätigung ihrer Fachkompetenz. Ihr Fazit war, dass nur jemand mit profunden toxikologischen Kenntnissen Kunkels Todestrank zusammengestellt haben konnte. Sie war überzeugt, dass dieselbe Person auch den Champagner im Barracuda und in meinem Hotelzimmer präpariert hatte. Da nun Barbara ohne meine Nähe zurechtkam, nahm ich mir guten Gewissens etwas Zeit für Fachsimpeleien. Mit der Aussage, gemeinsam wären wir ein tolles Team und unübersehbarer Wehmut, ließ mich die Toxikologin nach einer Stunde ziehen.

Das Restaurant war zu etwas wie unserem Stammlokal geworden. Larry steuerte strammen Schrittes auf unseren Tisch zu. Der Kellner nahm ihm die Jacke ab und ging damit zur Garderobe. Larry umarmte Barbara und klopfte mir auf die Schulter. Kaum hatte er sich gesetzt, da stand der Ober auch schon an unserem Tisch. Larry bestellte drei Proseccos:

„Es gibt Grund zum Feiern, Leute. Gretter redet wie ein Beo auf Speed. Dieser Opportunismus passt zu solchen Typen. Einmal erwischt, tun sie alles, um besser wegzukommen. Gretter sagt, seine einzige Kontaktperson bei Ars Medica International sei der technische Direktor, Dr. Björn Sandvik. Das ist der Kerl, der die Controller, unter dem

Vorwand, er befürchte Betriebsspionage, ausgesperrt hat."

„Sandvik", raunte ich. *„Dieser Name sagt mir etwas. Ich habe ihn schon irgendwo gehört."*

Larry ging nicht darauf ein, also schob ich diesen Gedanken beiseite und konzentrierte mich auf seinen Bericht:

„Die meisten Botengänge, die Briegel im Auftrag Gretters machte, waren legal. Aber Briegel hat auch deinen Champagner im Barracuda gedopt, die Briefe in dein Hotelzimmer geschmuggelt und den Verkehrsunfall inszeniert. All das im guten Glauben, wie er beteuert. Es war Dr. Björn Sandvik, der technische Direktor der Ars Medica, der dein Treffen mit Kunkel verhindern wollte. Er beauftragte Roger Gretter, dafür zu sorgen, dass kein Kontakt zwischen dir und M&S zustande kam. Gretter versuchte es erst mit deiner Betäubung, dann mit dem inszenierten Verkehrsunfall und als Kunkel im Krankenhaus erklärte, sich mit dir nach seiner Genesung treffen zu wollen, ging Gretter aufs Ganze. Sandvik stellte ihm das präparierte Bier und eine mit «Galaxy» signierte Glückwunschkarte zur Verfügung. Gretter ließ beides von Briegel an Kunkels Krankenbett liefern."

Langsam näherte sich der Ober mit drei Amuse-Bouches unserem Tisch. Er übte sich in Geduld, bis wir die Menükarte studiert hatten, nahm unsere Bestellungen auf und zog mit einem verbindlichen Lächeln von dannen. Larry strich sich eine Strähne aus dem Gesicht:

„Wo war ich stehengeblieben? Ach ja, die Bierflasche. Man fand die leere Flasche auf Kunkels Nachttisch neben der Karte mit der kurzen Mitteilung «Ave Wok, tua salute bibam. Möge deine Heilung rasch voranschreiten.»"

Barbara kann kein Latein und meine Kenntnisse beschränken sich auf eine Reihe naturwissenschaftlicher Fachausdrücke. Es war aber unschwer zu erraten, dass Wok Kunkels Rufname in einer Studentenverbindung und Galaxy jener des Absenders war. Larry bestätigte meine Annahme und übersetzte den lateinischen Teil des Textes:

„*Das heißt in etwa «Grüß dich, Wok, auf deine Gesundheit trinken wir». Ich bin mir nicht einmal sicher, ob dies korrektes Latein ist. Kunkel hat in Freiburg studiert, wo er in der Studentenverbindung Teutonia «Wok» genannt wurde. «Galaxy» war der Verbindungsname seines Kommilitonen Raphael Kuhn, der als ordentlicher Professor an der University of Melbourne in Australien lehrt.*"

Ich stutzte:

„*Was hat der mit der Geschichte zu tun?*"

„*Gar nichts. Er weiß nichts von diesen Vorgängen. Sandvik hat zur selben Zeit wie Kunkel Naturwissenschaften in Freiburg studiert, nachdem er bereits irgendwo in Skandinavien einen Wirtschaftsabschluss gemacht hatte. Er hat die Glückwunschkarte verfasst und das Bier präpariert. Die Biermarke wird Kunkel aus seiner Studentenzeit vertraut gewesen sein. Das Bier wird im Schwarzwald, unweit von Freiburg gebraut, ok? Kunkel muss angenommen haben, Professor Kuhn, alias «Galaxy», habe von seinem Unfall erfahren und ihm eine Aufmunterung zukommen lassen.*

Die Kantonspolizei Zürich arbeitet eng mit von Wenzenhausen zusammen. Sie fahndet bereits nach Sandvik und es gibt keine Hinweise, dass nebst Gretter, Briegel und ihm weitere Personen involviert wären. Hasenfraz und seine Mitläufer müssen sich nur in Deutschland für ihren Vertragsbruch verantworten. Leider haben sie nach deutschem Recht reelle Chancen, ungeschoren davonzukommen. Innerhalb der Branche ist Hasenfraz allerdings erledigt."

Larry nahm einen Schluck Wasser und wollte fortfahren, als sein Handy ein Piepen von sich gab. Er schaute aufs Display und verkündete mit einem zufriedenen Lächeln im Gesicht:

„*Auch Sandvik ist nun gefasst. Ich denke, jetzt haben wir alle bösen Buben. Sandvik und Gretter können sich die besten Anwälte leisten, doch das wird sie nicht vor dem Knast bewahren. Im Gegensatz zu ihnen, tut mir Rainer Briegel irgendwie leid. Dieser arme Trottel war nichts weiter als Gretters leichtgläubiger Handlanger. Er wird mit einem*

unerfahrenen Pflichtverteidiger vorliebnehmen müssen und die beiden Fi-
lous werden ihm die Hauptschuld zuschieben. Und was sagt uns das?
Manchmal wird Dummheit eben doch bestraft. "

Erneut erspürte der Kellner den richtigen Augenblick.
Von einer Kollegin unterstützt, trug er unsere Speisen auf.
Barbara wirkte so entspannt, wie schon lange nicht mehr.
Jetzt wussten wir, wer hinter der Geschichte steckte. Was
weiterhin im Dunkeln lag, war ihr Motiv. Wäre Sandvik auf
mein Spezialwissen aus gewesen, dann hätte er mich nur zu
kontaktieren brauchen. Er musste also andere Gründe für
sein Handeln haben. Mir fiel kein einleuchtendes Motiv ein,
schon gar nicht eines, das ein Menschenleben wert gewesen
wäre. Ich wischte diese Gedanken beiseite, freute mich über
Barbaras neue Zuversicht und auf die köstliche Mahlzeit.

33

Seit meinem unseligen Besuch im Barracuda war ich einer Reihe menschlicher Abgründe begegnet, die ich bis dato bestenfalls aus Romanen kannte. Es kam mir vor, als hätte ich innert weniger Wochen mehr erlebt als im ganzen Jahrzehnt davor. Mein Glaube an das Gute im Menschen war löchrig geworden wie ein Emmentaler Käse. Es war eine riesige Erlösung, als nun die Zeit begann, die ich so sehr herbeigesehnt hatte. Endlich konnte ich den berühmten, dicken Schlussstrich ziehen und beherzt ein neues Kapitel aufschlagen. Trotz allem konnte ich diesen bedauerlichen Geschehnissen etwas Positives abgewinnen. Sie hatten meine Lebenserfahrung bereichert und ich ging nun mit wacheren Sinnen durchs Leben. Ich legte drei Prioritäten für den Rest meines Lebens fest. Ich wollte Barbara glücklich machen und mit ihr eine Familie gründen, mein Projekt zur Marktreife bringen und den Kontakt zu engen Freunden pflegen, was viel zu lange viel zu kurz gekommen war.

Barbara war aufgeblüht, seit Sandvik und seine Helfershelfer nicht mehr frei herumliefen. Auch sie sehnte sich nach einem Neubeginn und schlug vor, diesen symbolisch mit einem gemeinsamen Erlebnis einzuläuten. Wir beschlossen, unsere Wanderung im Tessin nachzuholen und überredeten Alex und Rebecca, mitzukommen. Es wurden vier körperlich anstrengende und dennoch erholsame Tage – der perfekte Einstieg in unseren neuen Lebensabschnitt.

Kaum waren wir wieder zuhause, da rief mich Serge Ducros an, der CEO von Ars Medica International und ehemalige Vorgesetzte Björn Sandviks:

„Ich komme nächste Woche mit meiner Frau von einem Kurzurlaub in den Bergen zurück. Da fahren wir praktisch an Ihrem Haus

vorbei. Wir werden einen Zwischenhalt einlegen und ich würde Sie und Ihre Frau bei dieser Gelegenheit gerne bei einem Mittagessen kennenlernen. Sie haben in unserer Firma für viel Wirbel gesorgt, natürlich unabsichtlich. Vielleich könnten wir bei einem gemütlichen Essen ein paar Dinge erörtern. Na, darf ich mit Ihnen rechnen?"

Wie bereits erwähnt, bin ich ein neugieriger Mensch und ich war auf seine Absichten gespannt. Also sagte ich zu. Barbara begleitete mich mehr aus Pflichtgefühl denn aus dem Wunsch heraus, den Top-Manager und seine Frau kennenzulernen. Ducros war ein Patron alter Schule, ein wahres Relikt unter den Wirtschaftsführern. Seine Freizeitbekleidung war von der Art, der man vor dreißig Jahren oft auf Wanderungen begegnete. Ich hatte Mühe, mir diesen Mann in Maßanzug und Krawatte vorzustellen. Die wenigen grauen Haare auf seinem Kopf konnten sich nicht auf eine gemeinsame Frisur einigen. Sein gebräuntes Gesicht konnte nicht darüber hinwegtäuschen, dass er weder besonders gesund noch entspannt war. Er stellte uns seine Frau Maria vor. Sie war ein hübsches, aber unscheinbares Mauerblümchen, ganz Dekoration. Sie hatte in etwa den Jahrgang von Ducros' Wanderoutfit. Ihre dunkle Haut und die pechschwarzen Haare verrieten, dass ihre Vorfahren nicht aus Mitteleuropa stammten. Etwas in ihren Gesichtszügen erinnerte mich an peruanische Eingeborene. Es blieb mir schleierhaft, ob sie Deutsch sprach, denn sie gab kein Wort von sich. Selbst als Barbara versuchte, eine Konversation mit ihr in Gang zu bringen, erntete sie nichts als Lächeln und Nicken. Die junge Frau strich im Viertelminutentakt über ihr langes, glänzendes Haar und fühlte sich in unserer Gesellschaft sichtlich unwohl. Nachdem Ducros einige Sätze über ihre Reise, seine Ferienpläne und das Wetter von sich gegeben hatte, kam er auf den Punkt:

„Ich muss Ihnen nicht erklären, wie schwierig die Situation bei uns in der Firma ist, nach dem Schlamassel mit Sandvik. Ich darf jetzt

alles wieder geradebiegen. Soviel mir zu Ohren gekommen ist, sind Sie momentan verfügbar. Ich biete Ihnen eine Stelle an. Ich weiß genau, was ich an Ihnen hätte, Dr. Irrgang. Ich weiß einiges über Ihr Projekt und es wäre mir eine Ehre, Ihnen den optimalen Rahmen zu bieten, damit Sie es realisieren können. Was meinen Sie dazu?"

Ich bedankte mich für sein Vertrauen und ergänzte:

„Ich bin nicht an einer Anstellung interessiert. Ich suche Investoren, die mir erlauben, meine eigene Firma zu gründen."

„Wer träumt schon nicht vom eigenen Unternehmen? Ich garantiere Ihnen, dass Sie bei uns eine Abteilung wie Ihr eigenes Unternehmen führen können. Niemand wird Ihnen reinreden und Sie bekommen ein Budget, das Sie in keinster Weise einschränkt. Über das Gehalt werden wir uns auch einig. Da habe ich großen Handlungsspielraum. Sie wissen, dass es in unserer Branche so gut wie unmöglich ist, sich selbstständig zu machen. Die Investitionen sind viel zu hoch und Geldgeber wollen schnelle Renditen. Pharmaprojekte dauern ihnen zu lange. Wenn Investoren den Return on Investment nicht abschätzen können, greifen sie nicht in die Tasche. Einige geben sich gern risikofreudig, sind es aber nicht, wenn es hart auf hart geht. Auf den Zug einer bloßen Idee wird keiner aufspringen. Also, denken Sie nochmals darüber nach."

Ich beharrte auf einer absoluten Selbstständigkeit, die er mir nicht bieten konnte, worauf er den Versuch aufgab, seine Verzweiflung zu verbergen. Ich hatte seine letzte Hoffnung zerstört, den Kopf noch aus der Schlinge ziehen zu können. Vielleicht erwartete er Mitgefühl, doch ich hatte gelernt, mich stärker um mich selbst zu kümmern und wusste, dass Leute in seiner Position nicht am Bettelstab gingen, wenn sie ihren Job verloren. Ich hatte die gesamte Pharmaindustrie über und schwor mir, mich nie mehr an sie zu verdingen.

Ich begann, potenzielle Investoren abzuklappern. Zu meinem Leidwesen bestätigte sich Ducros' Prophezeiung.

Niemand wollte in eine für ihn utopisch klingende Idee investieren. Es kam der Tag, an dem Edwin, mein Schwiegervater, nicht länger zusehen mochte, wie ich, auf der Suche nach Kapital, erfolglos von Pontius zu Pilatus rannte:

„Vergiss die institutionellen Anleger. Sie sind unfähig, dein Konzept zu begreifen. Lass mich mit einigen finanzkräftigen Leuten reden, die in der Lage sind, deine Ideen zu verstehen und an vielversprechenden Start-ups interessiert sind."

Die Biennale hatte Barbara einem größeren Publikum bekanntgemacht. Ihre Arbeiten gewannen wieder an Qualität und jedes Bild fand einen Käufer, noch bevor die Farbe trocken war. Wie Olga prophezeit hatte, schossen die Preise von Barbaras Werke in die Höhe. Sie machte weder an die Kreativität noch an die Qualität ihrer Arbeit Konzessionen und versuchte gleichzeitig, die Nachfrage zu befriedigen. Dafür arbeitete sie wie besessen. Meine Befürchtungen, sie könnte in jene Falle tappen, in die ich geraten war, waren unberechtigt. Sie arbeitete den ganzen Tag in ihrem Atelier, aber die Abende gehörten uns. Ich nahm ihr so viele tägliche Aufgaben ab, wie ich konnte. Nach einer Weile wurde ich zum perfekten Hausmann. Hätte ich in den Sechzigern gelebt, so hätte ich gute Aussichten auf den Titel *„Hausfrau des Jahres"* gehabt.

Larry überraschte mich mit einer E-Mail, in der er fragte, ob er uns kurzfristig besuchen und ein paar Tage bleiben dürfe. Ich rief ihn umgehend an und er gab mir seine Flugdaten bekannt. Vielleicht hatte er den frühesten Flug des Tages gewählt, damit ihm bis zum Start wenig Zeit für seine Flugangst blieb.

Am Flughafen fragte ich mich, ob wir Vollmond hatten oder ob der Föhn ging. In der überfüllten Ankunftshalle waren die Leute fahrig und spielten verrückt. Der Geruch nach Parfüm und Schweiß war intensiver als sonst. Energischer und rücksichtsloser als ich es gewohnt war, tankten sich Reisende durch die Menschenansammlungen. Angerempelte formten mit ihren Lippen stumme Verwünschungen, andere mit ihren Händen eine Faust. Lächelnd und beschwingten Schrittes kam Larry auf mich zu. Es tat gut, sein fröhliches Gesicht zu sehen und seine herzliche Begrüßung in Texanerdeutsch aus dem globalen Sprachgewimmel herauszuhören. Auf dem Heimweg erzählte ich ihm von meiner Begegnung mit Ducros, was er mit einem *„Diese Typen lassen nie locker"* kommentierte.

Zuhause schob ich das Gratin in den Ofen und bot Larry einen Scotch an. Es war das einzige Getränk in unserer Bar, das Ähnlichkeit mit seinem geliebten J.D. aufwies. Mir schenkte ich ein Bier ein und stellte die Gläser vor uns auf den Tisch. Ich schaute meinem schweigenden Gast in die Augen:

„Bist du eigentlich nur hergekommen, um von meinem Single Malt zu schmarotzen und dich an meinem Gratin gütlich zu tun oder hast du auch Neuigkeiten mitgebracht? Du siehst mich wohl gern zappeln."

Verschmitzt grinsend schob er die übliche Strähne zurück. Während ich meine Brillengläser reinigte, hob er das Glas an die Lippen und nippte daran. Dann grinste er lausbübisch:

„Guter Stoff. Daran kann man sich gewöhnen. Ich dachte schon, die ganze Dache interessiere dich nicht mehr. Ich fasse kurz zusammen. Alles begann damit, dass Dr. Leopold Hasenfraz mit seiner Situation bei DATS unzufrieden war. Er hielt sich für unterbezahlt und zu Höherem berufen. Deine Präsentation brachte ihn auf eine Idee, wie er das ändern konnte."

Ich erinnerte mich an die sonderbare Situation:

„Außer ihm saß nur eine Buchhalterin am Tisch. Hat er es so eingefädelt?"

„*Er bestreitet das. Er behauptet, dass die übrigen Teilnehmer verhindert waren und ihm das Potenzial deines Projekts erst im Verlauf deiner Ausführungen klarwurde. Aber das ist nicht relevant. Hasenfraz beschloss noch während deines Vortrags, deine Idee als Vehikel für seine eigene Karriere zu benutzen.*"

„*Das bedeutet, er ging mit meinem Projekt hausieren?*"

„*So in etwa, ja. Er fuhr umgehend in die Schweiz und präsentierte es brühwarm Dr. Björn Sandvik, dem technischen Direktor der Ars Medica International und zwar als seine eigene Idee.*"

Ich trank einen Schluck Bier:

„*Wie konnte dieser unterbelichtete Esel ein so komplexes Konzept glaubhaft als seine Idee darstellen?*"

„*Irgendwie gelang es ihm, Sandvik zu überzeugen. Er mag keine Intelligenzbestie sein, aber er kann zweifellos glaubwürdig mauscheln.*"

Larry strich seine Strähne zurück und zog den Duft des Single Malt ein. Ich versuchte zu verstehen:

„*Nach allem, was ich von Sandvik gehört habe, ist er hochintelligent und gewissenhaft. Ich hätte nicht erwartet, dass er auf diesen Schwindler hereinfällt.*"

„*Sandvik hat nach dem Prinzip Hoffnung gehandelt, denn das Wasser stand ihm bis zum Hals. Die Aktionäre hatten Wind davon bekommen, dass Ars Medica kaum Innovationen in der Pipeline hatte. Es sah nicht gut aus für die Zukunft des Unternehmens. Der Aktienkurs verlor bereits an Boden. Als technischer Direktor war Sandvik für Neuentwicklungen verantwortlich und damit in der Schusslinie. Er dachte, nur ein Projekt mit gewaltigem Potential könnte ihm Luft verschaffen. Hasenfraz präsentierte ihm genau das. Es sah nach einer Win-win-Situation aus. Sandvik bekam ein Projekt, das sämtliche Kritiker zum Schweigen bringen konnte und Hasenfraz kam im Gegenzug zu einem höheren Einkommen und dem Status, den er zu verdienen glaubte. Hasenfraz brauchte jetzt nur noch dich, um alles perfekt zu machen.*"

„*Und nachdem er mich bei DATS wie einen Idioten hatte ab-blitzen lassen, konnte er mich nicht persönlich ansprechen.*"

Larry leerte seinen Whisky und behielt den letzten Schluck eine Weile im Mund:

„*Mmh. Dazu komme ich noch. Lass mich chronologisch erzäh-len. Um die Konkurrenzklausel zu umgehen, musste Hasenfraz erstmal dafür sorgen, dass ihm fristlos gekündigt wurde. Er entwendete die Brief-tasche eines Arbeitskollegen und sorgte dafür, dass er ertappt wurde.*"

Ich öffnete eine Flasche Merlot und schenkte uns ein. Dann holte ich das Gratin aus dem Ofen und tischte es auf. Larry lobte meine Kochkünste und verlor kein weiteres Wort, bis sein Teller leer und so sauber war, dass sich der Abwasch erübrigt hätte. Als ich den Kaffee servierte, nahm er das Thema wieder auf:

„*Björn Sandvik ist ein vorsichtiger Mann, einer mit Gurt und Hosenträger, wie man so sagt. Und er traute Hasenfraz nur bedingt. Deshalb stellte er ihn auf sechs Monate befristet ein, mit der Option auf einen unbefristeten Vertrag. Er wollte nicht in eine lahme Ente inves-tieren. In seinen kühnsten Träumen sah er sich bereits als nächsten Kon-zernleiter.*"

„*Und Hasenfraz hat auf Sandviks Sessel geschielt.*"

Larry nickte und ein Haarbüschel senkte sich auf sein linkes Auge:

„*Hasenfraz führte nun eine neugeschaffene Division, die aller-dings kaum grösser als eine Abteilung war. Einige Entwickler wurden aus anderen Bereichen abgezogen und ihm unterstellt, unter anderem Klaus Dietrich. Als Hasenfraz erfuhr, dass Klaus einen guten Draht zu dir hatte, versuchte er alles, damit er dich in die Firma holt.*"

„*Klaus lief mir so häufig über den Weg, dass ich glaubte, er könnte Teil des Komplotts sein.*"

„*Klaus Dietrich war ahnungslos. Hasenfraz lenkte ihn wie eine Marionette. Aber schließlich blieben seine Bemühungen erfolglos und*

Björn Sandvik wurde ungeduldig. Er fand bald heraus, dass nicht Hasenfraz, sondern du der Know-how-Träger warst. Als er erfuhr, dass du mit M&S verhandeln wolltest, reagierte er panisch. Er wandte sich an den deutschen Anwalt Roger Gretter, der ihm schon früher aus der Patsche geholfen hatte."

Ich rieb meine Brillengläser sauber und warf ein:

„Warum hat mich Sandvik nicht direkt angesprochen?"

„Wie gesagt, Sandvik reagierte in Panik. Tatsache ist, dass er Gretter einschaltete und jener unter seinem Decknamen Gregor Retter die Balan und Rainer Briegel für seine Zwecke mobilisierte."

„Woher hatte Gretter eigentlich die Plemplem-Tropfen? Von Sandvik?"

„Exakt. Gretter wusste, dass sein Klient ein Meister der Zaubertränke ist. Der Anwalt brachte einen Hotelangestellten mit einem angemessenen Bakschisch dazu, ihm Zugang zu deinem Zimmer zu gewähren und schwatzte ihm einen Eiskübel ab, den er mit der präparierten Champagnerflasche auf den Tisch stellte. Vom Pagen unbemerkt, entwendete Gretter beim Hinausgehen deine Aktentasche. Er konnte nicht wissen, dass sie wertlos war."

„Etwas leuchtet mir nicht ein. Wenn Sandvik eine Giftmischer-Koryphäe ist, warum hätte ich es um ein Haar zum Treffen mit M&S geschafft? Nur weil die Beamten zufällig im Haus waren, hat es nicht geklappt. Hat Sandvik gepfuscht oder wollte er das Meeting gar nicht verhindern? Vielleicht wollte er nur, dass ich beim Meeting versagte."

„Er hatte damit gerechnet, dass die Balan und du etwa dieselbe Menge Champagner trinkt. Ihr wärt dann beide etwa um die Mittagszeit aufgewacht, angeschlagen, aber nicht spitalreif. Sein Plan ging deshalb schief, weil du zu heftig auf den Schaumwein im Barracuda reagiert hast. Sandvik meint, es müsse am Fusel gelegen haben, den du vorher getrunken hattest. Im Zimmer bist du dann bereits nach dem ersten Schluck kollabiert. Dadurch trank Eva Balan fast die ganze Flasche."

304

„Und da ich mich von Dr. Kunkel in sein Wochenendhaus einladen ließ, musste er aus dem Rennen genommen werden."

„Du sagst es. Sandvik beauftragte erneut Gretter damit."

„Wie konnte Sandvik erfahren, dass mich Kunkel in sein Wochenendhaus eingeladen hatte? Ich nehme an, von Gretter. Dieser Anwalt scheint überhaupt zu jedem Zeitpunkt über alles im Bilde gewesen zu sein."

Larry schüttelte eine blonde Strähne aus seiner Stirn:

„Logisch. Gretter hat in ganz Europa Leute, die bei Bedarf für ihn arbeiten. Einen seiner Spitzel kennst du – Bianchi. Er hat nach seiner Rückkehr in die Schweiz weiter für Gretter gearbeitet."

„Was? Bianchi war auch für Gretter tätig? Diese Dörrpflaume hat uns voll ins Gesicht gelogen. Es war also keine Paranoia, dass ich mich ständig beobachtet fühlte."

Larry nickte und warf einen Blick in seine leere Kaffeetasse:

„Vermutlich wollte Bianchi wenigstens eines seiner zwei Mandate retten."

Dass Gretter überall Augen und Ohren hatte, erklärte einiges. Aber was hatte Sandvik daran gehindert, einen fetten Köder auf den Haken zu spießen und die Angel nach mir auszuwerfen? Larry meinte:

„Sandvik wird seine Gründe gehabt haben, aber darüber schweigt er sich aus. Manchmal wissen die Menschen selber nicht, warum sie nicht das Naheliegende tun, besonders, wenn sie verzweifelt sind. Sandvik überließ Gretter die Wahl der Mittel. Nachdem der inszenierte Verkehrsunfall das Problem nicht endgültig löste, sandte Sandvik Gretter das präparierte Bier und die Karte zu. Der Mord an Kunkel geht aufs Konto des Trios Sandvik, Gretter und Briegel. Letzterer war vielleicht nur ein ahnungsloser Wasserträger, aber mitgegangen, mitgehangen, wie man so schön sagt. Es gibt im Umfeld von Gretter noch einige Leute, die sich verantworten müssen. Deren Anklagepunkte wiegen aber *nicht besonders schwer.“*

Jetzt, wo ich die Zusammenhänge kannte, konnte ich endlich mit den Geschehnissen endgültig abschließen:

„Danke Larry, für alles, was du für mich getan hast.“

„Gerne, Iggy, Es gehörte zu meinem Job.“

Ohne Hoffnung auf eine offene Antwort, fragte ich:

„Apropos Job, findest du nicht, dass es an der Zeit wäre, mir mehr über deinen zu erzählen? Ich verstehe nicht, warum zum Teufel du ein solches Geheimnis aus deinem Arbeitgeber machst. Ich mag dich wirklich, Larry, aber du bleibst für mich ein nasser Fisch, den ich nicht fassen kann.“

Diesmal brachte Larry keine Ausflüchte. Es klingt seltsam, aber als ich sein Geheimnis endlich kannte, war ich froh, dass er es nicht früher gelüftet hatte. Ich hatte nichts von der Existenz einer solchen Institution gewusst, aber ich war dankbar, dass es sie gab und dass sie kaum jemand kannte. Mein Ehrenwort, nie mit jemandem darüber zu sprechen, ging mir leicht über die Lippen. Dass Larry mir dieses Geheimnis am Ende doch noch preisgab, war der ultimative Beweis seiner Freundschaft. Er meinte:

„Egal wie nahe man sich steht Iggy, es gibt immer gute Gründe, Geheimnisse voreinander zu haben.“

Ich war mir nicht sicher, ob ich dem zustimmen konnte. Was ich mit Bestimmtheit wusste, war, dass ich nie mehr von den Vorfällen und den Leuten hören wollte, die in die Affäre verwickelt waren.

Epilog

Ich bin froh, dass wir das Jubiläumsfest zum zehnjährigen Bestehen des Unternehmens in Edwins großzügigem Garten feiern können. Das Wetter könnte nicht schöner sein. Die leichte Brise weht einen Duft von Flieder und Binnengewässer heran. Die Gäste trudeln nacheinander ein und einige bringen, nebst Geschenken, ihre persönlichen Duftnoten mit. Hugo Boss vermischt sich mit Chanel und Calvin Klein. Barbara und ich begrüßen die Ankömmlinge beim Gartentor, wo sie ein Glas Féchy, Mineralwasser oder Fruchtsaft vom Tisch nehmen und sich unter die übrigen Gäste mischen. Ich habe im Einladungsschreiben um Casual-Look gebeten, da ich ihn für ein fast schon familiäres Gartenfest passend finde. Einige Gäste, überwiegend weibliche, haben es sich dennoch nicht nehmen lassen, ihre besten Stücke aus dem Schrank zu holen.

Klaus Dietrich und seine Frau Bettina küssen Barbara zur Begrüßung auf die Wangen und umarmen mich. Während ihr missmutiger Sohn Jeremy sich weigert, uns die Hand zu geben, überreicht mir Klaus ein in goldfarbenes Papier gewickeltes und von einer breiten, roten Schleife umfasstes Geschenkpaket:

„Herzliche Gratulation, Ignaz und danke, dass ich von Anfang an dabei sein durfte. Mach es gleich auf!"

Ich zerreiße das filigrane Band und wickle das Geschenkpapier ab:

„Meine Güte, Klaus, wer hat denn dieses Foto geschossen?"

Barbara schielt auf das gerahmte Großformat und lacht:

„Erinnerst du dich denn nicht, Ignaz? Du hast mich damals gebeten, die Firmengründung bildlich zu dokumentieren."

Wir lachen und der kleine Jeremy zupft am Rock seiner Mutter:

„Mami, mir ist langweilig."

Ich schaue mich nach unserem fünfjährigen Sohn um, kann ihn jedoch nirgends entdecken:

„Wo bleibt eigentlich Leo?"

Als hätte ich ihn gerufen, taucht er hinter einem Strauch auf, gibt Bettina und Klaus artig die Hand und entführt dann den kleinen Jeremy zu irgendwelchem Spiel. Um sechs Uhr wird der Grill in Betrieb genommen. Das brutzelnde Fleisch fügt eine würzige Note zu den Düften des Sees, des Gartens und der Gäste. Die Abendluft kühlt bereits merklich ab. Als letzter Gast trifft Larry ein. In seinem ursprünglichsten Südstaatenoutfit schreitet er mit einem warmen Lachen durch das Gartentor. Bei der Begrüßung küsst er Barbara in fast ungebührlicher Manier, dann umschlingt er mich, als wollte er mich zerquetschen:

„Hi, Iggy, siehst gut aus. Ist lange her. Zu lange, mein Freund."

Ich nicke und erwidere seine Umarmung:

„Larry, wie siehst du denn aus? Warst du beim Friseur?"

„Die blonde Strähne im Gesicht sah sexy aus, aber als sie weiß wurde, standen die Frauen nicht mehr darauf."

„Ich kenne dich ja kaum noch mit so kurzen Haaren."

„Das wundert mich nicht, du trägst ja auch keine Brille."

„Sie begann mich alt aussehen zu lassen. Auch darauf scheinen die Frauen nicht zu stehen."

Barbara stößt mir lachend ihren Ellbogen in die Rippen.

„Aua! Du wirst es nicht glauben, Larry, aber manchmal greife ich immer noch instinktiv nach meiner Brille."

Nachdem ich mich überzeugt habe, dass alle Gäste da sind, stelle ich mich auf eine umgedrehte Weinkiste. Ein

Zischlaut geht durch die Anwesenden und das Geplauder um mich herum verebbt. Die Leute rücken näher heran.

„Liebe Aktionäre, liebe Mitarbeiter, liebe Angehörige, liebe Freunde, ich heiße euch zu unserer bescheidenen Jubiläumsfeier willkommen. Ich bin hocherfreut, dass wir gemeinsam das zehnjährige Bestehen der Orga AG feiern können. Die vergangenen zehn Jahre waren für alle von uns steinig, aber wir wussten von Anfang an, worauf wir uns einließen. Niemand kann behaupten, nicht gewusst zu haben, dass die Orga AG ein Fass ohne Boden ist. Trotzdem vergeudeten wir unsere Zeit und unser Geld und zwar im Brustton der Überzeugung."

Ich pausiere, bis Gelächter und Gemurmel verstummen.

„Ich danke euch für euren Einsatz, eure Geduld und den Glauben daran, dass wir gemeinsam etwas Großes schaffen. Ich bin zuversichtlich, dass wir nicht mehr lange auf die ersten zählbaren Erfolge warten müssen. Die Orga AG wird schon bald profitabel sein. Klaus Dietrich, einer meiner Wegbegleiter der ersten Stunde, hat zum heutigen Anlass dieses gerahmte Foto mitgebracht. Ich werde es nächsten Montag eigenhändig im Eingangsbereich aufhängen. Reicht es herum, aber geht bitte sorgfältig damit um. Es zeigt unsere gesamte Belegschaft am Tag der Firmengründung, also meinen ehemaligen Studenten Klaus Dietrich, meine ehemalige Dozentin Dr. Marit Kielstein und meine Wenigkeit.

Als tölpelhafte Vollblutwissenschaftler hätten wir drei bei der Firmengründung alles falsch gemacht, was man falsch machen kann. Zum Glück kannten wir zwei Leute, die Erbarmen mit uns hatten und uns durch kostenlose, aber unschätzbare Ratschläge unterstützten. Dr. Edwin Mercanti, mein Schwiegervater und Verwaltungsratsvorsitzender, half uns bei den Formalitäten der Firmengründung. Vielen Dank, Edi. Wir drei hätten nicht gewusst, wo ansetzen. Wir hatten auch kaum Ahnung, wie man ein Patent korrekt formuliert. Mein langjähriger Freund, Dr. Alex Brugger, half uns, die Patentschriften hieb- und stichfest zu verfassen. Er tut es heute noch, sogar vollamtlich, aber im Gegensatz zu damals will er jetzt dafür Geld haben. Danke, Alex.

Ein ganz besonderer Dank gebührt unseren Aktionären für ihren lan-
gen Atem, ihr unerschütterliches Vertrauen in unsere Ziele und ihren
Mut, ihr Geld in die Hände besessener Wissenschaftler zu legen. Wer
weiß schon, was sie damit anstellen..."

Ich halte meine Ansprache kurz. Einerseits habe ich
keine Rede vorbereitet und andererseits will ich nicht quas-
seln, bis den Anwesenden das große Gähnen kommt. Kaum
steige ich vom improvisierten Podium, da stellt sich mein
Schwiegervater Edwin auf die Kiste:

„Als Verwaltungsratsvorsitzender möchte ich auch ein paar
Worte sagen. Der größte Dank gebührt meinem Schwiegersohn, Dr.
Ignaz Irrgang. Er ist Schöpfer und treibende Kraft hinter dem Projekt."

Edwin unterbricht seine Rede, bis der Applaus verebbt:

„Ohne ihn hätte dieses spannende Abenteuer nie begonnen. Er
verfügt über ein unvergleichliches Fachwissen. Leider zieht er mit seinem
Idealismus und seiner Beharrlichkeit uns Aktionären viel Geld aus der
Tasche. Ich selbst habe meinen letzten Groschen in die Orga AG ge-
steckt und ich musste dafür Schelte von meiner Frau einstecken, weil sie
sich den teuren Lippenstift nicht mehr leisten kann."

Das Gelächter der Gäste lässt Edwin kurz innehalten.

„Meine Tochter Barbara, die ihre Bilder so teuer verkauft, dass
ich mir keines leisten kann, hat ebenfalls ihren letzten Batzen in die
Orga investiert. Ich bitte alle Anwesenden, die zufällig Pinsel oder Far-
ben dabeihaben, diese vor dem Garagentor zu deponieren, damit Bar-
bara weiterarbeiten kann. Ignaz hat meinem Verwaltungsratskollegen
Larry Pensky mit seiner Idee solche Flausen in den Kopf gesetzt, dass
der seinen Vater nötigte, fast die Hälfte der Orga-Aktien zu überneh-
men. Ich sehe einige weitere Anwesende, die sich für die Orga AG ins
finanzielle Unglück gestürzt haben. Aber keine Angst, Freunde, Ret-
tung naht. Ich verrate kein Geheimnis, wenn ich sage, dass wir in den
USA unmittelbar vor der Freigabe der ersten drei Medikamente stehen.
Wir werden die Wirkstoffe nicht selbst produzieren. Wir beschränken
uns darauf, sie zu entwickeln, zu patentieren und zu lizenzieren.

Dadurch stellen wir sicher, dass jedes Pharmaunternehmen Zugang zu unserer Technologie bekommt. Das erlaubt…"

Mein Schwiegervater macht Anstalten, seine Rede in die Länge zu ziehen, doch Larry drängt ihn scherzhaft vom Sockel und steigt selber auf die Kiste:

„Genug gequatscht. Nur noch das. Ich habe eine direkte Verbindung zur FDA und kann euch verraten, dass zwei der drei eingereichten Wirkstoffe noch im laufenden Monat freigegeben werden."

Larrys Aussprache und sein Outfit sorgen für Belustigung, seine Botschaft für frenetischen Jubel, Begeisterungspfiffe und Applaus. Edwin und Alex haben bereits ein gutes Dutzend Lizenzverträge mit Pharmaunternehmen ausgehandelt und ab Montag stehen weitere Verhandlungen an. Nach zehn langen Jahren harter Arbeit wird in einigen Monaten endlich das erste Geld in die Kasse der Orga AG fließen. Wenn Edwin recht hat, werden wir bereits im nächsten Jahr schwarze Zahlen schreiben.

Nach dem Essen setze ich mich etwas abseits auf einen Stein neben Barbara. Sie schlingt ihren Arm um meine Taille:

„Ich bin stolz auf dich, Ignaz."

Ich beobachte unseren Sohn, wie er mit dem kleinen Jeremy spielt und flüstere gedankenverloren:

„Wie wäre es mit einem Geschwisterchen für Leo? Kinder sollten nicht alleine aufwachsen."

Mit einem überlegenen Strahlen, als würde die Sonne in die Dämmerung zurückkehren, entgegnet Barbara:

„Es ist bereits unterwegs."

ENDE